立春《りっしゅん》大吉《だいきち》

浅尾大輔

新日本出版社

目次

第一章　女たちは暗闇から這い出す

1

あちらが長野県か、こちらが静岡県か。

愛知県は奥三河と呼ばれる山峡《やまかい》の小さな町で必死に暮らす人びとは、ふだん地平線と水平線を見ることがない。それゆえ旅の衆は、彼らは日の出入りにあたる赫奕《かくやく》たる太陽の光を知らぬ、と囁《ささや》くだろう。

愛知県北設楽《したら》郡ながしの町の十二月、午後五時半ともなれば、山々に囲まれたパノラマの底には静かな闇が沈んでいき、季節外れの蛍のような灯りが二つ三つと舞い降りる。

友川あさひ（36）は、そんな家々のポストに「ながしの民報」を投函していく。

午後の明るいうちに宣伝カーの軽自動車に乗って自宅を出たものの、ひと山越えたところの「民報」未配布集落をめぐっていたら、もう星々が瞬き、頭上に月である。

あさひは、しばらく宣伝カーを走らせては停め、を繰り返し、車のドアを開ける。

彼女はLEDライトの光を照らして歩きながら、日が山に隠れるまで十数分間つづいた神々しい夕暮れを思い出した。赤く色づいた風雲と燃え盛るような山の迫り具合が、かつて美術大学で学んだ画家フレデリック・エドウィン・チャーチの絵に重なったのである。

新型コロナウイルス対策のマスクで覆った鼻は、冷気で痺《しび》れてくる。

休耕田の畦《あぜ》のような長い私道を歩いていく。不意をついて玄関灯が光り、大きな屋敷が浮かびあがる。あさひは、指なし手袋の先から「民報」をポストに落とす。

屋敷の縁側の雨戸は、すべて閉じられていた。

庭木には、他人の手が入っている。

砂利を踏んで枯れ草が覆う小道に出ると、玄関灯は自然に消えた。

あさひが握る懐中電灯は、闇夜を後ろに立てて揺れるススキだらけの台地を扇状に照らし出す。

丘状の盛り上がりは、どうやら豊根村との境まで続いている。

ライトを注意深く照らして歩いていくと、あちこちに直径二〜三メートルの黒々とした穴が掘り返されており、土塊が冠状に凍りついている。まるで月面のクレーターではないか。

しかし、それは町の人びとが指摘する「猪がミミズを食べた跡」であった。

もう少し歩いてみよう。

人間の家族が、数年前まで煮炊きした痕跡が見つかる。

友川あさひの足もとの、硬くなった土には穴の空いたドラム缶が半分ほど埋まっていた。

上方に向けたライトは、蚕屋《こや》づくりの屋敷を浮かびあがらせ、羽目板が盛大に抜け落ちた壁からは、三和土《たたき》と黄色くなった敷布団が積み上がっている様子が見えた。

小動物の目が光ったか？　あさひは、急に不安になる。

彼女のマスクからは、呼吸のたびに白い息が絶え間なく噴き出されている。

宇宙《そら》は、満天の星々に彩られている。


友川あさひは、今夏、この集落で目撃したことを思い出した。

長く一人暮らしだった沖島スゑ（97）が、息子と孫と思しき男性の二人がかりで車椅子ごと担がれると、大型バンのバックドアから車内に押し込めて乗せられる場面に出くわしたのだ。

あさひは、思わず「スゑさん！」と叫ぶと、大型バンに駆け寄った。

寝間着姿のスゑは、赤く濁った結膜に涙を溜めて、

「おら、好きで出ていくんじゃあねぇの、あなた、堪忍ね、許して」と言った。

男性二人組は、あさひを一瞥《いちべつ》しただけで挨拶もせずに車のエンジンをかけた。

いまも沖島宅の表札は残っているが、ポストは外されていた。

あさひは、沖島スゑの小さな背中を思い出しながら、玄関の格子戸に「ながしの民報」を挟むと、いつか、息子さんか娘さんか、はたまたお孫さんか、とにかく誰かが御実家の草刈りや墓参の機会にでも、この「民報」を見つけてくれたらいい、そして、いま、ながしの町で起きている一大事にふれて何かを感じてくれたらいい、と願った。

突如、遠く闇の向こうから鹿の鳴き声が冷気を裂いて轟《とどろ》く。

一鳴き、また一鳴き。

まるで誰かが襲われたように感じる。

最後の短いつんざきのあとには、何者かの気配が、友川あさひの間近でなびく枯れ草を分けながら近づき、突如、そのまま後ろに飛び跳ねるような大袈裟な音に変わると、あさひも「ヒッ」と思わず声を出して後ずさった。

もしかして、わたし、「人間の終わり」を見届けている？

わたし、人間の暮らしが終焉《しゆうえん》する風景の、たった一人の目撃者になるの？

この集落では、もはや人間よりも野生動物の匂いの方が濃厚なのだ。

自宅を出てくるとき、ＪＲ飯田線の線路が山の斜面を一文字に横切るあたりからは、ニホンザルの群れが顔を出し、波のように降りてきたではないか。あれは素人目に見ても、友川あさひが暮らす日ノ場集落八番組の住人総数七人を優に超えていた。

人間の領域が緑と土に再び置き換わりつつあった。

それを「自然に還る」などと安易には言えぬ。ながしの町（人口三〇〇〇人）の住民たちは、泣く泣く「ここでは暮らしていけない……」と呟《つぶや》いて故郷を捨てて出ていくのであった。

この十二月、友川あさひ（36）は、ながしの町の中心部にある町営住宅で暮らす在野の民俗学者・荒木善三郎（80）に「しんぶん赤旗」日曜版の見本紙を初めて手渡していたのである。

あさひは、ただでさえ人とのコミュニケーションが苦手なところ、年の差ほぼ半世紀の高齢者と対面したときから胸のなかで心臓がダンスしていた。

荒木は、ボサボサの白髪を大きな手のひらで掻きながら、

「あさひさん、あんたの評判は、この町では真っ二つなんだ。申し訳ないけど、赤旗は、いまは取れんのよ。そもそも私は、共産党が嫌いだしなァ……」と言った。

「だけど……、私は、あんたのことは信じとる。深く深く信じとるもんで、それだけは忘れんでほしい。あんたの、寝たきりの旦那さんもいい人だ。どうか、どうか、お二人とも、この保守的な町から逃げ出さないで頑張ってほしい。この町の医療を守るため、どうしても先頭に立って闘ってほしい。共産党嫌いの私が、この赤旗の――今日は見本紙だけど、勇気をもってページをめくるのは、そんな願いの表れだと理解してほしい」

町役場の裏手の山を切り開いた町営住宅は、築四十年の平家が十棟ならぶ。

荒木宅の南側の網戸は破れ、コンクリートの基礎には亀裂が走る。部屋のエアコンは壊れて、玄関に立つ彼は迷彩柄のジャンパーを着込んでいるのだが、町の社会福祉協議会が提供した一着と言えども、生地の所々に穴が空き、綿の塊が噴き出していた。マスクは持ち合わせておらず、前歯は一本きり。彼は「私の年金額じゃ、入れ歯も買えん」と嘆くのだった。

友川あさひが、荒木の肩越しから覗く室内には、ながしの町の民俗芸能「花踊り」に関連する大量の専門書のほかに家財と呼べるものはないようだ。

「あんたが発行してくれる『ながしの民報』のお陰でさ、私なんかにも町政のことが分かるよう

になった。で、あんたの宣伝カーから声が聞こえるとさ、私も、にわかに元気が出るのよ。そうなりゃ、こんな寒さなんかへっちゃらよ」

「ありがとうございます。とっても嬉しいです」

あさひは、礼を言って深く頭を下げた。

そして帰りぎわ、荒木善三郎が「ところで、あなた……。この町には、古来からＵＦＯが飛来している事実をご存知か？」と囁いたのだった。

「ユー、エフ、オオ？」

「ああ、未確認飛行物体のユー・エフ・オーだよ」

あさひは、突然の不可解な質問に面食らうと、ああ、人間と関係を結ぶのは難しい、わたしは、善三郎さんに何と答えればよいのか、と心のなかで首を垂れてしまったのである。


しかし宇宙人は、本当にいるのかもしれない。

いま、愛知県北設楽郡ながしの町の果てに立ち尽くす友川あさひは、天上で瞬く星々と加速度的に住民不在となっていく地上の暗闇とを、あたかも月面に降り立った宇宙飛行士のヘルメットを通して見比べているような錯覚に陥っていく。

わたしは、たった一人、月の乾いた白砂のうえを浮遊しながら、大きく渦を巻いて輝く銀河と、夜を迎えた地球の半面に張りめぐらされた電光の網の目から一つまた一つと灯りが消滅していくのを確認している……。

彼女の感覚は、日常いつも抱えている孤独感とは異なる心の不思議な兆しであった。月面では重力が少ないためか、身体を守る物々しい宇宙服はひどく軽くて、つま先に僅かな力を込めるならば、そのまま巨大な宇宙空間へと離脱できそうだ。こうして何ものからも自由になることが出来れば、何も考えなくてもよくなるはずだ。楽しいことや嬉しいことに出会えなくなる代わりに、この先、悲しくて涙を流すことも一切なくなるのだ。

しかし、このように少しでも気を緩めれば、かつて彼女の心をとらえた、精神病を治すと称して行われた脳神経切断手術《ロボトミー》への志願に似たもの、そんな危険極まりない愉快が再び闘争心に滑り込んでくる。

友川あさひは、「ながしの民報」を小脇に抱え直しながら、現在、インターネット・メディア番組で繰り返しつくられている宇宙探索ドラマの主人公が、小惑星の微弱重力を利用して、暗黒の大宇宙へと飛び出していくように、ながしの町の集落の最果てで最後の灯りを必死に輝かせているる山口鈴子（85）宅までひとっ飛びしてみようか、という欲求とイメージの翼を広げたところで、うつ病で自宅療養中の夫・小川雄介（40）の顰《しか》めっ面を思い出してしまう。彼は、今頃、妻が外出したまま帰ってこないことに気づくと異常な不安感情に心が囚われて、あさひ一人に党活動を任せたことについて後悔の念に苛まれていることだろう。

携帯電話は圏外だ。ああ、早く帰らねば、と慌てた。

なるほど、もう三時間も「ながしの民報」を配布していたことになる。

さらに友川あさひは、本日午後八時から旧谷田小学校の校舎で打ち合わせをする約束も思い出し、これまた別の緊張感がともなう脇汗がにじみ出てきた。

ただ、あの山口宅には絶対に「民報」を届けておかなくてはならぬ。

鈴子お婆さんは、いつも美味しい焙《ほう》じ茶を淹《い》れて待っているのだ。

わたしが行かなくて誰が行く！

あさひは、ＬＥＤライトを握り直した。

そして、行く手から吹きつけてくる寒風に目を細め、揺れる灯りの位置を確かめる。

2

満月の光が旧小学校の校庭を照らしているが、女たちの裸眼では黄色い円が二重三重に揺れて見える。

旧校舎の丸時計は、午後六時四十五分。

女たちは、それぞれの自動車を校庭に停め、校舎中央のアーチ状に出っ張った玄関口を目指して歩く。彼女たちの懐中電灯が当てられる象牙色の芝生は夜露で光り、まるで小粒のダイアモンドを撒いたような輝きを放っているのだが、残念ながら女たちには見えていない。女たちの視野は狭く、寒さをしのぐため着膨れした背中は曲がっている。マスクに当たる風は冷たくて、白い呼気さえ行く手を阻む障害物になりかねず、彼女らには会話を交わす余裕もない。

校舎入口のコンクリート土間をあがる。

下駄箱にブーツや長靴を仕舞う。

教室の片廊下を摺り足で進むと、どんつきの六年花組にたどり着く。

一番乗りは、畠山澄江（78）である。

彼女が長い廊下を振り返ると、最高齢の佐藤てい子（88）の右手を岡村順子（75）が取っており、元看護師の井出久美子（77）が二人の荷物を抱えているように見える。

澄江は、教室の戸を開けて照明のスイッチを押した。このとき、目に飛び込んでくる立方体の空間は、いくつになっても心を明るくさせる、と思った。

澄江は、顔を廊下に出すと、

「お〜い、先に入りますよォ」と声をあげた。

「はいヨー、よろしくゥ」

佐藤てい子が若者風の返事をしたあと、ようやくコンクリート土間と廊下の継ぎ目で腰をおろしていた風間ツタ（85）と石田和子（75）が、息も絶え絶えという感じで「もうエラい」「このマスクが」云々と交わす会話が、澄江の耳にも入ってきた。

風間ツタの左膝は、いよいよ悪くなっている。

澄江は、前回の打ち合わせのとき、恐る恐る「七十代はともかくツタさんはそろそろ免許返納も考えた方が……」と言ってみた。

すると風間ツタは、奮然と、

「澄江さん、あんた、よくもそんなこと言ってオレを困らせるなァ！　オレは、足が無《の》うなったら、もう、この会議には出ん。楽しくても二度と出んよ」と言い放ったのである。

あのとき、ツタの爆発した怒りを「私たちが車で送り迎えするから大丈夫よ」とフォローしてくれた岡村順子と井出久美子は、いま教室の黒板に「ながしの町の透析・入院を守る女の会」と書かれた大きな模造紙を貼り付け、チョークで「第4回」と書き入れていた。


六人の女たちは、毎回二時間前後の「打ち合わせ」を続けている。

長く生きてきた人生のなかで、こんなことは初めてだ。

それぞれの夫や家族がいたなら、到底、無理だったろう。

この打ち合わせは、佐藤てい子（88）と風間ツタ（85）の最高齢コンビにとって、普段の暮らしの延長線上に据えられた、それは例えば近所の衆らとの茶飲み話と等しく扱われて、テーマや議論の筋道がどうあろうと、その流れに身を任せることが出来た。

二人は、他人の意見をくどくど批判したり、持論を押し通したりすることもない。が、いったん自分の暮らしに介入するような意見には容赦はしなかった。しばらく見逃したように見えても、後日の早朝にかける電話で発言者本人に撤回・訂正させるか、次の打ち合わせの冒頭で「あんた、この前よう、なんでオレに『嫁のところに行ったらええ』なんて言っただか？」「娘にゃ娘の人生があるだぞん！」などと真意を問いただす。

これが、ながしの町の女たちの強さであった。

3

今夜の打ち合わせの司会は、元教師の畠山澄江（78）である。

澄江は、この旧校舎で教鞭をとったことがあった。

それは昭和四十年代のことで、町に活気が残っていた頃である。ながしの町の人びとは山からスギやヒノキを伐《き》り出し、町内二十ほどあった製材所で加工し、建築材や建具材を出荷した。運送会社の大型トラックは、真っ黒な煤煙《ばいえん》を噴いて全国各地へと木材を運んでいった。

町の中心部には、すでに町立病院と商店街と新しい中学校の校舎が建てられ、裏通りの旅館や食事処には映画館やパチンコ店が軒を連ねた。

夜ともなれば、飲み屋から女たちの嬌声が響いた。

奥三河の地域全体に企業や工場の連続した進出もあり、林業との兼業も成り立つ家族も増えたため、ながしの町の人口が一万人を数えた頃である。

しかし澄江が想起する町のイメージは、いつも汚辱にまみれていた。

それは「山持ち」のドラ息子だけでなく、労働者たちも日銭で豊橋市や浜松市まで足を伸ばして飲み歩くことができ、見知らぬ女性たちとねんごろになれた時代への侮蔑と言い換えてもいい。

あの時代に教えた女生徒たちは、中学校を卒業した後、どんな進路を歩んだことだろう。

澄江は、自身に向けて「知らないとは言わせない」と叱った。

彼女らの大半は、町を離れて立派な労働者になったはずなのだ。しかし澄江は、あれほど優れた学力と素晴らしい才能をもっていた女生徒たちが、いつの間にか、この土地に舞い戻っていることに気づき、親同士が決めた結婚をすんなりと受け入れていくことを知ったのである。

ある者は幼子を背中と胸のうちに抱え、ある者は手拭いで髪を覆い日に焼けた顔を里芋畑から出し、またある者は白の割烹着姿で大量の洗濯物を干しながら、ぎこちない笑顔をつくり、「あら、センセッ!」と甲高い声で挨拶をしてくれたのである。


いまや令和の世となった。

元教師の畠山澄江が照明のスイッチをひねったとて夜の旧教室が物理的に明るくなるだけで、子どもたちのざわめきや活気ある教育空間が蘇《よみがえ》るわけではなかった。

黒板には、色付きチョークで「また会う日まで」「六年花組一同」などと書かれたままだ。

澄江が、教室の後ろに設置されたランドセル棚の大きな名札を数えたところ、最後の六年生は、どうやら男二名女三名であった。

澄江が赴任したときは、一学年二クラス計八十名もの鼻垂れ小僧たちが、教室と校庭、職員室までも騒がせていたのである。

彼女は、いま、がらんとした教室のなかに鎮座する四十二畳用の大型ストーブの前で腰をおろし、自分の顔をストーブの「点火」ボタンに接近させると皺《しわ》だらけの人差し指で押した。

ブザー音とともに排気の音が立ち上がり、青い炎が燃焼筒の底で円を結ぶ。

彼女は、ああ、それでもここに来ると自宅の一間暮らしの窮屈さが緩んでいくワ、と安堵する。

「澄江ちゃん、あんた、悪りぃねぇ」

佐藤てい子（88）が「よっこらせ」と言って椅子に座ると、澄江に声をかけた。

そして岡村順子（75）と井出久美子（77）が、

「動かしますよォ」

と声を合わせ、黒板に向かって整列している生徒用の机と椅子を一つずつ離しては、大型ストーブを囲むように移動させていった。

女たちは、黒板に貼られた「ながしの町の透析・入院を守る女の会」の模造紙を後景にして、ストーブの炎が赤く色づくのを眺める格好となった。

愛知県北設楽郡ながしの町に――つまり町長に、人工透析と入院の再開を義務づける条例制定を求める署名は、さる十一月の末にスタートしたあと、着実に積み上がっている。

この署名は、十月の町民学習会で名古屋市から招いた大道寺隆之弁護士（60）が伝授したものだった。

「みなさん！　あの頑固で分からず屋の町長を変えるにはどうしたらいいか。それは、地方自治法第七十四条に基づき、住民のみなさん自身の力で『医療を守る条例案』をつくり、それを添付した署名を町の全有権者の五〇分の一以上、集めればいいんですよ。署名が有効だと認められると、あの町長が、みなさんの『医療を守る条例案』を議会に提出しなくてはならないんです！」

参加者は、大道寺の訴えに大きな希望を見たのである。

署名は、あっという間に有権者二五〇〇人の五〇分の一にあたる五十人を超えた。

しかしいま、澄江は、自分は署名というものをあまりに馬鹿にしていた、と反省している。


畠山澄江（78）は、白く濁った瞳にストーブの炎を映しながら、いま私たちが取り組んでいる署名は単なる紙ペラなんかではない、と認識を改めていた。

第一に、署名一枚を持って友人・知人の家に入るだけなのに、なぜ、勇気が必要なのか？見知らぬ人の家では、怖気《おじけ》づく。それでも仲間たちは、清水の舞台から飛び降りるつもりで、一軒一軒、町民宅の呼び鈴を押すのである。

署名は、玄関ドアを開けて一歩二歩と踏み出した上がり框《かまち》に置く。ババ友宅なら炬燵《こたつ》のうえに置いてもいいし、日の当たる縁側でもいい。バス停のベンチだっていいし、町に一軒のみとなったスーパーの出入り口付近のベンチでもいい。ともかく澄江が「署名を馬鹿にしていた」と反省する理由は、彼女を含む仲間たちが勇気を奮って署名の内容を語りだすや否や、相手の人間性というか本音というものが――大袈裟に言うなら人間の真実が明らかになっていくツールが、この署名なのだと悟ったからである。

今日の午前中のこと、澄江は、元教育長の青木圭一郎（96）の邸宅を訪問した。

青木は、現職の頃と変わらず長身の背筋が伸び、笑顔で「よう来た、あんた、よう来たなぁ」

と歓迎してくれた。小学校勤務時の大先輩であり、澄江は、あらかじめ電話で用件を伝えておいてよかったと胸を撫でおろした。

しかし、である。

彼が先行した長い世間話に閉口したことを脇に置くとしても、澄江は、彼の真意が「ながしの町の透析・入院を守る女の会」の訴えを聞くことにないことが分かると気持ちが悪くなった。

青木は、町の医療より、一年半前の町議選で当選した友川あさひ（36）の人物評と彼女が所属する日本共産党と澄江たちとの関係を探ろうとしていたのだ。

澄江は、彼の好奇心をくだらないと思った。が、自分の言葉でうまくかわすことが出来ない。それで仕方なく正午の時計を気にする振りをして署名用紙をガラステーブルのうえに置いた。

青木は、観念したように「いやいや前口上が過ぎましたな」と呟く。その途端である。彼が大声で「ヨーコッ、ヨーコッ、大事な話だ！」と叫ぶと、やがて澄江と同じ背格好の女性が現れた。そして彼女は、青木圭一郎の傍らにあった丸椅子に座らされると、そのまま「家内でございます」と頭を下げたのであった。

澄江は、驚くよりも慌ててしまう。

青木は「コレ、ワシの補聴器がわりよ」と笑った。目の前の男は、確かに「コレ」と言ったのである。しかし傍らの女性は、旧姓・関口——まぎれもなく国語教育研究会で薫陶を受けた先輩教師たる関口洋子（85）であった。

澄江が差し出した署名は、結局、元教育長たる人物には「ワシら、町の三役を経験した者たちの名前があると、おたくらの要求の純粋性と中立性を汚すことになるじゃろうが」という理由で断られてしまった。

畠山澄江は居間を辞去し、玄関に向かう。

彼女は、体全体の震えを相手に悟らせまいとした。

青木圭一郎は、澄江の後ろに従いながら、

「学徒兵だったとき、みんな、古参兵からよく殴られた。ワシは彼らの気持ちを見抜き、ひどい私刑《リンチ》から逃れられた。同じ学徒兵でも、古参兵の標的になる奴には理由がある。のちのち、それが生死をわけるんだからなぁ……」などと、奇妙なことを喋り始める。

やがて澄江が玄関の上がり框に到着すると、関口洋子が、夫の後ろからスッと前に出てくる。

そして彼女は、澄江が纏足《てんそく》のようなズックをウンウン唸りながら履く背中に手を添えると、「切ないね。切ないね」と二度言ったのであった。

さらに澄江の隣りに屈んだ洋子は、自分の唇を澄江の頬に目一杯近づけるようにして、

「ありがとね。大丈夫？」と囁いたのであった。

先輩教師の目は、真っ赤に潤んでいる。

このとき、澄江は、自分が尊敬していた国語教師たる関口洋子のことを「補聴器」などと喩《たと》えた青木圭一郎の耳は、実は、十分に聴こえていたのだ、と確信した。

澄江は、自身の動揺と怯《ひる》みは、相手に見透かされている！　とも思った。

署名をめぐる人間性が露わになるのは、署名を訴える澄江たちの側も同じなのであった。

澄江は、洋子に何も出来なかった苦い気持ちを抱えて自宅に帰ることになった。


畠山澄江の後半生――正確には四十半ばからは、父親の看病と介護があり、それ以前にはアルコールに溺れて亡くなる三歳年上の兄の看取りの日々があった。

今春、「ながしの町民で医療を守る会」結成を呼びかけるチラシを中部新聞の折り込み広告の束から引っ張り出した澄江は、小さな可憐な花でも見つけたように心を躍らせた。町立ながしの病院の透析と入院を守ろうと訴える、顔も名前も知らない町民たちの短い決意表明を読みながら、あれほど大変だった父親や兄をめぐるあれこれが、医師と看護師と入院ベッドのお陰でどれほど助かったかという大きな感慨を想起し、当時のささくれ立った心が鎮められるのを感じて、それと同時に自分が「守る会」に加わることで、これまで口を閉ざしてきた自身の看病記と言うべき「告白」を、ようやく口に出来るのではないか、と興奮したのであった。

こうして澄江は「守る会」に加入し、親しくなった女性たちだけで「女の会」もつくった。

実際、そこで彼女が語った看病記は、生々しく細かくもなり、ときに芝居がかった。

さらに澄江の思春期に、何度も警察沙汰を起こし、ある日の買い物に出ていったまま二度と家に帰ってこなかった母親のことを度々思い出し、その意味を考える機会にもつながった。

このようにして「打ち合わせ」を重ね、署名用紙をクリアファイルに差し入れ、大きめの鞄に詰め込み、町民のみなさんの前で、氏名・住所・生年月日の記入と押印をお願いしながら頭を下げるとき、元教師・畠山澄江の心に燃え立つものは、不思議なことに、父親や兄の看護や介護の体験や母親失踪のトラウマとはまったく異なるものだったと知るのである。

教室は、畠山澄江（78）の人生の時間とエネルギーの大半を投じた舞台であった。

彼女が教師という仕事に漠然とした憧れを感じた昭和三十一年の経済白書は「もはや戦後ではない」と宣言し、日本社会は本格的な高度成長期に入る。

澄江は昭和三十八年、愛知学芸大学を卒業すると小学校教師となった。そして北設楽郡の町村の基幹産業たる林業があっという間に衰退する過程を目の当たりにしながら、子どもたちが立派な労働者としてやっていける教育に励むことになる。

いまでこそ雇用期間が定められた派遣や委託といった非正規労働者の働き方が問題になっているが、当時の女性たちは、高校を卒業したら二十代前半までに結婚・退職しなければならぬという不文律を受け入れなくてはならなかった。

学校の職員室も例外ではない。

女性教師は、男性教師の出世を下支えする「添え物」であり、彼女らの多くは同業の夫のために「専業主婦」となった。しかし澄江自身のキャリアを振り返るとき、そんな社会の風潮など、どこ吹く風とばかりに教師を続けたように見える。

もちろん現実は、そんなに甘くはいかなかった。

若くして上司の覚えに敏感になった彼女は、政治家の派閥さながら複雑な主従・敵味方の人間関係を職員室や労働組合の図面に落としては慎重に立ち位置を移動させていったのである。

旧教室のなかが、だんだん暖かくなってきた。

佐藤てい子（88）が、岡村順子（75）に、

「あとで白菜、一個ずつ、みなに分けてちょうだい」と言っている。

風間ツタ（85）と石田和子（75）が入室し、

「ああ、あったかい」「助かった」などと言い合っている。

澄江は、いつの間にか、ストーブを半円状に囲む生徒用の机と椅子を認めた。

七席あるではないか。

ああ、そうか。今夜の打ち合わせには、友川あさひ（36）を呼んでいるのだ。いま町民たちは、あさひが掛けている「日本共産党」というタスキと、あの娘が背負っている政党の看板から目を逸《そ》らし、額をぶつけ、蹴つまずいているというのだから……。

佐藤てい子は、前回の打ち合わせで、

「だって、あの娘はアカだもんで。みんな震《ぶる》っちゃうわい。あの娘が、ワシらの署名にかかわったら集まるもんも集まらんと思うのは当然よ。ワシら、たくさん集めようとしとるのに、共産党が出しゃばったら、元も子もねぇわいな」と言い放ったのだった。

畠山澄江の足腰に、生徒用の小さな机と椅子はピッタリ合った。

机のうえに署名用紙の束を載せ、老眼鏡をかける。なぜか、ぼやける。

そして遠近メガネにかけ直して周囲を見渡した澄江の目に、教室の黒板の左隅にある事務机に腰を寄せて『峰』という銘柄の煙草を燻《くゆ》らせる細身のシルエットが迫ってくる。

ああ、私が、この署名に取り組む理由は、父親や兄の介護・看護ゆえではない！

澄江は、年甲斐もなく動悸が高鳴るのを感じながら目を閉じる。

脳裏に浮かぶ『峰』を吸う女性は、ボリュームのある黒髪を一つに束ね、当時、どこで買ったものなのか、真っ白なタイ付き長袖シャツをパンツスーツに合わせていた。

明るい校庭で歓声をあげる児童を見つめる女性の横顔は、三十代の張りつめた頬のままだ。

忘れやしない……。彼女は、指先から立ち上る一筋の煙を見つめながら言ったのだ。

――澄江先生、わたしは、どんなに政治が悪くなろうとも、この子どもたちを守る。

――世界が、再び大国間の戦争に巻き込まれないように、わたしは、この教室に、雨つぶ一滴、嵐のひと吹きだって入れやしないから……。

中曽根内閣の発足は、一九八二年の暮れであった。

澄江は、彼の山脈のような黒眉と不遜な目の光を覚えている。いつもギラギラしていた印象がある。中曽根康弘首相は、八三年の日米首脳会談にて日本とアメリカは太平洋を挟む運命共同体という認識を示した。彼は、米紙インタビューに「日本列島を不沈空母のように強力に防衛する」と発言し、八五年の八月十五日には靖国神社を訪問して、戦後初となる「内閣総理大臣」による公式参拝を強行したのであった。

あの日、ざわめく組合事務所で、ある老教師が「いやはや大変な時代になったよな。ナカソネの皇国史観への忠実さってのは本物じゃない。まるで幼稚で盲目的だから怖いんだ。天皇が白馬に乗ってるから自分は自転車を白く塗って『アカ退治をする』ってなもんだ。いよいよ、こんな人物が出てくると日本の将来はたまったもんじゃない」と発言した。

澄江は、いつの間にか、彼が指摘した通りの日本社会になってしまった、と感じる。

そして一九八〇年代の後半のこと、『峰』という銘柄の煙草を吸う女性の死が、澄江を急襲したのであった。折にふれて思い出すことになる彼女の不在は、かつてその女性が、校舎の陰からひょいと現れたときの笑顔のように澄江の心を乱れさせた。

彼女は、なぜ、亡くなったのか。

畠山澄江(78)は、その答えを必死で探すことになる。

彼女は、焦燥感に苛まれながらも、毎日、必死に働いた。

正直、苦しかった。

澄江が子どもたちに向き合おうと集中するとき、彼女の心を圧してくるのは、密かに同伴した二つの時間軸の片方が、突然、巨大な歴史のローラーに巻き取られ、そのまま後方の闇へと吸い込まれていくというイメージだった。労働組合を辞めても精神安定剤を飲んでも、大きく口を開けた黒い怪物の幻影を払拭することは出来なかった。

この世界を、この時代を、いま何億何千万人もの人間が、生きて喜んだり悲しんだりしているというのに、なぜか、彼女だけが存在しないという奇っ怪さ。そのことに気づかされるたびに、澄江の胸に怒りと悲しみが怒濤のように押し寄せてくる。

この世に一人取り残された澄江は、彼女の写真とか手紙とか、さらには職員室に収められているはずの雑多な記録とか文書とかを懸命に探しまわったものの、死を選んだ彼女が徹底して準備したと思われる自身のプライバシーに関する秘匿ぶりにも打ちのめされ、茫然自失となった。

もちろん遺族からは、形見分けの対象に選ばれなかった。

支え合ってきたはずの絆は、あまりに脆《もろ》かった。

やがて彼女が存在したときには通常の風景だったはずの、日を遮る校舎の影の傾きに身を寄せることは、もう出来なくなってしまった。

いま、小さな机のうえにある署名の表書き面に乗せた澄江の両手は、まるで花や蕾を失った梅の枝のようである。

細く長い指は水分を失い、節くれ立っている。

左の指の一本ずつを伸ばしてみる。

彼女と過ごした短い時間の思い出が蘇ってくる。

畠山澄江は、思った。


愛しいあなた、あの世でも元気にしてますか。あたしは、こんな歳になってしまったよ。

それでも、あたしは、あたしの生命を最後まで燃焼させる。

あたしは、たった一人で前に進もうと全力を尽くしてきた。でも、たった一度だけ、あたしが向き合えなかった、逃げ出した過去がある。人生の決算は、なんて残酷なんだろう。正確なんだろう。あなたの死が一番きびしかった。だから組合も辞めた。でも、あたしは、もう逃げない。この町の医療を守る闘争には、あたし、あたしの退路を断って命をかけるつもりだよ。


澄江は、白く乾いた爪のひび割れを右の親指の腹で撫でながら、

「愛するあなた、もう少し、あたしを見てて、お願いだよ」

と、祈るように独りごちた。

4

町立谷田小学校は、明治三十八年に開校し、平成二十三年に閉校した。

正門横に立つ二宮金次郎像の目鼻は、長らくの風雪にさらされて崩れてしまっている。彼の肩は丸くなり、背中には大きな瘤のような膨らみがある。

この校舎は、ながしの町の真ん中にそびえる黒斧山の中腹に建てられていた。

最近、町役場はドローンを飛ばして町の全景を撮影した動画をネットに公開した。黒斧山の緑は同心円状に広がり、白茶色に映る町民の生活領域は南北へと山裾を包み込むように細長く伸び、それぞれの先に七つの集落が見える。

町外の人びとが「ヤツデの町」と呼ぶ地形が、一目瞭然であった。

集落の人びとは、鎌倉時代に成立した民俗芸能「花踊り」を現在に伝え、花踊りに魅せられた荒木善三郎（80）は十二年前に名古屋市から移住したという。彼は、いよいよ「花踊り」私論の執筆に取りかかると、電動自転車に乗って擦れ違う人びとにふれ回っている。

東京生まれの友川あさひ（36）は、なぜ移住することになったのだろうか。

それは偏《ひとえ》に、夫・小川雄介（40）の病気療養のためであった。すなわち結婚した二人が暮らした東京都文京区の賃貸マンション近くのメンタルクリニックの院長が、

「あなたの心の、こんがらがった毛糸の玉は、思い切って転地療法で整理してみるのも良い手かもしれないなぁ」と言ったからである。

小川雄介は、俺みたいな面倒な患者の治療法に困り果てたんだな、などと担当医の無責任さを批判し、転地先の農家体験など一時滞在型療養プログラムの提示にさえ渋い顔をした。

ところが、都会育ちの友川あさひは、元気だった頃の雄介がフリーの旅記者として全国各地を取材するなかで、とりわけ愛知県北設楽郡の「花踊り」取材から帰宅したときの活き活きとした表情と、その後の記事を読んだ感動を思い出し、

「雄介さん、ちょっと考えてみませんか？」

と提案したのである。

実際、ながしの町の民宿の二階窓から天の川のもやもやを肉眼でとらえたときの驚きと、町を流れる大舞川の上水道で淹れたコーヒーの美味しさは格別であった。

あさひの心は「転地療養」という言葉にときめいたのである。

「仕事は、どうするんだよ」

「貯金はある。私もずっと働いてきて、少しゆっくりしたい、という気持ちもある」

「じゃあ、あさひさん、一日ずっと、俺のそばにいてくれる、ということもあるのか」

あさひは、もう手の甲で涙を拭っている雄介に顔を近づけると頷いて、柔らかく微笑んだ。


二人は、毎年「ヤツデの町」を訪れては豊かな自然と集落の人びとの優しさにふれると、いよいよ二〇一六年夏、町の地域支援課が揃えて見せた複数の古民家から日ノ場集落に立つ築百年ものの貸家を選んで移住したのである。

しかも町立ながしの病院は、自宅から徒歩五分の場所にあった。

精神科の診察は月二回であったが、都会の喧騒から離れた場所での時間をかけたカウンセリングは、のちのち小川雄介（40）にポジティブな効果をもたらすことになる。

ただ移住した際の唯一の誤算は、意外なことに電車と自動車の騒音であった。

江戸時代は関所だったという日ノ場集落は、いまJR飯田線と国道一五一号線が平行して走る位置にあり、夜でも貨物列車や運送トラックの往来がそれなりに五月蠅《うるさ》いのであった。

さらに数年後には、長野県飯田市から愛知県北設楽郡東栄町と新城《しんしろ》市を経由して静岡県浜松市北区引佐《いなさ》町を結ぶ三遠南信自動車道の全線開通を控え、建設工事にかかる大量のトラックや重機車両が国道を行き交うことにもなったのだ。

奥三河の各首長や議会は、国内最大級の断層・中央構造線をぶち抜く夢の大事業に浮足だって

おり、ながしの町長は、町内外の会合に参加するたび、

「この道路が出来れば、南信と遠州のヒト・モノ・カネ、そして情報が、日本の心臓部にあたる我が町に集中します！　中央構造線の難工事、必ず完遂していただきたい！」

と大声で訴えるのが常であった。

さらに町長は、二〇二〇年三月末で町立ながしの病院の透析を中止し、来年度には入院ベッドを全廃する方針を固めてからは、

「この道路を使えば、救急車は長野だろうが静岡だろうが大病院へひとっ飛び。まさに命の道路なんですッ！」などと、挨拶の締め括りに絶叫するようになっていく。

しかし町民は、そんな大型公共事業がもたらす夢物語から目覚めつつあった。

立派な道路が完成しようと、県境の医療体制が整わなければ、患者は救急車に乗ったら最後、五十キロ以上も離れた新城市や豊川市、果ては豊橋市の病院へと搬送されることに変わりがなかったからだ。コロナ禍でキャンプや屋外スポーツが流行ろうと、都会の人びとが新たな高速道路を使ってまでこの小さな町に大挙してやってくることもない。

この冬も黒斧山スケート場は、休業を余儀なくされるだろう。

ながしの町民は、年末の寒風吹きすさぶなか、町に透析・入院を義務づける条例案と署名簿を胸に抱えて歩く。天空に架かる巨大コンクリート道路の橋梁を建てていく危ういクレーン現場を見上げては、

「私らの、せめて入院ベッド五床でも欲しいという思いは、また反故にされるのかしら」

と嘆息するのであった。

5

ところで旧小学校の校舎へと向かう山の道は、明治・大正・昭和・平成の世を経ても、一本きりしか整備されなかった。

この校舎を起点に黒斧山の森林をカンバスに見立てるとき、山のなかの一本道は、筆の穂先に集中してはらった「の」の字のごとく一筋の大きなカーブを描く。

一本道には、三箇所の注意喚起ポイントがあった。

まずは、ガードレールに貼られた長大な反射板である。

次に「急」「カ」「ー」「ブ」の大きな文字列だ。

さらに道幅制限の交通標識、猪・鹿・猿のイラストや「熊出没注意」の看板であった。

元教師の畠山澄江（78）は、風間ツタ（85）が運転する軽自動車のボンネットが、今年下半期に開催した学習会や「打ち合わせ」のたび、擦り傷や大きな凹みをつくっているのを見ると気が気でなかった。それで前回、いよいよ思いあまって風間ツタに「免許返納」を勧めてしまったのである。大きな傷や凹みの理由を問うた澄江に、ツタが平然と「猪を轢《ひ》いちまったからよ」と言ったときには、しばし呆れてしまった。

「ツタさん、危ないじゃない。見えなかったの？」

「馬鹿を言うでない、ワシが轢いたじゃねぇよ、猪の方からぶつかってきただもん！」

ツタは、前言を翻すと一人で大笑いしたのだった。

しかし、実際はどうなのか。

今夜の道すがら、旧校舎までの一本道の先頭を澄江の軽自動車が走り、彼女がバックミラーで後方を確認したところ、元看護師の井出久美子（77）の普通車と石田和子（75）の軽トラックが続き、しんがりを風間ツタの軽自動車が付いてくるのが分かった。

佐藤てい子（88）と透析患者の岡村順子（75）は、久美子の車に同乗している。

澄江は、ゆっくり走行したつもりだった。ところが、途中、風間ツタが運転する車が停止し、小さなヘッドライトが遠のいていくのを認めたのであった。ツタの車が見えなくなったことは、それが一時的であったにせよ、久美子も和子も心配になったという。

ながしの町の高齢女性にとって、昼間の運転は「そんなの、ワケねぇ」ものである。

しかし毎年十一月の夕方を過ぎる頃、スギの木だらけの深い闇のなかで獣道と混じり合う黒斧山の一本道には野生の匂いが漂い始める。

そもそも運転シートに沈み込む小柄な彼女たちの目線とハンドルの高さは等しく、おのずと視界は遠くなる。ヘッドライトに反射して彼女たちを眩しくさせるのは、ガードレールの白でなく、林立する痩せたスギの幹の色であり、明治期の先達が積んだ石垣擁壁を覆う苔の色であった。

高齢者は、いつ前方のあいまいさに気づくのか。

そして猪、鹿、狸は、ふだん夕刻から夜中に活躍するときている。

しかも彼らにとって、なぜか、人間たちが運転する自動車が法定速度で路面を照らす瞬間こそ、眼の前の道路の横断を決意させる絶好の機会に映るようなのだ。

危ない、危ない。

それは、ドライバーには「飛び出し」そのもの。

ながしの町では、ときに、もっさりしたヒゲを垂らした巨大なニホンカモシカが町道や国道の真ん中に居座り、その堂々たる首と四肢を硬直させ、しばらくの間、運転する女たちを睥睨《へいげい》するケースもある。

風間ツタは、両隣りの机に着席する井出久美子と岡村順子に、

「で、ワシと鹿はよ、フロントガラスを隔てて睨《にら》み合うだが、まるで相撲の立ち合いよ。あいつらの角は、真っ黒なナイフみたいに見えておそがかったけどが、でもよ、そんとき、チョットでも、ワシの目の端っこによ、この小学校の灯りや、あんたらの車のランプの光が見えるもんなら、よっぽどワシを安気にさせる」と言うのであった。

今夜のツタの手袋は、紫色の毛糸で編んだ指出し仕様である。教室まで彼女の小さな手を引いた石田和子は、ツタの御洒落心に気づいており、毎回、ツタが様々にはめて見せる手袋のさり気ない品のよさに感心し、編み物の腕前は相当なものだろう、と察している。

メンバー最高齢の佐藤てい子（88）は、

「ツタさん、あんたは、いつも元気でいい、気持ちがいいわ」と笑った。

そして彼女は、鼻だしマスクの格好で、

「ツタさんも澄江さんも、みんな、オレが持ってきた白菜二つ三つ、持って帰っておくれんよ。そうせんと、オレが、また、持って帰らにゃならんで」と言った。

畠山澄江（78）はマスクを外し、

「あたしみたいな細腕で持てるかしら！　重いでしょ？」と訊く。

風間ツタ（85）は「てい子姉さんの白菜はよ、中身が詰まって重たいのなんのって。虫食いもねぇし、真っ白なヤツばっかりよ。まるで若いときのワシや姉さんみたいなもんだ。いま目方があるっちゅうて、あんたのとこに嫁がせんのはダメだぞん」と言うと、一同、大笑いした。

六人の女たちはストーブを囲むと、白菜は一枚ずつ味噌汁に入れると一ト月もつとか、みんなに無料で配るより直売所で売ってたんと儲けた方がいいとか、重たけりゃ明日あんたの家の前に置いとくとか、寒い寒い鼻がもげそうだ火はもっと強くならんのかとか言い合う。

今夜、風間ツタが運転する軽自動車が、澄江や久美子ら先行する車から遅れてしまった理由を一言で伝えることは、なかなか難しい。

すなわち彼女は、「女の会」の打ち合わせのため、旧小学校への一本道を登ってくる際、夫の風間廣介（享年65）が急カーブのガードレールの継ぎ目から現れ出たこと、彼が猟銃をかついでいたこと、そしてツタの車にしばらく伴走してくれたことを、いま五人の仲間に言うかどうか、迷っているのだった。

ニホンカモシカだの、重たい白菜だの、ストーブの火加減だのは、どうでもよい話であった。

今夜、亡くなった夫と邂逅《かいこう》するなんて、長い人生で初めてのことだったのだから。

廣介は、もう長いこと夢にさえ出てこなかったのだ。

ツタは、自身の胸の鼓動を何度も確認しなければならなかった。

ああ、黒斧山の一本道の、最初の急坂のあとに現れる大きな左カーブを、車のヘッドライトが照らし出したとき、突然、ガードレールの白色が途切れたところ——藪陰《やぶかげ》の奥からオレンジ色に光る大きな物体が道路に転がり込んできたのだ！

当然、急ブレーキを踏んだ。

風間ツタの目玉に力が入る。

発光するオレンジは、狩猟用ベストではないのか？

そしてツタが目を丸くして見つめる真正面から、のっしのっしと近づいてくる物体は、ツバのある帽子を目深にかぶった大男であった。そいつは、ツタの車のボンネットに太い人差し指をそえると歩速に合わせてフロントピラーまで這わせ、やがて運転席の窓ガラスを拳の山の部分でノックしたのである。

怖い。やっぱり不審者か。

否、かつて見慣れた狩猟用ベストを着ているではないか。

恐る恐る二度見したところで実は、ツタには察しはついていたのである。彼の優しい目尻からブルドッグのように垂れ下がった頬袋を確認するなら、そいつが夫であることは、もう間違えようがなかった。

ああ、あのときの胸の高鳴りが再開しそうだ！

しかしツタは、言い聞かせる――夫の廣介は、平成十五年の秋に食道がんで死んだのだ、と。

彼は、町立ながしの病院で亡くなるとき、拳の骨と五指を引っ張る腱が浮き出た大きな両手でツタの小さな手を包んだあと、あたかも握り飯でもつくるようにペッタンペッタンと拍子を鳴らしながら尽きていったのだ、と。

今夜の不思議な闖入《ちんにゅう》者は、彼が元気だった頃の精悍《せいかん》な顔をツタに近づける。

夫・廣介は、大型トラックの熟練ドライバーらしく日に焼けた面構えで、

「おい、ツタ、元気を出せぇよ。負けちゃなんねぇぞ」と言ったのだ。

ツタが声をかけようとして窓ガラスをおろすと、やっぱりアルコール臭がしたのである。


ツタの夫・風間廣介（享年65）は、六十歳で定年したあとも複数の会社と請負契約を交わし、岩石や砂利をダンプカーで運び続けた。

当時、コンクリート会社の事務で働くツタは、年下ながら一所懸命に働く夫を頼もしく思った。

愛知県北設楽郡の町村のあちこちで眺められるピラミッドの基礎のごとき土砂の集積は、ダムやトンネル工事で山や谷を発破や重機で削り取ったものや河川近くの砕石工場からダンプカーに載せて運び込んできたものだ。

廣介が、そんな現場で、ハンドルを切りながら大声で演歌を歌う姿は有名だった。

ある日、ツタが台所で夕飯を準備しているとき、どこからともなく八代亜紀の音程とは程遠い

演歌「舟唄」の調べが聞こえてきたので振り向くと、廣介が玄関の上がり框にドスンと腰を下ろし、「肴は、いつものモツでいい！」と替え歌にしたため、お互いに笑ったことがあった。

娘たちが独立したあとの二人の暮らしも質素そのものであったが、なぜか、夫の酒量は増えるばかりであった。

「あんた、今日は休肝日だよ。先生との約束を破っちゃダメだからね……」

廣介は、ツタが主治医の戒めを言い終わらぬうちにガラスコップの縁まで注いだ日本酒に唇を寄せると、まるで水でも飲むように一気に干してしまうのだった。

「もう一杯」「ダメだって」「もう一杯だけ！」「ダメって言ってるでしょ！」

そんなツタが、夫・廣介との人生から得た教訓は「夫婦仲良く」であった。

どんなにケンカしても、ダンナの朝の送り出しには仲良くするだよ。

ケンカしたまま、ダンナに死なれてごらん、それ以上に後悔することはないだでね。

ツタが、このようにキツく忠告したはずの二人の娘は、なぜか、二人とも子を産んだあと元気よく離婚してしまったのだった。いま潑剌《はつらつ》とした娘たちの姿にふれるとき、人生、何が正しくて何が間違っているのか、もう分からなくなる。

廣介が亡くなる最後の二年間、彼が建設現場で希少植物を見つけるたび、小さな鉢に植え直し、自宅で鑑賞するようになったときも、ツタは心底、不思議に思った。

山の厳しい掟のふるいから逃れ出た飢えた猪鹿たちは、その蹄をアスファルト道路の面にしたたか打ちつけて、よろめきながら人間界に闖入してくる。今夜の廣介も、そんなふうにしてツタの視界に飛び込んできた。狩猟で使用する上下二連銃のボディを摑《つか》んだまま、親指を立てて、彼は「前へ前へ」と急き立ててきたのである。

風間ツタは、廣介の指示するままアクセルペダルを踏んだ。

ようやく校舎前の校庭に車を停めたとき、廣介の姿は、すっかり消え失せていた。

お隣りの駐車スペースでは、ちょうど石田和子（75）が携帯電話の画面と睨めっこして、夫の博司（77）に宛てたメッセージを打ち込んだところであった。

「夕食はテーブルに置いてます」

「チンして温めてください」

和子は、そう書いた。が、いつもの不安は拭えない。

彼女のメッセージを読んでヘソを曲げたであろう博司は、戸棚からカップ麺を取り出して食べるか、車を飛ばして静岡県浜松市内で外食することだろう。

石田和子は軽トラックのなかで溜め息を漏らすと、ドアを開けた。

「あら、ツタさんじゃない！」

彼女は、隣りの車の運転席で呆然としている風間ツタの横顔を認めた。

一方、ツタは、和子が車の窓ガラスを指でトントン鳴らしてくれたお陰で我に返ったのである。

女たち六人の「打ち合わせ」は、午後七時の定刻を過ぎても、なかなか始まらない。

「あんたの手袋、洒落てるじゃんよ。指も出てるし」

「これ？　町民文化祭に出した手袋よ。てい子姉さん、ほしかったら、つくってあげる。白菜にはかなわんけどが、アハハハハハ」

風間ツタは、夫・廣介（享年65）の幻との遭遇によって、いまも小さな胸が熱くなって苦しいが、必死にふつうを装う。

いま振り返るとき、廣介の丈夫な身体に異変が起きたのは暑い盛りの夜だった。

あんた！　な、なんなの、これ、血じゃないの！

白のランニングシャツ姿の廣介が、居間の網戸を開けると首を外に出し「ゲェゲェ」と呻《うめ》いていたところ、わざわざ庭まで回って彼の吐瀉物《としゃぶつ》を確認したツタは、窓越しながら初めて年下の夫を叱責したのであった。

酒飲みの夫に焼きが回るのは早かった。

妻の忠告など意に介さない廣介が、毎晩、大酒を食らって大好物のツマミたるモツの煮込みを胃に流し込もうとして食道で詰まり、嘔吐と吐血を繰り返すたび、ツタは救急車を呼ばなくてはならなかった。町立ながしの病院で必死に治療にあたってくれた先生方と入院病棟の看護師さんの姿まで思い出してしまう。

ツタは、佐藤てい子や井出久美子ら女たちとの世間話の途中で思わず、

「やっぱり病院の入院をなくしちゃダメ！　あの町長、何を考えてるだか！」

と、大声で口走ってしまった。

女たちは、一瞬、呆気にとられたものの、

「そうよ、そうよ。ツタさんの言うとおり！」

と、釣られるように相づちを打った。

「そろそろ会議、始めましょうか」

七つ目の空いた机のうえには、厚手のジャンパーとコート、毛糸の帽子、饅頭やクッキーで詰まった鞄やリュック、温かなコーヒーを入れた水筒がまとめて載せられている。

「今日、何人くるんだっけ？」

そう訊ねたのは、司会の畠山澄江（78）だ。

「七人、あと、あさひさん、呼んでるだわ」

「議員の人だよね？」

石田和子（75）が訊くと、岡村順子（75）が、

「そう、友川あさひさん。数年前に移住してきた三十代の娘みたいな子。で、共産党よ、日本の共産党の人なのよ！」

佐藤てい子（88）が、続けて訊く。

「あのダンナ、どんな人よ？」

風間ツタ（85）が、頬を掻きながら答える。

「アレは、名古屋から弁護士さんを呼んでくれた人だわいね。で、署名の注意点もよ、アレコレ

教えてくれた人だわ」

「ああ、アレは悪人じゃねぇ。顔で分かる」

「ところで、てい子姉さん、あんたがよ、生意気だと憤慨しとった友川あさひさんだが、ワシ、あの子が、男ばっかの議会で踏ん張っとる姿、堂々と意見を言っとる姿、お隣りに住んどる伊藤さんに見せてもらったもんで、今晩、あの子に来てもらって話を聞きたいとお願いしただわ」

「なんで、伊藤の紀之サが、あのアカの娘の議会の様子を知っとるだか。で、なんで、そんなのをよ、あんたが、紀之サの家で見れるんだか？」

すると岡村順子が「インターネットよ」と言った。

「てい子さん、ユーチューブ！　この携帯でも、いますぐ議会の様子が見られるんですよ」

元看護師の井出久美子（77）は携帯電話を取り出すと、人差し指を立てて言う。

「このマークを押していくだけで、町のホームページから一般質問の動画が見れる」

「ま〜た、そんな機械の話かよ。オレは、いらん。そんなもんばっか、見んでいい！」

「だ、か、ら、今夜、実物、本人を呼んどるだわいね」

畠山澄江は、ストーブを囲んだ円陣のような机と椅子の数を目と顎で数えてみる。

「バカよ、七つ目の席、荷物置場になってる！」

てい子が「いくら共産党でも、荷物のうえに座らせるのは失礼だわ、ワハハ」と笑うと、ツタ、久美子、和子もマスクを押さえて笑った。

岡村順子は笑わなかった。

彼女は立ち上がると、町議の友川あさひ（36）が座る学習机のうえにあるジャンパーやコートを抱えて、別の机に置き直した。

あさひ用の机を整え終わると、まさに円陣に見えてくる。

「あなた、今日透析だったでしょ。大丈夫？」

元看護師の井出久美子が、ピンク色のフリースを着た岡村順子の働きを労《ねぎら》った。

「うん、大丈夫。少し寝たし」

順子の透析治療は、今年で二十六年目を迎えた。町立ながしの病院の透析室が、今年三月末で閉鎖されたあとも、転院した静岡県浜松市内の民間クリニックで続けている。

透析治療は、彼女の「命綱」であった。

6

岡村順子（75）は、週三回、静岡県浜松市内の民間クリニックで透析治療を継続していた。

担当の女性技士は子育て中で、幼稚園児の息子と格闘する日々をこぼしながらの穿刺《せんし》テクニックは、これまでにない安寧を順子にもたらしている。

ベッドに横たわる順子は目を瞑《つむ》ると、これが都会の医療か、と思った。

技士の彼女の暮らしは、この先、子どもが成長すれば出費もかさむことだろう。高待遇の医療機関を求めて、このクリニックを辞めてしまったら、私は、どうすれば良いのだろうか。彼女が転職する先々まで本気で追いかけてしまいそう……。

そして順子は、いまどきの若い人は立派だ、と思った。

特に、あの娘のような子育てしながら働く女性には頭が下がる、しかも医療系の資格をもっている女性には毎日御辞儀したいくらいだ、と敬服するばかりであった。

先週の透析時、順子は、技士の彼女の指を褒めた。

午前九時から始まる透析は、午後一時に終了する。

終了の際、透析フロア三〇床のアラームが次々と鳴り響き、技士たちは、透析装置を順次停止させ、患者の腕につながるビニール管の鉗子《かんし》を外したり固定し直したりして、管のなかに残った血液を患者の体内に戻していく作業に入る。

担当の彼女は、最後に順子のベッドへやってきた。

止血の処置は、細心の注意を払う。順子の左腕には管につながる極太の長針二本が刺されており、その穿刺部にガーゼを挟み込むようにバンドを巻いて抜針した。

このあと、彼女はゴム手袋を脱ぎ、白魚のような指を見せたのである。

「あら、キレイ！」

順子は、思わず声をあげてしまった。

愛知県豊橋市内の高校を卒業した順子は、東三河信用金庫の窓口で五年ほど働いた。

やがて職場の仲間の勧めで、静岡県浜松市に本店を置く遠江《とおとうみ》信用金庫で働く男性と結婚する。

たまたま夫の実家が、ながしの町にあったため、順子は「専業主婦」として岡村家に迎えられると、家事とあわせて義父母と三人で先祖代々受け継がれてきた田畑を耕すことになった。

「お義母さんには『嫁の指は、全然（わたしら百姓と）違うの！』って散々言いふらされてね、ホント恥ずかしくて嫌だった」

技士の彼女は、薊《あざみ》の花のような睫毛を開くと、

「私も同じですよ。ウチのお義母さん、いっつも私に『あんたは、ぜーんぶ放ったらかし！』って叱ってばっかり。この前なんか、もうカチンときちゃって、そんなに絵本の読み聞かせが必要なら『テメェがやって片付けろよ』って言い返しそうになっちゃって……、私、こりゃヤバイなって思って、一人でゴルフの打ちっ放しに行ってきました」

若者の率直な言いぶりに、順子は目が覚めるようだった。


いま岡村順子の隣りの病床には、同じ透析患者の高田謙作（65）の姿はない。

今秋、新型コロナウイルスに感染した高田は、ながしの町から遠く名古屋市内の大病院へ救急搬送されると、そのまま集中治療室にて闘病中なのだ。

高田謙作のことで思い出されるのは、昨年二〇一九年十月、町立ながしの病院の透析室が二〇年三月末で廃止されるという中部新聞のスクープが出たとき、彼こそが一番はじめに病院の窓口で抗議した人であったということである。

「この透析室が廃止されるって、本当なのか？　冗談じゃないぞ！」

「俺たちは透析機器につながれた羊じゃない、人間なんだよ！　我々に事前の説明会も開かずに

中止を決めるなんて、町と院長は、何を考えているんだ！」

高田の抗議の言葉に、順子は覚醒したのだった。

彼については「北設腎臓病患者会会長」という肩書より、透析中、女性スタッフや順子に卑猥なことを言っては困らせる人という印象の方が強かったから、余計、彼の言葉の正しさが伝わってきたのかもしれない。

こうして患者会会長の高田謙作を先頭に、昨年末から今年三月まで集めた「透析中止の撤回を求める請願署名」は、町民一四〇四筆（町人口の約47％）にのぼった。

残念ながら議会に提出した請願署名は、三月議会にて賛成三・反対四で否決されたのだったが、ながしの町の医療を守ろうという大きな世論をつくり出したのであった。

――高田さん、絶対、私を一人にしないでよ……。

町立ながしの病院の透析室は、今年三月末をもって閉鎖されてしまった。

順子は四月から、高田謙作の自家用車に同乗して静岡県浜松市まで通院することになる。相乗りは、透析後の血圧低下や足の引きつりなどをお互いでカバーする苦肉の策だったが、彼の大好きな鮎釣りや映画の話に耳を傾ける往復二時間の楽しいドライブにもなった。

しかし彼がコロナとの闘病に入った今秋からは、順子一人の孤独な道行きとなった。

透析患者の順子は、雨が降ろうが槍が降ろうが、仲間を失おうが、週三回、毎朝七時半に自宅を出て、クリニックでの四時間にわたる透析を終えなければ死んでしまうのである。

順子の場合、それは平成七年の春の出来事であった。

たまたま受けた町の健康診断で血尿が判明したのである。四十九歳だった。

町立ながしの病院の医師から「尿に血が混じっています。大きな専門病院で検査する必要があります」などと言われても、順子には、紙コップに放った小水は焙じ茶や薄いコンソメスープのように見えただけであった。

後日、愛知県豊橋市の河本記念病院で精密検査をしたところ、腎臓内科の医師は、

「あなたの腎臓は……、いずれ心の準備をしておいてください、と言わなきゃならないレベルなんですよ」と言ったのである。

ええ？　どういう意味ですか！

自覚症状なんて、まったくなかったではないか。

岡村順子（当時49）の体全体が緊張感に包まれる。

医師は、慢性腎不全の患者の狼狽を見透かすと、

「ああ、心の準備といっても……」

と、患者の不安を取り除くように補足した。

突然の慢性腎不全の宣告と「心の準備」という言葉。

医師によれば、それは「死」を意味しなかった。順子は、これから人工透析の治療に入るというのである。そのために「シャント」と呼ばれる血管形成術の手術を受けなければならないとい

うのである。

「私、どうやっても、透析を受けなくてはならないのですか?」

「ええ。透析を避けることは出来ないんですよ。でも心配はいりません。しばらく慣れる準備は必要ですが、日々、全国で十五万人の患者さんが受けている治療ですから」

医師は平静な口ぶりで言ったのだが、当時の順子は、医師に手を引かれて死の淵へと案内されたような絶望感を味わった。事実、あの日、会計を待つ間、待合室で気分が悪くなり、気がついたときには診察室の奥のベッドに寝かされていたのである。

「ご気分はいかがですか。不安だったのでしょう」

看護師から、そんな言葉掛けがあったように思う。

しかし順子が、いまでもはっきり覚えているのは「ご自宅に電話を……、お母様が出られて……、お一人で帰るように、と」という言葉であった。ベッドから立ち上がった順子は、急いで身なりを整えて会計を済ませ、義母の言いつけ通りに帰宅したはずである。

JR飯田線には乗らなかった。

順子は、豊橋駅前からバスに乗ると、車窓に額を寄せて街の風景を凝視し続けた。

バスは豊川市、新城市を通過し、旧鳳来《ほうらい》町の北はずれの停留所を通り過ぎ、彼女は、ながしの町とは真逆の方向にあたる設楽町田口のターミナルまで揺られて行ったのである。

静岡県浜松市内の信金支店長に昇りつめた夫に迎車などお願い出来ない。

タクシーも呼べなかった。

透析を開始した当時について思いふける順子に、透析クリニックの若い女性技士が、

「順子さん、透析、終わりましたから！　止血が確認できたら体重を測って……」

と声をかける。が、順子は、苦々しい過去の記憶から戻れない。

私は、あのバス停に取り残されたあと、どうやって岡村の家に帰ったのだろう。分からない。でも、ずっと左手首を夢中で撫でていたことは確かだ……。

岡村順子の左腕の内シャント形成術——静脈に動脈をつなげる手術は、十日後に行われた。この手術によって透析機器につなげる左腕の静脈内の血液に勢いがつき、機器の回転に必要な血液三〇〇ミリ／分が確保されるというのだ。


平成七年（一九九五年）の日本社会では、一月の阪神淡路大震災に始まり、三月のオウム真理教による地下鉄サリン事件、九月には沖縄駐留米兵の少女暴行事件まで大きな事件が相次いだ。ながしの町では、戦前と戦後を通して一件の殺人事件も町政上の汚職やスキャンダルも起きなかった。その町民たちが「物騒な世の中になったもんだ」と言い合った。

岡村順子（当時49）の平成七年は、突然の慢性腎不全の診断からシャント手術、人工透析治療へと移行する怒濤の年であった。

彼女は五月二十日午後二時過ぎ、河本記念病院の腎臓外科にて、左手首の上方を流れる静脈と動脈とを結合する「シャント」手術を行った。そして人工透析に慣れるための三か月間の入院を

経て、町立ながしの病院の透析室に転院・通院する生活に入ったのである。

なぜ、私だけが慢性腎不全になったのか。

なぜ、透析生活を余儀なくされたのだろうか。

手術を担当した外科医の中島慶二（当時34）は、

「岡村さん、僕の考えを言わせてもらうと、そういう原因探しは、結局、誰かを恨むだけだと思うんです。僕、神戸の震災の現場に駆けつけましたけど、何も出来なかったんですよね。何百人何千人もの方々が、一瞬の激震で、自宅のなかで圧死されたんです。でも岡村さんは、いま生きている。生きるために悩んでいる。偉そうな言い方かもしれませんが、それだけでも生きる意味があると思うんですよ、僕は」と言った。

中島医師は、もう一度、腎臓の機能について説明する。

人間には、背中側、ちょうど腰のうえの背骨を挟んだ左右に、握りこぶし大のソラマメ形状の腎臓が一つずつ備わっている。小さな臓器なのに、その働きぶりは絶大であり、体内の汚れた血液を二十四時間三六五日、絶え間なく「濾過《ろか》」しているのだ、と。

「腎臓はホント小さいのに、網や笊《ざる》のように血液の老廃物や余分な塩分だけを通して取り除いてくれる。それを尿と一緒に体外に排出する奇跡の臓器なんです。ところが順子さんの場合、長い間、健康な血液の塊まで網のなかを素通りしてしまっていた」

「まさに、ザルだったということですね」

二人で笑い合ったのは、もう二十五年も前のことになる。

河本記念病院の腎臓内科医も詳しい説明をしたと思う。が、順子は、ほとんど覚えていない。彼の「心の準備」発言に吹き飛ばされてしまったのか、とにかく記憶の束から抜け落ちてしまっている。シャント手術を手掛けてくれた中島医師のフォローのお陰で、やがて順子は「慢性糸球体腎炎」という病名を突き止めていく。

腎臓の「濾過」の仕組みは、小さなソラマメ形状の外皮の内側にセットされた百万個の微小なカプセルのなかで働く。カプセル一つ一つに詰め込まれた毛細血管の「毛玉」が血液の老廃物を選別する「網」をつくるというのだ。腎不全は、その「毛玉」が、何らかの原因で焼けただれて「網」の目がスカスカに粗くなってしまう病気なのだ。

図書館のない町で暮らす岡村順子(75)は、愛知県図書館にリクエストを出し、町へと郵送してもらって借りた本のなかに「本来は体を守るべき免疫グロブリンAが、風邪や扁桃腺炎などにより腎臓の糸球体に沈着すると炎症を起こす」という記述を見つけた。

専門書は、左記のような説明を続ける。

免疫物質の異常の原因は、未だ不明である。

十年以上の経過を経て腎不全になる場合もある。

外科医の中島慶二(当時34)が言ったように、原因探しは無意味なのかもしれない。

しかし順子の、もやもやした怒りのような気持ちは、なかなか収まらなかった。そのため町立ながしの病院の透析室での時間は、その怒りを鎮める特別なものになっていった。

透析室にある十床のベッドに横たわる患者たちは、利き腕ではない方の腕を仰向けにして静かに機器につながれる。患者と透析機器の間を血液が往復する四時間は、ある者は睡眠に、ある者はテレビやビデオの鑑賞に、またある者は読書に当てられた。

順子の透析時間は、己の過去と「死」をめぐる思索に当てられ、一日おきに繰り返された。

岡村家に嫁いだ二十三歳の当時から順に過去を確かめていく順子は、自分は一日たりとも風邪や扁桃腺炎なんぞに罹ったことはない、元気溌剌だったと大見得を切るのだった。

――私は、爺さん、婆さん、義父母と夫、義弟二人の「お世話係」だった。食事、洗濯、掃除、農作業、集落のお役目を欠かさなかった。あの夫から贈られた「月給三か月分」の婚約指輪は、岡村の家の「家政婦」となる「契約証書」だったのか。

いまなら義母の不機嫌は、夫と順子がいくら望もうとも子どもは授からないと分かった四十代から露骨になっていったとハッキリ言える。

ある日の義母は、テレビで時代劇を見ながら、ときおり大声で「御家断絶よ！」と繰り返し、異常な喜びようだった。順子が画面を覗き込むと、ある藩主の唯一の嫡子が幼くして急死して、家老たちが世継ぎの身代わりを探すため上を下への大騒ぎという場面であった。

透析患者は、この二十五年間で倍増、現在三十五万人に迫るという勢いである。

透析クリニックは、どこも満員であるという。

岡村順子（75）は、最近、彼女のシャント手術を担当した外科医の中島慶二（60）が、世界的な心臓外科医として活躍中という大きな記事を女性週刊誌の皇室特集で読んだ。

手術室へ入るとき、看護師が「よい先生に当たったから大丈夫」と囁いたことを覚えている。若き中島慶二（当時34）は、順子の左腕に部分麻酔を施すと、迷うことなく手首のうえにメスを入れた。

術野を広げるための鉗子が、メスで切り裂いた皮膚と筋肉を挟んだ。

中島医師は、毛細血管から滲む鮮やかな朱色の血液を、少量の水をかけながら拭う。

筋肉に埋まった動脈と静脈をメスと鑷子《せっし》で穿《ほじ》り出す。まるで土のなかから太めのミミズが二匹でてくる感じで二本の血管が現れる。その動脈と静脈の血流をクリップで止めると、動脈の方には二つ目を施す。動脈血を止めている間に、二つの血管をつなぐのである。

さあ、時間との勝負だ。

中島医師のメスは、それぞれの血管の表面に一センチほどの切れ目を入れる。溢《あふ》れる血液を水で流す。そして二つの血管の裂け目を繋ぎ合わせるため、吻合《ふんごう》部に鑷子で針糸を挿し入れ、針の先を持針器で摘む。その一ミリ間隔での縫合作業が、正確に繰り返される。

看護師たちは、中島医師の、まるでピンセットを使って「あやとり」遊びでもしているかのような腕前に目を瞠《みは》った。

手術の開始から、たった四十三分の我慢であった。

順子は、聴診音を聞く中島の生っ白い顔を思い出し、女性週刊誌に載った六十歳の彼の顔写真と見比べると、

「先生、いま口髭なんか生やしちゃって」と微笑んだ。

中島医師の見事な手術を経て人工透析を開始した平成七年の初夏、もう一つ、忘れることが出来ない事があった。

それは、順子が入院した河本記念病院の大部屋にいた「延子」というおかっぱ頭の女の子との出会いである。

付き添いの祖母は、病室の新しい一員となった順子に対して、

「うちのは小学一年生になるだが、もう三年もここにおるだが……」と頭を下げた。

すると、たちまち、ベッドのうえの延子が、絵本を放り投げて、

「やい、クソババア、無闇に他人にへいこらするでない！」と言い放った姿に、順子は吹き出してしまった。

順子が、ときに岡村の家の者を心配して「あの人たち、ちゃんと食べてるかしら」と独り言を漏らすと、延子は「あちきが、旦那さんの納豆をつくってあげるから心配せんでよろし」とか「花の命は短くて苦しきことのみ多かりき」などと言ったのも可笑しいやら愛らしいやらで心が明るくなるのだった。

竹脇延子（7）には、両親がいなかった。

彼女の祖母は、やがて岡村順子（当時49）の「慣らし透析日」に合わせるように面会に来ては、延子の世話を焼くようになった。

そうなると透析のない日は、順子が、延子の様子を見ることになる。

順子は、平成七年の夏から秋にかけて、人生で一番、子どものことを考え、自分の子育てについて具体的に想像したように思う。養子縁組まで検討したほどだった。

ベッドのうえの延子は、ピンクのパジャマを着て、あぐらをかき、一所懸命に人形のオモチャをこねくり回している。青白い顔は下ぶくれてはいたが、彼女の太い眉と勝ち気な瞳が、いつも、何か、真っ直ぐなものを求めているように思われた。

ある日、院内の売店で鉢合わせた延子の祖母は、

「あの子は生まれちゃいかんかったが、生まれたかっただで仕方なかった」と言った。

「延子ちゃん、元気になるといいんだけど」

「あんたさんには、ひどく迷惑かけるけど堪忍なぁ」

「そんなこと言わないでください。私、楽しませてもらっているんですから」

「あんたさん、子どもは」

「いないんですよ。だから延子ちゃんを見ていると、子どもって可愛いなぁって、私、初めて思わせてもらいました」

延子の祖母は、順子の感想を聴いた途端、薄暗いフロアに崩れるようにうずくまると、「ウウウッ」と呻き、声を殺して泣き始めたのであった。

順子は、だんだん延子と親しくなっていく。

かつて信金の窓口で御手の物だった算盤を弾く姿を見せると、延子が目を輝かせて「教えてくれ」と言い出したことから、算数の問題を一緒に解くことになった。ノートに記されたハリガネのようなカナ文字も忘れられない。

そして順子が、延子と手をつなぎ、ながしの町の林道や田畑の畦道を散歩する様子を夢想するようになった平成七年の冬、発熱した延子は急変して亡くなってしまう。

独り相撲の熱狂は、実に呆気なく覚めた。

子のない順子との会話をやめてしまった岡村の義母は、実りの晩秋から寒さ痺れる冬にかけて大豆の豆叩き、選別作業に専念するのが常であった。すべてが手作業だった。

そんな義母の姿も、五年前の急逝で見ることはない。

義父は、いまも町のサイレンが鳴る午後五時半になると大きな食卓につき、相変わらず八人掛けのテーブルの引き出しから箸と茶碗を取り出してはチンチン鳴らす。そして「順子さん、ご飯はまだですか。みんな待っておりますよ」などと続けるのだ。

夫は、六十歳を前にして他所の女性の宅で亡くなった。

平成七年、岡村順子（当時49）が通院することになった町立ながしの病院は、高崎由紀夫院長（一九三七〜二〇一八年）のもと人工透析室十床を開設したばかりであった。

今春、ながしの町の教育委員会が刊行した『ながしの町史』第二巻現代編には、故・高崎医師が、病院に透析を導入した経緯について次のように語っている。

私は、医学部を卒業する時には小さな町村の「赤ひげ」になりたいと思っていた。「赤ひげ」とは、山本周五郎の小説『赤ひげ診療譚』の主人公のような、貧しく不幸な患者に尽くす医師の象徴である。福井県の地主の家に生まれた私は、日本の敗戦で窮乏生活を送る人々が医療にかかれずに亡くなる姿の不条理も抱えていたと思う。

透析室を開くきっかけは、この奥三河でも慢性腎不全の患者が増えてきたからだ。

透析の治療が、小さな町の病院の経営に資するという当時の状況もあった。

ここで特筆しておかなくてはならないことは、腎臓病の患者たちと患者団体が「金の切れ目が命の切れ目」という高額な医療費の自己負担をなくすよう国や自治体に医療費の助成制度を求め、一九七二年には、ほぼ無償となったことである。

透析患者は当時、この奥三河——愛知県北設楽郡の四町村だけでなく県を跨ぐ静岡県佐久間町と水窪《みさくぼ》町の患者を合わせ、実に百人を超えつつあった。

今でこそ伸びは緩やかとなり、診療報酬も減らされる始末だが、患者総数は一向に減らないのはどういう訳なのだろうか。それは高齢化に伴う腎硬化症の多発や、あるいは糖尿病の患者たちが慢性腎不全へと移行するためだと言われている。われわれ医師が、後者を予防する場合、患者と家族らが、塩分や加工肉、糖分の多い菓子・飲料やアルコールを減らす食事をつくれるのかという現実と向き合うことになる。

ながしの町の高齢化率は半数を超え、平均所得は、愛知県で、万年の最下位である。

高齢の透析患者たちは、月五万円ほどの国民年金で暮らしている。爪に火を灯すように生きる彼らが、果たして栄養バランスのある食事を摂れるのか。最近、あるタレントが「国の社会保障費を維持するため、自堕落な生活をする糖尿病患者や透析患者は殺してもいい」と発言したというが、私は、暗澹たる気持ちである。

「赤ひげ」を目指した私だが、医の道がこれほど政治と密接しているとは思わなかった。やれ赤字を改善せよ、やれ病床の削減だ、やれ高額な電子カルテやＣＴの導入は止めよ、などと町長や議会から言われるたびに、我々は立ち往生した。

当然、四年に一度の町長選や町議会選挙では、医師の態度が影響を与える。

これから医師を目指す若者たちには、己の思想を鍛え、政治家に物申すことを恐れるな、と言い残しておきたい。

（第四十八回衆院選挙の報を聞きながら記す）

平成七年、岡村順子は、高崎由紀夫院長（当時58）が率いる町立ながしの病院の、ちょうど十人目の透析患者として迎えられたのである。

高崎院長は透析室の開設にあたり、看護師の井出久美子（当時51）を「室長」に命じた。

病院の外来主任だった久美子は、人工透析は「臨床工学技士」の任務だと思っていたから面食らったという。しかし高崎院長の「組合経験がある井出さんしか頼めない」という一言で「分かりました」と了解したのであった。

久美子は、あのとき、高崎院長の「組合経験」云々の意味を正確に理解したうえで透析室長という大役を引き受けたのか怪しく思う。ただ誇り高きドクターが、若き日の彼女の労働組合キャリアを評価したこと自体に、何か切実な響きを感じとったのである。

こうして久美子は、人工透析室の開設から定年後の再任用の期間を含めて十三年間という長きにわたって、町立ながしの病院の透析室の担当看護師として働いた。

それゆえ昨年の秋のこと、中部新聞が「ながしの病院　二〇年三月末で透析中止へ」と報じたとき、腰を抜かすほどの衝撃を受けたのである。

久美子は、ふだん新聞を読む習慣などなかった。

思うに、町内の友人数人でつくるＳＮＳに「友川あさひさんの投稿から転送」と書き込まれた吹き出しに添付された画像が、その日の新聞記事だったに過ぎない。

元看護師の久美子は、思わず次の二行をＳＮＳに書き込んだ。

くみこ　透析患者さんを放り出すってこと？
　　　　誰か患者さんの転院先わかりますか？

そして真っ先に思い出したのは、高田謙作と岡村順子の顔だった。

さらに久美子は、透析室だけでなく、外来・病棟、住民検診まで看護にあたった病院での日々を蘇らせる。私たちは、医師・看護師・技士・職員まで一丸となって患者さんの命を最後の一人まで守り切ると誓い合って病院と町内を走り回ったのだ、と。

透析室を閉鎖しても、お隣りの新城市民病院や茶臼山厚生病院の透析室は満床だと聞いている。万一、空きがあっても患者の都合のよい曜日・時間に入れるとは限らない。

久美子は、しばし呆然としたあと、この件で、同僚だった医師や看護師、患者さんたちと話し合いたい、話し合わねばならないという欲求が湧きあがってきた。

ああ、新しい院長や看護師・技士たちは、いったい何を考えているのだろうか。

由紀夫先生が亡くなると、若い医師たちは豹変するのか。

久美子は、腹の底で何かが燻《くすぶ》るのを感じた。


透析中止のカウントダウンは始まった。

患者は、二〇二〇年三月時点で、二十人を超えていたのである。

果たして転院先はあるのか。

岡村順子（75）は、今年三月末ギリギリまで抗議の意思を込め、町立ながしの病院での透析を続けることを決意する。転院先の見通しはなかった。

元看護師の井出久美子（77）は、そんな順子に最初の穿刺を施したのは自分だと思い出した。

もう二十五年も前のことである。

岡村順子（当時49）は、術衣に着替えて透析室に入ると、体重、血圧測定、医師による心音やシャントの血流の聴診を終えて、頭一つ分背の高い看護師の久美子（当時51）の前に立ったのであった。

久美子は、順子とは初対面だと思い、小さな町で長らく一度も出会わなかった不思議を感じた。

小柄な順子は、食事制限のためか鎖骨が浮きあがるほど痩せている。

そして何か思いつめたような表情をしていた。

「あ、岡村さん、イヨッ、待ってましたよ！」

高田謙作（当時40）が、透析ベッドのうえから手を振った。

彼はビックリ顔の順子に、隣りの空きベッドを叩いて見せた。

さらに久美子に、順子の透析ベッドを自分と並びにするように要望すると「俺、患者会青年部長の高田です」と言って胸を張った。

「もう、高田さん、静かに！　岡村さん、私、看護婦の井出です。よろしくお願いします」

ベッドに仰向けになった順子は、軽く会釈を返した。

久美子は、順子の左腕に消毒を施し、手首のうえに浮きあがる静脈二本に穿刺する。

針穴が分かるほど太く長い針が、ゆっくりと血管に沿って挿し込まれる。

順子は目を瞑る。穿刺針のプラスチック・ソケットが、自分の心臓のリズムに合わせてプルンプルンと震えるのを感じる。

男性技士が、二本の透明なチューブを穿刺針のソケットにつなぎ、透析機器のポンプを稼働させる。するとチューブのなかを赤黒い血液が一気に満たしていき、その血液は、透析液に浸された筒状の人工中空糸と半透膜に浸潤し、老廃物を透析液側へと排出する。

透析機器で濾過された血液は、二本目のチューブから体内へと戻される。

順子は、やがて瞑想に入る。健康な人間とは老廃物や異物のない血液の保持者のことだ、と思う。毎日毎分毎秒、絶え間なく体内を駆けめぐる血液の循環を、私は体感していると思う。延子ちゃん（享年7）と過ごした病院の新米技士が穿刺に失敗したとき、子どもの小水のような勢いで血液が飛び散り、順子の顔に斜めにかかったことがある。順子に怒りはなかった。自分の血液があまりにも健気で、愛おしく感じられたからだった。

元看護師の井出久美子（77）は、透析患者から多くのことを学んだ。

その第一は、透析機器に命を預ける患者さんが「死」を意識するためなのか、視覚や聴覚などの五感が研ぎ澄まされている／いくことだ。

もちろん個人差はある。

あくまで彼女の印象だが、透析患者は、五感を集中させ、最悪な事態を先回りして考えている気がするのだ。彼らに、穿刺や採血のときの器具の不足や間違いを指摘されたことは数え切れない。そして患者一人ひとりに合った透析の仕方――開始から終了まで合理的な順序が存在することも教えられた。

第二は、病院主催の健康学習会が、患者と家族、地域を変えるということである。

患者の岡村順子は、透析中、物思いに耽《ふけ》ることが多かったが、病院が主催する「慢性腎不全（CKD）学習会」に参加するなかで貧血や高血圧、手足の痺れを防ぐ食事の管理を徹底するようになった。食べ過ぎと水分の摂り過ぎに注意し、野菜は「茹でこぼし」。喫煙・飲酒・外食は厳禁とし、介護中の義父とは別献立の食事をつくるようになったという。「ながしの町の透析・入院を守る女の会」にて、飲み物や茶菓子が出されても、順子がまったく手をつけない姿——心臓や肺に負担をかけないよう塩分と水分の摂り過ぎに注意する姿を目の当たりにすると、久美子は感動すら覚えるのだった。

透析室がスタートし、学習会も広がるなか、一部の家族や地域では、腎不全や糖尿病の理解が深まっていった。その変化は、医療スタッフのやる気にもつながっていく。

透析室の責任者となった久美子は、透析の辛さから通院を拒む患者が出るたび、山奥の自宅へ説得に向かった。豪雨による崖崩れや橋の崩落で通行止めになったときには、地図を開き、迂回路を探しては迎えに行った。病院側のミスで患者の血管を壊してしまったときは、町に医療過誤事案として賠償責任を負うように提言したこともある。

元看護師の井手久美子は、今更ながら自分は患者によって育てられたのだと思った。

一方、透析中の順子は、学びを深めるために自ら読書に励んでいく。

岡村の家の者は、誰ひとりとして病院の学習会に参加することはなく、順子が透析していることに注意を払うこともなかったから、彼らには、町立ながしの病院の透析室にて、どれほど繊細かつ重大な治療と学びが行われているか知る由もなかった。

いま透析を終えた順子は、自宅に真っ直ぐ帰ってくる。そして義父の世話を焼き、二人だけの夕飯を食べる。風呂を焚き、一人で入る。就寝前には必ず日記を書く。

そんな単調な毎日を変えていったのが、透析中、順子の隣りのベッドから、あれこれと話しかけてくる患者会代表の高田謙作（65）でもあったのだ。

一年三か月前のことになる。

町長は二〇一九年九月、町立ながしの病院の透析室を二〇年三月末で中止することを秘密裏に決定した。

町長は、九月議会が閉会した直後の議員全員協議会（全協、非公開）に呼ばれるという体裁を取り、突然、透析中止の方針を報告したのである。質疑のあと、議長は議員たちに「この話は、くれぐれも内密にお願いします」と言った。

議長は、友川あさひ（当時35）を睨むと、

「共産党さんも、頼みますよ」と念を押した。

あさひは、町執行部と議長から漂うプレッシャーを感じ取ると、心臓が踊ってきた。全協で、突然、町の重大事項が報告されることも初めてなら、議長が「それでは質疑を許します」と告げたあと、議員全員が一様に黙り込んでしまったというのも経験したことがなかった。

しかしあさひは、勇気を奮って「はい！」と挙手する。

「あの……、三点ほど伺います。一つ目、透析中止の理由を教えてください。二つ目、透析中止は、ながしの病院の院長はじめ医師・看護師・技士のみなさんが認めたことと理解してよいのでしょうか。三つ目、患者さんは、中止の決定について知っているのでしょうか」

頭のなかの疑問を、なんとか吐き出せたかな。そう安堵する友川あさひの前で、町立ながしの病院の事務長は、うろたえながら答弁する。

「いやいや……、つまり中止の理由は、町長が報告した通り、もはや安全に透析室を管理できなくなったからであります。その点、少なくとも院長は了承していると聞いております。あと……、何だっけ？　あ、そうだ患者様への説明は行っておりません」

彼は、ハンカチで額を拭った。

あさひは、とっさに、大きな声で、

「そんなの反対、許されません！」と叫んでしまった。

「議長！　透析を中止する理由、いま答弁を聞いても具体的に分かりません。病院事務長の言う『安全に管理できなくなった』という意味は、医療事故か何かが発生したってことですか？」

すると議長は、片方の握りこぶしで席の机を叩くと、

「質疑は三回までと言っとるだろう！　友川議員の質疑は、これにて終了いたします！」

と一方的に打ち切ってしまった。

「議長！　そ、そんなの、オカシイです！　答弁もらっていません！」

「静粛に！　これにて全協、閉会します。お疲れ様でした……」

憤慨しながら自宅に帰った友川あさひは、議長の口外禁止要請に抗えなかったことをもって、町長からの透析中止の第一報を、夫の小川雄介（当時39）にも無言で通さなければならなかった。

ところが中部新聞二〇一九年十月七日付が「なぜ、透析廃止？」との見出しを立ててスクープ

したことで、その日の朝、透析のため来院した高田謙作（当時64）が、病院の窓口で怒りを爆発させることになったのであった。

高田謙作の怒りは、病院の透析患者二十一人の思いを一つに結んだ。

彼が起案した透析室を守る署名は、二〇一九年十月末から二〇二〇年三月まで取り組まれ、町内外から七六〇〇筆も集まったのだった。

岡村順子（75）は、辞書のような厚さに膨らんだ請願署名の束を、町長に手渡す高田の写真が載った新聞記事を思い出し、いまも「高田さん、コロナに負けないで。絶対に帰ってきて」と心のなかで呟いている。

そして、そんな順子にとって最後に忘れられない出来事は、高田に紹介された友川あさひ町議（当時35）と出会ったことである。

あのときも、いまと同じような署名の真っ只中で、本当に寒かった。

順子の自宅チャイムが鳴り、心をときめかせながら玄関ドアを開けると、そこに色白の小顔、二重の瞳、少年のような短髪、一六五センチはあるだろうスラリとした痩せた体に柔らかな灰色のコートを羽織った若い女性が立っていたのである。

「お忙しいところ、押しかけまして失礼いたします。町議の友川あさひでございます。今日は、患者様の思いを伺いに参りました。どうぞ、よろしくお願いします」

順子は、若い来客に興奮しつつ、彼女に二十年を越える透析生活の全てを一気に説明すること

になった。彼女が話し終わったあと、友川あさひが、恐る恐るという感じで、

「あ、あの、岡村さん。私に、触れさせていただけませんか」

と訊ね、順子を真っ直ぐに見つめたことを忘れることが出来ない。

順子は、左腕のシャントのことだと思った。初対面の人物からの、初めてお願いされた大事なシャントへの接触の申し出に驚きつつ、しかし、その気持ちは胸の裡に隠すように、

「あら、いいわよ」と、落ち着いてトレーナーの左袖を捲っていった。

左腕には、穿刺の穴と黒々とした瘤状の血管がいくつも浮きあがっていた。

あさひは、思わず口を押さえる。順子は「大丈夫よ」と言った。あさひは、順子の左手首から肘のあたりまで、ゆっくりと撫でていく。が、順子は、高ぶる感情を抑え切れずに、あさひの指先を自ら手に取ると「エイッ」とばかりに自分の瘤に強く押し当てた。

あさひは、荒々しい血流の感触に目を大きくして驚く。

「アッ、ビビビビビッて」

「すごいでしょ、これが人間の動脈の勢いなの……」

岡村順子は、あさひの指先が自分の左腕を這っていくとき、彼女の無防備で純粋無垢、世間知らずな雰囲気を、そのか細い顎のラインや目鼻立ちから察知した。共産党の議員さんらしいけど、この娘は高齢の男ばかりの議会でやっていけるのかしら、本当に大丈夫かしら、と心配した。

そうして順子は、思わず、

「あなた、お子さんはいくつ？」

と訊いてしまったのである。

あさひの、桜の花びらのような爪が止まった。

「……我が家には、四十歳になる男の子が一人おります。いつも利かん坊で、むずかって困っております」

と、彼女は恥ずかしそうに切り返したのだった。

ああ、私バカね。この娘は私と同類かもしれないじゃない！

そして瞬時に、順子は、この町では、この本心を絶対に表に出してはならない、と思い直したのである。

7

元看護師の井出久美子（77）は、愛知県田原市の農家の生まれである。両親は、先祖代々の米づくりを引き継ぎつつ、一九七〇年代からは都合をつけて自動車部品工場に働きに出ていた。

久美子は、家族から「手に職を」と半ば命じられて育った。高卒後、「保母」か「看護婦」か迷った末に豊橋市立高等看護学院へ進むことにした。しかし、看護師に対する憧れやこだわりがある訳でなし、試験勉強には身が入らず、入学試験の答案は白紙に近かった。

なぜ、自分が合格したのか、未だに分からない。

私のような者が「白衣の天使」になれるのか。そんな疑問を抱えた久美子は、駅前で無心する傷痍軍人を看病するイメージのまま看護学校に飛び込んでしまったのである。

それゆえ看護学校に入学すると驚くことばかりであった。その第一は、看護が、外来・病棟に限らないということだった。近代看護は、手術室、集中治療室、救急、訪問看護など多様な現場で行われており、その場その場で、適切なスキルが求められるのだった。

看護学を教える岩本ゆかり先生（当時35）の口癖は、

「最高のジェネラリストたれ」

であった。

久美子は、初めて赴任した豊橋市民病院で外科病棟を担当し、次の豊橋赤十字病院では手術室に抜擢された。どちらも目が回るような毎日であった。

彼女は昭和四十五年四月、右足に大怪我をした男性の整形外科手術に立ち合うことになった。大工の彼は三か月の入院中、病棟にも顔を出す看護師の久美子の明るさに惹かれて一念発起のプロポーズをし、二人は結婚する。

久美子（当時27）が、ながしの町生まれの大工・井出義徳（当時25）の「俺と結婚してくれたら家の心配はさせません」という言葉を受け入れたのは、彼と一緒なら楽しい家庭が築けると思ったからだ。そして結婚式を執り行って一同が大笑いした訳は、新郎の義徳がプロポーズに使った言葉「家」の意味を、新婦の久美子は「家事」や「義父母の介護」と理解したのに対し、義徳は大工らしく「新築の家は俺に任せろ」という意味で言ったということが分かったからだ。

久美子は、結婚を機に町立ながしの病院で働くことに決め、実際、母親として二児を育てあげて、六十歳の定年まで働いた。

長女の木綿子(48)は、東京都内に事務所を構える税理士になり、長男の透(45)は、自動車メーカーの営業職として岡崎市に自宅を建てたばかりだ。

孫は四人。木綿子の娘(15)と、透の息子二人(17、15)と娘(10)である。

二家族が集う実家の盆暮は、いつも大変な賑わいであった。

久美子は、孫たちの成長ぶりに目を瞠りながら、
歳をとっても楽しませてくれる家族と人生に感謝!

と、居間に祀った神棚に手を合わせるのだった。


井出久美子は、二番目の勤務地である豊橋赤十字病院で、労働組合の団体交渉なるものを嫌と言うほど経験することになる。

手術室の看護師たちは、ほぼ毎日、五~十時間近く執刀医の手もとと何百種類もある器具から目を離すことなく立ち働いた。七〇年代は、超音波やCTの導入で胃や肝臓の切除術が飛躍する時期だったが、看護師が執刀医に手渡す縫合針の湾曲度や縫合糸の太さを誤るなら患者の命を危うくすることに変わりはなかった。

看護師たちは、慢性化する疲労を「白衣の天使」の使命感で乗り切ろうと必死であった。

久美子もその勢いで三十代を迎え、看護学校で教えを請うた四十代後半の岩本ゆかりと二人三脚で駆け抜けることになる。

岩本先生は、病院の「看護部長」として赴任すると、早々に久美子を見つけて、

「あなた、組合、入ってないんだって？　驚いた」

「非組のメリットがあるなら言ってみなさい。私たちは天使なんかじゃないんだよ！」

などと強い口調で問い詰めたデキる人だったのだ。

労働組合では、たくさんのことを体得した。

例えば、手術室から疲れ切った体を引きずって臨んだ団体交渉で、なかなか賃金を上げると言わない院長と副院長、事務長、岩本看護部長らに、

「あんたたちの頭は空っぽなのですか。もう豆腐の角にぶつけて死んでください」

と言ってしまったことだ。ほとんど無意識がなす暴言だった。

久美子が放った言葉の意味は、実は、いまでもよく分からないのだが、対峙《たいじ》した岩本先生は
「よく言った！」と褒めてくれたのである。あのとき、看護師の待遇改善を勝ち取る気迫の重大性を認識したのだと思う。

もう一つは、組合活動でも「女らしさ」を失わないことだった。

ある春闘での時限ストライキを決行中、真っ赤なハチマキを締めた久美子は、若い女性の患者から「あら！」と声をかけられて「こんな姿、恥ずかしい！」と思った。

ところが彼女は、久美子の首に光るネックレスを「素敵！」と褒めたのだった。

日頃、手術室の看護師は、執刀医たちの指示に合わせてロボットのごとく器具を渡し、彼らが、お腹のなかの傷ついた動脈を血の池でまさぐったり、腸を生理食塩水で洗う姿を見つめたりする

なかで、人間の感情を失いそうになっていた。

女性患者の声かけに、久美子は息を吹き返す思いだった。

あの患者は、のちに幼な子三人を残して亡くなったが、「井出さんが、ちょっとしたオシャレしてるの見るとね、私、ホッとするの」と言ったことが忘れられないのだ。

8

今夜、女たち六人は、半円を描くようにストーブを囲んでいる。

井出久美子（77）が載せた大きな薬缶《やかん》がシュンシュンと音を立て始めた。

佐藤てい子（88）は、夫の信五（89）が「白菜づくりは畝《うね》づくり」と強調する秘訣をいくつかのべたあと、マスクを下げて小さな鼻とおちょぼ口を見せた。

「しかし、ウチの旦那も含めて男衆は何をしとるだか。今度は入院が無くなろうとしとる。故郷がなくなろうとしとるときに、これじゃあよう、あの子たちは戻りゃせん」

黒板には、色とりどりのチョークで、

「一〇七年間ありがとう！　また会う日まで」と書かれている。

風間ツタ（85）は「そうよ、そうよ。ワシら、若い衆が、いつでも町に帰って来られるように、この署名を集めとるだ」と同調すると、元教師の畠山澄江（78）は、皮肉っぽく「男が腕組みしてる今日の時点で、署名は合計三七四筆です」と報告した。

一同の視線は、感嘆の声とともに澄江に向けられる。

「すごい」

「むむむ？　三七四筆は、本当に凄い数だか？」

石田和子（75）は、思わず今年十月に町民文化ホールで開いた町民学習会を振り返った。


ながしの町民学習会「過疎地ながしの町の医療を守る　今、私たちは何をなすべきか」の会場は、町民六十人を超える参加者であふれた。

あの日、名古屋市から呼んだ大道寺隆之弁護士（60）は、参加者に向けて、

「あの分からず屋の町長に、透析・入院・救急を行わせるためには、やっぱり署名しかないんですよ。ただし、普通の署名じゃない。今度の署名は、町長自身に、町の医療を守る条例案を議会に提出させる署名なんです。これは直接請求署名と言って、全有権者の五〇分の一を集めれば十分なんです。町の人口は三〇〇〇人、有権者を二五〇〇人前後と想定すると、だいたい五十人集めればオッケーです。みなさん、もう一度、気軽に取り組んでみませんか」と訴えたのである。

高田謙作（65）や岡村順子（75）が、今年の三月議会に提出した透析室を守るための請願署名は、賛成三・反対四で否決された。町民たちは、このとき初めて町議会というもの、討論と採決というものを傍聴し、しばらく呆然とし、無力感に囚われてしまったのだ。

大道寺弁護士との質疑応答では、佐藤てい子が、立ち見が出る会場の真ん中から挙手して立ち上がると、

「しかし先生ョ、署名五十っぱか議会に出したってョ、あのタヌキとイタチ、サルみてぇな議員の連中がョ、オレたちの言うことなんか聞きゃせんと思うわ。あの三月議会の寂しかったことョ、もう署名なんか効果ねぇわいね」と言った。

大道寺は「そうですよねぇ」と苦笑いしつつ、こう言った。

「ただ、みなさん、地方自治法が定める直接請求制度の署名を甘くみないでほしいんです」

このとき、ながしの町民の多くが、初めて弁護士という人間を見たのである。

六法全書なるものを、あの大きな頭脳に収めているという黒く髪を染めた大道寺隆之は、ホワイトボードに「代表者」「受任者」など署名のキーワードを書いていく。

彼は「今回の署名は、普通の署名じゃないんですよ」と言って次のように書き足した。

代表者……言い出しっぺ　責任者 ↓ 役場に届ける
受任者……署名を集める人
署名　……住所だけでなく、生年月日まで書く。印も
縦覧　……町民が、署名が正確かどうかを確認する

大道寺弁護士は、ここでペンを置き、

「町長に議案として議会に提出させる今回の署名は、これまでのような誰もが勝手に署名を回し

て集められるものじゃないんです。もちろん町民限定になるし、署名の『代表者』に認めてもらった『受任者』と呼ばれる人だけで集めるものなんです。もちろん何人でも受任者に登録できるので安心してください。この受任者さんが、署名簿を持って、賛同してくれる方から氏名・住所……、さらには生年月日、印鑑まで押してもらう。これで集める側も署名する側も正しく分かる、とっても厳密な署名なんです」と説明した。

会場から「最後のタテランとは？」という声が出る。

大道寺弁護士は「これ、ジュウランと読みます」と言った。

「実は、この縦覧制度……、これまでの請願署名とは異なる、今回の署名の大きな関所だと思います。署名を集め、回収し、それを町の選挙管理委員会に提出する。そこまでは大丈夫。しかし選管が審査したあと、彼らは署名簿すべてを役場の会議室かどこかに並べて、一週間、『署名した方々、自分の名前その他、間違いないですか』という意味で、町民みんなに確認してもらうことになるんですよ」

会場に、なにやら不穏な空気が漂い始める。

「つまり、みなさん、今回の署名は、町内の誰が署名したのか、この署名は偽造されていないか、そんなことを、署名してない人、それは町長や議員まで……、町民なら誰でも町役場に行って、そこに並べてある署名簿を見て確認することが出来るという制度なんです」

ここで会場から一気に拒否感が噴出する。

「やだぁ、私が家族の分を書いたら、それがバレちゃうってこと？」

「内緒で署名を書いたと思っても、議員のバカに見つかって言いふらされちゃうじゃん！」

大道寺は、騒然とする会場に向けて「いやいや！」と言い、背広の袖口から出した大きな手のひらを上下に揺らし、参加者の苛立ちをなだめた。

住民訴訟の第一人者でもある大道寺隆之弁護士は、

「だ、か、ら。この縦覧制度によって、署名に賛同した町民の本気度が問われるわけで、そんなこと、これまでの署名ではなかったでしょ？　だから今度の署名では、町民一人ひとりの意思は本物だぞ、というプレッシャーを閲覧者たちに与える。もし全有権者の過半数を集めたら、町長はどう感じますかね？　キツイでしょう」と問いかけた。


いま、女たちの目前に四〇〇弱の署名の束がある。

石田和子（75）は、仲間の顔を見渡しながら、

「これ、議員のみなさんにプレッシャーを与える数かしら」と訊いた。

井出久美子（77）は「そうねぇ」と首を傾げると、「今年三月の透析を守る署名は、町内外から七六〇〇筆も集めたのに否決されちゃった。傍聴席から見てたけど、それもアッという間の出来事で、なんということ……、ああ、もうダメだって思ったけど……」と言った。

しかし久美子は、実は、あれはスタートに過ぎなかったんだ、と思い直したのである。

確かに透析の中止は強行されてしまったけれど、町長も議会も町内外七六〇〇筆の署名の迫力にビックリしたはずなのだ。それでも町長たちは、二〇二一年度に入院ベッドのない新しい無床

診療所を十三億円もの税金を投じて建設する方針を検討している。あの議会を傍聴したことで、そういう町政のことが少しずつ分かってきたではないか、と思ったのだ。

私たちの住民運動は、全然、終わってない。

むしろ、この直接請求署名は第二歩目にあたる新たな住民運動なのだ。

「大道寺さん、たしか有権者の過半数って言ったよね」

「言った、言った」

「それって何人分？　誰か計算してたでしょ」

「人口三〇〇〇人、有権者二五〇〇人……。そうなると過半数は一二五〇人だったか」

「何人だって？　ワシ、耳が遠くて聞こえりゃせん」

「せんにひゃくごじゅうにん！」

「じゃ、四〇〇筆なんて、ぜんぜん足らせんじゃん！」

女たちは、そこで再び大笑いした。

透析患者の岡村順子（75）は、三月議会で、町立ながしの病院の透析室の存続を求める請願の採択にあたり、賛成討論した友川あさひ（当時35）の姿と、賛成の挙手をした無所属の川田智彦町議（当時72）と清野修町議（当時69）の堂々とした態度を思い出している。

「署名期間は一か月よ。いま一週間たったとこだ。こりゃあ、男衆らも動かさんとどうしようもねぇわ」

代表者の佐藤てい子（88）が強い口調で言った。

9

日本国憲法の基本原則は、次の三点である。

・国民主権
・基本的人権の尊重
・平和主義

そして国民主権とは、国の政治を決定するのは国民一人ひとりの意思という意味だ。

日本国憲法の前文は、次のように書く。

日本国民は、正当に選挙された国会における代表者を通じて行動し、われらとわれらの子孫のために、諸国民との協和による成果と、わが国全土にわたつて自由のもたらす恵沢を確保し、政府の行為によつて再び戦争の惨禍が起ることのないやうにすることを決意し、ここに主権が国民に存することを宣言し、この憲法を確定する。

すなわち国民主権の原理は、先のアジア太平洋戦争の侵略性、悲惨な出来事の大もとに大日本帝国憲法下の天皇主権があったことを反省して生まれた。戦後日本では、国民一人ひとりが投じた選挙の結果にもとづき、代表者たる政治家が国会で法律をつくるのだ。

地方自治体でも、住民の投票で選ばれた首長と議員が議会で条例をつくる。

有権者が、このように一定の代表者に政治の議論と決定権を託すことを間接民主制と言う。

ただし日本国憲法が直接民主制も定めていることにも注意しよう。

憲法改正の国民投票、最高裁判所裁判官の任命に関する国民審査、地方自治体の住民投票は、国民一人ひとりが直接投票して決めるのである。

どういうことなのか。

国民の意思や要求と著しく反する状況が生じた場合、主権者たる国民は、直接民主制を活用できるということだ。

いま、ながしの町民は、新たな選挙がやってくるのを待ったり、議会の力を借りたりすることなく、町民一人ひとりの署名の力で新しい条例を制定しようとしている。

そこで彼らが活用するのは、地方自治法第七十四条「条例の制定・改廃の請求」だ。

住民が決めた署名の力で提出された条例案が議会で可決されるかもしれない。それほどの力をもつ署名に間違いは許されない。そこで不正行為には罰則が設けられた。例えば、署名の偽造は「三年以下の懲役もしくは禁錮または五十万円以下の罰金」というように。

図らずも同じ時期、名古屋市長や著名人たちが愛知県知事リコールの署名運動を始めており、愛知県選挙管理委員会は十二月二十一日、提出された署名のなかに大量の不正な署名が含まれるとして全署名の調査を行うと決定することになる。

二〇二〇年十一月中旬のうららかな午後、ジャンパーやコートで着ぶくれした「ながしの町民で医療を守る会」十五人が、日ノ場公民館に集まった。

事務机のうえには、署名簿の表紙、要旨、条例改正案、五名連記の署名用紙二枚の計四種類の束が並べられた。

一束一〇〇枚ある。それぞれの印刷は、ネットで発注した。

青色や赤色のホッチキスも置いてある。

条例の改正案は、「ながしの町民の会」と大道寺隆之弁護士(60)が一緒に考えたが、大道寺には、会が集めたカンパを「相談・条例案の作成代」として支払った。

小川雄介(40)が、緊張した面持ちで言った。

「みなさん、いよいよ署名簿づくりに入ります。しかし、その前に、もう一度、私たちの要求を正しく確認するため、要旨と条例案を声に出して読み合わせてみませんか?」

参加者は、突然の提案に顔を見合わせた。

「え……、この難しい文章、声を出して?」

「弁護士センセイが、間違いなく、正確につくってくれた案じゃないだかん?」

「……漢字、ワシ、こんなに読めるかや」

「朗読するなんて、小学校以来のことだわ」

それぞれ戸惑いつつも、しばらくすると「よし！　読んでみるか！」と一致した。
町役場ＯＢの伊藤紀之（80）が「俺から先に済ませてもらおう」と言って、
「えーと、署名のタイトルは『病院の設置及び管理に関する条例の一部を改正する条例案』と
……。そんで、条例の第三条と第四条を次のように改正する！」と、少し誇らしげに朗読した。

第三条　町立ながしの病院の診療科目と入院ベッドの数を、次のとおりとする。
①内科　②精神科　③整形外科　④循環器科
２、入院ベッドの数十九床を維持する。

大工の井出義徳（75）が「次はオレな」と言い、
「で、病院の診療事業に、新しく⑦人工透析、⑧休日夜間・時間外の救急患者に対する治療、を加える」と声に出した。
「いや、こりゃいい。これでみんな、助かるだわ」

第四条　町立ながしの病院は、次の事業を行う。
①診察　②薬剤・治療材料の支給　③処置・手術
④訪問診療　⑤健康診断・健康相談
⑥入院

⑦人工透析
⑧休日夜間・時間外の救急患者に対する治療

「ありがとうございます。今度は、署名の要旨です。みなさん、大丈夫ですか」

「オッケー、オッケー、コケコッコーよ」

この要旨は、友川あさひ（36）の夫で旅ライターの小川雄介がまとめた。

「ながしの町民で医療を守る会」全員で意見を出し合い、雄介をアンカーに起用したのだ。

元教師の畠山澄江（78）が、凛《りん》とした声で全文を朗読した。


町立ながしの病院の設置及び管理に関する条例の一部改正条例制定請求の要旨
一、請求の要旨
ながしの町は今年三月末、透析と救急治療を廃止した。

今後、入院十九床を全廃する方針だ。

これでは、先人が守り抜いてきた故郷で暮らしていけぬではないか！

私たちは、この度、改正条例案を選挙管理委員会に提出し、町に対して透析・入院・救急治療を本気で義務づけたい。

町長は、二〇一九年春の町長選で「透析室は大丈夫」と患者会に約束して当選した。

しかし半年後、突然「安全に管理・運営できなくなった」などと言って、透析廃止を一方的に決定した。さらに説明なしに救急告示も取り下げた。

いま透析患者二十数名は、お隣りの新城市や長野県・静岡県の透析施設への転院を余儀なくされ、救急患者は、豊川市・豊橋市まで一時間半かけて搬送される始末である。

町立ながしの病院の入院患者数は、平成三十年度の冬期一日最大十九人であり、年間二〇〇件もの救急患者の受け入れとセットで多くの命が救われてきたのだ。

このままでは「団塊の世代」の全てが75歳以上となる二〇二五年、従来の医療・介護サービスが十分に提供できない危機が来る。

ながしの町の高齢者は既に人口の五割をこえ、すでに「2025年問題」を先取りしている。

今やるべきは医療の縮小ではなく医療を充実させ、専門職が連携して地域を支える体制づくりなのである。

町長は、医療縮小の理由に「経営赤字三億円」をあげる一方、赤字改善の努力をしていない。

長年、へき地医療分の国の交付税は、何に使われてきたのか。

私たちは、この署名に「希望」を見ている。

小さな町でも医療を守り抜くならば、子どもや孫たちに町の将来を託すことができると考えている。

請求代表者　佐藤てい子
住所　愛知県北設楽郡ながしの町久遠十四

氏名　佐藤てい子　印
生年月日　昭和七年四月二日　性別　女
令和二年十一月三十日
ながしの町長　殿

「ながしの町民で医療を守る会」メンバーは、条例改正案・要旨を声に出して読み合いながら、自分たちの切実な気持ちと要求が、言葉となって紙に刻印されていると感じた。

佐藤てい子（88）は、凸レンズが嵌《はま》った虫眼鏡を取り出して、大きく見える漢字やひらがなの文字をうんうん唸りながら追っていく。

そのうち、彼女の小さな目の縁にじわりじわりと涙が溢れてきて、皺で窪んだ小さな喉もとが詰まる。

「ああ、オレ、透析とか入院とか、この言葉が出てくるたびに感動しちまってダメだ」

風間ツタ（85）は、大きな手のひらで顔を覆い、

「ああ、姉さん、ワシもだ。ワシら高齢者はよ、そりゃ、この先そんなに生きるこたぁねぇで、ワガママって言われるかしれんがよ、子どもを育てとる女の衆は、夜中に赤ん坊が熱なんか出しゃ、真っ暗闇のなか、一時間も車で走って新城市民病院まで行かにゃならん。朗読を聞いとったら、署名は『希望』って言っとるじゃねぇか……」と、鼻を鳴らせて泣き始めた。

するとは元看護師の井出久美子（77）が、

「てい子さん、ツタさん、泣かないで。元気を出して、署名簿をつくりましょうよ」と言った。

こうして公民館のなかにホッチキス止めする音が鳴り響く。

「だけど私ら、本当に署名やるだね。少し怖くなる」

「そりゃ、どういうことだいね？」

「だって、いよいよ町長の後援会が動き出したって……」

「それ、私も聞いた。後援会長が『署名した奴は村九分にしてやる！』と、あちこちで言いふらしてるって」

「村九分？」

「そうよ。ふつう『村八分』でしょ、どんなに集落内が対立したって二分……、火事と葬式だけは手伝うってこと。でも消防団を押さえる町長派は、私らの家が火事になっても消しに行ってやらんって言ってるのよね。ああ、恐ろしい！」

「議長なんか『お前ら共産党に踊らされとるのがわからんのか、バカヤロー』って電話かけまくってるって」

「あの人、高田さんに『アカ野郎！』だもんね」

「高田さん、コロナ、大丈夫かなあ。高田さんがいてくれたらなあ」

「まあ、無い物ねだりは止めましょう。町長派の攻撃が効果をあげれば、おのずと私らの署名も行き詰まる。だから署名を集める受任者を、もっと増やさないとね」

「だな！　オレも釣り仲間、猟の仲間に声かける」

会は、署名期間中、現在十五人の受任者を倍増させることを決め、署名簿を一〇〇束つくった。

10

住民運動を前に進めるのは、容易でない。

女たちは、大型ストーブの炎を黙って見つめている。

佐藤てい子（88）が、

「昔は、こんな便利なもの、なかったもんなァ。ああ、助かる、助かる」と呟いた。

畠山澄江（78）は「でも冬は、雪が降らなくなってしまった。昔は、雪が降るとさ、お母さんが子どもの長靴に藁紐まいて登校させてた」と言う。

そして澄江は、あの女性《ひと》が生きてたら、この世界をどのように見るだろう、と思った。

「今年の夏は暑かったし、これも地球温暖化が原因、でしょ?」

井出久美子（77）が言うと、風間ツタ（85）は呆れたように答える。

「いよいよ、この地球様がヨ、ワシら人間どもの問題を解決しに来ただ。町長も議長も、地球の掟に従わん奴は、みな絶滅よ。ワシらの言う医療を守れ、という訴えは地球の掟よ！」

岡村順子（75）は、岡村の家も絶滅すると思った。

屋敷の箪笥、食器棚、本棚は重たいだけで、そこに納まる衣類から食器、書籍までも不要品そのもの。一昨年、町のリフォーム助成を活用し、居間の真ん中にあった囲炉裏は畳ごとフローリングに取り替えて潰してしまった。

順子は「時代はどんどん変わる。私たちも変わらなきゃ」と呟く。

元県職員の石田和子(75)は、今年発足した「女の会」の賑やかな雰囲気のなかに、少女時代を送った昭和三十年代の家族の風景を重ねている。

あの頃、父親が切り開いた山の斜面には一町二反歩の桑畑が広がっていた。

五月には家族総出で緑輝く桑の葉を摘んだ。かつて母親が「錦のような丘だった」と感嘆したように、それが春蚕、夏蚕、晩秋蚕まで続く。父親が養蚕に励んだのは、生糸を米と物々交換するためだったという。

家のなかは、土間から台所まで竹でつくった五段棚で埋まり、日に六度の桑を与えれば、蚕の旺盛な食べっぷりは、終日、しのつく雨の音のように五月蠅くて勉強どころではなかった。

家族八人は、残った二部屋の囲炉裏端で小唄を口にしながら小麦の粉をふるい、それを延ばしてスイトン鍋を食べた。父親は、四年生の和子に木曽馬を引かせ、兄弟が待っている山への林道を往復させた。

和子が中学に入るとバレーボールの部活で家仕事が難しくなっていくが、やはり麦刈りの日は、両親に「しょってこい」と命じられ、背負子《しょいこ》――木製の梯子段に結んだ縄紐に腕を通すと、月明かりのもと流行歌を歌いながら畑へ向かった。

そしてある日のバレーの試合のとき、おにぎりを包んだ新聞紙に刷られた皇太子殿下と正田美智子さんの結婚パレードの写真が目に飛び込んできたのだ。

あの純白ドレスの衝撃は、今も消え去らない！

石田和子は、高校を卒業すると愛知県職員となった。給料は少なかったが、両親は喜んだ。彼らは、娘が天候や景気に左右されずに六十歳近くまで安心して働ける職についたことが嬉しかったのだ。

和子は、県建設事務所の支所で定年を迎える。係長どまりであった。設楽町のダム建設では、県の計画を推進するために何度も応援に入った。当時、水没予定地には一二四世帯が暮らしており、樹齢一〇〇年を超えるウバヒガンザクラの満開の下で酒盛りする老人たちを眺めたときの心の疼《うず》きは忘れることが出来ない。やがて巨大な反対運動が広がり、住民訴訟も起こされた。

二〇〇九年の設楽町長選は容認派が制し、愛知県は町・国と建設同意の調印式にこぎつける。ところが、その七か月後の総選挙で「コンクリートから人へ」というスローガンを掲げた民主党が圧勝して政権交代が起きると、一転、ダム建設はストップすることになる。

当時の和子は、小さな町に決定権などない、と本気で信じた。設楽町は、ダムの水を享受する豊川市・豊橋市・田原市の発展の「捨て石」になるべきなのだ、と。

戦後の復興と高度経済成長期の開発ブームは、奥地林の大規模伐採とスギ・ヒノキなどの一斉植林を可能ならしめた。「林業が儲かる」と言われると、人びとは目の色を変えた。ながしの町の山々は禿山となり、やがてスギばかりになってしまった。

黒斧山もまた、和子を含めた全町民が必死で植えた五十年前のスギが大半を占める。

現在、人口減少・超少子高齢化に悩む町の森林は、枝打ちや間伐など人の手が入らなくなり、もはや一日中、日の当たらない集落が増えつつあった。

和子は、夫の博司(77)と毎朝、亡き父親が開いた林道を散歩する。帰宅後は、夏は草刈りに汗を流し、秋は路面を埋め尽くす落ち葉を払い、落枝を黙々と拾う。

十年前に亡くなった母親は、秋になると縁側に腰掛けて「香嵐渓《こうらんけい》をつくったお坊さんは偉い。本当に偉い。何百年も先の村の行く末を見てたんだもんなあ」と言った。

「……きっとカネなんぞに流されやしなかっただなァ。お前も知っているように、この集落は、百合・水仙・柿・桑畑・茶畑・麦畑と、この谷の向こうの集落までずっと見渡せたんだ。太陽の光が降り注ぎ、桃源郷そのものだっただぞ。ああ、悲しいなあ」

父親は、童謡の「ふるさと」を口ずさみながら、

「町おこしなど一瞬の夢だった。外国に太刀打ち出来んこと、なぜ、分からなかっただか。俺が若けりゃ、もう一回、ここで新しい山をつくりたい……」と言ったのだった。

11

署名の請求代表者の佐藤てい子(88)は、実は、新型コロナウイルスに感染して入院した高田謙作(65)の役替えとして、仕方なく引き受けたという経緯がある。

夫の信五(89)は「何もお前が船頭をやることたねぇ」と文句を言ったが、いざ署名が始まると

「俺が最初に書いてやりゃァ、集落の衆、俺の名前を見て、安心するわいね」と、てい子が抱える署名簿の、五人連記の一番枠に目の覚めるような達筆で記名した。

今夜、てい子は、旧校舎に向かう前、自宅の和式トイレに掛かった皇室カレンダーの九月十月分を破ってきたのだったが、いま自分たちの署名の行方とともに案じることは、秋篠宮文仁親王の長女・眞子様の行く末であった。

……文仁親王殿下は、これまで娘の婚約に難色を示してきたというのに、ここにきて胡散臭い男との結婚を認めると言い出した。しかし妻たる親王妃紀子様が、旦那より先に「娘の気持ちを尊重する」とか言い出しちゃぁ、そりゃ夫婦の足並みを乱すことは出来ねぇなァ。

二〇二〇年の秋篠宮家は、長女の結婚を認める決断を下した。つい先月十一月のこと、宮内庁は、眞子内親王殿下が民間人男性との結婚について「お二人のお気持ち」を記したという文書を発表したのであった。

てい子は、その文書に「お互いこそが幸せな時も不幸せな時も寄り添い合えるかけがえのない存在」とあるのを認めたとき、実は啞然としたのだ。次いで彼女の父親が「憲法にも結婚は両性の合意のみに基づいて、とある。本人たちが本当にそういう気持ちであれば、親はそれを尊重するべきだ」とのべた会見をテレビで見たときは、奇妙な敗北感さえ抱いたのである。

二〇一七年の婚約内定から実に三年半が経っていた。

トイレのなかの佐藤てい子の黙想は、長々と続く。

……聖戦終結の英断を下した昭和天皇の崩御はいつだったか。孫の代になった今、日本の伝統はどうなっちまうのか。伝統っつうもんは、オレたちが「今日も一日一安心」と静かに戸締めできることだ。それがョ、天皇の御一統様が揺れりゃ、北設楽郡の救急車のサイレンがのべつ幕なし鳴るのも当然か。寝つきは悪りぃし、深夜のラジオを聞こうとすりゃ、また救急車だ。

東京の息子夫婦にゃ娘が二人いるがョ、去年、オレが遊びに行った中野駅近くの丈の高ッけぇマンションは、なんと朝から晩、いや翌朝まで人間の蠢《うごめ》く音でうるさいのなんのって。嫁も外で働き、あの息子が「家事は分担」などと言う。しかも孫娘が「お父さんの料理おいしい」「いまは結婚より楽しい仕事が優先」なんて言ったときにゃ、オレは世界が狂ったと思ったわい。

いいか、太古の昔から、男には男の、女には女の役割ってもんがシッカリあるもんだ！

まあ、もう、何と言えばいいだか。

……戦争中のことだ。村に疎開した都会の子らに、オレたち田舎の子の精神を教え込んでやっただわ。

ハシトラバ　アメッチミヨノ　オンメグミ

ソセンヤオヤノ　オンアジワエ

オレたちは元気に「いただきます！」と唱和する。この精神は、息子や孫たちに理解されんでもオレは捨てりゃせん。これが日本の伝統だ。人間の常識ってもんよ。

ところが今はどうだ。ネットだ、ゲームだ、スマホだアプリだと、子どもたちは小っさな文字を追っかけて目を悪くするだけよ。あの子らの目の色が変わるのは、お年玉と小遣いを渡すときだけよ。まったく、あいつらの屁理屈も過ぎるわい。

昔の子供は、純真そのものよ。

オレは中学二年の冬に豊橋の竹輪屋へ奉公にやられたが、文句一つこぼさんかったよ。二十歳過ぎに結核もらってョ、ながしの病院の結核病棟に二年半おったときも、とにかく黙って神様に祈り続けていたもんだ。そしたらストレプトマイシン・パス・ヒドラの三薬併用でアッという間に良くなった。神様は絶対おるんだわいね。

父親も兄も戦争で死んどる。オレん家《ち》は、この前の戦争にすべて捧げただわ。だで女のオレも「戦争に行って真っ先に死ぬ」と言いふらしただもん。女人禁制の「花踊り」の舞手が兄の同級生一人になっちまった昭和十九年の冬、十二歳のオレが男の代わりに舞っただよ。

この前代未聞の禁じ手、集落の奇跡は、オレの心が清かったから出来たのよ。

平成二年、病院から産婦人科がなくなったとき、この町は消滅すると思った。赤ん坊がいなくなるんだ。もう落ち着いて眠れりゃせんかったわい。そうだ、あのときも誰も反対の声を上げなかっただが、いったいなぜなのか。故郷は、医者と入院さえあれば御殿も金もいらぬ。戦争があってもオレたちの祭りはなくならなかっただ。いいか、それが日本よ、それがオレたちの故郷よ。米がなくても麦がありゃいい。うどんをみんなで食えばいい。しかし子供がいなくなれば、祭りも町も日本も一巻の終わりよ。

困ったことは、この一年、このオレと同じことを議会で言ってきたのが、あのアカ、共産党の娘だってことだ。この町の男ども、議員も区長も、町長に金玉握られて猫みたいに静かになっちまった。そんでよ、町が開いた各地区の懇談会で「入院ベッドを守れ」と声をあげたのは、やっぱりあの娘よ。背が高くて色の白い、真っ直ぐな感じの娘だよ。ああ、困った！

二〇二〇年十二月一日午後七時に集った六人の女たちは、友川あさひ（36）を待つばかりとなった。

第二章　勇気を奮って戸を開ける

1

私は、なぜ、こんな場所にいるのだろう。

二〇二〇年十二月の午前五時半、山峡《やまかい》の日ノ場集落は真っ暗な闇に閉ざされ、鹿と猪が目を白く燃やして国道沿いの木々と戯れ、民家の庭の土を掘り返している。

友川あさひ（36）は悪夢にうなされていた。

夢のなかの彼女は、東京・目黒区自由通りの豊かな庭木が茂る邸宅で両親と暮らしている。木漏れ日のなか、父親は庭の芝生を踏みしめてゴルフの素振りをしており、居間にいる母親はスイミングクラブへ行く準備中だ。

あさひは、両親の目を盗んでコンクリートに囲まれた車庫から大通りに出る。

自由が丘の駅から東急東横線の車両に駆け込む。

人混みを掻き分けて連結ドアを開けると、次の車両はがらんとしており、ただフードを被った赤ん坊だけが、何かに釣られるように通路をハイハイして、あさひの方に向かってくる。

彼女は、慌てて赤ん坊を胸に抱きかかえる。

そして、あさひが、ああ、こんなに小さな生き物なのになんて重たいのか、鼻の形も生え揃った眉毛も指の先に埋まった爪も人間そのものだ、などと感心しているうちに、車窓の風景は夕日に染まる山々に占領されて、いつの間にか、東急東横線はＪＲ飯田線に変化していた。

無人の駅で降りると、生暖かな夜風に撫でられる。赤ん坊を抱えた胸のあたりから汗の臭いが漂ってくる。やがて赤ん坊が泣き出す。あやし方が皆目分からない友川あさひは「早く夫のもとに帰らねば！」と決意して駆け足になる。街灯が照らすゴミ収集ボックスの前を通り過ぎる。

……と、鋼鉄の箱のなかから聞こえてくる籠もった泣き声に立ち止まる。恐る恐る蓋を開けて覗き込むと、別の赤ん坊が、火のついたように泣いているではないか！

あさひは二人目の赤ん坊を両脇に抱える。

なんという重たさ、ギャン泣きのエネルギー。

とにかく家路を急ぐ。夫が待つ古民家の灯りが見えてきた。

ああ！　今度は宣伝カーを停めている駐車場に、巨大な芋虫のごとき生き物が仰向けになったまま短い手足を中空に伸ばして動かしている。イチ、ニイ、サンと目で数えると、五人もの赤ん坊である。

困った、これは大事件だ。夫に知らせなきゃ。

しかし携帯電話を取り出そうにも、あさひの両腕は、まるで日本酒の一升瓶の口を摑《つか》んだように地面に引っ張られるようで、二人の赤ん坊を手放すことができない！

あさひは、うんうんと唸りながらダブルベッドのうえで寝返りをうつ。

眉間に皺《しわ》を寄せ、苦しそうな表情の彼女は、念頭に「Ｌ」の時針イメージを思い浮かべようとしている。すなわち目覚まし時計は、午前三時にセットしていたはずなのだ。

しかし、いま耳に届くのは線路が響く音。ＪＲ飯田線の始発列車が、ゆっくりと駅のホームから離れる音である。

「ヤバい！」

あさひはベッドから跳ね起きると、

「ああ……、質疑！　質疑づくり！」と声をあげた。

友川あさひの叫び声に、枕を並べる夫・小川雄介（40）が、

「なんだよ、もう！」と言い放つ。

雄介は目を瞑《つむ》ったたま、鼻筋に皺を寄せている。

「ごめんごめん、すぐ行くから」

あさひは、寝室から底冷えする居間へと出ていく。

二人は、昨晩、なかなか眠れなかった。

枕を並べた彼らはベッドに仰向けになったまま、町民から月一、二件ほど寄せられるようになった生活相談の解決策を自然に語り合うことになる。生活保護、借金、依存症の問題などが俎上にあがり、その深刻な実態は、あさひと雄介に諸制度の再学習と専門家からのアドバイスの必要性を教えた。

そして二人の言葉の応酬は、天井に向かってスカッシュのラリーを楽しむような興奮を伴った。

ところが、友川あさひの相談解決の結論が、いつも、

「私が、役場の窓口や病院の診察まで付き添う!」という徹底ぶりにいたると、

小川雄介が「いや、そこまで深入りする必要ないって!」

と、大声で議論を打ち切ってしまうため、大喧嘩になってしまうのだ。

あさひは寝室を出ると、白のロングフリースを羽織った。

「……雄介さん、あなたには私にコーヒーを淹《い》れてくれる優しさはないのか」

彼女は毒づき、駆け込んだ冷たいトイレのなかで長身を縮めながら、

「……ないな」と呟《つぶや》く。

トイレに掛けてある水銀温度計は二度である。

あさひは、日曜日の出来事を思い出した。

議会事務局長の松田行夫(58)が、突然、彼女の借家を訪問すると、

「追加議案です!」と言ったのだ。突き出された両手には町専用の封筒がある。

ああ、あのときはビックリしたなァ。

職員が、私ん家《ち》に来るなんて一度もなかったし、松田さんと話し合ったこともなかった。

二人が向かい合った玄関口は、赤土を踏み固めた土間。それは建屋のなかを井戸跡のある裏庭まで貫き、黒く煤《すす》けた梁天井からぶら下がる三つの裸電球の柔らかな光をしっかり受けとめる。

松田の顔は、ひどく疲れているように見えた。

あさひは、この十二月に入って、町政史上初となる直接請求署名の広がりが、町内の何もかもを慌ただしく加速させ、町役場も振り回されている……、そして住民団体の批判や要望の矢面に立たされた議会事務局長と選挙管理委員会を支える総務課の職員は、慣れない事務作業の連続で心身ともに疲れ切っている、と思った。


蛇口の水は凍っていなかった。

友川あさひは、手のひらに息を吹きかけて台所に立つ。

タオルを濡らし、電子レンジで温め、蒸しタオルで顔と首のまわりを拭く。換気扇フードの灯りのもとで湯を沸かし、自分用のコーヒーを淹れた。

彼女はマグカップの縁に唇をつけながら、タブレット端末で「しんぶん赤旗」日刊紙の電子版ページを開く。

一面から見出しをチェックする。

新型コロナ確認から1年
国内1週間で1・5万人増
世界死者153万人超
菅内閣支持率急落
医療は逼迫　コロナ感染急拡大
保健所激務　膨大な業務量
学生　支援嬉しい　給付金再び支給を

新型コロナウイルスに感染した患者数は、増加の一途をたどっている。

それは、東京・神奈川・大阪など大都市圏から地方圏におよび、在名古屋のメディアは、連日、愛知県東三河の豊橋市、田原市、蒲郡市、豊川市、新城市の各行政区と医療機関におけるパニックと重症患者の苦闘を報じるようになっていた。

一方、ながしの町の感染者は五人にとどまる。

愛知県のホームページでは、自治体ごとの感染者数、患者の発症日・性別・年齢・簡単な症状が分かった。しかし感染者がどこの病院で、どんな治療を受けているのかまでは不明である。

ながしの町の五人は退院したのか、それとも亡くなったのか。

透析患者の高田謙作（65）についても、今秋に救急搬送されたという目撃情報のあと、彼にまつわる噂の類さえ途絶えてしまっている。

友川あさひは「それにしても……」と思考の向きを転じると、議会事務局長の松田行夫がわざわざ持参した、国のコロナ対策費を計上した町の一般会計補正予算案を一読したときの憤りが喉もとにせりあがってくるのを感じた。

公用車購入費（二台）
公文書資料室の建設整備費
ながしの温泉の非接触型券売機購入費
公共施設用リモート・ワーケーション通信整備費
職員用タブレット端末購入費（六十台）

あさひは、こんなものにコロナ対策費を使わせてたまるものか！　と思う。

ながしの町議会の第四回定例会は、本日二〇二〇年十二月八日午前十時にスタートする。

居間に置かれたストーブの天板には、金色の薬缶《やかん》が載せられている。

十二月八日午前九時、友川あさひは、卓袱台《ちゃぶだい》に広がる朝食——淹《い》れたてのコーヒー、チーズ・トースト、カボチャのスープ、ブロッコリーとトマトのサラダを五分で平らげて立ち上がった。

「そろそろ行くよ」

夫の小川雄介は黙ったままだ。卓の向こうで横向きに正座し、大きな体をカタツムリのように丸くして中部新聞の紙面に目を落としている。

雄介さんの体調は悪そうだ。今日の傍聴は無理かな。

あさひは腕時計をはめる。午前九時七分……。

このロンジン・ドルチェヴィータは、弟の晃敏(享年29)から結婚祝いとして贈られた物であった。この七年間、一度の故障もなく、深紅の革ベルトさえ取り替える必要がなかった。

彼女は、正確に時を刻む、傷ひとつないサファイアクリスタルの風防をクロスで拭いた。

今朝の友川あさひは、この時計に急かされながら、議会事務局長が日曜日に持ってきた町議会開会直前の追加議案——新たなコロナ対策費の使途が示された「令和二年度ながしの町一般会計補正予算案」を読み直し、質問をまとめ、午前九時五分前に町総務課宛にメールしたのである。

あさひはフリースを脱ぐと、クリーニングのビニールを破って真《ま》っ新《さら》なブラウスに袖を通し、消し炭色のパンツスーツを身につけた。

そして四隅の革が剝がれた黒鞄を開ける。

議案書ある、予算書ある、予算説明書ある、
『議員必携』ある、「議会規則」ある、
携帯電話ある、ハンカチある、ティッシュある、筆記用具ある、
議員バッジ(大丈夫、あのジャケットに着けたまま!)
ノートある、水筒ある、財布ある、

さっき印刷した質疑のＡ４用紙と討論のメモある、しんぶん赤旗日曜版の領収書などの「貴重品袋」もある！

あさひは、両肩のラインを払う。

彼女は、居間で寝そべる雄介の体を飛び越えると浴室横の洗面所に駆け込んだ。

「あ、化けなきゃ！」

化粧をする洗面所は、痺《しび》れるような冷たさである。

友川あさひは、壁掛け鏡を覗く。

そこに映った顔は、まるで洗っていない食器のようだ。

彼女は溜め息をつく。

しかし意を決したように、掃除や洗濯よりも真っ先に完了するべき任務に着手する。

パレットを手に取り、平筆で両の眉毛を描く。まゆ頭は、薄茶色のパウダーを載せた柔らかなブラシでぼかす。さらに太めのブラシで肌色のパウダーを払うと瞼《まぶた》のうえに載せていく。目の際にアイラインを引き、焦茶色のアイカラーを重ねてぼかす。自然、目が大きくなる。

マスクするから、これでヨシとする……、以上！

――しっかし、町長さぁ、国のコロナ対策費、全然、ながしの町の医療や介護に使ってくれてないじゃん。

彼女は、鏡に向かって「ああ、頭にくる！」と呟くと唇を尖らせ、思い切り舌を出した。

町議会第四回定例会の日程は、次の通りである。

十二月　八日（火曜日）　第一日
・行政報告
・議案説明
・専決処分の承認

十二月　九日（水曜日）　第二日
・一般質問（四名）

十二月　十日（木曜日）　休会

十二月十一日（金曜日）　第三日
午前　厚生教育委員会の質疑
午後　経済総務委員会の質疑

十二月十四日（月曜日）　休会
十二月十五日（火曜日）　休会
十二月十六日（水曜日）　休会
十二月十七日（木曜日）　休会
十二月十八日（金曜日）　第四日
・全議案の質疑、討論、採決

休会が目立つ日程は、十一月の議会運営委員会（議運）で決まった。

友川あさひは、毎回「議運」を傍聴するたび、心にモヤモヤを貯めてきた。

いま傍聴メモを読み直すとき、ようやくその正体を言葉にすることが出来る。

それは一つに、議運の議員たちが町執行部の提案に全く異議を唱えないこと。

二つに、例えば「議案は、議会が閉会するまで町民の前に明らかにしてはならない」などの町独自のルールがたくさんあることだ。


町長が、ながしの町議会の第四回定例会に上程した議案は十二月四日の夕方、予告なく町役場の議員控え室の各棚に投げ込まれる始末であった。

議案とは、国会でいう法律案や予算案のこと。

町長が、議員に議案を明らかにした日は、なんと先週の金曜日なのだ。

もし議員が、議案を取り忘れたら週末を無駄にしてしまうところであった。

友川あさひ議員は、一日でも早く議案を入手したいと思っている。

なぜなら新人議員には、町の計画や方針、税金の使途、条文一つさえ理解するのに時間がかかり、質疑をまとめるまでに一苦労も二苦労もあるからだ。

近年の議案は、国の法改正と連動したものも多く、国会の審議を遡って検討しなければならない場合もある。町独自の事業でも、国や愛知県からの補助金を含む補正予算案ならば、補助金の要件に合わせて各事業や金額の適正性も検討しなければならず、あさひ議員の調査と質疑づくりには終わりがなくなる。

そのため、彼女は、水曜日と木曜日に議会事務局に電話を入れて、議案が出るかどうかの探りを入れては「まだですよ」との返事を受けていた。肝心の金曜日には午前十時、午後一時、三時の三回にわたって電話を入れ、ちょうど四時に議会事務局から「いま棚に入れました」との回答を得たのであった。

友川あさひは、すぐに宣伝カーに乗り込むと町役場に直行し、二階の議員控室に駆けあがって議案を入手する。しかし、その時点で午後四時半を回っており、もはや担当課長に議案の内容を問い合わせる時間は残されていないのであった。

議長は「事前の聞き取りもしっかりされて」などと言うが、そんなの無理だ。

今定例会の議案の束は、百科事典のような厚さがあった。

あさひ議員が各課に問い合わせ、質問をまとめる時間は、七日の月曜日しかないではないか。

夫の小川雄介は、友川あさひ議員が七日の朝から暗くなる頃まで受話器を握りしめ、頭を下げる姿を見続けることになる。

「……もしもし。私、愛知県ながしの町の友川あさひと申します。お忙しいところ、何度も電話して申し訳ございません……。あのですねぇ」

電話の相手は、町役場、日本共産党中央委員会、霞が関の各省庁、愛知県庁、近隣の自治体にいたる。あさひが、何度も問い合わせ、相手方の回答をノートにまとめ、さらに電卓まで取り出

して数字を弾く姿を目の当たりにすると、どんな人でも、
ああ、なんと大変な仕事なのか。可哀想！

と、思わず嘆くのではないだろうか。

しかも、小川雄介が議会を傍聴したところ、彼女の努力が報われる採決結果に立ち会ったことはほとんどなかったのである。

議場を出た彼は、いつも髪を掻きむしり「もう辞めてくれ！」と叫びたくなる。

英国人作家ジョージ・オーウェルの「戦争を終らせる一番カンタンな方法は、負けることだ」という一節を反芻《はんすう》したときさえあった。


小川雄介の目には、友川あさひが一年半前の町会議員選挙で当選した翌日から24時間365日、緊張と不安を強いられる「全身政治家」になってしまったように見える。

議会の活動だけではない。車の運転、ご近所からの「おすそ分け」への対応、「個人情報」の管理、生活相談者の保護まで、彼女の注意深さは際限なく広がっていく。

雄介は、あさひに、心底、申し訳なく思った。

彼女が、日本共産党と出会わなければ……、東日本大震災の被災地・石巻市のバザーで俺なんかと出会わなければ、こんな暮らしとも無縁だったはずなのだ。

友川あさひが二〇一九年春の一斉地方選挙で初当選したとき、日本共産党公認だったにもかかわらず、地元紙は、一面写真入りで報道したのである。

「友川さん初当選、町民の期待ひしひし」

そんな見出しのもと、記者は「東京から移住した若い女性が、男ばかりの町議会で活動できるのか」「オール与党の『異議なし議会』を打破できるだろうか」と問うていた。

ながしの町は、日本共産党の議員が二十年間不在の自治体だったのだ。

雄介の転地療養のため、たまたま一六年夏に二人が移住した町は、人びとの優しさにあふれ、豊かな自然と文化をはぐくむ格好の癒やしの場であった。

あさひは、週三日、簿記資格を活かして近隣の新城市内の会計事務所で働き、寝たきり同然だった雄介は、映画や文学の短い批評が書けるまで回復していった。

観光客や友人たちには、町の問題など見えなかった。

しかし二〇一九年二月、町が主催した各集落での地区懇談会の席上で、町長が、町立ながしの病院の入院ベッドを段階的に減らして二一年度に「無床診療所を新築したい」と発言したとき、友川あさひ（当時34）は敢然と立ちあがり、

「わたしは、反対です！」と言い放ったのである。

高齢の参加者三十人にまぎれた雄介は、彼らと同じように項垂《うなだ》れて黙っていたために、あさひの意見表明には全身総毛立ってしまった。

あさひは、なおも一人手を上げて質問をぶつける。

「町長！　入院ベッドをゼロにしたら、私たちのような病気持ちの家族や各集落のおじいさん、おばあさんはどうなってしまうのですか？　救急もないし、死んじゃうじゃん！」

まさに恐れる者を知らぬ天真爛漫、天衣無縫な言いぶりであった。

しかし雄介の頭のなかでは「空気が読めない」「ウソがつけない」「郷に入っては郷に従え」という表現が駆けめぐり、ああ終わった……という一点に落着した。

平穏そのものだった町役場との関係は、これから敵対的なものになるだろう。

午後九時、集落の人びとは立春の寒さに身を縮めて帰路につく。

あさひは、月明かりに照らされた彼らの着ぶくれした背中を見つめながら、「わたし、死んでもいい。町議選に立候補するから」と言ったのだ。

2

友川あさひ（36）は、鏡のなかのマスクをつけた顔に、

「よし、議会だ。がんばれ。行ってくる！」と激励の言葉をかけて気合を入れた。

黒の革鞄を肩にかける。玄関の戸に手をかける。

そのとき、彼女の喉もとに苦いものがせりあがる。

思わず息が詰まりそうになって、激しい咳込みに襲われる。

ああ、この生理現象は、当選後の臨時議会で味わったのと同じものだ……。

甘利祐一議長（当時65）は、友川あさひ（当時34）に対して、

「あんた、その議案はのぅ、閉会まで誰にも見せちゃいかんだでな」

と低い声で言った。煙草の臭いがした。

彼女は、思わず同僚議員に「あれ？　みなさんに見せちゃダメでしたっけ？」と訊ねた。

「ダメダメ。だって噂が独り歩きするからよ」

「議案を読むのは、俺たち選良の専売特許なんだから」

彼らは、新人議員の無知を逆手にとって適当に答えたのだったが、後日、あさひが日本共産党の奥三河議員団会議にて改めて議案の扱いを訊ねたところ、他の市町の議員は口々に言ったのだ。

「議員が議案を手にした時点で当然公開できますよ」

「議員というのは、有権者の付託を受けてるからね」

「共産党がいない議会の議員たちは、そんなデタラメを言ってるのか！」

「あさひ議員、こりゃぁ、苦労するぞぉ」

彼女は、町議会の独自ルールを知るたびに「お前も従え」という同調圧力を感じる。

学校で学んだ自由や民主主義、情報公開の大切さ、一般常識が通らない「壁」を感じる。

町政に物申す者は絶対に認めないという尊大さ、威圧を感じる。

ああ、雄介……。雄介さんは、今日の傍聴に来てくれないのか。

ここで彼に「絶対に来て！」などと無理強いすれば、必ず大喧嘩になるだろう。

ただ雄介が、議会初日の傍聴をしてくれなければ、議事は事実上、町の誰一人として窺い知ることのない「秘密会」になってしまう。しかし、友川あさひは、町民の誰が好き好んで町長が長々しゃべる「行政報告」と各課の議案説明を聴きにくるだろうか、と思った。

傍聴など時間の無駄と思われても仕方がない。

新入党者の長谷川篤史（68）は、いま新城市内の回転寿司店で就労している。

ながしの町党の「生き証人」たる坂野宮子（94）は、腰を痛めて自宅で寝込んでいる。

ああ、党支部の仲間二人にも傍聴は頼めない。

雄介さん以外の町民が傍聴する場合、彼らの安否の問題も出てくる……。

町民に傍聴をお願いしようにも、彼らが氏名・住所を記入した「傍聴者名簿」は、町長、議長、議員らに目ざとくチェックされる。

友川あさひは、親しい仲間たちへの傍聴依頼さえ二の足を踏んでしまう。


あさひは、議員になったばかりの頃、たまたま買いに行った五平餅屋の店主に、「ぜひ、議会の傍聴にお越しくださいね！」と気軽に言ったところ、彼が大変な剣幕で怒り出したことをトラウマのように思い出す。

店主は「議会なんて行けるかよ！　十年ほど前に一度だけ行ったけどが、議長や議員が『お前、何しに来たよ』と言って睨《にら》んできやがった」と吐き捨てたのだった。

さらにショックだったことは、彼が「おたく、すまんけどが、今度から、その派手な車でウチに買いに来るのは、やめてくれるかな」と言い放ったことだ。

あさひの宣伝カーの天井に載る四面看板には、

横①　町民の命を守るため／入院ベッドの全廃やめて
横②　町民の命を守るため／無床診療所計画は撤回を
前①　消費税10％反対／日本共産党
前②　しんぶん赤旗　ぜひお読み下さい
お申込みは、友川あさひ事務所　☎76—××××

と書かれていた。

この看板の、どこが問題なのか。

この問いには、彼女を緊張させ、不安にさせる怪物の正体が見え隠れしている。

もちろん町会議員選挙から一年半が経ったいま、あさひが宣伝カーで五平餅を買いに行っても、店主は何もかも忘れたような笑顔で品物を渡してくれる。

ただし宣伝カーを走らせて、町営グラウンドの木陰で小川雄介（40）と頬張るとき、彼女は「やっぱり五平は、しょっぱいや」と涙声で呟くのだった。

二人は、この町を故郷とする者たち一人ひとりの力で、日本共産党への偏見と差別という怪物を氷解させていくしかないと思っている。ときに町民たちと反目し、ときに謝り、ときに許し合いながら、お互いの信頼という名のレンガを、小さな党の看板の下に積み上げていくしかないと考えるようになっている。

友川あさひは、勇気を奮ってガラリと戸を開けた。

空は快晴だ。あさひは目を細める。

古民家の板塀が崩れたところを跨ぐ。国道まで続く坂道を駆けおりる。

道路の向かいには上條理容室があり、その横に宣伝カーを停める駐車場があった。

選挙のときに中古で安く買った軽自動車が見える。

あさひは、屋根瓦が波打つ自宅を振り返った。

やはり、小川雄介は出てこない。

彼のうつ病を悪化させたくない。

今週末、しんぶん赤旗日曜版を一緒に配達できたらいい、と思い直した。

JR飯田線の車両が、ちょうど山の斜面に沿って大きくカーブしながら走っていく。

「よし、たった一人だけど、私も行こうか!」

3

小川雄介(40)は、自宅の天井を見上げている。

彼は、友川あさひ(36)の声に反応しなかった。

なぜ、不貞腐れて黙ってしまったのだろう。

「そんなこと、十分、分かってるのに……」

雄介は、そう呟く。が、その思いと理由を言葉に変換することが出来ない。

居間のストーブは燃え続けており、薬缶の湯が沸騰して音を立てている。

友川あさひ議員は妻であり、彼女のサポートは夫として当然のことだ。夫でなくても、彼女と独立した一人の日本共産党員として、町の党支部を構成する数少ない党員として、彼女に協力することは党員の任務である。

日本共産党の町議の誕生から一年半が経ち、いま行政と町議会は、ながしの町の医療を大幅に縮小するため、ウソとデタラメの限りを尽くしていると言っていい。

この一年半、すべての議会を傍聴してきた雄介は、今日の議会初日の傍聴も行かなくてはならないし、そこで見聞きしたことを党支部発行の「ながしの民報」にまとめて、一刻も早く町内の全一四〇〇世帯に配布して知らせるべきであろう。

町民は、一気に、大胆に、動き出している。

それなのに、なぜ、日本共産党員たる雄介は動かないのか。

彼の起床は、妻のあさひが、卓袱台で最後の質疑メモをつくっている午前八時半ごろだ。

雄介が一瞥したところ、時間に追われる彼女は、鬼のような形相だった。

小川雄介はスタジアムジャンパーを羽織ると、ウールの靴下を履き、マフラーも巻き、朝食をつくるため、冷え込んだ台所に立った。

まずコーヒー豆を手挽きし、粉末のそれをフィルターに入れておく。

食パン二枚にシュレッドチーズを振りかけ、トースターの焼き網に載せておく。

一方、近所の方々からいただいた玉ねぎを薄切りにし、ブロッコリーを茹で、トマトを八つ切りにしてサラダボウルに盛りつけていく。

朝食のメインは、かぼちゃスープである。雪平鍋の底で玉ねぎの薄切りをバターでキツネ色になるまで炒め、かぼちゃのスライスと水を投入して煮込む。二つの野菜が柔らかくなる頃合いを見てブレンダーで攪拌《かくはん》する。オレンジ色のなめらかな液体に豆乳と塩を混ぜ、再び加熱する。

トーストは、コーヒー豆に従属する。

トースターに電源を入れるタイミングは、コーヒー豆にもよるがコーヒーカップ二・五杯分のドリップに要する時間に合わせる。

そうだ、今朝の俺は、コーヒーサーバーに真っ黒な液体が溜まっていくところを凝視しながら、ふと、こんな小さな町の政治にいつまで付き合わねばならぬのかと、諦めと不遜が入り混じった自問を見つけて愕然としてしまったのだ。


小川雄介は、もともと出版社で働くタフな社員であった。

うつ病で会社を辞め、二〇一六年に町に移住したあとは、家事をこなしつつ作文を教える塾を開き、映画評や文芸時評など単発の依頼原稿を書く日々を送ってきた。

彼は、大卒後、東京都内の中堅出版社に就職する。

旅行とグルメの情報誌に配属された彼は、北海道から沖縄・台湾まで日帰りの取材を繰り返し、他誌との競争に勝つため、中華・フレンチ・イタリアン・寿司の穴場を一日一店舗ずつ開拓することを自らに課したりした。

雑誌の校了前の一週間は、社で寝泊まりした。

取材で出会う人びとの人生を聞き、彼らが商品やサービスに込めた唯一無二の思いを知ることは、彼の文章を奥行きのあるシャープなものに鍛えていく。

そして雄介は記事を書く者の常で、たくさんの訂正・謝罪文も書いた。

あるラーメン店を紹介したとき、はしご取材した他店の看板メニューと取り違えて裁判沙汰になった。しかし口頭弁論の直前になって、相手方弁護士が訴訟の取り下げを通知してきたため、雄介が驚いてラーメン店の主人に会いに伺うと、シャッターに「閉店」の貼り紙があった。

彼は、自分の錯誤ある記事や言葉が、多くの人びとの信頼を裏切り、ときに彼らの人生を狂わせるという重大な責任を学んだ。

二〇〇一年九月十一日、アメリカの同時多発テロ事件で幕を開けた二十一世紀のゼロ年代は、雄介が夢中で仕事を学んだ二十代と重なると同時に、自民党の小泉純一郎内閣が打ち出した「聖域なき構造改革」が席巻した十年だった。

あらゆる規制を撤廃して、多国籍企業の地球規模での利益を最優先する新自由主義の政策は、国民の雇用と医療・年金など社会保障制度をことごとく破壊していった。

そして二〇〇八年十二月末の光景がやってくる。

銀座六丁目の寿司店の取材を終えた雄介（当時28）は、非正規の女性カメラマンと連れ立ってリクルート本社の全面ガラスが照り返す舗道を歩いていく。

その日の午前に開かれた社内会議で、彼は、雑誌の売上高が落ち込む一方で中古本市場の拡大とネット販売の黎明期にある経営戦略として「富裕層に特化した誌面づくり」と「ウェブメディアへの全面移行」を提案したところであった。

その提案は、もちろん大幅な人員削減をともなう改革である。

雄介は、その夜、霞が関の官僚と帝国ホテルで夕食をとる予定だった。ところが日比谷公園を横切ろうとした二人の行く手を、「年越し派遣村」などと銘打ったテントの峰々と、そこで行列をなす生活困窮者たち、さらに支援者たちが張り上げる大きな声が阻んだのである。

小川雄介は、隣りを歩く女性カメラマンを含め、出版社の編集スタッフの半数を派遣や請負といった非正規労働者が占める事実を知っていた。

彼らには、正社員に与えられるボーナス、通勤費などの手当、有給休暇といった制度はない。雑誌の校了前、社で寝泊まりする派遣のライターに給与明細を見せてもらった雄介は、自分の半分にも満たない金額に息を呑んだことも覚えている。

しかし彼は、それを承知で出版業界での生き残りを懸けた合理化案を社に提案したのだ。

創業七十年、正社員百人が働く出版社が、インターネットの波に埋没していいのか、若手社員の未来はどうなるのか、という一念だった。

しかし取締役らが見つめるスクリーンに映した自身の改革案にポインターを当てようにも雄介の指が震えて仕方なかったのは、かつて大学の学費が払えずに退学した後輩二人の顔を思い出したからである。このとき、忘れかけていた政治的な緊張感が、彼の全身を熱くしたのだった。出版社に入ると、学生時代に励んだような党活動とは疎遠になっていった。それなのに彼は、突然の「年越し派遣村」との遭遇によって、午前中の緊張感を政治的葛藤へと高めていったのである。

こんなことが、実際、起こりうるのだろうか。

突如、雄介の目前に、このまま党を捨てて生きるのか、それとも「学費を気にせず学べる社会をつくりたい」と決意して日本共産党に入党した大学三年生のときの初心を蘇《よみがえ》らせるのかという大きな選択肢が怒濤のように迫ってきたのである。

彼は、官僚たちとのディナーをキャンセルすると、カメラマンと牛丼を食べた。

それればかりか、後日、同じフロアで働く非正規労働者の不満や要望を都内の個人加盟労働組合に伝える仲介役を買って出る。そして彼らの大半が契約満了となった二〇〇九年三月末、雄介もフリーの記者として再出発する決意を固めるのであった。

いま東京から遠く離れた辺鄙《へんぴ》な場所で、古民家の黒ずんだ格子縞の天井を見つめる雄介(40)は、かつてエネルギッシュに編集した月刊誌の囲み記事や段組を思い出した。

そして大きな決断をする直前まで銀座の高級寿司に舌鼓を打っていた不思議と、目の前で寿司を握る老主人の見惚れるような包丁さばきが蘇ったとき、彼は思わず涙ぐんでしまった。

あの日あの夜、社会の矛盾に目を瞑って生きることは自分の言葉を豊かにはさせないと確信させたものが、なぜかいま、青臭く見える。むしろ現状を見るとき、俺の言葉は枯渇寸前ではないかと自問してしまうのである。

今朝、雄介がコーヒーサーバーから透かし見ていたものは、友川あさひの部屋に散らばった党支部発行「ながしの民報」ではなかったか。このとき彼は、俺の言葉は政治パンフレットのうえに留まったまま、世の中の多くの人びとの心を躍らせる比喩《ひゆ》を語ることも、彼らの肩の凝りをほぐすような清冽な哲学を表現することも夢のまた夢だと覚悟したのである。


米国がクシャミをすれば、日本は風邪で寝込む。

「年越し派遣村」は、二〇〇八年九月の世界同時不況によって米国市場を大幅に失った日本の自動車や電機メーカーが年内で大量の派遣労働者を解雇したため、「反貧困」を掲げるNPO団体や労働組合などが生活保護の相談や食料支援のために立ち上げたものだった。

日比谷公園には、工場の寮から追い出された人びと、ホームレス、中部地方から徒歩でたどり着いた人、栄養失調や記憶喪失でフラフラになった若者など五百人が集まり、百張りを超える緑や青のテントのなかで暖を取った。

その光景は、まるでウミガメの群れが嵐が過ぎ去るのをじっと待っているように見えて、小川雄介（当時28）は、一人ひとりの人間は小さく無力だ、と思った。

しかし翌〇九年一月四日の夕方、新聞やテレビの大々的な報道に後押しされるように各政党の幹部クラスの国会議員が「派遣村」に駆けつける。彼らが「大企業の派遣切りを許すな」「立場を超えて派遣法の抜本改正に取り組む」などと訴える場面に出くわすことになった雄介は、一転、人間一人ひとりの「弱さ」のなかには政治家たちを瞬く間に連帯させる力も存在する、という気づきを得たのであった。

いま雄介は「あの光景は何だったのか」と振り返る。

「派遣村」から十年……、政治は悪化するばかりではないか。

安倍政権は、前代未聞の公文書の改竄《かいざん》に手を染め、資料の隠蔽と虚偽答弁を繰り返した。

アベノミクスと称揚されたものの「第三の矢」とは、国民の年金積立金一五〇兆円を国内外の証券や株式の購入資金にあてるもので、かつて米国の人びとの住宅ローンの大規模な延滞が惹起したリーマン・ショックの損失など意に介さない代物だった。そして安倍前首相は、国民の虎の子を投じる官製相場を「好景気」と吹聴して日本と世界を騙そうと必死だったのだ。

真実とか実体が、この十年間で、こんなに曇らされるとは！

雄介のこめかみを憂鬱という名の万力がギリギリと締めつける。

思わず彼は、愛読するジョージ・オーウェル著『１９８４』が描く架空の独裁国家の「戦争は平和なり／自由は隷従なり／無知は力なり」というスローガンに、「真実はウソなり／ウソは真実なり」という文章を付け加えたくなった。

海の向こうでは、二〇二〇年の米大統領選の雲行きが怪しい。

トランプ大統領は十一月十五日、ＳＮＳに「バイデン候補の勝利は不正があったからだ」と書き込み、未だ各州で次々と法廷闘争を展開している。

4

いま小川雄介（40）は、十一月三日投開票された米大統領選のデッドヒートを脳裏に蘇らせている。米大統領選は「ながしの町民で医療を守る会」の活動が、署名簿づくりや印刷、公民館でのホッチキス留め作業と「受任者学習会」で忙しくなっていく時期と重なった。

友川あさひ（36）は「町民の会」に協力する一方、全米で開票が始まった日本時間の三日午後十一時頃からジョー・バイデン候補が勝利宣言する八日未明まで、ほぼ携帯電話の画面から目を離すことが出来なくなっていった。

米テレビ局の開票サイトで、時々刻々、赤と青の選挙人数が変転するたび、歓喜と悲鳴の声をあげてきた彼女の姿にドン引きした雄介だが、やがてミイラ取りがミイラになっていく。

新大統領ジョー・バイデンの演説が始まった。

私たちは、これまでの大統領選で史上最多七四〇〇万もの票で勝利しました。

私は驚きました。今夜、全米が、全都市が、そして世界中が、希望と喜びと、よりよい明日への確信に溢《あふ》れているのを見ています。

「あさひさん、もう寝なきゃ。午前三時だよ」

「寝たきゃ先に寝て。私は、最後まで聞くから」

アメリカの人びとは、夜な夜な日本の山峡《やまかい》の小さな集落で暮らしている日本共産党員二人が「トランプかバイデンか」と固唾を呑んでインターネット放送を見続けてきた気持ちを理解できるだろうか。

「トランプが勝っちゃうと、日本の、この町の民主主義まで押し流されてしまうような恐怖があったんだ」

あさひは「つまり……、真実というか、事実に価値がなくなる世界が、もう、そこまで来てる気がして……」と呟いた。

雄介は、再び英国人作家ジョージ・オーウェルを思い出した。トランプ政権の誕生で世界的なベストセラーとなった彼のSF小説『1984』では、独裁国家の「真理省」で働く役人が歴史や公文書を改竄し、国民が豊かな言葉で表現することや考えることを奪われた暗黒の管理社会を生々しく描いていた。

バイデンは、両手を広げて演説を続ける。


……この選挙運動がどん底だったとき、私のために、アフリカ系アメリカ人のコミュニティーが再び立ち上がってくれました。……私は、いま現在のアメリカを代表し、そのアメリカを反映した選挙をしたかったのです。

小川雄介は、大学の法学部で「民主主義とは、少数意見の尊重である」と学んだ。しかし国会や議会では多数決による強行が当たり前ではないか。為政者たちは、圧倒的な国民世論に背いてでも悪政を貫徹してきたのだ。

トランプは四年前、リーマン・ショックの傷が残るなかでの「改革者」として登場した。格差と貧困の拡大や多国籍企業・投資銀行の利益を優先する金融市場、さらにイラクやアフガニスタンへの武力介入を批判して、ヒラリー・クリントンを擁する民主党に競り勝った。しかし山積する問題は解決されるどころか、メキシコとの国境に「壁」をつくるなど移民や人種の差別政策を加速させ、新型コロナウイルスへの無策では二十万人もの死者を出している。

安倍前内閣は、トランプの合わせ鏡のようだった。

後手後手の新型コロナ対策、「桜を見る会」という税金の私物化、森友・加計学園への不適切な便宜と公文書の改竄、虚偽答弁の連発、司法の独立を侵す検察官の定年延長問題、戦後日本の立憲主義を破壊した集団的自衛権の行使容認と安保法制の成立強行、国民の知る権利を侵す特定秘密保護法など枚挙にいとまがない。

一方、ながしの町長は「命の道路!」と叫んで三遠南信道路の建設を推し進め、議会は「異議なし!」の賛成多数で透析中止、救急医療の廃止も決めた。

友川あさひは、寝室のベッドのうえであぐらをかき、

「たしかに民主主義は壊れつつあるよ。でも私、今回の大統領選で問われたのは、もっと根本的な、最も基本的なことだと感じてる……。雄介さん、自由と民主主義の発祥の地で、その理念と

制度が揺らいでる。なぜだと思う？　国の最高責任者が、平然とウソをつくようになったからだよ。だって自由と民主主義は、真実のレールのうえで走るんだ。私は町議になるまで、この町や愛知県に対する情報公開請求を繰り返して真実を掴むまで、こんな基本的なことさえ分からなかったんだ。雄介さん、知ってた？　私たち日本共産党って、自由と民主主義、そして真実を最も大切にする政党なんだよ！」と一気に捲《まく》し立てた。

雄介は、真実とか民主主義とか、そんなものはとっくに腐ってる……と思い込んでいたから、あさひの真っ直ぐな目の勢いに驚き、圧倒されてしまった。

彼は、真実を歪めるウソが、日本共産党にまで入り込んできたらどうなるか、と自省する。

そしてソ連とスターリンの欺瞞《ぎまん》をいち早く見抜いた作家ジョージ・オーウェルが一九四二年に「歴史が正しく書かれ得るという考えそのものが放棄された」と記した時代の絶望を現代世界に重ねて考えてみることにもなった。

バイデン新大統領の演説は終わりつつあった。

……アメリカの魂を取り戻さなければなりません。私たちの国は、私たちの善良な心と暗い衝動との絶え間ない闘争によって形づくられてきました。善良な心が勝利するときが来ました。今夜、全世界がアメリカに注目し、アメリカは世界を照らす灯台です……

友川あさひは「でも私、アメリカが『自分が世界で一番えらいんだ!』という感じ、大っ嫌い。だから今回だけ、就任式の人数を誤魔化したトランプが負けて、バイデンが勝ったことは、正直、ホッとしたんだ」と言った。

小川雄介は「もう、目が覚めちゃったじゃないか。寝ようよ」と応じた。

二人は布団を引っ被る。

雄介が、暗闇のなかで愛しい女性を背中から抱きしめようとする。

うわッ、あさひさんの、ただでさえ痩せた体が棒切れのようだ!

ああ、あさひさんは、これまでウソを一切つかずに生きてきた人なんだよな。

会社で働く人びとの待遇格差に目を瞑り「嘘も方便」で生きてきた俺なんかとは違う。

ウソをつけない苦しみは、町議になったいま、どれほどの緊張を強いることだろう。

日本共産党が非合法だった先の戦争期、作家の小林多喜二ら地下活動家たちは、特別高等警察の暴力と対決する緊張した日々のなか、いつの日か、党議員の誕生や議会活動、そして白日のもと党員たちが笑顔を交わす支部会議の実現を夢見たろうに、その道半ばで倒れていった。

多喜二は、なぜ、転向しなかったのだろう。

小林多喜二と同じ生年の英国人作家ジョージ・オーウェルなら、

「ウソを嫌い、読者さえ裏切れなかった人なのだ」と評する気がする。

友川あさひは、若い女性であること、子どもと持ち家と先祖代々の墓がないことをもって、町内では一人前の大人として認められていない。そこへ二十年ぶりに日本共産党の看板を十字架のごとく背負って立ち現れたことで、さらなる偏見と差別、ときに暴言まで吐かれながら、悔しさのなかで瞼を泣き腫らす日々を過ごしてきた。それでも友川あさひという人間は、ウソを絶対につかないことで真実と自由と民主主義を守ろうと精一杯の力で屹立《きつりつ》してきたのだった……。

あさひは、ムニャムニャと呟いた。

確かな情報、真実を伝え、希望を運ぶ新聞赤旗
スマホで読める電子版もあります……

彼女の寝言は、なんと宣伝カーから流れる日本共産党の宣伝スポットであった。

5

小川雄介（40）は、なぜ、傍聴に行けないのか。

その第一は、転地療養の安穏を求めて町に移住したのに、いつの間にか、町の医療を守る住民運動にあくせくする日々に心が折れそうになっているからだ。

しかも、その発端は二〇一九年二月の寒い夜、友川あさひ（36）が、町の地区懇談会に参加したあと、

「私、死んでもいい。この春の町議選に立候補して、入院ベッドを守るって訴える！」

と決意したことであった。

四月の一斉地方選挙まで二か月を切っていた。

奥三河地区委員会の委員長・小野寺広司（当時72）は、

「あなたの決意を歓迎したい。ただ、ながしの町には、この二十年、党の議員も党支部もないのですよ」と言った。なるほど北設楽《したら》郡の四町村には、日刊「しんぶん赤旗」は配達されておらず、日刊と日曜版を合わせて町内三人の読者に郵送して対応していたことを初めて知った。

一方、雄介は、こんな小さな態勢では勝てっこないと思った。

「あさひさん……、俺たち、これまで赤旗の読者が誰かなんて気にもとめなかったし、そもそも共産党員として活動する予定じゃなかったじゃないか。俺もあなたも、ゆっくり静養するために東京から移住したんじゃないか」

ながしの町のお隣りの新城市の党支部に所属した二人は、週一回の支部会議に参加したあと、一週間分の「赤旗」を受け取って帰ってくる。

療養する雄介とあさひには、それだけで十分だったのだ。

春は、ながしの町を流れる大舞川を薄桃色に染めるソメイヨシノを愛《め》で、夏は、設楽町名倉の真っ赤な完熟トマトに舌鼓を打ち、秋は、紅葉の圧倒的な美しさに出会うために長野県天龍村へドライブする。そして冬は、ながしの町で展開する満天の星空と民俗芸能「花踊り」を眺めることで心癒やされてきたのだ。

雄介は、自然とのふれあいが、突然、生々しい政治闘争にとって代わるとき、己の心身の急激な不調を恐れたのである。

当時、彼らが乗っていたトヨタの真っ赤なランドクルーザーが、奥三河の山々を駆けていく。雄介は、新城市まで一時間の道のり、木目ハンドルを握る友川あさひに立候補を断念するように何度も説得を試みた。我が党の地区委員会だって、現職議員の応援で手一杯だ、あなたの突然の立候補を応援してくれる仲間なんていないさ、と。

落選したら？

そのあとの四年後も頑張るの？

ああ、俺たちは反共偏見が蔓延《はびこ》る町の人びとから石もて追われることになるだろう……。

しかし、友川あさひは、毅然たる表情で前を向いたまま、

「ちょっと黙ってて。いい？　私は、やると言ったらやる！」

と言い、急なハンドルさばきで雄介を驚かせた。

小川雄介の不快の第二は、政治の嵐が、彼が細々と生業にしている言葉という樹木を、いつか伐《き》り倒してしまうのではないかという危惧である。

万万万が一、友川あさひが当選した場合、彼の生活もまた、議会活動のサポート、民報づくり、党チラシの配布、支部会議の運営、街頭宣伝、党員や「しんぶん赤旗」の拡大など党生活一色になってしまうだろう。

これまで旅のルポルタージュや映画や文学の批評を書いてきた彼には、自分の言葉が、政治の力によって痩せていくような警戒感があった。

東京の銀座で親しんだ極上の寿司を握る老店主のごとく非政治的かつ才能と技術を磨くことに集中することこそ芸道と信じている雄介は、あさひと再び多忙な党生活を生きる将来に怯《おび》えていると言っていい。

スターリンの欺瞞を見抜き、暗黒の管理社会を描き出すSF小説の金字塔『1984』の著者ジョージ・オーウェルは、政治集団に作家が忠誠を誓う弊害を指摘している。

> 主義《イズム》という文字のついた言葉は、それだけですでに宣伝の臭いがする。集団的忠誠は必要ではあるが、文学が個人の産物であるかぎり、それは文学には有害である。そうした忠誠心が創作に影響を――たとえ消極的な影響でも――与えることを許すと、そこにはたちまちごまかしが生じるばかりか、しばしば創造力そのものまでも涸《か》れてしまう。
>
> さて、それでどうだというのだ？「政治に近づかない」ことがすべての作家の義務であると結論すべきなのか？ 断じてそうではない！ （中略） 作家が政治に関与する場合は、一市民、一個人として関与すべきであって、作家として、関与すべきではない。作家は感受性がすぐれているからというだけの理由で、政治に付きもののきたない仕事を避ける権利はないと思う。みんなと同じように、すきま風の吹き込むホールで演説をやったり、舗道にチョークでスローガンを書いたり、投票を依頼して回ったり、パンフレットを配ったり、必要とあれば内乱に銃

をとる覚悟さえ持つべきである。しかし党のためにたとえ何をやるにしても、党のために書くことだけはすべきでない。」

「作家とリヴァイアサン」一九四八年
『オーウェル評論集』平凡社・川端康雄編

いまや雄介は、党支部発行の「ながしの民報」をつくるだけではない。「ながしの町民の会」のニュースや署名簿の要旨づくりまで請け負う羽目になっていた。

小川雄介と友川あさひは、果たして、英国人作家ジョージ・オーウェルのいう「集団的忠誠」から生じる「ごまかし」と無縁であり続けられるだろうか。

ながしの町の人びとは、この二十年、日本共産党の姿を見ることがなかった。彼らの優しく温かな心の土壌には、きっと反共思想と偏見が蔓延っている。

雄介とあさひは、移住後の表面的な交流や政治抜きで付き合うことの居心地の良さを振り払って、日本共産党の真実を訴えていけるだろうか。天から与えられた基本的人権の尊重、国民主権と平和主義、そして世界と日本の先達が育てあげた自由と民主主義の苗木を、ながしの町の土のなかに植えていく力を持ち続けられるだろうか。

このような問いに答えようとすれば、二人の脳裏に、二〇一九年春の町議選で出会った各候補者たちの自由奔放な街頭演説が蘇ることになる。

候補Ａ「ワシに言わせりゃ、移住して数年、しかも東京もんの立候補は許しちゃならんのですよ。町の歴史と伝統を理解しとらん人間に、我が町の政治を任せるワケにはまいりません」
候補Ｂ「みなさん、あの若い女の候補、ありゃ、昔ッから暴力革命を唱えとる共産党の中央が、わが町に送り込んだ刺客、テロリストであります。どうか、騙されんでくださいよォ」

移住者に被選挙権なし。日本共産党の女性候補は、暴力革命の刺客でテロリスト。
こうしたデマが、一夜にして町の隅々まで駆けめぐったのである。
友川あさひは、町議選の最終日の朝、
「雄介さん、私、怖いよ」と、初めて弱音を吐いた。
彼女の手には、自宅のポストに投函されていたという一枚の手づくりチラシがあった。

あなたは、若さと女を売りに町の女性を貶《おとし》めてる。
入院ベッドを守るとか勇ましいこと言ってるけど、
あなたの存在、共産党は、町内で顰蹙《ひんしゅく》もんです。

最終日の夕方、友川あさひ候補が手を振る宣伝カーは、ある集落の芝生のうえで候補Ｃが、
「早めの祝杯よ」と言って酒盛りする現場に出くわす。

真っ赤に酔った男たちは口々に、

「二十年前に落選したアカの男はどうなったァ」

「お前ら子が無ぇってなぁ、そんなの、町民失格だかんなァ！」

などと、いきなり悪罵を投げつけてきたのであった。


いま友川あさひと小川雄介は、日本共産党の議員活動であれ、町の透析・入院を守る住民運動であれ、自由と民主主義を瞳のように大切にすることを学んでいる最中である。

そして二つの理念の根本にあるのは、真実と事実を明らかにすることだということも。

雄介は「透析・入院を守るニュース」を書くとき、仲間たちから、

「レイアウトや見出しは、分かりやすく！」

「文字は大きく、難しい漢字はダメ。文章ばっかりもダメ。町の年寄りが読むんだから！」

「少しぐらい間違っててもいいから、町長にショックを与える内容にして！」

などと、威勢のよいリクエストをたくさんもらう。

そんなとき、内容の「正しさ」「明瞭さ」が「デマ」へと変貌することに気づく。

雄介は、慌てて「それはマズいです」と言う。

「どんなに些細なことも間違ったことを書くと、町長派から『ウソつき！』『デタラメを言う人たち』とレッテルを貼られてしまいます。いま町長は『病院は、年間三億円の赤字』と繰り返してるけど、病院の経営は、本当はどうなのか。私たちは、いくら手間がかかろうと真実を突き止

め、それをニュースにしなければなりません」

友川あさひは、雄介や「ながしの町民の会」メンバーが書いた原稿のうち、事実の誤りを正し、誤字・脱字を直す校正係を自らに課すようになった。

町長の後援会は、これまで議会中にもかかわらず、新聞の折り込みチラシで「町は、入院患者・透析患者を守ります！」などと訴えたため、町民は何度もパニックに陥ってきた。

町民の切実な要求が、政治的に盛りあがるとき、どうしても真実の見極めが必要になる。

署名の代表者である佐藤てい子（88）は、炬燵《こたつ》のテーブルに町長後援会のチラシを広げると、丸い拡大鏡を取り出して見出しを読む。

その途端、「あッ、おかしい！」と声をあげて「女の会」の仲間たちに電話をかけるのである。

「あんた、町長のチラシ読んだかん？　これに騙されちゃダメだよ、いいかん？　患者、患者って、この言葉がミソよ。あいつらが守るのは入院ベッドでも透析の機器でもない、『患者』という二文字を付けることで意味をねじまげて、ワシらを騙そうとしてるの！」

彼女は「患者を町外に転院させても『患者』は守ったことになろうに！」と声をあげる。

政治屋たちの偽の言葉は、一瞬のうちに真実と住民運動の誠実さを踏み潰す。

要求を掲げる人びとが真実の剣を抜く前に、政治屋たちは「ウソ」と「ごまかし」の銃弾で、人びとの誠実な心を打ち砕こうと身構えているのだ。

6

二十一世紀の世界では、自由と民主主義、基本的人権や平和をめぐる闘争が続いている。

小川雄介（40）は、古民家の天井を見つめながら、これらの理念を日本社会に根づかせるためには、どうしたらよいのだろうと思った。

アメリカでさえ「ウソ」「ごまかし」の洪水のなかで溺れそうになっている。

いわんやロシア連邦や中華人民共和国、朝鮮民主主義人民共和国などでは、その国の名称とは大きく異なり、一人の独裁者が宣《のたま》うことが「真実」となる。


真実とは何だろうか。

自由と民主主義とは何だろうか。


友川あさひ議員（36）と雄介は、日本共産党員として、真実を発掘し、それを町内で徹底的に明らかにして確定する必要があった。

しかし「言うは易く行うは難し」である。

例えば、ながしの町や愛知県医療局医務課に対して、入院ベッドの削減や人工透析を中止する経過を明らかにする情報公開請求を行う場合、書式の枠のなかに何をどのように書けばよいのか、当初はまったく分からなかった。

さらに文書の公開決定がなされ、もし一千枚もの開示文書が出てきたら、一枚十円のコピー代の計一万円と文書を分析する時間は、誰が捻出するというのか。

様々な困難を克服して明るみになる行政文書の真実は、恐ろしい。

安倍内閣時代の財務省は二〇一八年三月、いわゆる森友学園事件にかかる公文書の改竄と交渉記録を破棄していたことを認めた。このとき、改竄を命じられた近畿財務局の職員が自殺したことは世間を震撼《しんかん》させた。

雄介は、あさひが町会議員になって以降、激変した一年半の生活に翻弄されながら、ながしの町の党支部の会議はもちろんのこと「ながしの町民の会」の打ち合わせの運営でも、まずは自由と民主主義のルールを徹底して守ろうと努力してきたのである。

第一、参加者全員の自発的な発言を保障する。
第二、情報はすべて共有するが、そのうちウソは排除する。
第三、欠席したメンバーへの事後報告を徹底する。
第四、打ち合わせの司会、傍聴やニュースづくりが一部の仲間に偏らないように工夫する。
第五、党員や「しんぶん赤旗」を拡大する目的のために住民運動を利用しない。
第六、友川あさひと小川雄介は、仲間にウソをついたり裏切ったりしない。

あさひと雄介が、これら約束事を掲げて、かけがえのない真実を守るために全力を尽くしても、「ウソ」や「デタラメ」を撒き散らす悪い人たちの方が圧倒的に多くなっていくとしたら、世界はどうなってしまうだろう。

今年三月末、こんなことがあった。

小川雄介が「透析・入院を守るニュース」を新聞に折り込んでもらうため、愛知県北設楽郡の四町村に点在する計六つの新聞販売店をめぐったときの出来事である。

彼は、井出久美子（77）の夫・義徳（75）が運転する軽トラックに乗って山々をめぐり、無事「ニュース」計三五〇〇枚を店主たちに手渡すことができた。

設楽町の販売店では、老婆（90）が、大きめのメモ用紙に黒マジックで、「此ノ度、主人インフルエンザ入院シマス。代金チラシハココニオイテクダサイ。イツ、チラシ、新聞ニ入ルカ不明デス」と書き記す後ろ姿に出くわした。

旧振草村の販売店では、白髪の店主に「あんたら、コトを起こすの遅いよ」と叱られた。ちょうど二、三日前、集落の透析患者が、転院先の病院に行く途中、車がエンストしてしまい車中で亡くなったというのである。

雄介が「申し訳ありません」と頭をさげると、店主は「まあ、お茶でも飲んで待っててくれ。俺、いまからチラシの内容をチェックせるで」と言った。

仲間と一緒につくった「ニュース」の一面の大見出しは、「透析守る署名　町内外から８１４２筆」と「請願否決でも諦めない」。

高田謙作（65）が、町長に分厚い署名を手渡す写真が輝いて見える。

彼が、半年後の九月に新型コロナウイルスに感染するとは予想もしなかった。

店主は、上がり框《かまち》にあぐらをかき、右肩を落として煙草を燻《くゆ》らせ、しばらくの間、ニュースに目を落としている。

雄介と義徳は、妻から出された温かな焙《ほう》じ茶をすすりながら店内を見渡す。

原付のオートバイが二台。店棚には、本日付の朝日・読売・毎日・中日などの朝刊紙が並び、野球、オーケストラ、サーカスなどの割引券やチラシも置いてある。

「うん、内容オッケー。明日付で入れるよ」

店主は、大きな老眼鏡を前頭部の白髪に載せると、

「うちは三〇〇部を切る寸前だけど。配達する俺が死ぬと、もう、この集落から新聞はなくなる。このニュース読むと、あんたら、なんと粘ってタスキを渡し合って闘ってるか、よーくわかる。でも俺は、東京の息子に帰ってこい、家業を継いでくれとはよう言えん。お兄さん、さっきは言い過ぎた。すまん」と言った。

雄介と義徳は、老いた店主の目に涙が光っているのを見た。

ああ、「しんぶん赤旗」だけの危機ではなかったのだ。

毎朝、世界と日本の出来事と真実を人びとの自宅に伝えてきた新聞の終わりが、この販売店と道を隔てた向こうの歩道のあたりまで押し寄せてきていた。

自宅に籠もる小川雄介は、様々な思いをめぐらせ、やはり今日の傍聴は無理だと悟った。

そのとき、卓袱台の携帯電話の通知音が連続して鳴った。

まるで泡ぶくが破裂するような電子音は「ながしの町民で医療を守る会」のSNSに、誰かが書き込んだことを意味する。

現在、SNSには十五人が登録している。

しかし、大半が七十~八十代のため、普段ほとんど書き込みはない。

雄介は、半信半疑の思いで携帯電話のロック画面を解除する。

くみこ　今日の議会、私も見れますか
じゅん　あたしも見たい
和子　十時？　役場？

書き手は、井出久美子(77)、岡村順子(75)、石田和子(75)だ。

雄介は、震える指で「十時、役場二階です」と打ち込む。

入力完了のバブル音が鳴る。

うつ病　十時、役場二階です

これまで体調不良によるドタキャンを何度も重ねてきた雄介は、その理由を先取りして伝えておくため「うつ病」のニックネームを使う。
彼のメッセージの「既読」表示は、あっという間に「12」まで積みあがった。

和子　私、掃除して行きます
くみこ　オーキングなう
じゅん　おじいさん　ショートステイ
じゅん　ぼうちょう　いきます
くみこ　ダンナ　俺も行くかな　と
和子　ダンナ　偉そう
じゅん　うつ病　行きますか
くみこ　雄介さんが来ないと　怖い
紀之　なんちり
（紀之　がメッセージの送信を取り消しました）
ひろし　な　ら　め
（ひろし　がメッセージの送信を取り消しました）
紀之　まちがた　指

「紀之」は、役場ＯＢの伊藤紀之（80）である。

「ひろし」は、先日、好物のレバー煮を喉に詰まらせて誤嚥性《ごえんせい》肺炎を起こし、現在、町立ながしの病院にて入院中の鎌田広（82）だろう。

雄介の全身は硬直し、携帯電話を持つ手が震えた。

7

友川あさひ（36）は、議会に向かうため、宣伝カーのドアを開けようとして、一昨日の日曜日、議会事務局長の松田行夫（58）が玄関口で漏らした「署名」という言葉を思い出すと、再び立ち尽くしてしまった。

松田は、あさひが暮らす古民家の土間で、

「国のコロナ交付金の使い道が、バタバタ決まったようで……。補正予算案のお渡しが開会直前になってすいません」と言った。

彼は、議案が入った封筒を手渡すと、

「そ、それで、議員、あ、あのう」と、言いにくそうに切り出した。

あさひが「はい、何か」と聞き返すと、彼は、

「あ、あの……、いま町民のみなさんが、署名をやられておりますよねぇ。私、署名自体について何か言うつもりはないんですが、ただ、ですねぇ、その署名の提出日……、集められた署名を

町の選管に出す日、ですね。だいたい、何日ごろになりますか、と……。うちの議長が、さっき『友川議員に聞いて来い！』と言うもんで」と言った。

あさひは、間髪を入れずに答えた。

「わかりません！　そんなこと、知ってても言えませんよ！」

「ああ、申し訳ございません！」

あさひは、松田が謝るのを制しながら、なぜ、いま、議長は、署名の提出日を詮索するのか、と疑問に思った。

直接請求署名を集める期間は、一か月と法定されているではないか。

条例改正議案の議会提出を町長に義務づける要件は、町の全有権者の五〇分の一、つまり五十筆以上である。

あさひが「女の会」に呼ばれたとき、すでに三五〇筆を超えていた。

署名の請求代表者たる佐藤てい子（88）ら女たちには、いま提出しない理由があるのだ。

彼女たちは、町長と町議会に対して、透析・入院・救急医療を求める町民の意思を示すには、圧倒的な署名数こそ必要だと肝を据えているからなのだ。

単純に条例案を上程することを目的とする署名なら、この十二月の議会開会中にも町の選挙管理委員会に提出したっていい。町選管が速やかに署名簿の審査・縦覧を行えば、来年一月末にも臨時の町議会が開かれるかもしれない。

しかし、あさひが思うに、町長や議長、町長派の議員たちは、住民団体が提出した条例改正の議案一つで議会を開くはずがない。彼らの習性として、格好の新聞ネタになることは絶対に嫌がる。やはり来年三月の定例会で、他の議案の採決と合わせて条例改正案を葬り去りたい。もし、たくさんの署名が集まって、年末または一月に提出されるなら、彼らは、どう足掻《あが》いても二月に臨時会を開かねばならない。

さあ、どうする？

あさひは、議会日程を操る大きな権力をもった町長と議長に、私たち住民運動のイニシアティブを支配させてなるものか！　と思った。

いま町民は、一人また一人と、目に見えぬ民主主義とか自由というものの実現に向けた厳しい洗礼を浴びつつある。

友川あさひは、まだ宣伝カーの前で立ち尽くしている。

彼女は先月末、十二月の回覧板と各世帯に宛てた町役場の封書を渡すため、日ノ場集落の一軒一軒を訪ねたとき、家々の表に吊るされた干し柿の暖簾《のれん》の壮観を思った。

金田たみ（80）は、裏の木陰でビール箱に腰をおろし、目の前の穴あきドラム缶に薪を焚《く》べ、炎の調子を見ていた。

「たみさん、こんにちは。寒くなりました」

「ああ、寒いろう。この火にあたってけ。そのうちに芋が焼ける」

干し柿一つひとつが、太陽の光と同じように輝いている。

「気がつかないうちに、柿がいっぱい！」

「昔は、もっとつくっただが、いまはウチらが食う分と農協の直売所にちょっと卸す分だけよ」

トタン屋根の作業場は、昨年まで茶の製造と米の脱穀・精米に使っていたが、金田たみは、

「茶も米もつくる人がおらんくなったで、もうやめた」と呟いた。

「ここも向かいも、昔は、たんとつくってカネにしただ。集落のみんなで知恵だして、長いことかかって味をよくしてよ。あんたは知らんと思うが、『ながしの柿』と言やあ、食べたい連中が『ハハアッ』とひれ伏す、黄門様の印籠みたいなもんだっただが……」

「さっき、後藤さんからも『手間暇かかった』とお聞きしました」

「この柿の木はなぁ、ご先祖様が植えてくれた渋柿よ、でもよ、このまま放っておいたら、やっぱり可哀想に見えてよ。ウチは今年も苦労して吊るしただ」

友川あさひは、一年半前の町議選の地元まわりで初めて金田家を訪れたことを思い出す。

あのときに、一人暮らしの金田たみが、

「オレは一年中ぼんやりしてるで政治もナンもわかんねぇ」と呟いたことを覚えている。

ところが、彼女は、候補者のタスキをかけた友川あさひを前に正座すると、

「この集落は、病院に近くて恵まれてるなんて言われるが、国道から逸《そ》れりゃ、山の崖を伝う林道のどん突きに、オレのようなオババが一人で暮らすポツンと一軒家が残っとるのよ。どうかどうか、頼んますよ」と頭を下げたのである。

あさひは、ながしの町の農林業者の苦労を思った。

彼女は、昭和二十一年の自作農創設特措法のもと、町内の日当たりのよい山の傾斜地を、現金の蓄えのない農家の二男三男が、名産の干し柿や木炭、さらには苗木などの物納で開拓・所有した歴史を知っていたからである。

いま金田たみは、腰に手を当てて立ち上がると、自宅を囲む垣根の隙間のなかにバサバサと入っていく。

「ああ、忘れとった。あさひさん、暖まったらよ、ウチの大根と白菜よ、持って行ってくれん。あんた、他からも、余計もらっとるかもしれんが」

そうして金田たみは、ふと振り返ると、

「あさひさん、オレは出来るもんで、あとでいいもんで、あの紙、持ってきてくれんか」

と言ったのである。

友川あさひが金田たみのあとに従って自宅に入ると、広い玄関に寝転がる肥料袋の破れた口から土のついた大根二本と白菜三個が顔を出している。

上がり框には、ブルーベリーの自家製ジャムと黄金色に輝くハチミツが入ったガラス瓶が置かれていた。たみは、それらを指差して、

「あれと、こいつも、もって行くだぞ」と言った。

「えッ！　私、回覧で役場の手紙を届けにきただけです。こんな立派なものをいただくわけには……、で、でも、ありがとうございます！」

「いいか、名前を書く紙、必ず、もってくるだぞ」

あさひは、声を殺して「あ、署名のことですよね。でも……」と言った。

「うん？　なんだ？　オレじゃマズイのか」

「違います、違います。大歓迎なんです！」

さきほど、たみは、突然「あの紙、持ってきて」と言ったのだ。それが、どうやら町の透析と入院を守る直接請求署名にサインする意思だと分かった瞬間から、友川あさひの目頭と胸は熱くなっている。

しかし彼女には、素直に「お願いします」と言えない理由があった。

「あの、……たみさん、署名を集める受任者になったばかりの私の署名簿には、まだ誰も、一人も署名していないんです。だから、たみさんが、いま署名してしまうと、私の署名簿の一枚目の署名欄の、一番に目立つ、一番はじめの空欄に『金田たみ』という名前、そして住所・生年月日を書くことになってしまうんです」

あさひは、町議選のときに「ナンもわかんねぇ」と言った金田たみに、いまの自分の心苦しさを伝えることが出来るだろうか。

「……たみさん、そうなりますと、たみさんの大切な御名前が、後日おこなわれる縦覧のときに、町長や議長、議員、このあたりの町長を支持する方々に見られてしまう。つまり、たみさんが、この私、日本共産党の友川あさひと親しい間柄だと思われて……」

「それの、どこが悪いだか？」

「ええッ、……?」

今回の署名を集める者は、請求代表者の佐藤てい子が認めた「受任者」に限られている。そのために受任者の「友川あさひ」と印刷された署名簿にサインした「金田たみ」の名前は、のちに署名する者たちや、署名提出後の縦覧制度で誰が署名したかをチェックするであろう町長派の者たちに、一目瞭然となる。たみは、あさひを自宅に招いて彼女の訴えを聞くような間柄だと認定されてしまうのだ。

「たみさん、この日ノ場集落で、村九分になっちゃう……」

「村九分? ばか言え。あの町長、オレん家の水で産湯を使っただぞ。オレなんぞ、この歳になってよ、もう何されても驚きゃせんが。そんなことより町から入院なくなりゃ、みんなが死ぬだぞ。産科の廃止のときゃ、町の女みんなが泣いた。いまオレ、今度の署名を書いてから死ぬってババ友に言っとるだ。オレの名前がありゃ、みんな安心するわ。こんなこと言えるのも、みんな、あんたのお陰だぞん」

8

友川あさひ（36）は、金田たみ（80）の白菜と大根が入った肥料袋を抱えながら、さる十二月一日の「女の会」に呼ばれたときの、佐藤てい子（88）からも飛切りの白菜を——葉の詰まった重たい、真っ白なやつをもらったことを思い出している。

あの夜、あさひは、町の女性のみなさんとようやく一緒に署名が集められる！　という嬉しさ一杯で旧校舎に駆けつけたのであった。

ところが佐藤てい子は、入室した友川あさひを机の前に立たせたまま、

「……あさひさんよ、議長がの、ワシらの署名運動を『共産党に踊らされとる』と言いふらしとるだが、あんた、どう思う」

と低い声で、いきなり問うてきたのである。

あさひは、冷水を浴びせられたような気がした。

佐藤てい子は、他の女たち五人にも「ワシは、共産党がおると署名は進まんと思うだ。あんたら、どう思う」と真正面から訊ね、彼女たちは沈黙してしまったのである。

あさひは、生涯で初めて感じる類の恐ろしさと悲しさに包まれた。

しかし日本共産党員を差別・排除する提案には抵抗しなくては！　と反射的に思った。

「あ、あの……、私……、私……、私が大好きな日本共産党を辞めることはできませんし、この前のスタートアップ集会で受任者として認めてもらいましたし、いまさら……」

すると今度は、風間ツタ（85）が、これまたドスの利いた声で、

「答えになっとらん！　共産党のあんたが署名に加わると増えるもんも増えやせんと言っとるだ。あんた自身は、増えるか減るのか、どう思っとるのかを訊きたくて、ワシら、あんたを、ここに呼んだだよ！」と迫ったのである。

てい子とツタの結膜は赤く滲み、落ち窪んだ喉もとは震えている。

一方、友川あさひは、二人の真剣な問いかけから、彼女たちが長らく胸の裡《うち》に溜め込んだ反共偏見のかたちに初めてふれた気がして目が大きくなった。すると恐ろしさと悲しさだけでなく、彼女の胸に高ぶってくる怒りのようなものまでもしっかりと抑え込まなくてはならなかった。やがて……、彼女らの心の裏側や底を万遍《まんべん》なく覆っているものが剝離紙のように見立てられ、いま佐藤てい子と風間ツタの詰問を支える、もう、てっきり固着したと思われた「反共意識《アレルギー》」のラベルの境目から立ちのぼっている強烈な狼煙《のろし》は、つまり……、私たちは共産党と同じように見られたくないの……、共産党が頑張ってくれているのは分かっているけど今回は一歩さがって……という極めて控えめな提案なのだと思われた。

あさひは、厳しく見つめてくる佐藤てい子と風間ツタを真っ直ぐ見返した。

二十一世紀に入党する新しい人びとは、日本共産党創立百年の歴史を――その想像を絶する苦難の道のりを学ぶことなしには、日本と世界の荒波を乗り越えられないだろう。

友川あさひは、かつて新入党員の学びで「党史」にふれたとき、日本の戦前、侵略戦争反対と国民主権を訴えて虐殺された小林多喜二（享年29）や伊藤千代子（享年24）のような日本共産党員に対して、黒人差別と闘った米国のキング牧師や南アフリカのマンデラ、反ナチス闘争で処刑された独のゾフィー・ショルらと同じ名誉を与えるべきだと思った。

あのとき、地区委員会の講師は「そうですよね、しかし戦後の日本では反共偏見が残り、公安調査庁は、我が党を破防法の監視団体と認定する有様です」と言い、昭和十年に発行された文部省思想局『左傾學生生徒の手記』を開いた。

母と妹は毎日、……泣いているそうです。姉、兄の心配も一方ではありません。僕が此運動を若《も》しも続けるならば、父母は気狂となり、兄は職から見離され、姉は離縁されるでしょう。

（某帝大工学部　当24年）

講師は、この部分を悲しそうに朗読すると、

「左傾学生の手記は、権力に書かされたという側面もあるので鵜呑みには出来ませんが、でも彼らの転向には、故郷に残された家族たちへの心配が働いていると思うんですよ。反共意識は家族の紐帯《ちゅうたい》にまで絡みついているんです」と言った。

日本の絶対主義的天皇制は、昭和六年の「満州事変」を契機に中国侵略を拡大し、日本共産党への弾圧を繰り返していく。

当時七千部を発行する「赤旗《せっき》」は、侵略反対キャンペーンで国家権力の弾圧を跳ね返そうとするが、昭和八年二月に小林多喜二が殺され、同年十二月、赤旗中央配布局の田中サガヨ（享年24）もまた逮捕、激しい拷問にさらされる。

彼女が留置所でチリ紙に走り書きした手紙には「信念をまっとうする上においては、（中略）死の道であろう（と）覚悟の前です。お姉さん。私は決して悪い事をしたのではありません。お願いですから気をおとさないで下さい」と書かれていた。

党歴九年の友川あさひは、この日本共産党という大店の老舗看板を背負うことが出来るのであ

ろうか。

あさひは、佐藤てい子と風間ツタに、

「議長の脅しは、真実ではありません」と言った。

「てい子さん、ツタさん。お二人は、私に……、日本共産党に踊らされて、この署名に取り組んでおられるのですか？」

てい子は、ツタを見つめ、ツタは畠山澄江（78）と井出久美子（77）を見る。

岡村順子（75）は、久美子の困ったような目を拾って石田和子（75）に投げる。

さらに重苦しい空気が、七人の女たちを包み込んでいく。

あさひは、またやってしまった！　と思った。

私は、思ったことを、そのまま言い過ぎる！

しかし、そのときであった。

透析患者の岡村順子が、生徒用の椅子から力なく立ちあがると、

「私……、私は……、あさひさんと一緒に署名運動がしたい……。あさひさんは、一年前、透析が廃止されると分かった最初から『透析を守れ』と訴え続けた人ではありませんか。入院の廃止が分かったときも、誰一人として声をあげなかったところで『入院ベッドを守れ』と立候補した人ではありませんか。それなのに共産党だと署名が減るとか、議長が脅しているとか……、そんなひどいことを言って、あさひさんを排除するなら、私、この女の会を、今日限りで辞めさせてもらいます」

と言ったのだ。

9

国道一五一号線の向こうに広がる山の斜面を駅から発車したばかりのＪＲ飯田線の普通列車がガッタンゴットンと線路を叩く音がする。

小川雄介（40）が古民家のトイレの四角窓を開けたところ、友川あさひ（36）が、宣伝カーの前で直立したまま動かなくなっている奇妙な姿を認めた。

議会開会は午前十時。時計は、午前九時四〇分である。

あさひさん！

な、に、を、し、て、い、る、の！

ああ、俺のせいではないか！

俺が拗《す》ねてしまい、彼女と口を利かず、傍聴なんか行くものかと意思表示をしたからだ。

当選直後の友川あさひ議員は、六月議会の一般質問にて、マイクを調整しようと手を伸ばした瞬間、気を失って倒れるという大失態を演じたことがある。

今年の九月議会では、町長に辞職を迫る一般質問を前に、朝から吐き通しだったではないか。

雄介は、部屋着のスタジアムジャンパーのうえにオーバーを羽織った。

ストーブの火を消し、玄関の土間に飛び降りた。

そして靴の紐を結ぼうと体をかがめたとき、思わず「アッ」と声をあげる。

そのまましゃがみ込み、手を伸ばし、それを摘みあげる。

彼は立ちあがって戸を開ける。振り向いて玄関に施錠する。

久しぶりの外出は雄介の足をもつれさせ、駆け出そうとすればつんのめる。

それでも坂道を駆け降りようとする。

そんな彼が、右手を大きく振りあげたとき、指先で摘んだところに指輪のように光るものがあった。

友川あさひは、車のドアを開けようとして、そんな雄介に気づく。

雄介は、大声で、

「あさひさーん、俺、傍聴に行く、傍聴に行くよォ」と言った。

さらに喉が枯れてしまうほど叫ぶ。

「忘れ物ォ、バッジ、バッジ、議員バッジだよォ」

友川あさひは、思わず目を大きく開いて上着の襟元を見る。

そこにあるべきものがない！

彼女は、マルチーズ犬がハッと息を吐き、小さな歯と舌を見せ、まるで笑っているかのような表情になる。

あさひは、慌てて宣伝カーのドアを閉め、両手で口を囲うと、

「おい、そこの自宅警備員！　私をもっと可愛がれ！」

と言い放ったのであった。

彼女の目は、たちまち赤く染まっていく。

第三章　傍聴席から愛を込めて

1

二〇二〇年十二月八日午前十時、ながしの町議会の定例会が始まった。

冬の陽光が、小さな議場を形づくる古びた木材の表面を黒く輝かせている。

甘利祐一議長（67）は、両耳のうえに残った白髪を手のひらで整えると大きなマスクを掛けた。

そして彼は、議場中央の一段高めの座席から空咳を二つ三つした。

議長は、対面する議員より彼らの後方に控えた傍聴席に目を向けると、うむ、さきほど名簿に記された傍聴人を数えてきたが、確か十八人……、久しぶりの満席か、朝から御苦労なことだと思ってニヤけると、マイクを引き寄せた。

「皆さん、おはようございます。甘利でございます」

議長恒例の、冒頭の挨拶が始まった。

「一言、申し上げます。連日、新聞やテレビでご承知の通り、我が国の新型コロナの感染拡大が止まりません。厚労省の『お知らせ』とか通達、そんなものを読ませていただきますと、日本の感染者は現在十六万人、死者は二三〇〇人、昨日の新規感染者は一九九九人、死者二〇人であります。一方、わが町では、なんとか五人に抑え込んでおるものの、これは、病院や役場の方々のお陰であることを肝に銘じていただきたい。町民の皆さんにおかれましては、どうか三密を避けていただくこと……、そこの傍聴席、いいですかァ、くれぐれも集会とか学習会とかですねぇ、そういう、人がたくさん集まる催しは避けていただきたく……」

小川雄介（40）は、議会の開会前、町役場の中庭で煙草を燻《くゆ》らせる甘利に黙礼したところ、甘利は、芝生を踏みながら雄介の傍まで来て「体調はどうかね」と言った。

雄介は「え、ま、まあ」とまごつく。議長と話したことがなかったからだ。

甘利は、銀歯ばかりの口もとを見せて笑うと、

「あんた方……、共産党さんの手口は十分承知しておるけどが、あんまり、事を荒立てんように、お手柔らかにお願いしますよ」と言ったのだ。

雄介は、議場の壁に貼られた「傍聴人の心得」を見つめる。

一、傍聴する者は、私語を慎む。飲食は禁ずる。

一、鉢巻やゼッケン、外とうや帽子は着用しない。

一、竹槍や旗竿を持ち込まない。

一、暴力やヤジなどの妨害行為者には、退室を命じる。
一、撮影・録音・録画は、議長の許可を得ること。
傍聴席の椅子が軋む。
人間の呼吸や鼻をすする音、服装を整える音がする。
早くも声にならない不満をあらわすがごとく人間の肩と肩の擦過音がする。
友川あさひ議員（36）が傍聴席を振り返ると、最前列に、
佐藤てい子（88）
畠山澄江（78）
井出久美子（77）
岡村順子（75）
石田和子（75）
の五人が、いつの間にか、陣取っているではないか。
佐藤てい子の表情は、議員の存在など歯牙にもかけぬふうであり、彼女の遠視眼鏡のレンズに浮かぶ大きな目玉は、真っ直ぐ甘利議長を見つめている。
長谷川篤史（68）の無精髭の顔も見える。
彼は、町議選のあと日本共産党員になった町民で、あさひが、ながしの党支部のＬＩＮＥに投

じた「傍聴者募集」に応じ、わざわざ仕事を休んで来てくれたのかもしれない。

窓側の隅に座る背広姿の男性二人組は誰だろう。

二列目の真ん中には、早速、何やらノートにメモする小川雄介がいる。

町議会初日の傍聴者は、ほぼ満席ではないか！

甘利祐一議長が「開会宣言」を行う。

「只今の出席議員は八名、欠席議員はなし。定足数を満たしておりますので、これより令和二年ながしの町議会の第四回定例会を開会します。ただちに本会議を開きます」

議会事務局長の松田行夫（58）が、会期の日程と審議の予定日を朗読する。

「ここで、お諮りいたします。只今、議会事務局長が朗読した通り、本議会の会期を本日十二月八日から十二月十八日までの十一日間としたいのですが、ご異議はありませんか」

「異議なし！」

ダミ声、野太い声のなかに女性の声が交じる。

傍聴席の男性二人組は、実は、愛知県職員であった。

彼らは、十一月末の新聞報道で、ながしの町民が透析・入院・救急医療を守る条例改正の直接請求署名をスタートさせたことを知り、今後、状況次第では条例の一部改正が成立しうると見込んで、わざわざ名古屋市の愛知県庁から町議会の傍聴にやって来たのである。

万が一、ながしの町が透析・入院・救急医療を再開する事態ともなれば、愛知県が策定した「地域医療構想」や県派遣の医師数の大幅な変更は必至である。

普通なら絶対にありえないことだ。

愛知県医療局医務課の牧野豊課長補佐(45)は、この日午前七時半、名古屋市内の自宅マンションに県のハイヤーを回してもらうと、実に約二時間かけて、北設楽《したら》郡ながしの町の庁舎前ロータリーに乗りつけたのである。


牧野豊課長補佐は、議会開会の直前までハイヤーの車中に留まり、なぜ、俺が、こんな田舎まで来なきゃならないのか、と苛立っていた。

彼は、おもむろに携帯電話をかける。

「今日は、町長の行政報告を聴いたら帰るけど、明日は、清野と友川の一般質問を見なきゃならないから一日がかりになる。あれ、持ってきてくれるかな?」

すると、目と鼻の先にある町庁舎から福祉課長の長泉隼人(58)が出てくる。

長泉はハイヤーの横で屈むと、清野修議員と友川あさひ議員の「一般質問通告書」のコピーを窓ガラスの空いた部分から牧野に手渡した。

昨夜のことである。

北設楽郡選出の自民党県会議員・川藤信一郎(70)は、牧野の携帯電話に緊急の連絡を入れたのだった。

川藤は、痰が絡んだ掠《かす》れ気味の声で、

「このまま署名が持ち込まれたら、正直、町議会の態度は分からん。議員二人がハッキリせんのだ。揺れとる。早急に対策を打たにゃならん」と言った。

愛知県庁三階の県医療局フロアの午後九時、牧野豊は、書類が山と積まれたデスクから離れると、ライトアップされた名古屋城の青銅色の甍《いらか》を見つめて、

「先生、それはないでしょう。清野さんと共産党は分かりますが、あとの二人が賛成するなんて」と言った。

「あんた、名大を出ているくせに、さては明治維新を学んじゃおらんな。田舎の薩長連合を馬鹿にしちゃいかん」

川藤の言葉に、牧野は眉間に皺《しわ》を寄せた。

彼は、ネクタイを緩め、先週末の十二月四日、医療局長室の机に突き出された紙の束を思い出した。その分厚い書類一式は、ながしの町の共産党議員の情報公開請求で、愛知県が「一部公開決定」を下したものだという。

江田光司局長(59)は、

「お前、こんなものまで出してたの、知ってたか」と、牧野を詰めた。

牧野が「拝見します」と言って書類をめくると、川藤県議や国会議員に宛てて医務課がまとめた「報告書」が紛れ込んでいた。宛名は、もちろん黒塗りである。

彼は、正直、背中がヒヤリとした。

その報告書は、牧野ら職員が逐一まとめたものだ。相手方は黒塗りで分からずとも、ながしの町を含む「東三河北部医療圏」の医療過疎の状況が生々しく記載されたもので、相手方――県と

国が重大な関心を寄せている証拠となるものだ。

「おい、未来の局長さんよ、聞いてんのか！　何とかして薩長を分裂させてだなァ……」

川藤の濁声《だみごえ》が電話口で響き、牧野は我に返った。

「……先生、いま仕事が混んでまして、詳しいことは現地で」と答えた。

牧野と川藤県議は、議会後、町総務課の宿直室で落ち合う約束を交わした。

傍聴席の牧野は、革靴の尖った先が目立つように足を組んだ。隣りに座るのは、県庁の奥三河支所から駆り出した係員である。町長の「行政報告」が始まると、係員は、背広のポケットに忍ばせたＩＣレコーダーの録音ボタンを押した。

ながしの町の十二月議会は、たった十一日間の会期で、二つの専決、議案二十五本、諸団体の意見書二つを質疑・討論・採択するという強行軍だった。

一方、豊川市議会は十八日間、新城市議会は十五日間、設楽町議会は十六日間、豊根村議会は八日間の会期である。

岸田潤之輔町長（64）が「行政報告」のため、登壇した。

岸田町長は、小柄ながら、がっちりした体型にネイビーストライプのスーツを着て、花菱柄をあしらった紫色のネクタイを締めている。

彼が演説原稿に目を落とすとき、黒く染めた豊かな髪がポマードで光った。

前町長は、作業着に白シャツ、無地のネクタイだったから町のイメージは様変わりである。

岸田の前職は、愛知県内に中華レストラン三十店舗を展開する外食上場企業のCEO（最高経営責任者）であった。彼は二〇一九年春、突然、ながしの町長選への立候補を表明し、当選したのである。

彼は、ながしの町出身、県内きっての進学校・時習館高校から東大に入ったエリート。

地元紙は、岸田の当選を「まさかの圧勝」「経営手腕、活かせるか」などと報じた。

二期目を目指した町役場出身の田中偉和男（70）は、選挙中、町立ながしの病院の『医療縮小計画素案』が流出したため、一気に失速したと言われている。

日刊おくみかわ一面は、岸田夫妻のバンザイ写真の左隅に、頭を下げる田中の姿を小さく掲載した。

二人の得票数は、次の通り。

当　岸田潤之輔（無新）　一五〇二二票

　　田中偉和男（自・公・民推　前）　八六七票

岸田潤之輔町長が、十二月の町議会で「行政報告」を朗々と演説している頃、一年半前の町長選の記事を書いた日刊おくみかわ記者の岡倉睦彦（34）は、たまたま、ながしの町を訪れていた。

明後日の紙面に載せる企画「奥三河食べ比べ　金山寺味噌編」の取材である。

岡倉記者は、昨日七日、新城市の旧鳳来町大野 → 北設楽郡設楽町名倉 → 豊根村柿平と大きくまわり、東栄町の民宿に泊まった。

今朝の彼は、ながしの町の神楽集落の松井珠子（80）宅を訪問し、いま囲炉裏に畏《かしこ》まり、炊きたてご飯のうえに金山寺味噌を載せ、一口二口、嚙《か》み終えたところであった。


岡倉睦彦の目には、ご飯に被せた味噌が黄金色に輝くように見える。

そして彼は、「あれ？　食感が全然ちがう……」と言って首を捻《ひね》ると興奮気味に、

「珠子さん、これ鮮烈！　このシャキシャキプチプチの食感ッ！」と声をあげた。

松井珠子は、すぼめた口に手のひらを当てると、

「旨いだら？　でも、オレの味は企業秘密だぁ」と言って、ニヤリと笑った。

珠子の金山寺味噌は、「透析・入院を守る女の会」の風間ツタ（85）と張り合う絶品だった。町民の間では「張り合うどころじゃない。町を二分するほどファンがおるのに不思議とケンカせんで平和に定着しとる」と言う。

しかし珠子は、オレの金山寺味噌が上だと思っている。

何せ材料が違う。ふだん十一月中旬に仕込む材料のうち、茄子、茗荷など夏野菜の塩漬作業は八月中に完了させておき、さらに隠し味の紫蘇の実を大量に確保しておく。そもそも金山寺味噌づくりに懸ける気合が違うのだ、と。

「珠子さん、企業秘密だなんて言わないでくださいよ。ここまで取材に来た甲斐が……」

そう言って茶碗から目をあげた岡倉は、囲炉裏の向こう側、若草色の畳のうえに紙の束が放っ

てあるのに気づく。それは、ふだん奥三河の家々では絶対に見ることのないものだ。振り返ると、松井宅の玄関を入った先には、地元の国会議員の大型ポスターが貼られていたではないか。

畳のうえの、あれ、署名簿ではないのか？

新聞記者の岡倉は、表紙に刷られた文字から目が離せない。

珠子は、お茶の用意をしながら言う。

「オレ、嫌だよ！　あんたが美味いか不味いか、判定してくれさえすればいいだ！」

岡倉は「いやいや」と抗いつつ、署名簿のゴチック文字を盗み読もうと眼鏡のフレームをあげる。そして表紙の判読を終えてメモにしようとしたとき、岡倉の心に、一年半前の町長選で味わった苦々しい記憶が蘇《よみがえ》ってきた。

彼は、圧勝した岸田潤之輔の立候補の動機について「ふるさとの停滞を打破するため」以上のものを引き出すことができなかったのである。

「珠子さん、どうか、どうか、隠し味を教えて下さい！」

岡倉睦彦（34）は、岸田と彼を取り巻く連中の不穏さを生々しく思い出しながら、目前で照り輝く金山寺味噌を箸の先で大量に掬《すく》うと、一人暮らしの珠子の優しさが詰まった白米と一緒に口のなかに放り込んだ。

ながしの町議会では、岸田潤之輔町長（64）の「行政報告」が続く。

ひな壇の課長たちは、みな緊張した面持ちである。

山寺郷士朗・総務課長(60)も、老眼鏡を掛けて報告文書に目を落としている。

高卒入庁で叩きあげの山寺は、今年六月の定例議会後の懇親会で、

「前町政までは、会期も長くて牧歌的だったんだ」

と、友川あさひに漏らした男であった。

友川あさひ議員は、当選後一年ほどたって、議会事務局から届いた懇親会ハガキの「参加」に丸を打って返送したのである。

奥三河地区委員会の小野寺広司(73)に、酒席の会合への対応を相談すると、

「警戒しなくていいでしょう。他の市町の党議員も出席して仲良くしてますし」

と言って、背中を押してくれたのだ。

懇親会幹事の山寺は、あさひにビールを注ぎに来たとき、上機嫌だった。

彼の笑顔は、歳が二十以上も離れた女性議員に対する嫌らしさの発露ではなかった。日本共産党への警戒心はなく、まるで懐かしいものに出会ったかのような表情だった。

山寺は、ビールの口を傾けながら、

「私の拙い答弁、年度末で定年する男の咎《とが》と許してください」とも言った。

岸田の「行政報告」は、前町政からの継続事業の進捗のお知らせが多く、新味に欠けた。早くも町内では「岸田に入れても何も変わりゃせん」とか「田中の方がよかった」などという不満の声が出始めている。

前町政の継続事業として総務課の管轄では、防災無線の整備事業や職員の人事評価制度の導入

などが語られた。振興課では「定住促進会議」の総括とか「第六次ながしの町総合計画」の後期案の概要が述べられた。

住民福祉課の管轄は、ごみの減量化と焼却炉の老朽化、産業廃棄物処理施設の悪臭問題の対策について言及し、教育課では、新型コロナ対策による小中学校の修学旅行の中止、文科省が促進しているタブレット端末を使用した「GIGA《ギガ》スクール構想」の実施が語られた。

岸田町長は、行政全般の報告の締めくくりに「山間部での大容量のデータ通信網の整備、インターネットの貧困克服こそ、わが町の最大の課題であり、町一丸となって国を動かし、必ず突破したいと決意するものであります」と強調した。

そしてコップの水を一口飲むと「最後に、私の所感であります」と言った。

傍聴席から「ショカン?」「もう、終わり?」とか「町の医療は?」「入院は?」「透析は?」などと、疑問符がたくさんついた感嘆の声があがった。

岸田潤之輔町長の声は、やがて大きくなる。

……さて令和二年も終わろうとしています。年初には想像もつかなかった世界、すなわち未知なるウイルスとの戦い、われわれ人類が共存を強いられた一年だったと思います。

新種のウイルスは、中国は武漢の研究所から生物兵器として持ち出されたものと言われており、全世界は、この奇妙な遺伝子複製物の寄生・増殖の前に大パニックに陥ったのであります。

この九月、菅内閣の誕生は、ある意味で必然だったのです。

すなわち、安倍さんの古い思想では、この新しい世界に対応できなかった。

私のような弱小自治体の首長が評価するのもおこがましいことではありますが、彼の「美しい国」といった情緒的かつ復古主義的スローガンでは、弱肉強食のグローバル資本主義が求める世界基準で戦えない。経営者だった私は、未知なる敵・困難を克服し、絶え間なく富を増やすことに成功しましたが、その理由は、新しい発想や奇抜なルールを積極的に受け入れてきたからです。それらは本来、若者の専売特許でありますが、われわれの町では、若者と子どもが不在でありますから、私たち六十代の「新人」がやるしかない。

そして問題の解決策は、実は、明らかです。

すなわち、唯一の処方箋は闘わないこと。反発せずに受け入れること。ふだんと変わらぬ生活を続けること。このことに尽きるのであります。

政府は、新型コロナによる全国的な感染者や死者が増え、緊急事態宣言だの時短営業だの営業自粛だのと経済の息を止める施策を打ち出しました。

しかし、これは愚の骨頂。「経済の死」は、われわれの文明の終わりです。

人間の少々の犠牲など、自然災害や戦争と同じ文脈では、むしろ文明の進化に寄与するものであり、いまやるべきことは、感染対策ではなく放任・放置の自由と倫理の徹底です。町の感染者は五名でありますが、安心してもらっては困ります。われわれは、前町政の医療縮小案のもと、救急医療の廃止と透析の中止に続き、いよいよ入院ベッドの全廃を貫徹しなければならないのです。文明の維持には、痛みはつきものなのです。以上、所感を終わります。

ご清聴ありがとうございました。


岸田は、甘利祐一議長に一礼して席につく。

傍聴席に戦慄が走った。

初めて聴く町長の考え方に、あちこちから驚きと困惑の声があがる。

友川あさひは、岸田町長の、町民の命と暮らしを軽視する冷酷な哲学が、初めて公の場で明らかになったと思った。

2

町議会の第一日目の傍聴が終わった。

まだ昼の十二時半である。

佐藤てい子（88）は、畠山澄江（78）の車に乗り、「女の会」メンバーと昼食を共にすることにした。

てい子は、さきほど二階の議場を出るなり「くだらん！」と吐き捨てた。澄江の手指を摑《つか》んで階段を降りたところで「こりゃ、どうしようもねえわ」と言い、庁舎の中庭を歩いているときも、青空を見上げて「ああ、くだらん、くだらん」と呟《つぶや》き続けた。

澄江が運転する車が走り出すと、てい子は、

「あんな男だとは思わなんだ。驚いた」と言った。

「町長のこと？」

「そうよ。東大出の社長というがよ、実に浅はかな男ナリ」

澄江は、初めて傍聴した町議会初日の二時間を振り返った。

副町長の隣りに座っていた教育長の顔は、教職員組合の会合で何度か見た覚えがある。彼の後ろの席にいた教育課長は、若い頃、教師や事務員との不適切な関係が何度も発覚しては町の公共施設の管理業務を命じられていた人物で、ちょっと驚いた。

てい子は「議員も議員だ。今日、共産党の娘の他に誰も質問せんかった。男の議員は、ヤジるか、猫みたいに黙っとるかで、笑止千万よ」と言った。

友川あさひ（36）は、本会議の初日から主な議案に対する質疑を次々と行った。

そのうち、国のコロナ対策費を活用した諸事業を含む補正予算案の質疑のときには、ちょっとしたハプニングも起こったのである。

あさひ議員が議案の冊子を掲げながら、

「町長、国のコロナ対策費を公用車や役場の倉庫建設に使うことは適切ですか」と質問すると、無所属のベテラン前原権造議員（75）が腕組みしたまま、

「そんなの、事前に聞いとけ！」とヤジったのである。

あさひ議員は、すかさず甘利祐一議長（67）にヤジの制止を訴える。

「議長、前原議員は挙手してません。私の質疑を妨害する不規則発言を注意してください！」

しかし甘利議長は、まったく意に介さず「総務課長！」とのべる。

一方、突然の指名を受けた総務課長は、しどろもどろな答弁に終始することになる。

友川あさひは、改めて挙手して立ち上がり、

「当初予算の事業をコロナ対策費に付け替えて執行するなんて、これ、流用では……」

と言いかけたところ、
やはり前原議員が、議場を圧する大きな声で、

「議事進行！　もう昼ごはん！　昼ごはんだぞ！」

などと再びヤジを飛ばしたのであった。


畠山澄江が運転する車が、赤信号で停まる。

「でもよ、愉快な珍事もあったなぁ」

佐藤てい子が「オレ、勇気もらった」と言って振り返る珍事とは、ヤジで妨害する前原権造議員に対して、傍聴席から「バカはすっこんでろ」という男性の声があがったことだ。

甘利祐一議長が血相を変えて「静粛に！　退出させますよ！」と声を張りあげる姿は、女たちの目にはひどく滑稽に見えて、思わずゲラゲラと声をあげて笑い続けてしまったのだった。

澄江は、議会中、一言も発しなかった横内徹議員（70）が閉会直後、傍聴席にやってくると「本日は、お嬢様お姫様方が揃いも揃って……」などと茶化したのに対して、てい子が「あんた、

今日、バカに行儀よかったな、寝てたのか」と一蹴したことを思い出してほくそ笑んだ。そして議場の出入口では、議長が、元看護師の井出久美子（77）を呼び止め、「署名、集まっとるか。あんまり面倒、起こすじゃないぞ」と偉そうに注意していたことも含め、議会というのは油断も隙もない所だと感じたのである。

信号が青になった。

てい子は、民謡仲間の依頼に根負けして横内徹に投じてしまった己の一票を恥じている。そのとき、二人の上着ポケットや鞄から携帯電話の通知音が鳴り響き、その画面のメッセージを読みとった佐藤てい子の目は大きく見開いた。

じゅん　私たちの署名、あんな議会に出したら汚れる

くみこ　最低な町長　私らの命より金

和子　ヤジとだんまり議員も最低　だまされた

ゆうじ　町民がバカだもんで

「澄江さん、この『ゆうじ』って、誰だか？」

「昨日、仲間になった若い農家さんよ。私ら『会』の子育て世代の第一号だって！　あさひ議員のダンナが作文を教えとる女の子のお父さんだと聞いたけど……」

「ええ男かね」

「残念！　私は、まだ会ってないの！」

ＳＮＳのタイムラインには、農家の高橋裕司（41）が投稿した初めてのコメントを祝う「紙吹雪」「花火」「クラッカー」の絵文字が繰り出されて、お祭り状態である。

佐藤てい子の胸は熱くなった。

この町で生まれ育って八十八年になるが、夫の信五（89）との暮らしは、おそらく長くない。それでも署名運動を通じて、次の時代をになう若者と出会える機会がやってくるとは。彼女は、久しくなかった歓喜が沸きあがってくるのを誰にも悟られぬように、胸の底に留めておくように、ゆっくりと目を閉じた。


元看護師の井出久美子は、自宅の炬燵《こたつ》のうえに積んだ蜜柑の皮を剝きながら口を尖らせた。

「もう、あなた、ちゃんと聞いてくれてる？」

彼女の横でパチパチと足の爪を切っている夫の義徳（75）は「おうおう」と答えたものの、獣のような脛毛が覆う大きな足を股に引き寄せて親指の先を摘んだ。

義徳もまた、今日の議会傍聴で、町長や議員たちには透析の再開や入院ベッドを守る気がないことが分かっていたのである。

先日、彼が署名の受任者として猟友会や大舞川漁業協同組合の仲間に署名簿を差し出したとき、彼らが一も二もなくサインしてくれたことを思い出すと、町政と議会の動きに腹立たしい気持ちになった。

風呂あがりの義徳は、ズボンを穿《は》くと「犬、見てくる」と言って外に出た。

漁協の組合長は「実は俺、糖尿病でインスリンを打っとる。いつ透析や入院にお世話になるか分からん」と言いつつも、義徳に「……だがよ、お前んところのクミちゃん、共産党と引っ付き過ぎてよ、まわりに迷惑をかけるようになっちゃ困るでな」と諫《いさ》めるように言ったのだ。

あいつ、引っ付くも何も、ウチの久美子がどんな迷惑をかけるって俺に忠告しただか……。

晩秋、狩猟解禁日にイノシシに左後ろ足を突かれた甲斐犬ジョンは、鉄の檻のなかで黒い尾を巻いて伏せている。義徳は、ジョンの羊羹色の目のうえから頭全体を撫であげながら、久美子の活動が集落のなかで「過激」に見えなければいいのだが、と慮《おもんぱか》る。そして即座に「過激」とは何だ、と自問する。一年半前、町政刷新の期待と小さな冒険心で岸田に一票を投じた後悔を抱えながら、いま町内の「長」の付く連中は、みんな岸田派に変わったのかと恨めしく思うのだった。


高橋裕司は作業着とゴム長靴姿で、寒風が吹きすさぶなか、携帯電話に目を落として「ながしの町民で医療を守る会」のSNSを読んでいる。

さきほど「町民がバカだで」と打ち込んで投稿してしまった裕司だが、実は、消防団と青年団の仲間から頼まれて現町長の岸田に票を投じてしまった一人であった。

ああ、俺は、どうしたらいいいんだろう。

携帯電話から目を離した。

大舞川の水を張った田んぼは青空を映し、三反の水面は波立っている。

今春亡くなった祖父・源七郎（享年95）は「冬田には、たんと水をやるといいだ」が口癖だった。彼は、山に入ればスギやヒノキ一本一本の植樹年を言い当て、川に入れば足裏で稚鮎が食む苔の生え具合が分かるという「スーパー爺さん」だった。

父親の古志郎（70）もまた農業を継承し、なんとか三人の息子を育てあげた。

裕司は「ああ、俺には、なんの力もないんだよなァ」と呟く。

高橋裕司の心配の種は、毎年の米価下落とともに中学二年生になる長女の桜（14）が不登校になっていることだった。

ただし唯一の救いは、いま桜が、小川雄介（40）の作文教室に楽しく通っていることかな、とも思い直そうとしている。

裕司は今年十月、妻の亜由美（40）を介して、雄介の妻でもあった友川あさひ町議（36）と初めて会った。ながしの町内では「中学校の保護者や集落の目が気になる」と漏らした亜由美のリクエストで、わざわざ浜松市浜北区の大型ショッピングモールで落ち合ったのである。

そこで高橋夫妻は、九月の町議会で明らかになった小中学校の「いじめ件数」を知った。ながしの町には、小中学校それぞれ一校しかなく、一学年十～十五人の小規模教育が行われている。都会では学習環境の充実のため、ようやく三十五人学級の導入が進められているが、教師の目が十分に行き届くはずの少人数学級においても「いじめ」は存在するのだ。

教育課長は、友川あさひ議員の質問に答えて、

「いじめ認知の件数は、小学校十九件、中学校二十五件です。いずれの件数も、全国平均・県平均の児童生徒千人当たりの件数を超えています」と答弁した。

友川議員が「わが町では、県平均を大きく上回っており、私、多過ぎると思うんです。いじめは、すべて解決されたと考えてよいですか」と再質問したところ、

黒川光彦教育長（63）が重い腰をあげる。

「この件数……、逆を申しますと、わが町の教育の丁寧さ、きめ細かさ、ひいては教師の熱心さの結果とも言えるわけで、例えば子ども同士の口喧嘩、バカとかアホとかいう悪意のない事案、小さな事案もカウントしての数字です。数が多いとか深刻だとか、私ども、そういう理解はしておりません。そのうえで友川議員の『すべて解決したか』という質問には、現在、対応中の事案も含まれる件数である、としか申し上げられませんので、御理解ください」

大型ショッピングモール入口のテラス席に座った亜由美は、

「あんな答弁……、私、はじめて知ったよ……」

と言って絶句し、手のひらで口を覆った。

「うちみたいな中学校で、いじめ二十五件もあるなんて。教育長が、自分らの教育を誇るのは勝手だけど、じゃあ、私ら、うちの桜が、学校に行けなくなった理由に……、もしかしたら、いじめとか……、学校で何かあったんじゃない？　って訊きたいよ。私らが抱えてる不安に、これまで学校側が丁寧に説明してくれたことって一度でもあったかって考えると、あんたたち、いじめの件数、不登校の件数、教えてくれなかったじゃん、隠してたじゃんって言いたいよ……」

すると、裕司は、すかさず「いや、先生たちだってチョー忙しいわけで、お前の求めること、あれもこれも出来ないよ」と混ぜっ返してしまうのだった。

水を張った田んぼを見つめる裕司は、煙草を咥《くわ》えながら、なぜ、俺は、皮肉は言えるのにアユちゃんみたいに真っ直ぐ主張できないのかと思った。

父親の高橋古志郎（70）と母親の節子（67）が、農作業の立ち話で息子の裕司に「共産党……」と言ったのは、いつのことだったろうか。あの言葉は、両親なりに四方八方手を尽くしたあとの土俵際からドンッと出てきた感じだった。

あの日は、奥三河農協に出荷するお米と認定ブランドの里芋の収穫がピークを迎える十月中旬で、お米と同じ三反ほどの畑に繁茂する大きな葉のもと、古志郎と節子は、裕司の想像をこえたアドバイスを投げ返したのだった。

「もう共産党に、お願いしてみるしかねえよ！」

「私も、お父さんの意見に賛成だよ。あんたもちょっと怖いかもしれんけど、そんなことより、あたしゃ、あの桜が、可哀相で可哀相で仕方ねぇもん」

「は？　共産党？」

「ああ、もう、あの人しかねぇと思う……、つまり、学校と交渉して、いろいろ明らかにしてくれるのは……」

裕司が備中ぐわで親芋を土ごと掘り起こし、古志郎の両手が親芋ごと掴む。

母親の節子は「晩ごはん、つくってくる」と言って畑から出ていく。

大舞川の水をたっぷり含んだ畑で里芋の葉が悠然と揺れている。

太いミミズが這う。牛蛙が鳴く。

振り返れば、マムシが舌を出しているかもしれない。

父親の古志郎は、親芋から伸びる毛むくじゃらの根の土を払う。

「役場も学校も臭いものには蓋よ。いままでならそれでもよかった。ワシらの時代、すべてナアナアで許されてきたし、集落も仕切れた。いじめだって日常茶飯事で、ワシも覚えがある。でも桜みたく学校に行けんっつうのは覚えがねぇ。このコロナもそうだが、ワシらのような人間には理解できん時代がやってきたということだ」

古志郎は、毛根にまとわりつく粘土を指で掻き出し、親芋にぶら下がった大量の小さな里芋をポキポキ鳴らして折っていくと、乳白色の断面を確認しては収穫ラックに積みあげていった。

「共産党の女のギインは、ありゃ絶対にウソつかん」

「そんなこと、なぜ、わかるよ?」

「話せば、わかるだ」

「何だ、オヤジ、話しただか?　キョウサントウと?」

二人が気づいたとき、すでに明日の農産物直売所に納品する量を超過していた。

山峡《やまかい》の日暮れの早さには、いつまで経っても慣れなかった。

「おやじ、帰るべ」

「ああ、どっこいしょ」

高橋家の里芋は、大舞川から引く農業用水に収穫ラックごと沈めて洗う。

夕暮れの微かな光を溶かした水面は、ほんの一瞬、茶色く濁る。が、再び白く光って、また濁り、どんどん暗く深く澄みわたっていく。

高橋裕司は、軽トラックの荷台に収穫ラックを積んだ。

父親の古志郎は、荒れ果てた隣りの休耕田を眺め、

「ソーラーパネルの設置場所にすることも、そろそろ考えんといかんかなぁ」と言った。

江戸時代から十五代続く高橋家の六反の田んぼは、いまや半分だけを米作にあてる始末である。

一反八〜九俵、一俵一万二千円で売れたとしても田植え、稲刈り、籾摺りを、農機具会社に頼れば、ほとんど利益は残らない。

農家の息子たちは町を捨て、豊田市や田原市の自動車工場へと働きに出ていく。

高橋家の農業は、裕司の妻たる亜由美がパート看護師として得る賃金と両親の年金を当てにしなくては成り立たなかった。

「来年は、もう里芋やめて、鬼灯《ほおずき》に挑戦するか」

「そんな、せっかくブランド認定されたのに」

裕司は、また俺の不甲斐なさのせいか、と思う。

家に持ち帰った里芋は、大小・形を選別したあと、竹笊《たけざる》に盛って納屋で干す。

裕司は、夜、亜由美と二人で、里芋の表面を包むケバケバを毟《むし》りとって出荷の朝を待つ。

翌朝五時、亜由美はビニール袋に里芋を詰め、蒸気の曇りが出ないうちに農産物直売所へ持ち込む。そして彼女は、そのままパート看護師として浜松市内の老人ホームへと車を走らせる。

節子が「晩ごはん、できてるよォ」と声をあげる。

午後九時、高橋家の屋敷の縁側に一八〇度を照らし出すバルン型投光機が据えられると、広々とした庭が浮かびあがった。そこにはブルーシートが広げられて、すでに金色に輝く里芋が大量に転がされている。

亜由美は軍手をはめ、竹笊に盛られた里芋を一つ摑むと、両手でお握りでもつくるように包んではゴシゴシと擦っていく。裕司も、通称「ケバ取り」に励む。

亜由美は、灯りがともる二階の、長女の桜（14）の部屋を見上げて言った。

「……ユウくん、今日、面白いことがあった。源が学校から帰ってくるなり、『母ちゃん、俺、女の子に生まれてくればよかった』と言って泣き出しちゃったんだよね」

高橋亜由美（40）は、小学二年生の源（8）の泣き顔に向き合った。

家事の手を止め、目線を合わせようと、しゃがんで「どうしたの」と訊いた。

「母ちゃん、母ちゃん」

「ゲンちゃん、なんで泣くの、母ちゃんに、ちゃんと教えて」

源が激しく嗚咽《おえつ》する間、彼が吐き出す言葉の断片を繋いでいく。

どうやら発端は、国語の授業のようだ。源が学んでいる教材は、かえる二匹の友情を擬人化したユニークな挿絵とともに描くアーノルド・ローベル著「おてがみ」である。

高橋裕司(41)は、作者の名前も内容も知らない。

亜由美は、里芋のケバ取りに集中している裕司に言う。

「で、大澤先生が『男の子は女の子に、女の子は男の子に手紙を出しましょう』と提案したわけだ、ちょうどクラス男女半々の六人ずつだしね。でも全然うまくいかなかった。だって男女半々でもさ、大人の世界と同じで、それぞれ手紙を出す異性の子が、自分の気に入る相手かどうかが、とっても重要なんだもん」

亜由美は、老人ホームのパート看護師の他に、奥三河農協里芋部会役員と農産物直売所の運営、さらに小学校の保護者会にも積極的に関わっている。

「……さっきママ友のLINEで詳しいことが分かってきたんだけど。先生が提案した直後に、クラスで人気者の愛華ちゃんが立ち上がって『私が書く手紙の相手は……』と言い出して。で、うちのゲンを含めて、男子も女子も『僕に!』『私に書いて!』って言い出しちゃったわけよ。大澤先生は、機械的に文通相手を決めるつもりだったのに、やっぱり、クラスの人気者がいれば逆の子もいるわけで、しかも異性だけに手紙ってのもオカシイってなるわけじゃん……」

「まさか、源が、そこで仲間はずれになったわけじゃ……」

「違う、違う。大丈夫よ。手紙のペアは、なんとか出来たの。でも、給食の時間、男の子と女の子の違いというテーマでやりとりがあったみたいで、ゲンの場合は、集団下校中も、ずっと関心を持ち続けちゃったみたい。帰りは、いろんな学年の子と一緒だから、お隣りの翔矢くん、もう六年生じゃん、うちのゲンに、ズバッと『戦争に行くの、男だけだぞ』と言っちゃったんだよ。おそらく軽い気持ち、悪気なしで。ところがゲンちゃん、もうびっくりしちゃって、それだけのことなのにさ、グズグズ泣いて帰ってきたってわけよ。子どもって面白いよねぇ！」

「ゲン、戦争なんて、知ってたのか」

「うん。『おれ殺されちゃう、おれ死んじゃう』って」

「アユちゃん、それで、ゲンに何て言ったのさ」

高橋亜由美の息子・源は、男性のみが戦争に行くと目上の児童に教えられて驚愕し、泣き出したのだった。

母親の亜由美は、源の目を真っ直ぐに見て言った。

「……ゲンちゃん、大丈夫だよ。日本には、自衛隊という日本を守ってくれる人たちがいて、男の子も女の子も隊員になれる。もし戦争になったら、お母さんもお父さんも戦争に行って戦う。みんな平等、同じなんだよ」

源は、この説明を聞いた途端、泣き止んでしまったという。

高橋裕司は、思わず「それ、おかしくね？」と言った。

「どこが？」

「そんなの、分かるだろう、ふつう」

「ユウくん、いま『ふつう』って言った、『ふつう』って！　それ、あたし嫌だ。ふつうって何？　ってなる」

裕司は、もう勘弁してくれよ、と思った。

亜由美は、軍手のなかの里芋を見つめて言った。

「あ～あ、私たちのイモ、名産地のように丸くならないねぇ」

農協の里芋部会は、この十年ほど改良を重ねて、町の認定ブランド「ながの丸」を名乗る里芋をつくっている。千葉、宮崎、鹿児島など主産地の品種「石川早生」の淡白さと異なり「粘りある喉越し」が売りだ。しかし、どのように改良しても大小・形を一定にできない。そのため、彼らには収穫後の選別作業が不可欠なのだった。

裕司は、さきほど亜由美の説明を「ふつう」という言葉で否定したのだが、それが妻に受け入れられないことに戸惑った。

彼女が嫌味のように言った「丸くならない」とは、どういう意味なのか。

小学二年生の息子・源の驚きと涙は、①「男」とは、単なるオチンチンを付けた生き物ではないこと、②源や裕司が属する「男」が、「戦争」という殺し／殺される舞台への参加を歴史的に背負わされた性であることを理解したからではないのか。

裕司は、俺の息子は、生まれて初めて平和な日常を脅かされて泣いたのだ、と思った。

それなのに亜由美は、息子の重大な問いを単なる「男女平等」の観点に回収して「みんな同じ、戦争に行って戦う」と答えてしまっている……。

後日、高橋裕司（41）は、長女・桜（14）のお迎えのため、小川雄介（40）の作文教室に行ったとき、「息子は、とても切実なものを感じて泣いたと思うんです。それは、いまの大人の世界の反映――戦争から口喧嘩まで、弱い者いじめを許すような社会の嫌な空気を察知したもの、と感じます。だからこそ俺は、息子の問いに正しく答えなくてはならないって……。これは、夫婦で向き合う初めての社会問題だと思ったんですよ」と告白することになる。


高橋裕司は、里芋の「ケバ取り」作業を終え、明日の準備をすると風呂に入った。

そして寝る前の歯磨きをしていると、居間でテレビドラマを観ている両親の「早く逃げて」「ダメだ、捕まる」という嘆息の声が聞こえてくる。

裕司は、妻の亜由美（40）に対するモヤモヤが怒りに変わるのを抑え込み、ようやくベッドに入る。

やがて髪を乾かした亜由美が部屋に入ってくると、

「あたし、何か、変なこと言った？」と訊いた。

裕司は、強く目を瞑《つむ》って無視を決め込んだが、このままでは覚醒するばかりである。

彼は、羽毛布団を乱暴に押しのけると、煙草を手にベランダに出た。

「お前の言ったこと、絶対おかしいから……」

彼の独り言は、鏡台前の亜由美に聞こえている。

「あたし、事実を言ったまでなんですけど！」

隣りの部屋の桜は、両親の突然の言い争いに聞き耳を立てているのか。

夜空は、満天の星々の輝きで紺色に薄められている。肉眼でとらえる天の川は、カエルの卵のように白濁したゼリー状に広がっていた。

煙草を燻らせる裕司は、反省する――俺は、皮肉や上から偉そうに言う一方で、不登校の桜や源の問題から逃げてばかりいる。そればかりか、娘や息子に必死で寄り添う亜由美を批判して、自分こそが正しいと主張している、と。

裕司がベランダの欄干に凭《もた》れて振り返ると、亜由美がベッドに横になり、

「あーあ。お義父さんとお義母さんは柔軟になっても、私たち、まだデコボコだ。うちらがつくる里芋と一緒だよ。この先、孫芋はどうなっちゃうんだろ」と言った。

のちに裕司は、友川あさひにも言った。

「あの夜から、亜由美は、俺が疲れて帰っても口を利いてくれません。『私、間違ったこと言ってない』『自衛隊のホームページを見ろ。女の自衛官も活躍してる』の一点張り。それでも俺とあいつは、里芋の『ケバ取り』をしなきゃなんない。仕方なく俺から謝ったら、亜由美は『あなたは、どう答えるのよ、ゲンに言ってみて！』と煽《あお》ってくる。俺ら夫婦のことを誰かに話すの、メッチャ恥ずかしいけど、俺、あいつと結婚して十六年、実は、あの夜まで、お互い、戦争とか男女平等とか、そういうの、話し合ったことがないって気がついたんです。で、俺は、あの夜から、ずっと、天の川を見上げるたび、息子に対する正しい回答について考えることになりました。

あさひさん、雄介さん、どんなふうに答えますか？」

3

二〇二〇年十二月八日午後十一時である。

友川あさひ（36）と小川雄介（40）は、お互いの机を突き合わせながら、明日九日に行われる一般質問の原稿を一所懸命にチェックしている。

二人は、今年十一月、高橋裕司（41）が、作文教室に通う娘の桜（14）を初めて迎えにきたとき、玄関の土間で交わした会話を思い出していた。

裕司が提起した息子をめぐる問題は、結局、シンプルな回答に行き着く。

すなわち、私たち大人は戦争を起こさない外交努力を尽くすし、為政者には戦争を絶対に起こさせない。そんな決意に支えられた平和と安心こそ、いま子どもに与えるべきだということ。

そして、私たちは、男であろうと女であろうと殺し／殺されることは許さない、と。ところがアフガニスタンやシリアなどで続く悲惨な戦争や、不登校で苦しむ高橋桜を前にすると、途端に、この正しいはずの回答は、あまりの分かり易さと実現不可能性のジレンマに突き当たってしまい、堂々と開陳することに怯《ひる》んでしまう。

雄介は、俺たちの言葉は薄っぺらで軽いと思った。

あさひが、ちょうど質問原稿の朗読を終えたところであった。

雄介は、ペンの後ろを髪のなかに差し入れると、

「……質問原稿、やっぱり具体例が乏しいなぁ。町民の声が足りないんだよ。これじゃ、町長が今日の議会で開陳した弱肉強食の新自由主義に対決できない……」と言った。

あさひは、鋭い目つきで彼を睨《にら》んだ。

「また注文？　もう二回、書き直してるんだよ。本番は、明日……、あと一時間で今日になっちゃうけど」と言った。

「一般質問するのは、あなただ。議員のあなた、なんだ。しかも質問は、俺の書き仕事と同じで、原稿を直せば直すほどよくなる。それは、あなたも知ってるはずだよ。今からでもいい。何とか町民の具体的な声を挿入できないかな。入院したり、救急車に乗ったりした町民から話を聞いて、もう一度、書き直そう」

「これから？　私が？　誰に？　聞くの？」

さっきまで仲良く「反戦平和の大切さ」を語り合ったはずの二人は、一転して、赤塚不二夫（享年72）の漫画の登場人物のような激しい喧嘩へと突入する。

一九六〇〜七〇年代に一世を風靡《ふうび》した赤塚マンガの滑稽なキャラクターたちは、いつも大袈裟な喜怒哀楽を訴える。バカボンのパパの家族もゴン親子も、頭のまわりを星と汗がめぐるなか、摑み合い、ゲンコツを振り回し、最後はお互いの目に真っ黒な痣《あざ》をつくってのびてしまうのだ。

「ああ、雄介さんと喧嘩してる場合じゃない！」

「あなたが政治家になる前、俺たち、こんなに喧嘩なんかしなかった！」

「私たち、いつも、政治のことで言い合ってる！」

あさひは、目を赤くして鼻をすすった。


小川雄介は、いよいよペンを机に転がすと、

「ああ、くだらん。寝る。おやすみ」と言って寝室へ向かう。

「もう、雄介、うるさい！　うるさい！　勝手に寝てろ！」

こうして町会議員・友川あさひの孤独な闘争が始まるのである。

彼女は、銀河が渦巻くパソコンのスリープ画面をキーボードを叩いて一掃すると、自分なりの改稿に取りかかった。目を閉じて呼吸を整える……と、雄介が、生徒たちに教えている作文づくりのヒントが思い出される。

一、文章は、上手く書こうとしない。
二、大切なのは、よく見ること、よく聞くこと。
三、調べたことを含め、真実を丸ごと書くこと。

平静を取り戻した心の目は、ながしの町の風景をとらえる。

商店街に架かるアーケードの看板は、色が剝がれて文字が消えつつある。

舗道を歩くのは、買い物カートを転がす腰の曲がった高齢者たちである。

あさひは、書いては消し、消しては書いてを繰り返し、いよいよ時計が午前〇時を回った頃、自分が日本共産党員であることを自覚させた原風景が心のスクリーンに浮かびあがって勝手に上映されていくことに驚き、思わず動揺してしまった。

それは、一年半前の町議選のときの出来事である。

うまく演説が出来ない友川あさひ候補が、偉そうに指示ばかりする雄介にマイクをぶん投げたことから始まったシーンであった。

――あなたのように巧く喋《しゃべ》れないいんだって！

あさひは、雄介を放置して宣伝カーに逃げ込んだ。そして自分の名前を売るはずの選挙中だというのに「しんぶん赤旗」購読を訴える宣伝スポットに切り替えると、そのまま町内の集落をめぐることにしたのである。

いま友川あさひは思う。怒りと悲しみで自分を見失ってしまった私、政治家の能力なんてない自分に呆れる私、そんな私を、やがて初めて出会う見知らぬ町民のみなさんが「あんた、ようやるわ」「あんた、よう立ってくれた」と呼び止めてくれたのだ、と。

投票日まで、あと二日であった。

ながしの町には二十年間、日本共産党の議員も支部もなかったため、あさひと雄介で立候補の届出を行った。開票作業時の立会人は雄介で、あさひが体育館で作業を見守った。

当選のバンザイも、二人きりだった。

孤独な日本共産党員の友川あさひは、お婆さんが垣根から手招きし、声を潜めて誘うがまま、自宅の勝手口から居間へとあがり、目が覚めるような黄緑色に輝く新茶を飲ませてもらって癒され、蘇生したのである。

「あんた、饅頭も食ってけ」

「もっと話してけ」

「あんたに会わせたい人おるで、いまから呼んでくる。待ってろ」

いま、あさひの胸に溢《あふ》れてくるのは、町民の声、声、声である。

誰がなんと言おうと切実な要求なのであった。


友川あさひは、実は、カール・マルクスの大著『資本論』を一ページも読んだことがない。現在刊行中の新版『資本論』は購入しているものの、党歴九年になる彼女の指が、本棚に収まっていく分冊の背表紙にかかる気配は全くなかった。

ただし入党直後、マルクスの友人たるエンゲルスが書いたパンフレット『空想から科学へ』を党支部で読み合わせたとき、彼女は、目前に横たわる現実が永久不変な現象ではなく、その現実が困難であるほど、人間は協力して改善し、ときに政府と激しく闘って変革してきた歴史があることを学んだ。

その一方で、現在、日常の忙しさと悪政のスピードに振り回されて古典学習を疎かにしている友川議員は、

「雄介さん。私、働く人が過酷すぎる日本こそ、世界に先駆けて、みんなの自由時間を拡大する

社会主義に進むと思っている」などと言ってのけたりする。

雄介は、学生時代に科学的社会主義の古典学習を一通り終えたという自負があるためか、「確かに、あなたの勘は鋭いし当たるかもしれないけど、そりゃ、空想的ならぬ科学的ならぬ、感覚的社会主義者の感想だよね」と皮肉交じりで一蹴してきた。が、彼女のそれは、人間誰しも覚えがある過酷な現実に根ざした感覚的な確信のようなもので、直ちに引っ込められることが出来ない代物だった。

例えば二〇一五年のクリスマスの夜、大手広告代理店・電通の新入社員だった高橋まつりさん（享年24）が長時間労働とパワハラを苦にして自殺した事件は、電通と同じ東京都港区汐留にある会計事務所で働く友川あさひ（当時31）に衝撃を与えた。高橋まつりさんが亡くなる直前まで綴ったSNSは、いまもインターネットで読むことが出来る。

あさひが、思わず「まつりさんは、私だ！」と自室で声をあげたのは、会計事務所の労働環境と瓜二つだったからだ。

日本の大企業は、長引くデフレ不況のもとでも史上空前の利益をあげている。

その陰で、トヨタ自動車、三菱電機、パナソニック、富士通、東芝など名だたる大企業で働く若者たちの過労死・過労自殺が繰り返されているのだ。

こんな悲劇が、永遠に続いていいわけがない！

あさひの感覚は、こんなところから生まれている。

資本主義がもたらす格差と貧困、大企業の利益の源泉たる労働者の長時間・過密労働を国民の力で改善したところに、おそらく「社会主義」などと呼ぶ社会が到来するのだと思う。あさひが、雄介に転地療養を提案した背景には高橋まつりさんの存在があったし、実際、二〇一六年の夏に移住したとき、実は、あさひの心身も回復したのだ。

4

この世に生まれた人びとは、あの人も、この人も、みんな一度きりの人生を生きる。彼らの命と人生は等しく価値があり、かけがえがない。

しかし友川あさひ(36)は、その同じ人間でありながら、高齢者から若者まで、彼らが生きるうえで生じた数多の迷いと葛藤、選択と決断が、他人には窺い知ることが出来ず、お互いに分かり合えない局面が多くあることを不思議に思う。

彼女は、なぜ、日本共産党の一員となったのか。

美術大学に入学したのは、人間の持つ美的感覚とか絵画表現の美を学ぶためだった。しかし、大学では研究するという才能の無さに気づいてしまう。あさひは二年で中退し、経営者の父親のコネで都内の大手会計事務所の窓口業務で働くことになった。

そんな彼女の人生上の分岐点は、二〇一一年三月十一日の東日本大震災に際し、NPOが募集する復興ボランティアとして入った宮城県石巻市にて、党の東部地区委員会の人びとに出会ったことである。大地震と大津波で甚大な犠牲と被害をこうむり、福島第一原子力発電所の爆発事故による放射能と不安が襲うなか、地区党の生き残った党員たちが、震災当夜から被災者の救援に奔走した姿を知ったことであった。

5

二〇一一年三月十一日午後二時三〇分頃、日本共産党石巻市議会議員の水野富美子（当時52）は、JR石巻駅前に立つ市庁舎の市議団控え室で、十日後に始まる市議会の質疑内容を考えていた。しかし質問づくりは、なぜか、はかどらない。

彼女は、原稿と資料の束を鞄に詰め込むと、自家用車のワゴンRに乗って、自宅が立つ石巻市日和が丘二丁目へと向かった。途中、夕食の買い物を済ませようと「みやぎ生協石巻大橋店」へとハンドルを切った。

午後二時四十六分、生協の店舗入口の自動ドアが開き、水野が買い物かごを手に取ってフロアに足を踏み入れた瞬間、激しい横揺れが始まったのである。

ガッチャン、ガチャガチャ、ガチャンッ！

店舗全体が大きく歪むような揺れが、棚の商品を激しく震えさせ、目の前の野菜コーナーから大根や白菜が雪崩を打って転がり、林檎やグレープフルーツが四方八方に飛び跳ねる。

ワイン、日本酒、瓶ジュースは、ドミノ倒しになってフロアのうえで次々に割れると、それらが混じり合った奇妙な色の液体が広がっていく。そのなかで足を滑らせてしまった彼女は、前方に転んでしまい、そのまま両手をつき、四つん這いになった。

何が起きたの？　ああ、地震だ！

水野富美子は、みやぎ生協石巻大橋店の出入口に、客たちが悲鳴をあげて殺到するのを見た。男性の店長が大声で叫んでいるが、聞き取れない。

四つん這いのまま水野が見上げたところ、天井から外れた大型エアコンの一つが数本のコードで危なっかしく中空でぶら下がり、天井パネルの隙間から砂のようなものがバラバラと降ってくる。

店長は、口に手のひらを当てて懸命に指示を出していた。

落ち着いてください！　外へ逃げてください！

このとき、水野の脳裏に浮かんだのは、自宅の敷地の別宅で暮らす義母（当時85）と障害を抱えた義弟（当時53）の顔であった。

ああ、とにかく帰らなくちゃ！

生協の店舗から脱出した彼女は車に飛び乗ると、県道三三号線を南下して日和山（標高56・4メートル）へと隆起していく市中央部の日和が丘地区に立つ自宅を目指した。

しかし道路には亀裂が走り、噴水があちこちで起きている。

割れたアスファルトの層は二重三重に折り重り、大量の水が側溝を流れていく。

なんと大きな地震だったんだろう。

やがて彼女の行く手に「石巻中里バイパス」と呼ばれる大きな市道との交差点が立ちはだかった。その四車線の道路は、大渋滞を起こす寸前だった。交差点の信号機は真っ暗で機能しておらず、まるで魔神が両手を広げて遮っているように見えた。

あちこちからクラクションが鳴り響く。

帰れるのか？　でも、この道を突っ切らないと！

ああ、冷静になれ、冷静になれ、と自身に言い聞かせる。

でも怖い！　怖いよ！

バイパスの車の行き交いを注意深く見極めると、ようやく横切るチャンスがやってくる。

いまだ！

水野は、車のアクセルを踏んで一気に横断する。

日和が丘の自宅に戻った彼女は、すぐに義母と義弟の無事を確認する。

そして、すぐさま避難場所となっている日和山公園へと駆け出していった。

彼女は、公園への坂道を息を切らして登りながら、

（公園に行けば、友人や知人、支持者、「しんぶん赤旗」読者の安否が分かる。ホッとできるかな……）と切に願った。

大勢の人びとが、着の身着のまま旧北上川の河口から山頂へと続く石段を登ってきていた。

鹿島御児《みこ》神社の鳥居へ続く石段を登る大人と子どもたちは、門脇小学校の教師と生徒だろう。白装束の集団は、旧北上川の河口で操業する水産加工会社ニチロの女性労働者である。境内に到着するなり、白の帽子、マスク、白い作業着姿の彼らは、お互いの身を寄せて寒さを凌ぐ。

やがて痩せた老人が、息子と思しき初老の男性に背負われて登って来た。

石巻市議の水野富美子は、避難者が、みるみるうちに鹿島御児神社の境内から日和山公園まで数百人規模に膨れあがっていくのを眺め、しばし呆然としたが、

（ああ、みんな無事だ。よかった……）と思った。

しかし彼女が胸を撫で下ろしたのも束の間、海の方角を眺めていた人びとの間から甲高い悲鳴が次々とあがったのである。

知人の男性が「あーッ」と叫ぶ。

水野も慌てて山頂の手すりに駆け寄ると、集まった人びとが見下ろしている、日和山の麓一帯を真っ黒な波のうねりが覆い尽くして後方へ流れていくところだった。

水野は、息を呑んだ。

海水が、大量の、真っ黒な泥水が……、

私たちの、手前まで、

津波が、津波が、もう来ていたのだ！

地震によって発生した水位6メートル級の津波は、湾岸から立ち並ぶ南浜町一丁目、二丁目、三丁目、四丁目の家々と電柱をなぎ倒していくと、日和山の下に広がる門脇町三丁目、四丁目の赤い屋根、青い屋根、黒瓦の屋根を飲み込んでいった。さらに5メートル級の真っ黒な化け物は、網の目のような路地を凄まじい勢いで這い回り、門脇町一丁目、二丁目の家々にぶつかりながら嵩《かさ》を増していく。

こうして日和山を直撃した津波は、旧北上川河口から遡上してきた津波と合体し、北東方向へと流れを変えて湊地区を襲った。直撃を免れた日和山の東側直下では、旧北上川を越流した津波が、2メートル以上の高さとなって市中心部へと雪崩《なだ》れ込んでいった。駅前商店街の中央二丁目のアイトピアの目抜き通りには、その濁流が、車と家屋と漁具と漁船と……、ありとあらゆる生活用品を巻き込みながら商工会議所や穀町《こくちょう》の石巻市役所庁舎へと突っ込んでいった。

街路灯のポールに二人の女性が必死の形相でしがみつき、濁流を見下ろしている。

中心市街地の水没は、時間の問題だった。

石巻市の天候は、この日、晴れのち曇りを繰り返していたが、午後三時半を過ぎると日和山の避難者たちの頭を、頬を、肩を、横殴りの風雪が襲った。

気温は、一・四度である。

市議の水野富美子（当時52）は呆然とした表情で、様々な瓦礫《がれき》を垣間見せたり隠したりしながら悠々と流れていく真っ黒な津波を見つめる。

恐怖は、まだまだ去らなかった。

なぜなら日和山の避難者たちが見下ろしている津波の流れのなかから「バンッ、バンッ、バンバンッ」という爆発音が聞こえてきたからだ。

人びとは、車や漁具、建物の残骸などが漂う水面を見守りつつ「プロパンガスか？」などと言い合った。やがて「ボッボッ」という不気味な発火音とともに水面から炎が噴きあがると、再び悲鳴があがった。

津波は、巨大な火の玉をあちこちで噴出させ、暗黒の水面に漂わせながら流れていく。

どうやら津波によって破壊された家や車などの瓦礫のうち、プロパンガスボンベや車のガソリンタンクに何らかの原因で引火・爆発したものだろう。

火の玉は、10メートル以上の火柱となって、いたるところで燃えあがる。

大津波が運ぶ炎の鮮やかな色に目を奪われていた人びとは、あたりが暗くなっていたことに気づき、我に返った。

午後三時五十分、日和山の直下に立つ門脇小学校の校庭下からあがった黒煙は、やがて校舎を包む猛炎へと変わっていった。

石巻地区を担当する消防隊と消防団は、１１９番通報を受けて直ちに火災現場に駆けつける。

しかし津波が押し寄せている門脇町一帯には、たとえポンプ車を何台連ねようと直接的に近づくことが出来ない。彼らは、仕方なく日和山の高台から降りたところの際から、夜を徹した消火活動と救助活動を余儀なくされた。

日和山は、みるみるうちに火の海に取り囲まれていく。火災による黒煙と悪臭が、高台の居住地まで漂ってくると、水野の心は落ち着かず、なかなか眠ることが出来ない。

のちに被災者支援のボランティア団体の責任者となる阿川敬三（当時69、板金工場経営）は、避難した市北部の開北小学校二階の窓から、真夜中にもかかわらず、ほぼ南に位置する日和山の方角から朝日が登ってくるかのようなボウッと赤く滲んだ明るいものを目撃している。

日和山周辺の大火事は、三月二十三日午後二時に鎮火する。焼損建物二〇〇棟、罹災者数二五二名にのぼり、実に十三日間も燃え続けたのであった。


大津波による引き波は、石巻市民の大切なものをあらかた沖へとさらっていき、門脇町の猛火に耐えた日和山は、まるで干潟に浮かぶ小島のようになった。

しかし市中心部から山頂へと続く高台周辺の居住地は、学校や職場から帰宅することなく避難を余儀なくされた数千人の一大避難所となったばかりか、市議の水野富美子（当時52）のように自宅を流されずに済んだ日和が丘地区の住民と共存する非日常的な地域へと変貌した。

水野が、日本共産党員として、石巻市会議員として三月十二日の朝から日和山の周辺に点在する避難所を一気に回ることが出来たのは、「しんぶん赤旗」読者が、自宅の留守番をしてくれたからである。

震災当日の夕方、津波に自宅を流されたという南浜町の読者二人が、水野宅を訪れ、

「水野さんのところしか行くあてなくて」と言って泣き顔を見せたとき、水野は、迷うことなく招き入れていたのだ。

市立女子高を皮切りに、石巻高校、石巻中学校、門脇中学校、山下小学校、市立図書館、中央公民館の順で車を走らせていった水野は、避難所となった校舎が冷凍庫のように寒いということに気づく。

激しい雪が降り続くなか、人びとは着の身着のまま、食料もなく、しかも土足で、学校や公民館、図書館に駆け込んだ。

しかも電気は止まり、暖房器具は使えなかったのである。

彼らは、出口のない不安のなかで身を寄せ合っていた。

そして水野が、ある避難所で知人や読者の安否を確認しているときである。

若い女性たち四、五人が、

「眠っちゃ駄目！」「寝ちゃ駄目だから！」

と声を張りあげて、幼い女の子の細い腕や足を叩いたり、さすったりしている光景が目に入った。女の子の顔は真っ青だ。虚ろな眼差しの彼女が、まさに息を引き取る間際のように見えたとき、水野は、まるでハンマーで頭を叩かれたような衝撃を受けた。

ああ、なんという事態なのだ！

この圧倒的な寒さを何とかしなければ！

私の任務は、布団と毛布を持ってくることだ！

水野は、被害を免れた日和が丘の住民たちに布団と毛布、食料の提供を呼びかけようと決意し、急いで帰宅する。と、留守番の二人が、卓上ガスコンロで炊いた白ごはんと冷蔵庫に残っていた納豆を添えた最高の朝食を用意してくれていた。

水野は、のちに振り返る――あの時、しんぶん赤旗の読者が私の傍にいてくれなかったら、私は何も出来なかった。連日連夜、疲れ果てて帰宅しても、二人は、いつも冷蔵庫の残り物で夕食をつくって待っていてくれたのだ、と。

震災当時、党の石巻市議団は三人であった。

市議団長の三輪和男（当時61）は、三月十一日午後一時から市議会の福祉委員会委員長として議事を取り回していた。議論の行方が定まった二時四十五分、三輪は「暫時、休憩」と指示して議場の緊張を解いた。一部の議員と職員が「喫煙タイム」のため、ロビーへと出ていく後ろ姿を見送ったとき、突然、大きな揺れが襲ったのである。

それは天井と床とが互いに回転しながら歪んでいくような強さを保ち、大きな体軀を持つ三輪でさえ立っていられない勢いがあった。天井と壁からバタバタッとパネルの欠片《かけら》や砂ぼこりが落ちてくる。

委員会室は、あっという間に、白煙のようなものに包まれてしまった。

三輪は、机の下に潜って身の安全を確保する。揺れがおさまるのを待つ間、六階の議場フロアの骨格が、こんなに脆《もろ》いものだったのか、と思った。

……いや、この地震は、ただごとではないぞ。ことによっては大変なことになる。早く地元に帰って町内の安否確認をしなくては！

三輪和男の地元は、市内水押地区であり、彼は町内会の副会長であった。

福祉委員会は、ただちに閉会とし、延期することとなった。

地震の揺れが断続的に続くなか、三輪は、市役所屋上の立体駐車場に停めた自家用車トヨタ・プラッツに飛び乗ると自宅へと向かった。

地震発生から五分十分も経っていなかった。

水押地区は、のちに全国の被災者支援ボランティアを受け入れる団体の責任者となる阿川敬三（当時69）が避難した開北小学校より北西に位置し、旧北上川の堤防に沿って広がる内陸の住宅街である。

三輪和男は、自宅玄関の上がり框《かまち》に腰を下ろすと「おかぁさん、さっきの地震《ズスン》、大丈夫だったがァ」と声を張りあげた。その大声に驚き、キッチンから手を拭きながら出てきた妻の三輪陶子（当時61）は、議会中にもかかわらず早々と帰宅した夫が少し慌てていることに気がつく。

「大丈夫よ、部屋の物、いっぱい落ちたけど……、あなた、どうしたの？」

「いや、これは大地震だと思って。いまから堤防さ、見てくる！」

陶子は、夫にかける言葉を飲み込んだ。

彼は、妻と目を合わせると、すぐに出て行った。

三輪和男が、日本共産党員として、市議団長として、地元・水押地区の町内会副会長として、第一に行ったことは、町内会の役員たちと合流し、手分けして住民の安否確認と避難の呼びかけをすることであった。

水押地区の避難所は、中里小学校である。

住民たちは、町内会の呼びかけに応じて避難所の中里小学校を目指し、整然と動き出した。

石巻市議の三輪和男（当時61）は、隣接する開北地区や中里地区の状況も気になり、二地区の避難所となっている住吉中学校の体育館を訪れたところ、館内は満員で、避難者は玄関まで溢れていた。

市民は、不安な表情を浮かべている。

防災行政無線からは、停電のためか倒壊したのか、石巻市の情報がまったく聞こえてこない。

三輪が、とっさに思いついたのは自動車のナビゲーションのテレビ機能の活用である。案の定、ナビを切り替えると地震の被害だけでなく津波の被害状況が刻々と報じられていた。

やはり津波か！

三輪は、旧北上川の堤防に登ると津波の遡上を確認する。

水押地区は、河口から5キロの位置にある。水位は、いつもより高い。しかし、まだ決壊するほどではない。彼は、中里小学校と住吉中学校に取って返すと避難している人びとに、

「この辺りは、まだ大丈夫だから」「心配しないで！」と声を張りあげた。

日は暮れてくる。雪も降ってくる。

寒さに堪えて一時間ごとの河川の監視を続ける三輪は、やがて市全体が真っ暗な闇に包まれる寸前、暮れかかった微光がとらえた水位と水面が、堤防のコンクリート部分の上限いっぱいまで達して、悠然と流れているのを見た。

一方、津波の第一波は、すでに市東部にあたる河口部と市街地の無堤防地域から内陸部へ流れ込んでいた。さらに石巻工業港から浸入した津波は、市西部を画して流れる北上運河を氾濫させながら、水押三丁目の石井閘門《こうもん》まで押し寄せつつあった。こうして三輪和男の自宅がある水押地区と二か所の避難所を擁する中里地区、さらに党の東部地区委員会が立つ南中里地区は、東と西から挟み撃ちになるかたちで冠水していったのである。

避難所の中里小学校と住吉中学校のそれぞれ四階建て校舎は、いくらか嵩上げも施されていたため、津波による水没のおそれはなかったが、やがてゴムボートを出さなければ移動が出来ないほどの規模で校舎周辺の冠水度は増していった。

三輪は、堤防と避難所を往復するうち、自分の膝上まで真っ黒な海水に浸かっていくのに気づき、市の内陸部がこれほど冠水するなら津波の直撃を受けた沿岸部や運河を遡上する津波に挟撃された三ツ股、築山、大街道、南光町の被害はどれほどだろうかと想像して恐ろしくなった。

三輪和男は、党の宮城県東部地区委員会の委員長でもあった。

彼は、真っ暗闇のなか膝まで海水に浸かりながら、ジャブジャブと波を押し退けて、自宅を目指す。その途中、党石巻市議団の水野富美子と庄田義也（当時60）をはじめ、地区の同志たちに携帯電話から一斉メールを送った。

住吉中学の体育館一杯／電気ストーブ利かず
大変な事態／旧北上川の津波の状況、随時伝える

そして午後七時十六分、「中里小学校周辺は冠水」と打ち込んで送信した。

翌十二日の早朝、妻の三輪陶子は、大きな土鍋で白米を炊き、大量のおにぎりをつくった。午前六時、彼女は、避難所へ向かう夫の上着ポケットに詰めるだけ詰め込んだ。

三輪和男は、不格好に膨らんだ上着を見て「ありがとう。おにぎりは、途中、お腹を空かせて歩いてる人に手渡しする。絶対に必要な人がいる」と言った。

陶子は「まったく信じられないことが起こっちゃったけど、私も、いまやれることを精一杯やるから！」と答えた。

一夜明けると、中里小学校の避難者たちは、校庭にひしめくように駐車した車が、その天蓋を残して水没している光景を目の当たりにして驚愕し、嘆息する。

避難者は、依然、数百人の規模であった。

避難者のなかには、教室での極寒の一夜を過ごしたため、体調を崩した高齢者や子どももいることが分かった。彼らを一刻も早く医療機関へ搬送しなくてはならなかった。

早晩、持ち合わせの食料も尽きるだろう。

三輪は、さっそく避難所と非水没地域、車が走れる道路とのルートを確保することを考えた。

そこで体力が残っている避難者たちと手分けして、これまで見聞した情報を集約したところ、中里小学校から直線距離で４００メートル先の北上運河の堤防前までの道のりが、付近では唯一、冠水を免れた地帯だと判明したのである。

次に三輪たちは、校舎内の机という机を掻き集め、それを真っ黒な海水に覆われた校庭に一脚ずつ一列に並べていった。津波の被害を受けなかった旧北上川の彼岸に立つ石巻専修大学の学生たちが避難所に馳せ参じており、彼らの力も借りながら校庭から校門へ、校門から先の非水没地域へと延ばしていったのである。この「机の一本道」のうえを歩いて運河の堤防前まで行けば、そこから車を借りて病院やスーパーに移動することが出来る。


石巻市議会議員の庄田義也（当時60）は、税理士である。

彼の税理士事務所は、石巻市吉野町の石巻水産ビル三階にあり、妻の依子（当時58）を含めた職員六人は、顧客から依頼された確定申告の事務に集中していた。

庄田は三月十一日の午前中、地元の湊中学校の卒業式に来賓出席したため、ダブルのスーツにピンクのネクタイ姿のまま、午後の仕事に取りかかった。

午後二時四十六分に発生した地震は、ビル全体を長く激しく揺さぶった。

庄田は、本棚と机が音を立てて踊り始めたとき、老朽化したビルの倒壊を予想し、さらに一九九五年一月十七日に発生した阪神淡路大震災の被害状況を連想して「死」を覚悟した。

職員の一人がラジオをつけると、早々と「10メートルの大津波注意報」を伝えていた。

ビルの二階には、共同作業所「いろは」が入居している。

庄田は、ここにも津波が絶対にやって来る、ここに居ては駄目だと確信する。

「みなさん、避難の準備を始めましょう！」

事務所の職員六人、共同作業所の支援者と障害者十四人は、大急ぎで地上の駐車場に向かうと、車椅子の人、胃ろうの人、パニックを起こしやすい人を優先して車に乗せていった。

何とか全員、移動できそうだ。

しかし庄田は、市議として地元・湊町の住民の命を津波から守らねばという一心で、妻の依子に「山に逃げるんだよ」と言い置くと、自転車にまたがったのである。

庄田家がある石巻市湊町は、旧北上川の東側護岸に沿って家々がひしめく旧漁師町で、魚市場が移転したあとは高齢者の多い住宅街となっていた。湊町は四丁目まであり、河口に近い一丁目だけでも一一四世帯ある。一刻も早く避難を促さなければ津波に飲まれてしまう。

庄田は自転車を漕ぎながら、大声を張りあげる。

「みなさ～ん、逃げてくださ～い！」

「津波が来ますよ～。早く逃げてくださ～い！」

湊町は、小道が網の目のように入り組んでいる。

「みなさ～ん、津波が来ま～す！」

「早く避難してくださ～い！」

庄田は、四十分ほど湊町全体をぐるぐる走って訴えたあと、一軒一軒のドアを開けては「誰かいませんか！　もう避難しましたか！」と言って確認する。

この方法は、毎年の台風時になると町内会の男たちと協力して行ってきたものだ。

二〇〇八年十月に襲来した低気圧は、旧北上川の岸壁を決壊させた。雨ガッパにゴム長靴姿の庄田たちは、暴風が吹き荒れるなか、高齢者が住む家々の玄関に土のうを積んだのであった。


石巻市議会議員の庄田義也は、湊町の家々に避難を呼びかけて回ったが、玄関ドアを開けた先の反応は、丁目ごとバラバラだった。炬燵にあたった家族が「ありがとう。でも大丈夫でしょ」「津波、本当に来るのかい？」と訝《いぶか》しげに言うところもあれば、慌てて避難の準備に取りかかる家族もあった。

最後に、自宅のある湊町一丁目に向かう途中、四人の中学生から、

「あ、庄田さんッ、俺ら、どこさ、逃げればいい？　山？　学校？」

と呼び止められたときには、即座に「山だ！」と大声を張りあげた。

これまで度重なる水害に見舞われた一丁目の住民たちは、町内会一体で冠水対策や避難訓練を行ってきたためか、路上に人影はなく家屋には誰もいなかった。

その時である。

庄田の知る友人の声が、

「来た、来たァ！」と、国道沿いを過ぎ去っていくのを耳でとらえた彼は、

（もう限界か……）と思った。

そして、この一瞬、妻と職員たちと別れた事務所に戻るかどうか迷った。

しかし、そんな猶予は無いと判断した。

庄田は、指定避難所の湊小学校へと自転車を漕ぐ。

正門を過ぎると校庭に自転車を停め、スタンドを立て、さあ、校舎に入ろう！　と歩き始めたところ、彼の視線の斜め上にあたる校舎二階のガラス窓から多くの人びとが身を乗り出して、

「来たッ、来たッ」

「逃げろ、逃げろッ」

「後ろッ、津波、後ろォ」と悲鳴のような声をあげている姿を見た。

庄田は「アッ」と声を上げそうになる。しかし、後ろを振り返る余裕すら命取りだと察知し、一目散に校庭を走り切って校舎の二階まで駆け上がった。そのまま避難者で溢れる教室のなかを掻き分けて窓から校庭を見下ろすと、さきほど走ったはずの薄茶色のグラウンドは、もう一面、真っ黒な汚水の海になっている！

大津波は国道三九八号線に流れ込むと、それを奔流として道路沿いの隙間という隙間に、それまで濁流のなかに留めておいた家屋や自動車、漁具などの瓦礫を一気に吐き出していったため、湊小学校の校庭は、みるみるうちに瓦礫の倉庫と化していった。

国道に架かった歩道橋は、嵩が上がる津波に飲み込まれる寸前で、十人ほどが欄干にしがみついている。

津波が湊小学校の校舎一階を直撃して突き破っていったあと、各教室と廊下の時計はすべて「3時49分」で止まっていた。

湊小学校は、この日、一二〇〇人の避難所となる。

その夜、庄田は、校長の求めに応じて「現地対策本部長」を引き受けた。以降、彼は、避難所を閉鎖する十月十一日までの七か月間、前代未聞の過酷な共同生活のリーダーとして任務を果たすことになる。

石巻市議会議員の水野富美子（当時52）が訪れた避難所は、どこでも「寒い」「毛布がほしい」という声で溢れていた。

やがて彼女の車はガソリンが尽きてしまう。

このときの水野は、日本共産党の市議らしく何よりもまずハンドマイクを探したが、どうしても見つからなかった。拡声器は、この春の女川町議選をたたかう岡部いつ子（当時55）の自宅に置き忘れていたことに気づき、舌打ちした。

これじゃ、音が出せない。どうしよう。

市役所に行けば、公用車を借りられるかな……。

彼女は仕方なく徒歩で自宅を出ると、やがて市庁舎のある穀町一帯まで冠水してしまい、ゴムボートがなければ近づけない状況にあることを知った。さらにJR石巻駅から石ノ森萬画館がある旧北上川の中瀬までの立町一帯、市中央の商店街アイトピア通りも壊滅的な被害を受けていた。

市役所の所有車も、かなり流されたとも聞いた。

水野は困り果てるが、途中、水が引いた平地で交通誘導する市のパトロール車を見つける。

彼女は、思い切って市職員をつかまえると、

「この車、三十分でいいから貸して！　山をまわらせてほしいの！」

と頼み込んだ。

男性職員は「長くは貸せませんが……」と困惑しつつ、避難所の窮状に理解を示して運転席に座ってくれたのである。

「さあ、行きましょう！」

日和山に向かう高台の居住地――「山の手」と呼ばれる地域に、水野の地声が響き渡った。

若い頃、うたごえ運動で鍛えた声帯が活かされる。

みなさん、いま避難している方々が、
とても寒い思いをされています！
手持ちの布団と毛布の提供をお願いできませんか。
あとで水野が、みなさんのお宅に取りに伺います。

車から降りて訪問すると、文字通り、山の手すべての住民が、押入れから布団や毛布を引っ張り出し、快く提供してくれた。

こうして彼女は、提供者の家と避難所を何度も往復することになる。

しかし、布団や毛布を避難所の玄関から本部ステージに届けようとする途中、運ぶ傍から次々と手が伸び、提供品は、まるで奪われるようになくなってしまうのである。避難した生徒たちに手伝ってもらって運ぼうとしても同様の結果に終わった。

水野はかじかんだ手を呼気で暖めながら、

（避難者のみなさんに平等に提供することは不可能なのか。それに私一人だけでは、この圧倒的な寒さに決して勝てやしない。何千回往復しても避難した人びとを暖めることはできない……）と観念しつつあった。

石巻市南中里に立つ東部地区委員会の事務所は、三月十二日の午前〇時過ぎに一階が水没し、その水位は、国会議員の立て看板「大角みきお」と「古橋ちえ子」の「角」と「橋」の字を見えなくさせた。

党専従の綿貫孝明（当時58）は、事務所近くの跨線橋でアイドリング停車したトラック運転手に声をかけられて吹雪の一夜を乗り切ることができた。

翌十三日の河北新報一面は「福島第1建屋爆発」と報じ、津波に流されたJR気仙沼線の脱線車両が全壊家屋に突き刺さった写真や女川町の役場庁舎が津波の渦に沈む写真を掲載した。広範な被害が刻々と判明してきたが、地区党の再始動までは、周辺の水位が膝まで下がる十五日を待たねばならなかった。

地区副委員長の鈴田悟（当時51）は三月二十日、近所の空き店舗を借りて事務所を移転すると、屋号の横に「日本共産党　震災・救援（石巻）対策センター」の看板を掲げた。ガラス戸の横には「津波はここまで浸水しました」の張り紙が貼られた。やがて党のポスター「国の責任で希望ある復興を」や救援ボランティアたちの作業にあたって「マスク着用」を求める張り紙、さらには「いしのまき案内地図」なども加えられていく。

党の宮城県委員会（仙台市）は震災直後から対策本部を立ち上げ、中央委員会の「現地対策本部」と「しんぶん赤旗」取材団と連携した救援活動に突入した。

現地対策本部が三月二十二日に発行した被災者の住宅再建や生活支援に関する「手引き」は、四月五日発行の労働者の雇用支援を盛り込んだ「手引き」と合わせ、東部地区委員会は一〇万枚を印刷した。それを石巻市、東松島市、女川町《おながわ》、南三陸町、気仙沼市で活用してもらう取り組みを進めたところ、「手引き」を庁舎の窓口に置いたり、広報に採用したりする自治体も出てきた。

震災から一か月で、東部地区委員会所属の党員十二人が亡くなり、半壊家屋の党員は九十五人にのぼることが分かった。それでも地区の人びとは、国民の苦難軽減という日本共産党の立党の精神に立ち、被災地の救援活動に奔走する。

歴史を振り返るとき、党創立の翌一九二三年九月一日に関東大震災が発生したとき、いち早く救援に動いたのは川合義虎（当時21）ら党員や組合活動家たちであった。

しかし軍や自警団、警察らは、震災の混乱に乗じて社会主義者と朝鮮人が暴動を企んでいるというデマを利用し、彼らを虐殺するという暴挙に出たのである。

さらに彼らは、民本主義や無政府主義のリーダーたちをも襲撃し、大杉栄・伊藤野枝夫妻と甥（当時6）が憲兵大尉に絞殺されてしまうという許されない悲劇も起こった。

東日本大震災から三か月余が経った六月、友川あさひ（当時27）は、NPO団体の被災地支援ボランティアとして入った石巻市で、瓦礫の撤去や仮設住宅の子どもたちへの絵本の読み聞かせ活動などに従事することになった。

あさひは、働き甲斐を失いつつあった日々を埋め合わせるように二度、三度と宮城県石巻市へ通ううちに、市内のあちこちで日本共産党が主催する支援物資「お届け隊」、バザー、炊き出しの現場に出くわすことになった。

なぜ、政党の人びとが、これほど被災地の支援に尽くすのだろう。

彼女の疑問は、恐る恐る話しかけた鈴田悟と党や労働組合と連携するボランティア団体・被災地連絡会の阿川敬三との気さくな付き合いのなかで氷解していった。そして絶望的な状況や困難な現実から一歩でも前へ押し返す力は、ともに苦しむ人びとの声と連帯することなのだと知ったのである。

6

ながしの町会議員の友川あさひは、初めて日本共産党の議員や専従、党員たちと出会ったときの感動を胸に仕舞うと、改めて自身の「一般質問通告書」を読んだ。

一、透析・入院・救急医療を守るために

町は十月二十日、議会全員協議会（非公開）で、病院改革プランを示した。

同プランには、町民が求める透析・入院・救急医療は反映されなかった。

無床診療所の計画は、町長が検討委員会に押しつけたものである。

私は反対の立場から、以下、伺う。

①私は、町立ながしの病院の入院患者が減少した原因は、救急患者の受け入れ中止によるものと考える。町の認識を伺う。

②町は、人工透析室を維持するため、なぜ、ワンクール化（月・水・金のみ）や、他所からの医師・技士の派遣策を検討しなかったのか。

③病院改革プランをまとめた「検討委員会」の議事録を読むと、入院を維持するためには常勤医師四名の確保が必要だと分かる。

町は、常勤医師四名を確保する努力をしたのか、伺う。

二、無床診療所の建設計画について

新たな無床診療所の総事業費は「土地買収費を含め、十三億円」（九月議会の町長答弁）である。

私は、コロナ禍による資材高騰の影響も考慮し、一から考え直すべきだと考える。町長の認識を伺う。

三、新型コロナ感染症の拡大防止策について

感染者（無症状者を含む）を早期発見するため、ＰＣＲ検査を拡充する必要がある。町は、近隣市町村や医師会と検査拡充の協議をしているのか伺う。

ここまで読み終えると、友川あさひは（私は、果たして町民の声を代弁してきたのだろうか？）と自問し、なぜか、涙をポロポロ落とした。

７

ながしの町議会は、新型コロナの感染拡大防止を理由とした一般質問の傍聴席の人数制限を行わなかった。

お昼の十二時半、早くも「女の会」の六人は、傍聴席の最前列のど真ん中に陣どった。

やがて次々と署名を集めている受任者ら総勢十七人の町民たちが席につく。

「どっこいしょ」

そう言ってパイプ椅子に座った女性は、なんと友川あさひ（36）の署名簿の一番枠に記名した金田たみ（80）であった。

午前中の一般質問に続き、議員たちは、背後でざわつく傍聴者が気になるのか、「午後は、サーカスでも始まるだか」「傍聴しても日当は出んぞん」などと軽口を叩いている。

ようやく午後一時のチャイムが鳴る。

甘利祐一議長(67)が、空咳を二つほどして宣言した。

「午前に続き、会議を開きます。一番、友川あさひ君の一般質問を許します」

あさひは「議長、一番!」の声をあげる。

議場全体が、しんと静まり返った。

友川議員は、背筋を伸ばして質問席に立つ。

「日本共産党の友川あさひでございます。議長のお許しを得ましたので、これから一般質問を行います」

あさひ議員は、マスクを外した。

質問者席には、コロナ対策のため飛沫防止の三面アクリル板が設置されている。

「それでは一問一答形式で質問いたします」

この一問一答形式とは、国会の予算委員会と同じく議員の質問と行政側の答弁をリアルタイムで繰り返していく方法である。しかし両者が誠意を尽くして向き合わないと問題の所在と解明は進まない。質問者が具体的に問題を提示しなかったり、答弁者が「記憶にございません」とか「議員は、どう思うの?」などと再三はぐらかしたりすれば、いつまでも議論は嚙み合わず、何も得るものが無いまま終わってしまう。

質問時間は、答弁を含めて五十分である。

友川あさひ議員は、初めに質問の全体像を描く。

「今日の、私の質問は『通告書』にあるように、町民の命を守る観点から透析・入院・救急治療の再開と、コロナ対策のPCR検査体制づくりについて伺います」

あさひ議員の質問は、原稿を手に持って朗読するスタイルである。

本日の午前四時、ようやく書きあげた原稿は、一分間で二百字を話すスローペース。

彼女は、眠たい目を擦りながら三回のリハーサルを行って臨んでいる。

それなのに、今朝から募る緊張感で、もう喉がカラカラになっている。

彼女は「それでは第一問です！」と大きな声を出すと、町が策定した『町立ながしの病院改革プラン』の冊子を手に取り、インターネットの動画配信サイト用に録画しているデジタルビデオカメラに向けた。


友川議員　この改革プラン、岸田町長と「検討委員会」——各集落の区長さんや社会福祉協議会のみなさんがメンバーとなってまとめました。

しかし、これ、町民のみなさんの不安や要望の声に一言もふれていません。

例えば、私のもとには「最期を看取ってもらう病床がほしい」「心臓病や喘息の患者は救急と入院が必要だ」「浜松まで透析に通うのは正直つらい」「無床診療所の建設に、なぜ、十三億円もかかるのか」という声が寄せられています。

なぜ、町の改革プランには、町民のみなさんの声が載せられていないのでしょう。

町長は、町立ながしの病院の入院ベッドについて「年間三億円の赤字」だとか「不採算部門」と言い募っています。今年度の当初予算を見ると、病院特別会計には二億七千万円もの「赤字」、一般会計からの繰出金を見積もっていることが分かります。

町長、これほどの「赤字」になる理由を教えて下さい。

甘利議長　はい、町長。いや、病院事務長！
友川議員　いや町長、町長の答弁です！　町長に訊いていますから！
甘利議長　海老原病院事務長！

病院事務長　お答えします。議員が仰る、二億七千万円もの赤字……、それは、昨年度の入院患者が大幅に減ったことによる「見積り」でございます。

町立ながしの病院は、現在、四十床の入院ベッドを擁しております。

ただ、いま正確な数字を持ち合わせておらないのですが、一年間の入院患者の数を一日平均でならしますと、おそらく一桁台になるかと思います。

つまり、この一桁の患者のために、毎日毎日、医師・看護師・技士らの人件費、入院食の費用、枕やシーツを取り替える業務委託費、フロア清掃の経費などがかかってまいります。もはや採算がとれないのでございます。

友川議員　いまの答弁、入院患者が大幅に減ったと言いながら、正確なデータを示さないのは無責任ですよ。私、三週間も前に質問通告しているんですから。
それでは、事務長、救急患者の人数と入院患者との関係を伺います。

病院事務長　町立ながしの病院の入院患者が減っている主な理由は、わが町の急激な人口減少とあわせ、新城、豊川、豊橋の市民病院へ患者が流出しているからでございます。
例えば、がん・脳卒中・心疾患といった手術や高度な治療を必要とされる町民の患者さんは、そもそも町立ながしの病院での処置は不可能です。ですから私ども、救急と入院の相関関係は、ほとんどないと考えております。
ちなみに入院患者だけでなく、外来患者も減っていることも申し添えます。

友川あさひ（36）は、この一般質問のために、あらかじめ、
①町立ながしの病院の入院患者数（令和元年度）
②救急・時間外で来院した患者数（同）
③救急患者で入院した人数（同）
の三点を情報公開条例に基づき、町に開示させた。

友川議員　この町の資料によりますと、令和元年度の入院患者は、一日当たり最大二十一人、最小で六人です。冬場のインフルエンザなどでは、実に入院ベッド四十床の半分が埋まるわけなんですよ。病院事務長が答弁するような、一年間の平均で一桁だ、だから潰してしまおうという考え方は、非常に乱暴な意見で、私、おかしいと思うんです。

町の資料には、救急・時間外で来院した患者数は年間九九八人もおられて、そのうち入院された方は一九五人です。つまり約二割の方が入院するわけなんです。

それで令和元年度の一日平均の入院患者数二十人、年間延べで七三〇〇人です。

私、相関関係は明らかだと思うんですけど、いかがですか。

甘利議長　病院事務長！

病院事務長　ええっと。私ども、そのデータ、只今、もちあわせておりません。で、のちほど……、データを確認しまして答弁させていただきたく思います。

甘利議長　友川くん、いいですか。

友川議員　これ、町の資料ですよ！　一日平均一桁なんかじゃないんです！

傍聴席は、早くも「またデータなし？」「町の言い分、意味わかんない！」などの声で騒がしくなる。

佐藤てい子（88）は、席の手すりから身を乗り出して友川あさひの葦《あし》のような後ろ姿を見つめる。遠視の眼鏡をかけると、彼女の小さな後頭部の向こうに岸田潤之輔町長（64）の憮然とした表情が浮かびあがった。

てい子は、一般質問なるものを初めて見聞し、アカの娘が町民の声を代弁し、町の資料で入院と救急患者の関連を明らかにする姿と熱意にふれて、この町で流布されてきた正体不明の恐怖感とのちぐはぐな印象に戸惑わずにおれなかった。

さらに入院と救急と言えば、昭和三十四年九月二十六日、体調を崩した彼女が入院することとなった町立ながしの病院の結核病棟での夜の出来事が蘇った。伊勢湾台風による大規模な山崩れが起き、大怪我をした森林組合の若者たちが次々と救急車で運び込まれてきたため、一般病棟はてんやわんや。大声で指示を出す外科の先生の白衣は、みるみる赤く染まっていった。

入院と救急の大切さ、なぜ町は、分からんのだ！

友川あさひの一般質問は、続く。

友川議員　町の「人口ビジョン」では、ながしの町の人口は二〇四〇年までに二〇〇〇人まで減ってまいります。しかし六十五歳以上の高齢者は人口の五割を維持し、現在の高齢化率と変わらないんですね。

そして、私たちが暮らす東三河北部医療圏の医療体制を話し合う愛知県の会議録を読んでも、新城市民病院の院長さん自身が「外来患者の数は人口減少率にほぼ一致するが、入院患者は高齢化で増えている」と発言し、人口減少・高齢化でも入院患者の数は減らない……。岸田町長、この点、どう考えられますか。

甘利議長　はい、町長！　いや病院事務長！

友川議員　町長ですよ！　議長、町長に答弁させてください！

病院事務長　議員の仰るような考え方もあるとは思いますが、私どもは、あくまで「一年間の入院患者数の一日平均は一桁」という認識でおる、ということでございます……。

友川議員　ちょっと、そんな答弁、私、メチャクチャ過ぎて受け入れられません。町が「年間三億円の赤字」と繰り返す町立ながしの病院の入院事業は、直近のデータでも年間延べ七三〇〇人の命を守り、救急患者も受け入れて本当に頑張っていたと思うんです。それなのに町は「三億円の赤字」とか「一桁の入院」とか、きちんと内訳とデータで示さないで言っている。それでは、私たち町民は納得しませんよ。

しかし、残念なことですが、今年三月末、町は「救急告示」を取り下げてしまったわけで、それこそ、これから入院の稼働率が大幅に落ち込むのは確実です！

傍聴席の金田たみ（80）は、腕利きの林業労働者だった夫の善蔵（享年50）が、立木の伐採の際、倒木の枝に腹を裂かれて亡くなったことを思い出した。
あのとき、同僚三人が、善蔵の巨体を山の斜面から背負っておろし、救急車に運んだのだ。
たみは、署名簿に記名するため、ペンを握る手の震えを左手で押さえながら、
「あれは昭和五十七年七月十六日のことよ、伐《き》った若い男は、まだチェーンソーに慣れとらんで
よ、まわりを確認せんかったと泣いて泣いて。オレ、山男は必ず生き返ると思ったがダメだった。
当時、中学生と小学生の二人の子がおったで、オレは葬式が終わっても泣かんかっただが、いま
思い出すとな、やっぱり涙が出るわ」と、あさひに言ったのだった。

友川あさひ議員の質問は熱気を帯びていく。


友川議員　次に、私、町内の救急搬送件数と搬送先を新城消防本部に問い合わせてみました。

二〇一九年四月～今年二月まで、町内の救急搬送の件数は二一七件です。

前年度比で、二十二件も増えております。

救急車の行き先は、新城市民病院七十三件、豊川市民病院二十件、静岡県浜松市の佐久間病院
五件、豊橋市民病院十三件、豊橋ハートセンター十件、ドクターヘリ二件です。

あと四件は、乗車拒否です。

町立ながしの病院は、なんと九十件も受け入れております。

それが今年四月からは、救急車の受け入れを中止したわけです。

私は、令和二年度の病院収入は大幅に落ち込むことを指摘して、次の人工透析の再開を求める質問に入ります。

甘利議長　待って。町長、答弁しなくていい？

岸田町長　（腕組みしたまま、首を横に振る）

友川あさひは、カラカラになった喉を潤すため、演台のペットボトルの水をコップに注ぐ際、町長の顔を一瞥《いちべつ》した。

午前中、無所属の清野修議員（70）が、町長の「病院改革プラン」に記された病院の収支予測の曖昧さを追及したとき、町長が「企業経営者の経験がない清野議員に収支予測が正確に読めるのかというと……」などと小馬鹿にした答弁をしかけて、清野議員が即座に「問題発言だ！」と猛抗議したことで、発言の撤回と謝罪に追い込まれるという一幕があった。

町長は、このまま答弁に立たないつもりか。

あさひの不安は心のなかで小さく渦を巻き、やがて喉の乾きを潤す水とともに洗い流された。

甘利議長　では、友川あさひ君！

友川議員　はい。次に透析の再開を求める質問です。

私は、人工透析の再開は、私たちの工夫とアイデアで再開できると思っているんです！

透析患者の岡村順子（75）は、友川あさひ議員が、唐突に「再開できる！」と言い切ったことに驚いた。傍聴席の他の人びとも、それまで着ぶくれした体を両腕で抱くように、じっと俯《うつむ》いて聴いていたのだったが、友川議員の声に揺り起こされたように一斉に顔をあげた。

友川議員　そもそも私たちが暮らす三遠南信地域に透析患者は何人おられるのでしょうか。先日、各自治体に問い合わせますと、設楽町十六人、東栄町十六人、豊根村三人、静岡県浜松市の旧佐久間町・水窪町は合わせて二十二人、そして、ながしの町は十三人で計七十人にのぼります。さきごろ刊行された『ながしの町史』の高崎由紀夫先生の回想にもありますように、この地域の透析患者は、年々増えているのです。

そこで私は、透析を再開するため、透析日を月・水・金に限定するワンクール化や他の病院から医師・技士を派遣してもらうことを提案します。いかがですか。

甘利議長　町長？　病院？　住民福祉課長？

岸田潤之輔町長は、なおも答弁に立たない。

甘利祐一議長は、目を泳がせてキョロキョロと答弁する者を探す。

困った副町長が、住民福祉課長に目配せし、課長が仕方なく答弁に立とうと腰を浮かしたところで、病院事務長が「は、はい」と挙手をした。
傍聴席の佐藤てい子が「はっきりせんかい！　たわけ者」と呟く。
周囲の人びとが、一斉に吹き出した。

病院事務長　失礼しました。答弁いたします。
透析室は、すでに閉鎖しておるのであります。すべての患者様も町の説明に納得されて、安全に透析ができる他の医療機関に転院されました。今年三月、患者団体様から署名も受け取りましたが、町長から「再開の目処はたたず、遺憾」とのお話があったことと思います。

傍聴席に座る岡村順子（75）の頭に怒りの血がのぼった。
私たちが納得して転院？　そんなのウソ！
患者への説明会も「そのうち開く」と言って開いてないじゃないの！

甘利議長　友川議員！　不満なら挙手して。
友川議員　はい！　私は、人工透析の稼働ベッドを縮小したり、医師や技士が派遣されれば、小規模の再開は可能ではないかと質問しています。
議長、町長に答弁を求めたいと思います。
甘利議長　（ニヤけて）町長、お願いできる？

岸田町長が、ようやく「議長！」と言って挙手し、立ち上がる。
彼は、背広の裾を両手で払うと左右の髪を整えた。

岸田町長　しかし、まあ、友川議員の調査力には、いつも感心いたしますがね、只今の質問は「机上の空論」ではないか、と思います。
そこで私は、逆に、友川議員に伺いたい……。
甘利議長　町長！　本議会は「反問権」を認めておりません。そのところは……。
岸田町長　議長、私の答弁中ですよ。それに私ども執行部に「反問権」がないことなど十分わかってますよ！
甘利議長　ちょ、町長。それでは答弁を続けてください。
岸田町長　ありがとうございます。それで、私が、あなたに、失礼……、友川議員に伝えたいことは、じゃあ、あなた個人の力で、透析の派遣医師とやらを病院に連れてきたらいいじゃないか、ということなんだ。
本議会の初日で、私の考えは明らかにしているが、いま現在の苦境に対する唯一の処方箋は「闘わないこと」であります。あなたのように反発したり、改善を試みたりせずに、この厳しい現実を受け入れることから始めることなんですよ。
まあ、百歩譲ってですよ。あなた、失礼……、友川議員が、その派遣医師とやらを連れてきたら、透析を再開したっていいですよ。以上です。

甘利議長　友川君、続ける？　（友川議員「はい」の声）

　　　　　友川あさひ君！

友川議員　（水をごくごく音を鳴らして飲んだあと）

私、町長の、いまの答弁には驚きました。これまで町の医療を次々に破壊してきた張本人が、行政をチェックする一町議である私に「医師を探してこい」と言うなんて……。

それなら、私も、逆にお聞きしたい。行政の最高責任者たる町長は、透析再開のためにどんな努力をし、患者さんに、どんな説明をしたのでしょう。

何もしていないなら、岸田町政は行政の名に値しませんよ！

友川あさひは、町長の挑発に対して無意識のアドリブによる「前置き」で切り返した。

ああ、助かった。しかし脇汗がハンパない。さあ、肝心の再質問に入るぞ！

彼女は、演台に散らばる資料、ノート、新聞記事のうえに手のひらを置いて、ガサガサやる。

録画のカメラに向けていた顔を演台に向ける。

ああ、今日の未明まで何度も書き直したＡ４一枚の原稿に書き加えた部分を、こんなところで探す羽目になるとは！

あさひが手に持った質問原稿の途中、唐突に「ここで①挿入」と書き込んであったからだ。

①のＡ４一枚はどこだ？　どこにある？　焦るな、焦るな！

議場は、水を打ったように静まり返っている。

岡村順子は、突然、ワタワタし始めた友川議員の後ろ姿を見守りながら不安になってくる。

あった！

新聞記事のコピーの下に、①と書いた付箋が貼られた原稿が！

友川あさひは、改めて「はい！」と挙手する。


友川議員　ここで町内の透析患者さんの声を紹介します。

町民のAさんは、この二十五年間、週三回、一回四時間の透析治療を続けています。専業主婦だった四十代、町の健康診断で、突然、腎不全を知らされたのです。

Aさんは、医師から透析を始める心の準備を告げられたとき、「死の宣告」と受け取りました。

そして私に「人は、いつ、腎不全・透析になるか、分からないんです」とおっしゃいました。

それでもAさんは、嫁ぎ先の家族を支え、義理の親の介護も引き受けながら自宅から車で十分の町立ながしの病院で透析を受けてきたのです。しかし最初の十年ほどは、透析中、ずっと「死」を考えていたとおっしゃいました。「死」を考えていると、自らの感性がどんどん研ぎ澄まされていき、医師、看護師、技士のささいな態度や表情で、彼らの気持ちが分かるほど鋭くなったと笑って話されていましたが……。


岡村順子は、私のことだ！　と思った。

そうそう、あれは一年前の冬のことだった、と。

順子は、透析の患者会代表・高田謙作（当時64）の仲介で友川あさひ（当時35）と初めて会ったのだ。

そして順子は、自らを解放するように苦難に満ちた半生を語り尽くすと、頼りなく見える友川あさひの求めに応じて、順子の左腕に造られた「シャント」の瘤を見せ、ゆっくりとふれさせたのであった。

傍聴席の順子は、友川議員が、人工透析を続ける自分の変化を「感性が研ぎ澄まされていく」と評したとき、自然に涙が溢れてきた。これまでの一日一日が、なんと寂しく辛く、そして孤独であったことか。家族の誰一人として理解してはくれなかった。自分一人を取り残したまま世界と日本の社会情勢は大きく揺れ動き、透析中のテレビ画面が目まぐるしく切り変わるのを横目に、すべてが疎ましく思えた。

そこまで振り返った順子は、あの日々が、まぎれもなく「死」だったのだ、と気づく。その後、彼女は、患者会と病院の医療スタッフとともに学び、自分のような透析患者が生きる意味について考え続けるようになったのだ。

順子は、思った——町長は、腎不全も透析も、患者の生活も苦しみも知らないくせに「受け入れろ」と言う。あさひ議員は、私の人生を彼の冷酷な哲学に対置して「透析の再開を！」と訴えている……と。このとき順子は、大袈裟でなく、今日、この瞬間のために生きてきたのかな、と胸が熱くなった。

友川あさひ（36）は、もう町会議員という属性を忘れている。

……私は、Aさんに「透析中止で一番困ることは何ですか」と訊きました。

浜松市の病院に転院した彼女は「週三日、義父の介護ができないこと」と言いました。

その次に「通院中の不安です」とおっしゃったんです。

私、初めて知ったのですが、透析患者は透析して終わりではないのですね。透析後の血圧低下、足のひきつり、全身の痒《かゆ》み、ときには肺に水が溜まって呼吸困難になるなど副作用があるのです。通院の往復に高速道路を使って片道一時間かかる彼女の不安は、町立ながしの病院のときの通院十分に比べると、どれほど大きなものでしょう。彼女のような患者が、この三遠南信地域に、実に七十人もいるのです。

町長、遠い透析クリニックへの転院は、命と暮らしを脅かすものです。

派遣医師の確保などを検討し、病院の透析室を再開していただけませんか。

岸田町長は、答弁に立とうとしない。

甘利議長は、再び「病院？　福祉課？　誰が答弁するの」と、少し怒り気味にボヤく。

その声をマイクが拾うと、満員の傍聴席はざわつく。

やがて議長の「副町長！」という指名の声が轟《とどろ》く。

副町長　答弁いたします。ええっと、一般論ではございますが、患者の御苦労は、どんな病気でも、それなりのものがあると思っております。いま議員が紹介した方も、大変な御苦労話があったのだな、と拝聴しておったところでございます。以上です。

その瞬間、「ばかやろう！」という怒声が飛んだ。

質問席の友川あさひを含め、すべての議員が、ぐるりと体を捻って傍聴席を向く。

罵声を浴びせた主は、最前列の女たちではない。

元看護師の井出久美子（77）が口に手を当ててヤジの主を探すように首を伸ばした。

傍聴席の椅子に座らずに出入口フロアの段差に腰を掛けているのは、夫の井出義徳（75）だ。

彼は、股下が大きく膨らんだ作業ズボンから出た足袋を投げ出して「畜生めが！」と呟いた。

友川あさひ議員による懸命な質疑が、初日の本会議で男性議員のヤジに妨害されただけでなく、いま副町長の他人事のような答弁に一蹴されるのを目の当たりにして、義徳の堪忍袋の緒が切れたのであった。そんな彼の前に、荒木善三郎（80）が鼻出しマスクのまましゃがみ込むと、「君、なかなか、やるなぁ」と言った。


甘利祐一議長は、議場に放たれた「ばかやろう！」の声に目を丸くすると議会事務局長に顔を向けた。

甘利議長　議事、止めて。只今のヤジ、傍聴席の誰が言ったか、ここから確認できませんが、今度は退場を命じますよ。……それでは再開。友川あさひ君！

友川議員　私、ヤジる方の気持ち、わかる気もいたします。だってAさんの不安は、一般論ではなく、町民が実際に抱えているものだからです。私たち、政治家の責任で解消するべきものだと思うからです。

それでは、次の入院ベッドを守るための質問に移ります。

私は、ここで、今年五月、九十代の父親を亡くされたBさんの声を紹介します。

Bさんの父親は、八十歳を過ぎても農業や山仕事など何でもできる「スーパーおじいさん」でした。ところが今年一月、おじいさんは足を骨折したことで体力が落ち、Bさんは、父親を自宅で完全介護する生活を始めました。そして今年四月、おじいさんの容態が急変し、町立ながしの病院の訪問看護師を呼びますと、血圧低下・発熱が判明しました。看護師さんは、すぐに主治医の吉永友里医師を呼び、吉永先生はBさんの自宅に駆けつけて診察し、入院することが必要だと判断すると救急車を手配、即日、病院に入院することとなりました。

Bさんは「奇跡が重なった」と言います。

なぜなら町は、今年三月末で救急治療を中止したので、救急車は、町立ながしの病院を素通りし、新城か豊川の病院に搬送されると思い込んでいたからです。

たまたま主治医の吉永先生の指示で、町立ながしの病院に入院できたというのです。

父親の入院は、Bさん夫婦のストレスを解消させました。コロナ禍でも、町立ながしの病院は自宅から本当に近いため、短時間の面会や差し入れが何回もできた、と言います。

五月、おじいさんは、精密検査のために豊橋市民病院に搬送されました。

救急車を見送ったBさんは「父は元気だ」と思ったのですが、二時間後、救急車を迎えた豊橋市民病院の医師が「もう長いことないかもしれません」とBさんに告げたため、びっくり！

いくら「スーパーおじいさん」でも、九十代の患者が硬いストレッチャーに乗せられ、山中の悪路を進む片道二時間の道のりは、体力・気力を一気に奪うのに十分だった……。病院で出迎えた医師は「北設楽郡から豊橋市までの搬送は、あまりにも負担が大きい」と言いました。

初夏へと向かうゴールデンウィーク中に、Bさんの父親は、豊橋市民病院で亡くなってしまいました。

質問中の友川あさひは、今夏に寄せられた匿名電話と、切羽詰まった声を思い出している。

あの電話が鳴ったとき、見知らぬ電話番号がナンバー・ディスプレイに表示されたため、居間で寝ていた小川雄介は「生活相談かも」と言って、あさひの手もとへノートを差し出した。

彼女は受話器をあげると、通話の内容を一言も漏らすまいとメモをとった。

受話器から聞こえてきたのは、おそらく年配の、男性の声であった。

「……共産党さん？　いまの町長さんよ、入院なくすと言っとるけどが、それって、今後、町民のみなさんに、うちのオヤジと家族が、心底、助けられたっていう安心がなくなるって意味なんだよ！　みんな、そこんところ、分かってんのかなあ！」

この怒りの声は、この言いっ放しで切れてしまった。

雄介が、電話に表示された電話番号をインターネットで検索したところ、偶然、ながしの町内の「高橋古志郎」のそれがヒットする。

「……あさひさん、この高橋って人に掛け直した方がいいと思うよ。で、自宅を訪問して体験談を聞こうよ。町民は同じ不安を抱えているはずだから……」

あさひは「そんなの、怖い！」と声をあげる。

「雄介さん、だって相手は匿名なんだよ。それにすぐ切っちゃったんだよ。……私たち共産党が怖いから。だから、こちらが電話番号を特定して押しかけたりしたら、それこそ気味悪がられるだろうし、見つかったりしたら町長派に狙われちゃう……」

「いや、あさひさん、でも彼は、勇気を奮って、俺たち共産党に必死で訴えてきたんだろ？」

あさひは、口を尖らせたまま返事をしない。

「じゃあ、俺が電話をかけるよ！」

こうして二人が乗った宣伝カーは八月末の午後九時、高橋家の集落へと向かうことになったのである。黒斧山の裾に沿って三十分ほど走り、大舞川の細い支流に逆らって登っていく。助手席の雄介は、狭くなる未舗装の道を見定めながら、ふと今から七百年ほど前に、熊野三山の修験者がこの地に授けたという「花踊り」を思い、先を急ぐ山伏たちの白装束の最後尾の背中が見える気がした。

杉林の影が切れて紺色の夜空が広がる大きな丘の一軒家に着いたとき、倉庫前に高橋古志郎（70）と妻の節子（67）が待っており、一礼したあと、あさひと雄介に手招きした。

高橋家の周囲は、ウシガエルの鳴き声の大合唱である。

それは、どんな人間の大声も掻き消されてしまうほどの「騒音」だった。

古志郎は、倉庫のシャッターを上げる。すると静寂が沈んだ空間で長く保管された古米を包んでいる紙袋から奇妙に清々しい匂いが漂ってくる。

四人は、農作業用ラックに座る。

「よくぞ、お出でておくれたね。ほんに、遠かったろうがよう」

古志郎と節子は、そう言って笑った。

そして彼らは、父親の完全介護の日々と最期を涙まじりに語ったのである。

高橋古志郎と節子は、怒りのこもった震え声で訴えた。

「親の介護っつうのは、突然、医療に切り替わるのよ。俺たち、初めて分かった。町の社会福祉協議会に訊くとさ、町内の要支援は八十名、要介護は二二一名もおるんだと。彼らは、ハッキリ言えば『入院の予備軍』なの。じいさん、ばあさんが、いつ転ぶか、いつ骨を折るか、いつ入院するか、そんときが来るまで、誰にも分かんねぇんだ。で、オヤジには、たまたま俺たちがいたし、豊橋の病院に搬送されたあとは、豊橋の弟にお願いできた。でも、この集落に住んでる高齢者は、みんな独りなんだよ。俺たちみたいな家族なんて、もう、どこにもねぇんだよ」

「そこに住んでるカズさん、あの人の口癖は『遠くの息子より近くの高橋さん』だもん」

「町外にいる子どもがよ、この町に通って親の面倒なんか看れっこねえし、親の方もさ、子どもらに迷惑かけたくねぇと思ってる。仮に子どもの家に転居しても、きっと別居するって。駄々もこねるしよ、そうなりゃ今度は、お金の問題だ」

節子は、町長選に出た岸田潤之輔の公約が並んだ皺だらけの広報を広げると、

「こんなの、ウソばっかりだった！」と言った。

「あの町長、さいきん入院の代替案で不安を取り除くとか言っとるがよ、俺たちは、やみくもに不安がってるわけじゃないんだ。介護の先にある入院と、救急を診てくれるお医者さんと看護師さんを求めてる。ハッキリしてるだよ」

二人は、友川あさひと小川雄介に思いの丈をぶちまけると、

「ああ、スッキリした」

「あの宣伝カーで来るなら夜しかないとか言ってすまんかった」と言った。

そして古志郎は「今度の総選挙よ、あんたのところの議席が末広がりに伸びるように、お米は八升もっていってくんろ」

さらに「春に選挙ありゃ筍だ。青天井になるように！」と笑ってズダ袋を抱えてくる。

深夜〇時をまわった帰り道、あさひと雄介は、どうして町民は、こんなに素晴らしい人たちばかりなんだろう、と言い合った。そして、これほど一所懸命に、真面目に生きる人たちが、なぜ人生の最後に、これほど命を脅かされる仕打ちを受けなくてはならないのか、と語り合った。

宣伝カーの車内に、爽やかで心を落ち着かせる古米の匂いが充満する。

二人は、自然、泣き始めてしまった。

「国の政治があんまりだから、本当にひどいからなんだ……」

あさひは、そう言って今年一月二十八日の国会質問を思い出したのである。

地元紙・日刊おくみかわ二〇二〇年一月三十日付は「町立ながしの病院　人工透析の財源ある共産・奥村氏」との見出しのもと、次の記事を掲載した。


共産党の奥村伸世衆院議員は一月二十八日、国会で町立ながしの病院（愛知県ながしの町）の人工透析をめぐる問題を取り上げた。

奥村議員は「緊急事態の地域医療でございます」と切り出し、静岡県と長野県との県境にある同病院の透析ベッド四十床がなくなれば、透析患者の命と生活が破壊されると訴え、国の財政措置強化を求めた。

高井香苗総務大臣は、二〇年度の不採算地区の病院（一〇〇床未満）の特別交付税措置について、同病院も対象になるとしたうえで「患者減少や医師不足など経営条件の厳しい地域で医療提供ができるよう取り組む」と決意をのべた。

さらに奥村議員が、ながしの町の医療充実に活用できる財源の確認を求めたのに対して、高井大臣と橋田嶺《れい》厚労副大臣は、

①不採算地区病院の特別交付税
②医師確保の特別交付税
③地域社会再生事業費
④厚労省保健局の助成金
⑤地域医療介護総合確保基金

の五財源の活用を認めた。

奥村議員は「県境、へき地の地域医療を守るため、もっと医療従事者確保のための支援を増やすべきだ。国が責任を果たしてほしい」などと訴えた。

町は、赤字や医療スタッフの不足を理由に三月末で透析室の閉鎖を決めた。すでに救急治療を中止し、再来年には入院ベッドの全廃も予定する。

一方、患者や町民は、いま透析維持の請願署名を集めている。しかし町長派の議員が多数を占める三月議会での採択は微妙な情勢だ。

（記者・岡倉睦彦）

「奥村議員の質問から、もうすぐ一年か……。早いなぁ」

「国が社会保障費を大幅に減らすなか、奥村議員、地域医療を守る財源を探し出して国に認めさせたんだ。あの質問、町民みんなの希望になった……」

あの日、ながしの町民は、インターネットにアップされた奥村質問の動画にかじりつき、国会で町の透析問題が初めて取り上げられたとか、わが故郷「ながしの町」という言葉が二十五回も出てきて涙が出たとか言い合って大喜びしたのだった。

友川あさひは十二月議会の一般質問の締めくくりに、奥村衆院議員の国会質疑を念頭に、「国の交付税や基金を活用すれば、透析と入院は守れる。町長、あとは町のやる気だけではないですか」と迫った。

あれは、雪がちらつく二〇二〇年一月三日の午後であった。

日本共産党の奥村伸世衆院議員が、ながしの町にやって来たのである。

東京から、たった一人、新幹線に乗って、豊橋駅で飯田線に乗り換えて、二両の列車に二時間ほど揺られて、ながしの駅に降り立ったのである。

駅のホームから颯爽と現れた奥村議員を出迎えた友川あさひ（当時35）と小川雄介（同39）、そして透析患者の岡村順子（同74）は、奥村のジャケットの胸に留められた「折り鶴」と「9」のバッジ、議員バッジに目を瞠《みは》ると百人力を得たように思った。

あさひは、このときまで日本共産党の国会議員を身近に感じる機会がなかった。

それゆえなのか、いざ本物の国会議員を前にすると、ながしの町の党勢のあまりの小ささに恥ずかしくなり、穴があったら入りたいと思ってしまった。

しかし奥村議員は、あさひの不安や恥じらいが氷解するような親密さで岡村順子と握手を交わすと、駅前の喫茶店に入り、すぐ順子の訴えに耳を傾けたのであった。

あの当時、患者団体と町民らで集める町立ながしの病院の透析室の維持を求める署名は、町内外から七〇〇〇筆を超えつつあった。

奥村議員は、あさひと雄介と岡村順子の目を真っ直ぐに見ると、

「透析室が閉鎖されるのは年度末、今年の三月末なんですよね？　あと二か月しかない。何とかして国会の総務委員会で質疑し、町が透析再開のために活用できる財源を明らかにしたいです。全国町村会も、へき地医療を守るために厚労省の公立・公的病院再編統合案に反発して『予算の確保を』と訴えてる。だから、ながしの町の町長さんにも踏ん張ってほしい！」

と言って励ましたのだった。

しかし岸田町長は、友川議員の最後の訴えに答えることはなかった。

あさひが、豊川市民病院で発生した新型コロナの集団感染を報じる新聞記事を示し、ながしの町独自でＰＣＲ検査体制を構築するよう求めても、病院事務長は「わが町の感染者は少数であり、時期尚早と考えます」などとのべて済ませる有様だった。


甘利祐一議長（67）が「これにて友川あさひ君の質問を終了し、午後二時まで暫時休憩といたします」などと宣言すると、傍聴者は一斉に伸びをして立ちあがる。

議場の暖房の利きは悪いというのに、町民の表情は、みんな紅潮していた。

愛知県職員の二人は、そんな興奮冷めやらぬ傍聴席の人びとの間をぬって議場から出ていく。

牧野豊課長補佐（45）は、友川あさひ議員の質問を聴きながら、東京の実家で暮らす七十歳の両親を思い出し、さらに妻の早苗（40）が切迫流産の危険にさらされたときの名大病院まで救急

搬送される恐怖の体験——生きた心地もしなかった記憶を思い出したのだった。

第四章　歴史をになう者たち

1

坂野宮子（94）は、ながしの町の日本共産党員である。

今日も朝から四輪カートをガラガラ鳴らして進んでいく。

ながしの町で、唯一の信号機がある交差点を町役場の方向に曲がると「フレッシュまちなか」と表示したアーチ状の看板が見え、まるで十二月の青空に架かる虹のようだ。

しかし、宮子が近づいて行くと、看板の文字は欠け落ち、ペンキの色も褪せていることが分かり、その痕跡はかなり痛々しい。

四輪カートの荷台には、湿布と睡眠薬、そして署名簿がある。

さきほど彼女は、町立ながしの病院と薬局の待合室で、

「この署名、書いてくれんかのう」

と言い、自分の股に頭が入るほど頭を下げた。

「ミヤコさんにお願いされたら断れんわぁ」

両隣りの人も向かいの人もそう答えると、ながしの町の医療を守る直接請求署名に快くサインをしたのだった。

彼らには、戦後七十五年間を逞《たくま》しく生き抜く「町の生き証人」たる坂野宮子に対するリスペクトがあった。

宮子は、署名を集める三十二人目の「受任者」で、もちろん最高齢である。

彼女の署名簿は、三冊目となった。

署名の記入欄が、宮子の知らない町民の氏名で埋められていくのを嬉しく思う一方で、奇妙な感慨も覚えている。それは、町の人びとが、九十を超えた高齢者の、町の医療を心配する気持ちを受け入れてくれるのは有り難いことなのだったが、いまの宮子には、逆に、かつての裕仁天皇のようなオーラが纏《まと》わりついて、その目に見えぬ力で署名を強いとりゃせんか、と自らの存在と行為を疑う気持ちもないではないという思いである。

いやいや、ワシらは戦後日本の民主主義を生きとるんだでのう……。

しかしながら現代の日本で、いま、どれほどの人びとが、この小さな町で始まった署名運動の意義や日本共産党の女性議員が町内を自由に駆けまわる風景の清々しさを感じていることだろうか。それを心許なく思う宮子だが、もはやこの老体には語る力——滑舌の働きと時間が残されておらず、天に許しを請うしかないと目を瞑《つむ》った。

時折、冷たい風が吹き抜ける。

宮子が目を閉じても商店街通りの隅から隅まで明澄そのものだ。

八百屋も肉屋も魚屋も潰れてしまった。もうじきクリーニング店も廃業する。

店主の山田忠八も九十歳をこえて「銭が数えられんのよ」とボヤいていた。

かつて大舞川に沿う裏通りには三軒の旅館、置屋、酔った男衆の喧嘩を諫《いさ》める交番と極道者が詰めるパチンコ店があったが、交番を除き、すべて消え去った。

いまも変わらない風景は、裏通りが曹洞宗天徳寺の正門へと続くことである。


五年前の白内障手術は、宮子を溺れる水の中から引き上げた。

さきほど病院の診察室でレントゲン写真を見せられたが、医学の進歩には本当に舌を巻く。

町立ながしの病院の総合内科医・岡崎蒼太(42)は、

「ミヤコさん、百歳まで大丈夫だでね!」

などと、坂野宮子(94)に太鼓判を押したのだ。

宮子は、青年医師の演技じみた大声に辟易するものの、卒寿のときに薦められた白内障手術の効果は絶大で、X線が写した自分の背骨をハッキリ確認できた。

まるで肥えた青大将ではないか。

彼女は、両手を合わせ「ソータ先生、ありがっさま!」「仏様がよ、このババサマに、まだ俗世で徳を積めと言っとるだ」と答えながら腰を椅子から浮かせて、その曲がった背骨から続く首

を岡崎医師の前に突き出すと、

「いいか、先生。あんた、ワシらの入院を守るために頑張ってくれんと嫌だよ」

と釘を刺すことを忘れなかった。

いまどきの若い医者は、どうも信用ならんもんでのう……。

商店街通りに進入したワゴン車が、坂野宮子の手押し車を追い抜き、畳屋の前で停まった。

車のボディには「特別養護老人ホームささゆり園」と刷られている。

車のドアが開き、紺色の体操着姿の鎌田雄三（88）の横顔が見える。

介護士に両腕をとられた鎌田の体は、大仰に震えている。二間間口のガラス戸から出てきたのは、妻の吉江（83）であった。彼女の声は聞きとれないが、その細い腕が、鎌田の背中と左手に添えられた。

宮子は、ボチボチ歩く赤ん坊のような老爺に向けて、
おうおう雄三サ、あんた、いつまで女に迷惑をかければ気が済むだか！

とヤジりたくなった。

しかし、いまや洗い牛蒡のように痩せてしまった妻・吉江の、遠い昔の福々した面影を思い起こすとき、宮子は自身の心に巣食う美醜の基準を恥ずかしく思い、己の念力で鎌田雄三をヤジる衝動を抑え込んだ。

正午を告げる天徳寺の鐘が鳴った。

坂野宮子の両肩から伸びた二本の腕は、真っ直ぐ四輪カートの一文字ハンドルを摑む。

ようやく大森酒店の看板が見え、その角を曲がった二軒目が、宮子の家である。夫の坂野義人（享年84）と四十五年ほど暮らした平屋の家は、義人を勘当した坂野家から土地代込みで三百万円で買い取った唯一の財産であった。

玄関前には野良猫三匹が、老いたホストの気配を察知して集まっている。

宮子はコートのポケットから鍵を出し、足もとに猫がニャアニャアと纏わりつくのを見おろしながら「ちょっと待ってね。すぐ開ける」と呟《つぶや》く。

と、そのとき、彼女の背後から、

「ミヤコさん、お出かけでしたか。私、なんとか無事、一般質問を終えました！」

という声がかけられたのである。

友川あさひ（36）は、十二月議会の一般質問を終えた解放感に包まれながら、宣伝カーを、町の「生き証人」たる坂野宮子宅へと走らせてきた。

「ミヤコさん！」

あさひは、背筋が「つ」の字に曲がった宮子に声をかけると、目線が低くなるように腰を落とした。

「ミヤコさん、聞いてくださいよ！　私、もう頭にきて仕方ないんです。さっき一般質問が終わったんだけど、あの町長、町立ながしの病院の入院は廃止するって言って譲らないんです。でも私、そんなのおかしいって……、さっき雄介さんが調べたら、うちと同じ人口規模の自治体でも、国の財政支援と合わせて町村の努力と工夫で入院を守ってることが分かった。高知県檮原町《ゆすはらちょう》や宮崎県椎葉村《しいばそん》は入院三十床を確保していたし、和歌山県高野町はなんと一床を守ってる……」

宮子は、あさひの輝くような瞳を覗き込むと、

「あんた、ようしゃべるのう！」と言い、「ここじゃ寒いもんで、あんたの話を聞くのは、まずは中に入ってから！」と言って笑った。

玄関の鍵を開ける。

上がり框《かまち》に腰をおろした宮子の脇を一匹の白猫がすり抜けると、炬燵《こたつ》の近くでとぐろを巻く。

坂野宮子は、雑然とした居間を通り過ぎる。

「あんた、昼ごはん、食ったか？」

「ええ、さっき五平餅を買って」

あさひは、新聞と雑誌を脇に置き、手紙やメモ類、小さな植木鉢、小引き出しまで散らばった八畳間に自分が腰をおろすだけの隙間をつくった。

宮子は、奥の台所から「朝食で残した」と言うパンと羊羹の欠片《かけら》を載せた皿を持ってくると、猫を撫でて炬燵に膝を入れる。テレビと電気ポットのスイッチを押し、両手を擦り合わせて息を吹きかけた。

「で、うちの町長と議会は努力せんままで、やっぱり入院は無理か」

「まだ廃止の議案は出ていませんが、あの答弁や議会のみなさんの態度を見てると、かなり難しく思えてなりません」

「ワシら、みんな、このド寒いなか、命がけで署名を集めとるというのに議会は変わらんのか。共産党の議員がおらんくなって二十年、で、あんたが当選して一年半……。まあ、当然かもしれんなぁ。だが、なぜ、故郷を守る議員が増えんだか。ワシ、戦後に選挙権をもらってから一回も欠かさずに共産党に入れてきたが、ワシらと一緒に頑張ってもいいという正義の塊みたいな議員が、なぜ増えんのか……」

宮子は、溜息をつきながら急須に茶葉を入れた。

友川あさひは、ながしの町議会内の共闘について、

「私が信じられるのは、清野議員だけかなァ。しかし国政のレベルでは、少しずつ市民と野党の共闘が……」と言った。

坂野宮子は、炬燵のうえの封筒を見た。そのなかには昨夜遅くまでかかって書き上げた手紙が収めてある。今年六月、長野県に引っ越したババ友の古内かね子（90）に宛てたものだ。

彼女は商店街の豆腐屋の元女将で、藤色に染めた白髪が似合う貴婦人のような人だった。

かね子は、長く密かに日本共産党への入党を働きかけてきた対象者である。

いよいよ、というときに重い糖尿病が判明し、在長野の息子が引き取った。

彼女は、もともと自民党員だったが、株と不動産バブルが崩壊した一九九二年の東京佐川急便の五億円献金事件や、九三年に発覚した金丸信副総裁の金の延べ棒を含む十数億円もの不正蓄財事件を「許せん！」と言って離党したのだ。

そして、九六年に日本社会党がなくなったあとは、急速に宮子と仲良くなった。

電気ポットの音が弾けて熱湯のサインが灯る。

宮子は、便箋の隣りに転がる酒蒸し饅頭を一つ手にとると、

「あさひさん、あんた、食べえ」と言った。

「ワシらの党の仲間も増えんもんでよう、なかなか共産党と一緒に政治を変える野党など、そう簡単に出てこんのかもしれん。日本が日中戦争と太平洋戦争に敗れて七十五年、いまなお国民の反共意識は戦前からずっと引き摺ったままよ。大祖父さん、祖父さん……、で、お父さんと続いて根強く生きとる。うちの夫の義人さんや次の町議を二期やった良平さんも、どれだけ反共攻撃に苦労したことか……、で、いま、あんたも大変な目にあっとるけどが」

宮子は焙《ほう》じ茶を二人分の湯呑に淹《い》れると、夫の坂野義人（享年84）の議員人生と彼の引退後、二期八年、ながしの町議を務めた三津ノ瀬良平（77）の堂々たる恰幅を思い出し、さらに三期目に挑んだ三津ノ瀬が、たった十二票差で落選した一九九九年の町議選挙の開票日の夜の悲しみが蘇《よみがえ》ってきて、自然、涙ぐむ。

この町に残すものなど、本当は何もないのかもしれない。

義人の日記と書籍、戦後しばらく続いたという彼主宰の文芸同人誌は、この前、裏庭で、枯葉とともに焼いてしまった。そして宮子が死んだあとの手続きは、名古屋市に住んでいる甥たちが代理で行う手筈も整えた。

宮子は、パンの欠片をお茶で胃に流し込む。

「……良平さんが落選すると、町の悪い人らは勢いづいてよう、寄ってたかって良平さんの家族までイジメただよ。で、彼は、とうとう町から出ていく羽目になった」

坂野宮子は、テレビ画面をオフにした。

「そんでも、あんたらが来てくれたお陰で、暗かった町に一つ灯がともっただよ」

宮子は、友川あさひの未熟で頼りなく見える色白の小顔を見つめると、ひとまず、この娘はよく踏ん張っておる、と思った。そして自分の死後、行き場が失われる三匹の猫たちは彼女に託すしかねぇのかなぁ……、いやいや、ワシは未だ死ねねぇなぁ、などと思い直した。

「ワシ、あんたに会えてホント嬉しかったなあ！」

「……突然そんな。私たちこそ、宮子さんと出会えて本当によかったです。うちの地区委員会は、ながしの町の党員も支部も消滅したと言っていたので、あの選挙中、宮子さんが『ワシ、党員よ』とおっしゃったとき、本当にびっくりしました」

「おうおう。あの選挙のあと、おたくの地区委員長が、我が家にスッ飛んできてのう、深く頭を下げたんじゃ……まったく」

奥三河地区委員会の小野寺広司委員長（当時72）は、のちの党地区委員会総会で「一人専従」が抱える膨大な活動量の内訳とあわせ、これまで各支部の状況を正確に把握できなかった問題を報告したのであった。

「私は、地区委員長が反省を込めて明らかにした報告を聞き、党員や読者の名簿をしっかり把握する大切さを学びました。あのときは、たいへん失礼しました」

　あさひは、改めて両手をついて頭を下げる。

「いやいやワシも、もう、この町で日本共産党を再生することは諦めとった……。戦後、みんな歯を食いしばって前進しちゃ負けて、またチョビっと勝っちゃを続けてきたが、ワシ一人になったら、誰かに連絡する気力もなくなった。一九九九年の町議選で、あと十三票、良平さんに集まっとりゃ当選してたし、そうなりゃ、この町の政治も歴史も変わっておったはずよ。ワシ、長生きし過ぎただか……」

「宮子さん、そんなこと言わないで。これからも長生きして、私たちを見守っていてください。でも……、どうやったら宮子さんのように元気に長生きできるのかな。私も子どもがいないから、雄介さんが亡くなっちゃったら、宮子さんのように日本共産党員として生きていけるのか、実は、ちょっと心配なんです」

　坂野宮子は、これまで町民や親戚らに長寿の秘訣を問われると「まあ、好き嫌いせんで、なんでも食べることだな」とか「細かいことを気にせんで、まあ、よく寝ることだな」などと嘘八百を答えてきたのであった。

　しかし、ながしの町の医療を守る署名が盛りあがってくるのを実感するとき、宮子は、これまでの答えを訂正し、若い同志の友川あさひには、本当のことを言わなくてはならぬ、と思うようになっていた。

2

坂野宮子（94）は、自分が長生きしている本当の原因は、十一歳のときに罹った「破傷風」からの回復だと考えていた。

昭和十二年八月二日、宮子の旧姓・矢田家は母方である実家・愛知県北設楽《したら》郡東栄町で法事を済ませたあと、みんなで川遊びをして、ながしの村（当時）へ帰った。

しかし数日後、宮子は気分が悪くなり、朝、起きられなくなってしまう。

やがて足の動きが硬くなり、歩いて厠《かわや》へも行けなくなった。

「ミヤコ、ええ加減にせえよ！」

その朝、母親は大声で叱り、姉と三人の兄も「いつまで寝とるだ」と怒った。

やがて業を煮やした母親が布団を無理やり剝ぎとったところ、そこに、小さな背中を反り返らせてウンウン唸っている宮子の姿があった。

「あらッ、ミヤコの様子がおかしい！」

母親は、弓なりになった宮子に気が動転して大声を出した。そのまま彼女は、炎天の通りに出ると「ミヤコが、ミヤコが、痙攣《けいれん》を起こしてッ、助けてーッ」と叫んだ。

酒屋の丁稚《でっち》タケ坊や製材所の若い衆が、何事かと表に出てくる。

やがて彼らのうちの一人が、木製の二輪の荷車を引っ張り出してくると、

「奥さん、早くこいつに乗せりんやれ」と言った。

宮子は大八車に縄で縛られて、村の診療所へと向かった。いまも、あのときのガタガタ揺れる音と青空に浮かぶ真っ黒な太陽の眩しさを覚えている。

診療所の前で待ち構えていた谷口秀美医師は、宮子のくるぶしが赤く腫れているのを確認すると「集落の男、みんな呼んで！」と言い放った。そして宮子を診察ベッドに寝かせ、小さな冷蔵庫を開ける。谷口医師は「よかった！」と呟き、そこにあったものを充塡《じゆうてん》した極太の注射を宮子の右の太腿に打った。あのとき、忘れられないことは、ベッドで唸っている宮子の意識は明瞭で、彼女は、鼻先まで近づいた谷口医師が「大丈夫？」と訊く、その美しい顔に見惚れてしまい、女のお医者さんって格好いいなぁ……と興奮したことであった。

谷口医師は、診療所前に集まった半裸の男たちに言ったという。

「あの子の命を助けるには、あと十日分の血清が必要なの。あんたたち、これから設楽町の診療所まで取りに行ける？　バカ、出来なくてもやるしかないの！」

ながしの村から設楽町までの距離は五里もあったが、十数人の男衆は、その往復を駅伝方式で走り切り、午後七時までに血清の入った鞄を持って帰ってきた。

最後の汗みずくのランナーは、十七歳のタケ坊だった。

彼は、のちに南方で戦死して白木の箱で村に帰ってくる。

いま宮子は、あの死病からの奇跡的な回復——子どもの命を救おうとした村の人びととの心尽くしが、長寿因子となって自身の体に息づいている……と観念論的に考えてきたのだ。

坂野宮子の母親は、柳田千代という。

明治二十七年、北設楽郡東栄町の生まれで、のちのち郡内で「和服の似合う美人」として評判になる人だった。

しかし千代の両親——宮子の祖父母の素性は詳《つまび》らかでなく、母親は子どもたちに次のように語ったという。

「あの人らは、どこからきたのか、本当はよう分からん。いつの間にか集落の空き家とか馬小屋に住み着いて、そこで私が産まれたというのよ。それで、すぐに子のない柳田家の養子に出されてしまった……」

柳田家は、鳳来村《ほうらいむら》の老舗呉服問屋であった。

千代は、茶道や華道、日本舞踊を習って育った。

養父母は、江戸末期の東栄町の百姓たちが、柿や煙草など生産物を自由に売る権利を求めて商人と争い、挙げ句の果ては江戸の御白州に出て弁論した天保八年の様子を知る人で、「下の者、百姓らには優しく」と躾《しつ》けられたという。

大正三年、千代が二十歳のとき、ながしの村で木材業を営む矢田家に嫁ぐ。

村長の仲介と家同士で決まった当時の結婚は「当たるも八卦《はっけ》当たらぬも八卦」などと言われた。

千代の夫で宮子の父親となる矢田彦太郎は、明治二十六年生まれの長男だった。

千代は、宮子が破傷風で死の淵にあったときも不在だった彦太郎について、

「働くことが大嫌い、女と相場のことしか目がない、どうしようもない男」と、心底から軽蔑するように振り返ったという。

昭和五十七年、彦太郎が脳溢血《いっけつ》で亡くなったとき、矢田家の葬儀が行われた広間で大人しく頭を垂れていた千代だったが、真夜中の厨房では一緒になった近所の女たちに、長男の耐一が昭和五十年の正月に肝がんで死んだこと、次男の誠と三男の昭男がともに南方で戦死して骨さえ戻ってこなかった過去をもって、

「私は、つくづく男運がなかった……。つな子も宮子も、私と同じ苦労は絶対させたくねぇだがなぁ」と語ったとされている。

宮子は、千代が一番愛した子どもは、次男の誠兄さんだったと思う。

昭和三十九年十月のこと、東京五輪に合わせて千代と長女つな子と三人で宮城県松島市を二泊三日で旅行したとき、千代が珍しく日本酒を銚子で三本ほど飲んだ弾みか、それとも宮子の夫・坂野義人（当時39）が日本共産党公認でたたかう町議選での再選を祈願してだったのか、

「ああ、金鵄《きんし》勲章もらった誠の遺書が、いろんな新聞で何度も紹介されるたびによ、へいへいと頭を下げてきたがよ、本心は、いつもいつも、あの正直で素直で優しい誠の命をどうしてくれると、もう情けないやら悔しいやらだったさ。お腹を痛めて産んだ誠の命が、鳥の羽根なんかより軽いわけがねぇ」と捲《まく》し立てると、溢《あふ》れる涙を目尻と頬いっぱいに広げては手のひらで拭っていた姿を思い出すのである。

酔い潰れてテーブルに突っ伏した千代は、寝言のように「あれが、生きとったらねぇ、誠よ、

お前が、いまも生きとったらねぇ」と呟き続けていたという。

坂野家の居間にあるテレビ横の化粧台に立て掛けてある写真は「昭和七年夏」と裏書きされており、坂野宮子（94）が初めて海を見た「渥美半島の浜」で撮影したものだ。

長女・つな子（当時18）
長男・耐一（14）
次男・誠（12）
三男・昭男（10）
次女・宮子（6）

五人の子どもたちは、白い歯を見せて笑っている。

肩紐つきの、黒のレスリング・ウェアのような水着姿である。

つな子は一際大きく見えて、まるで四人の子の母親のようでもある。

写真の左奥に控える母親の千代は、浴衣姿に日傘をさして海を見ている。

この写真を眺める宮子は、いくつになっても当時の潮騒と姉兄の歓声を両耳に蘇らせることが出来たのだが、ただし、いま、この世に生きているのは自分のみという事実に気づくと、写真に焼かれた景色がにわかに信じられなくなる。

とくに兄三人は本当に宮子の傍らに居たのか、彼らは何のために生まれてきたのかと考え始めると、いま友川あさひ（36）と一緒にいる炬燵を中心にした散らかり放題の坂野家の居間という時空が奇妙な捻《ねじ》れを起こしていく。

友川あさひは、セピア色の写真を見つけると、母親ばかりでなく父親、姉と兄についても宮子に色々と訊ねたくなった。

撮影者は、父親の矢田彦太郎（享年89）である。

彼は、この頃には日本が起こす大戦争を予測していたのか、木材費の高騰に備えて信州の飯田に製材所を建てており、その後、東京や大阪の業者と取引きを重ねて大儲けした。

全国各地を飛び回る彦太郎は、昭和十四年、長男・耐一が入営する朝の自宅前の写真撮影には間に合ったが、昭和十六年十二月八日に太平洋戦争が始まると、ほとんど実家に帰ることがなくなったという。

宮子の思い出を聴く友川あさひは、寂しそうに、

「私の父も経営者なので、私が高校を卒業するまで、会話らしい会話、父親らしいことなんて、ほとんど記憶にないんです」と言った。

「稼ぐことしか頭にない男は、いつの時代も、そういうもんかもしれんねぇ」

宮子は「うちの兄さんたちは、父親と違って、自分の小遣いを店の若い衆やワシに全部くれちゃうの」と言い、太くて長い人差し指を写真に当てると、

「これが、二番目の誠兄さん」と言った。

「昭和十七年に誠兄さん、十八年に昭男兄さんが出征してよ。二人がそれぞれ出ていく朝になっても、父さんは帰ってこんもんで、母さんは、東京の事務所をはじめアッチコッチに電報を打って家から出たり入ったりして。ワシもだんだん元気がなくなってしもうたよ。で、ワシら家族が、あの父親と再会するのは、昭和二十年の暮れになってからだった……」

友川あさひは、坂野宮子の艶のある瓜実顔の小さな赤い目を見つめて訊ねる。

「お父さんとの再会は、戦争が終わったあとなんですね」

「そうよそうよ、うちの父親は、お母さんとワシら家族の苦労なんか知らんままよ。誠兄さんも昭男兄さんも戦死しちまったのに、何も知らんままよ！」

宮子の幼少期と思春期は、日中戦争から太平洋戦争の開戦年に丸々あたる。

彼女は、ながしの村の小学校を出ると下宿して新城高等女学校に通った。

そして豊橋女子師範学校に入学するところまではよかったが、昭和十八年夏に誠の、秋に昭男の戦死の知らせが次々と届くことになる。

やがて母親の千代は心身に異常をきたし、宮子は休学の措置をとり、ちょうど豊川海軍工廠で働いていた長姉つな子とともに矢田家の家事を支えたという。

「教師になれたのですか……」

「それがだめよ、途中でお金も無うなって！」

父親が日本各地から必死で調達した軍需材を積んだ列車や輸送船は、戦争末期、国内でも本土沿岸でも米軍の攻撃を受けて使い物にならなくなったというのだ。

昭和二十年三月十日の東京大空襲では、深川区木場の事務所と倉庫はもとより、金庫のなかの現金と預金通帳まで焼失してしまい、瞬く間に一文無しとなった。

矢田彦太郎（当時52）は、焼け野原の東京市内を彷徨った末に上野駅の地下道で寝起きしたという。孤児たちとは空腹の苦しさとくすねた金品を共有し、軍人と元臣民たる市民たちが取っ組み合って争う醜さに目を覆いながら、昭和二十年十二月、彼は、なぜか二つ星の襟章がある軍服の上下をまとい、背中のリュックサックには東海道の宿場提灯を刺した格好で、突然、ながしの村へと帰郷するのだ。

役場の戸籍係に引っぱられていた宮子（当時19）は、ある日、同級生から、

「千郷村の農道でミヤコのお父さんに声をかけられた！」

と言われ、そのまま郵便局で借りた自転車に跨ると奥三河の山道を駆け降りた。

「あさひさん、その道の険しいことよ！　ワシ、嬉しくて仕方がないのに、自転車を漕ぎながらバカバカバカと自分の心に叫んだわ。でも後悔先に立たず、ね」

そして宮子は、新城駅前で野宿する人びとのなかに真っ黒に煤《すす》焼《や》けした奇妙な軍人から名前を呼ばれたのであった。視界の隅にいて赤の他人と疑わなかった男からの声に唖然とする宮子に、彼は「母さん、元気か」と言ったという。糸の解《ほつ》れたポケットから取り出した拳骨を開くとボロボロのクッキーが飛び跳ねて、

「ほら、ミヤコ、食べろ。アメリカ人からもらった本物よ」

と言った男の揃った歯並びは、まぎれもなく父親の彦太郎のものであった。

矢田彦太郎（享年89）は、昭和五十七年に亡くなるまで質素な暮らしを続けた。林業が盛んになったときも、屋敷の裏に控える山々を振り返りはしなかった。

長男の耐一は、昭和二十三年夏に中国から復員して家族を喜ばせた。戦場では栄養失調になったということで屋敷の奥の間で療養生活を送ったあと飛行機をつくる名古屋工作所に採用されて村から出ていった。

彼が昭和五十年一月に肝がんで亡くなると、アパートの大家から部屋の掃除に来るように言われた家族は、つな子と宮子を遣わせたのだったが、驚いたことに長兄・耐一の四畳半部屋は酒瓶とビール瓶で足の踏み場がなかった。

坂野宮子（94）は「私以外、結局、みんな結婚せんでね」と言って舌を出すと、

「つな姉は、東京の時計工場に勤めたが、これも独身のまま死んだ。うちら母親と違って器量が良くなかったもんで結婚には苦労した。独りが気楽だったかもしれんしねえ。義人さんとも本当は出会わなきゃよかったと思うときもあるわいね」と笑った。

「キリョウ？」

友川あさひ（36）が、首を傾げて訊き直した。

「さあ、いま時分はどう言えばいいだかなぁ」

宮子が、大正十四年生まれの坂野義人（享年84）と結婚したのは昭和三十年の暮れである。

二人とも三十歳前後で、つまり昭和が刻んだ激動の歴史は、彼らの人生の歩みと重ねて語ることができる。

同年四月、商店街に映画館「日の出ホール」が落成し、そこで出会った宮子と義人は十二月三日の大安に映画館の真紅のロビーを使って式をあげたという。

「じゃあ、今度は義人さんとの馴れ初めを教えてください」

「そんなもの、ねぇよ、ねぇ。お終い、お終い」

「義人さん、党員だったわけでしょ?」

「まあ、そうだな。あの人は、復学した大学で入党したクチよ」

十二月の寒風が、坂野家のガラス窓を震わせる。

現在の北設楽郡の町村は、昭和二十八年からの「昭和の大合併」がおおもとである。

新庁舎の位置をめぐって対立した町村がある一方で、ながしの町のように十ほどの村落が民俗芸能「花踊り」の一体的開催という目的で結集したところもある。

新制ながしの町は昭和二十九年、人口八〇〇〇人規模の新町としてスタートを切った。

戦後の宮子は、役場の戸籍係から経済課に異動となり、町内の自営業者への融資の仲介などに取り組む。彼女は月一回、ながしの町の全業者の期待を一身に受けて設楽町田口の東海銀行までバスを乗り継ぎ、国民金融公庫が振り込んだ現金数百万円を大きな黒革のバッグに仕舞って再び役場まで帰還する任務に全神経と全体力を費やしたのである。

昭和三十年四月の日曜日、矢田宮子（当時29）は、坂野義人（同30）と初めて出会ったのである。

町役場の経済課で働く宮子は、前日、佐藤孫一課長（当時52）から、

「あんたも未婚の女なんだから、開店に花を添えてきなさい」

との命令で、後にも先にも一度きりの真っ赤な振り袖を山田クリーニング店で着付けてもらうと、映画館「日の出ホール」開店を祝う花輪と芸妓の間に混じって愛想を振りまくことになった。

柿落《こけらお》としの映画は、「ローマの休日」と「二十四の瞳」の二本立てだった……と振り返る宮子の目には、多くの町民が、雨が止んだばかりの商店街の本通りに繰り出し、彼らの下駄や草履《ぞうり》がビチャビチャと泥水や砂利を跳ね、そんな群衆を前に、町長らを乗せたフォード車が立ち往生する光景が浮かびあがる。

町民たちの足は、映画館の真紅のカーペットまで容赦なく汚すと、期待と興奮に満ちた彼らのおしゃべりは、ほとんどが初体験という厳かな暗闇のなか映されるスクリーンによって、笑いと涙へと変わっていった。

観客の一団が二度三度と出入りを繰り返すと、宮子は、あっという間に夕闇が濃くなる映画館の前でぽつねんと立っている晴れ着姿の自分と、暗くなった通りの向かい側で、じっと立ち尽くしている一人の男性を認めたのである。

「まだ、映画、やってますかぁ」

その男は、泥でぬかる道を大股で渡ろうとする。

街灯に一瞬だけ照らされたはずの、頬骨の張った無精髭の男の顔は、恥ずかしくて俯《うつむ》いた宮子が気づくと、もう彼女の鼻先まで近づいていた。

「え、ええ。夜の回は午後六時からです……」

黒目の大きな男だった。

宮子は後ずさる。

目を大きく開いた彼もまた、恥ずかしそうに両手を見つめると、そのまま煮染めたシャツの裾から荒縄で締めたズボンのベルトラインまで激しく擦った。

そして彼は、もう一度、矢田宮子を見つめると、

「キップ、一枚ください」と言った。

彼が何者なのか、宮子は、ようやく分かった。

町の人びとが、まるで腫れ物にさわるかのようにあつかう彼の、真面目な瞳を見返したとき、宮子は、チンドン屋の音楽のなかで町の有力者らが笑顔を振りまいた午前中の柿落としの催しが夢物語のように思われた。今頃、町長ら三役と商工会会頭、森林組合長、銀行の支店長らは裏通りの宴会場で芸妓とどんちゃん騒ぎの真っ最中であろう。

ああ、この男性は、数年前――昭和二十五年九月、全国的に吹き荒れたＧＨＱ（連合国軍総司令部）によるレッドパージ（公職追放）で、新城高校の国語教師を首になったと噂される、かつての神童・坂野義人くんに違いない！

矢田宮子は、坂野義人を映画館の窓口に案内した。

すると義人が、突然「あなたも観ませんか！」と大声で訊き、彼女が再び赤くなって俯いていると、カウンターからチケット二枚がスッと出てきたのだ。

当時の日本社会では、彼女の兄二人が戦死した、さきの戦争末期の緊張と絶望感が消え失せる代わりにアカ、アカという不穏な言葉がゾンビのように蘇っていた。

宮子は、隣りの席に堂々と座った義人の背中から、突然、巨大コウモリの羽が生えて自分の体を包み込むと、首筋から吸血するのでは……などと妄想してしまう。

昭和二十四年の夏には、下山・松川・三鷹事件が発生しており、吉田茂首相（当時）がいち早く「共産主義者の扇動」と決めつけ、多くの党員が不当に逮捕されていた。

同二十七年の名古屋大須事件を報じた新聞の「逮捕者一覧」には、ながしの町出身の旋盤工・浅田秀太郎君の名前があったこと、そして彼が日本共産党員らしいという噂の衝撃もまだ覚めてはいなかった。

日本共産党は「五〇年問題」と呼ばれる分裂と混乱の只中にあった。

ＧＨＱは昭和二十五年六月、党中央委員全員を公職追放する。

東京から中国・北京へと活動の拠点を構えた党の分派は、この弾圧に乗じて中央委員会を解体すると、党の統一を求める党員の除名キャンペーンを展開した。党の分派は、依然、日本に残った党員に向けてソ連や中国式の「暴力革命」指南を続けていくのである。

昭和三十年、岸信介は、吉田前首相のもとで「軍隊の設置」と天皇「元首」化などの自主憲法案をまとめる。その後、彼を民主党幹事長にすえた鳩山内閣は、日本をアメリカに従属させる再軍備コースを本格化させようとしていた。

そんな暗雲が漂う日本の戦後復興とは、国民一人ひとりに信用力をつけていくことだったと、ながしの町の経済課職員だった坂野宮子（94）は振り返る。

そして彼女は、ながしの町役場と東海銀行のある設楽町田口の停留所とを往復するバスのなかで、大きな黒鞄を抱き締めながら義人のことを一途に考えるようになっていった。

昭和三十年、ながしの町の自営業者は五十軒前後であったが、彼らには融資の担保となる保証人や土地などの不動産がなく、また売上げと利益が極めて小さいために「銀行」と名の付く金融機関からすべて排除されていた。

そこで町の自営業者たちは、昭和二十四年に日本政府が発足させた国民金融公庫に長期・低利の融資を申し込むことになる。その際、町の経済課は、まちなか商店街の人びとを結束させて、国民金融公庫へ返済する共同責任の制度として「償還組合」をつくり、彼らが日掛けで積んでいく返済金の管理に尽くすことになるのであった。

宮子は、友川あさひに「あの頃も悪政に苦しむ町民は、なぜか鳩山さんを応援しただ」と言った。

さらに坂野宮子は、しみじみと述懐するのであった。

「ただ戦後のことを思うと、うちの義人さんもよ、第四高等学校在学中に応召されて渡った満ソ国境の戦争体験も、大混乱した党の五十年問題の経験も話さなかったんだよなぁ。男という男は、そういうことを一言も語らずに戦後日本はスタートしたんだ。のんほい、あさひさん、あの日本の侵略戦争を反省できない人たちが、平和だ、民主主義だ、革命だとか言ったたって、所詮、絵に描いた餅ではなかったか……。だから義人さんは、長く悪夢を見たんだと思う」

坂野義人（享年84）は、昭和三十年に宮子と結婚した。

彼は、ながしの町で唯一の学習塾を営みながら、若者たちと政治や文学の同人誌活動に精を出すのである。

当時は、朝鮮戦争の軍事特需を振り出しに「神武景気」と呼ばれる賑わいのなかで、鳩山一郎が首相となり、自由民主党と日本社会党が結成される。

一方、同年七月、日本共産党第六回全国協議会が開かれ、それまでソ連・中国型の武力革命を熱心に代弁した分派たちは、この会議でも自分たちの方針を合理化しようとした。しかし会議は、分派たちの誤った方針を明確に否定して、統一した党活動に道を開く重要な一歩となった。

それでも日本における自主独立の民主主義革命を掲げる新しい党綱領を練りあげるまでには、まだ時間が必要だった。

坂野義人は、薬局の遠藤さんや米穀店の安藤さん、農家の生田さんを党に迎えて「細胞」をつくると、やがて昭和三十六年の町議補選に立候補して初当選し、途中、昭和五十二年の町長選への出馬を挟んで平成三年まで八期二十八年間、ながしの町民の要求実現の先頭に立った。

ただ一つ不思議なことは、妻の宮子に対する入党の訴えが、義人が胆石の開腹手術をする一大事を迎える五十歳まで皆無だったことである。彼女自身、一刻も早く入党して党活動に加わりたいと望んでいたにもかかわらず、義人は、なぜか、それを押し留めたのである。その後、彼は痔《じ》瘻《ろう》の根治手術をやり、引退の決め手となったのは腰のヘルニアの悪化であった。

「義人さんは、もう満身創痍じゃった。ワシにも他人の悪口をまったく言わん人だったが、それがストレスになったと思う。たくさんの手術は、町立ながしの病院でやったな。義人さんの議席を継いだ良平さんも、ソ連崩壊だの、本当に大変だったと思う。日本共産党が躍進しそうなときに、なぜか、ソ連のアフガニスタン侵略、中国の天安門事件、さらに北朝鮮の核実験とかで、とばっちりを食うのよ！　でも、あさひさん、ワシは、いまほど我が党が大変なときはねぇと思うんだ。それは、なんといっても百年の歴史を背負ってよ、いま一番新しい困難とぶつかって前進しようとしてるんだもんなぁ」

友川あさひは、宮子の言葉に胸を突かれる。

——ああ、ミヤコさんと出会えてよかった！

友川あさひと坂野宮子は、偶然と必然の糸のなかで出会うことになる。

党の奥三河地区委員会は二〇一九年の町議選挙前、友川あさひ（当時34）宅へ「党員名簿」なる一枚紙をファクスしたのだが、その一覧表のなかには坂野宮子の名前はなかった。

小川雄介（当時38）は「ながしの町は議員空白、支部は消滅って言われてたけど、こんな名簿があったのか！」と驚いた。

二人は、いまも保守的な町のなかで息を潜めている「党員」の存在に思いを馳せながら、彼らの人権と個人情報を守らねばならないと誓った。

あさひは「一覧表」にある全員に電話を入れ、慎重に言葉を選んで本人を確認すると、党から長らく連絡しなかったことのお詫びを伝えた。そして春の町議選挙で、日本共産党公認で立候補する自分の決意と政策を控え目に訴えたのであった。

名簿の大半が故人だった。党との接点を失っていたためか、不支持を口にする者もいた。せっかく訪問することを許されたというのに、息子が介入して「こんなことが周りに知られたら生きていけん」と戸を開けてくれない家もあった。

選挙本番を前に、党員の不屈性と大いなる勇気が試される活動であった。

そうして四月五日午後八時、あさひと雄介が、地区党が郵送してきた「しんぶん赤旗」読者に挨拶するために商店街の角を曲がった坂野家を訪れたところ、上がり框に置き物のように座って待っていた高齢の女性が、大きな手のひらを叩いて、

「ああ、本当に若い人だわい、よくおいでくださったなぁ」

と涙を浮かべて笑う姿に出くわしたのである。

さらに坂野宮子（当時94）は、あさひと雄介を居間に促しながら、

「あんた、電話で『読者』と言ったろ、ワシは党員だぞ！」と言ってビックリさせたのである。

「坂野さん、党員？　ですか？」

「そうだ、毛利委員長に確認してくれてもええ」

雄介は、あさひに「……毛利さんは、もう亡くなってる」と囁《ささや》く。

「あんたのチラシはしっかり読ませてもらったぞん。あんたは芸大中退、趣味はドライブ。……そうだ、さっそく支部会議やらんといかんねぇ！」

「支部会議……？」

「あんた、鳩が豆鉄砲を食ったような顔してから。支部会議だ、支部会議だよ！」

日本共産党の規約は、第七章「支部」で、第三十八条「職場、地域、学園などに、三人以上の党員がいるところでは、支部をつくる。支部は、党の基礎組織であり、それぞれの職場、地域、学園で党を代表して活動する」と明記する。

さらに第四十条では、支部の具体的な任務と活動を明らかにしている。

（一）それぞれの職場、地域、学園で党を代表して活動する。
（二）その職場、地域、学園で多数者の支持をえることを長期的な任務とし、その立場から、要求にこたえる政策および党勢拡大の目標と計画をたて、自覚的な活動にとりくむ。
（三）支部の会議を、原則として週一回定期的にひらく。党費を集める。党大会と中央委員会の決定をよく討議し、支部活動に具体化する。要求実現の活動、党勢拡大、機関紙活動に積極的にとりくむ。
（四）党員が意欲をもって、党の綱領や歴史、科学的社会主義の理論の学習に励むよう、集団学習などにとりくむ。
（五）支部員のあいだの連絡・連帯網を確立し、党員一人ひとりの活動状況に目をむけ、すべての支部員が条件と得手を生かして活動に参加するよう努力するとともに、支部員がたがいに緊密に結びつき、援助しあう人間的な関係の確立をめざす。
（六）職場の支部に所属する党員は、居住地域でも活動する。

「うちの支部会議は、毎週月曜午後七時と決まっとるの。生田さん、米屋の安藤さんも亡くなってしもうたし、義人さんも死んで間に合わんかったがよう、ワシは月曜夜七時で結構だぞん！どこの家でやっても構わんぞん！」

「月曜夜七時！」

あさひは、この日の経験を、のちに自身のＳＮＳに書き込んでいる。


空白の二十年間、党員の自覚を保持したＡさんは「支部会議やらなきゃ。月曜の夜七時でしょ?」「行くわよ。どこでやる?」と。支部がなくなる前の自然な言いぶり。Ａさんは、かつての仲間の名前を次々あげて「月曜夜七時」と仰るので、初見の私なのに、当時の支部のステキな様子が目に浮かぶようでした。

選挙のために開設したＳＮＳに載せた写真は、夜のＪＲ飯田線の踏切から撮影した駅のホームであった。

3

坂野宮子（94）は今年十一月、自宅の裏庭で、枯葉と一緒に焼き芋を焼いた。

彼女は、自分が亡くなったあとの葬儀や死亡届の提出、年金や保険などの手続き、さらに遺産をめぐることを名古屋市の甥たちに任せたところだったが、そのなかに遺品整理があることに気づくと、燻《くすぶ》る焚《た》き火のなかに、夫の日記、戦後に発行した同人誌のページを破り、手紙やハガキと一緒にくべていったのだった。

二〇〇九年に交通事故で亡くなった義人（享年84）が遺した紙の類は、現在は手に取ることもなくなった。ただし一度でも彼の日記を開いたり、手紙やハガキの束を解いたりすれば、時間を忘れて読みふけってしまう不思議なものなのだ。

彼女は「ながしの民報」まで焼いてしまうのだろうか。

晩年の義人は、週一回発行の「民報」を「しんぶん赤旗」日曜版に折り込んで読者に配達することが、残された人生の第一の使命だと考えていた。

日曜版は、いまも毎週木曜日に新城市旧鳳来町の配達ポストに届く。

義人は、その夜までに「ながしの民報」の版下づくりと印刷を終えて、日曜版を配達する金曜日には読者に届くようにスケジュールを組んでいた。指の機能が衰えてパソコンのキーが叩けなくなると、後任の三津ノ瀬良平町議を自宅に呼んで「民報」をつくり、配達も多めに分担してもらうようになった。

二期八年、ながしの町議を務めた三津ノ瀬良平が一九九九年の町議選で落選して以降、どんどん減っていく党員と読者に歩調を合わせるように、やがて義人が配達する姿も見えなくなった。

その義人が亡くなって、もう十一年になる。

しかし、いま町の人びとは、友川あさひ町議（36）の誕生によって、在りし日の義人と良平がヘルメットを被り、緑と白の原付バイクで国道から各集落の山道まで駆けめぐっていた姿が彷彿するようになっていた。

宮子は、庭の真ん中に集めた枯葉から大量の白煙が立ちのぼるのを、顔を振って避けていると、ふと、三津ノ瀬良平の三選が阻まれた日の夜の悲しみを思い出して嗚咽《おえつ》が止まらなくなった。

彼女たち党員と支援者は、良平の当選を確信し疑わなかった。盛大に祝おうと腕によりをかけてつくった料理を揃えて開票を見守ったのだが、なんと十二票差で落選してしまったのだ。

良平は気丈に敗戦の弁を語り、義人も選挙の責任者として深々と頭を下げた。

あのときの悔しさ、惨めさといったら……。

宮子には、良平の敗因がまったく思いつかなかった。のちのち明らかになったことは、ながしの町の為政者たちが、日本共産党の一議席を落とすために、宮子たちの想像を絶する圧力で町党の選挙対策本部が読んだ固い支持票を切り崩し、さらに大量のカネをばらまいて票を買収するという汚い手口であった。

ながしの町の投票率は、国政選挙や知事選で八割台半ば、町長・町議選にいたると九割台半ばにのぼる。

歴代の町長たちは、愛知県下の市町村のうち、わが町はダントツだと誇ってきた。

在名テレビ放送局は、選挙のたびに、こぞって町を取材しては「国民主権が根づく町」「政治意識の高い町民」と報じ、投票率向上への啓蒙をはかってきた。

しかし地付きの町民は「あんなの、ウソっぱちよ」「都会もんには、うちらの町の本当のことは分からん」と笑う。

ながしの町では、集落ごと世帯ごとの票数が割り出されており、選挙になれば、住民たちは、各集落の推薦候補の支持と応援を強いられる運命にあった。

万一、集落の推薦候補の得票が、集落内投票所の投票数を下回るような事態が起これば、誰が棄権したのか、誰が他の候補者に投じたのか、その「犯人探し」が始まるほどの圧力がかかった。

町長を公然と批判する者は、変人あつかいである。

山峡《やまかい》の小さな町政を牛耳る人びとは、代々、山林大地主と結託してきた。

町の面積の九割を占める山林の大半は民有林であり、そこには町外地主を含む大地主と彼らに忠誠を誓う山守、利害を共にする製材業者と森林組合、山に入って賃労働をするしかない集落の人びとの生活が複雑に絡み合ってきたのである。

戦後の農地改革は、山林を対象除外として山林地主は解体されなかった。

戦前と戦中を貫く旧来の寄生地主的所有と経営は、戦後の資本主義的な企業化のなかでも維持された。このことは戦前の封建的な風習を戦後の市町《しまち》に残すこととなり、事実、ながしの町長となった某山林王などは、

「一五〇〇万円あれば、バカでも町長になれる」と豪語したほどであった。

戦後復興のあと林業が衰退するなか、町政を支えたのは新興の建設業者である。

国の新たな公共事業――ダムや高速道路の建設計画と用地情報を、誰よりも先に共有する議員たちと建設業者が、山林大地主と一体となって町政を仕切る体制が生まれていくのだ。

坂野義人は山林地主の息子でありながら、戦後日本の半封建的な支配に抗して、ながしの町の民主化と新たな山村振興を模索する。彼は、坂野家から勘当されても、宮子とともに卑劣なアカ攻撃とたたかってきたのである。

三津ノ瀬良平が落選した一九九九年の選挙後、ある町民は「良平さんの支持票は一夜にして切り崩された。リゾート開発を目論む山主と建設会社が、町の一軒一軒に戸別訪問をかけて『もし集落から一票でも良平の票が出たら、お前らの連帯責任だで仕事はやらんぞ』と脅した。さらに一票一万円で買いとった。町役場で働く妻の聡子さんと子どもへのイジメもひどかった」と告白した。

坂野宮子（94）は、苦々しい思い出から覚める。

しかし灰掻きで落ち葉の燃え殻から焼き芋を取り出すと「サツマイモは食えん。戦争中に一生

分食った」と嫌がった坂野義人（享年84）を思い出してしまう。

坂野家の平屋の奥には、いまも「リソグラフ」と呼ばれた印刷機が据えられたままであった。在りし日の義人は、印刷機の横にある作業机で水色のＢ４方眼紙を広げていたのである。

義人が「ながしの民報」をつくる場合、まず「ワープロ」と呼ぶタイプライターで記事を書き、Ａ４用紙に印字する。その記事に合うカットをイラスト集からコピーすると、それぞれをハサミで丁寧に切り貼りしてＢ４方眼紙の「版」をつくっていく。

いま振り返ると、本当に根気のいる仕事だったと思う。

宮子は、洗濯しながら、料理を並べながら、義人が「民報」をつくる横顔を見守るのが好きだった。

義人は、一枚の方眼紙の枠に美しく構成した「ながしの民報」がヒラリと翻る端っこを人差し指と親指で優しく摘むと、印刷機の上部に滑り込ませていく。

こうして騒がしい音とともに二百枚のニュースが刷り上がる。

几帳面だった義人は、確か、毎号の「版」を分厚いリングファイルに保存していたはずだ。

宮子は、焼き芋の焦げ目の熱さに思わず指を躍らせて耳たぶに当てると、彼の日記や手紙の類とともに、あの「ながしの民報」のバックナンバーまで焼却しなければならないのか……と自問自答する。

ああ、ワシには出来ない。出来るはずがねぇよ。

義人は、亡くなる直前まで「新しい人」の登場を待ち焦がれていたのであるからして。

彼の死から数えて約十年……、ようやく念願が叶って、いま友川あさひ（36）が悪戦苦闘しながら町民の命と暮らしを守る町政への転換を訴えているところ。

ながしの町の党の灯は、いったん消えた。

だが政治変革の篝火《かがりび》を灯す者は、鎌倉時代の修験者のごとく我々の思わぬところから登場するものなのか。

友川あさひと小川雄介（40）、新入党者で寿司職人たる長谷川篤史（68）は、なんとか相談し合って「ながしの民報」の再刊にこぎつけたものの、宮子の不満は町の歴史を踏まえていないという一点に尽きた。その欠点を改善するためには、自宅の押入れに眠っている大量の紙の類こそ、あさひ、雄介、長谷川の三人に託すべきではないのか。

「ながしの民報」は、坂野義人が町会議員の補選で初当選した昭和三十六年から発行してきた。当初は平屋を囲む木塀に貼った模造紙で、そのうち謄写版が手に入ると印刷物で配布するようになった。

そして、義人のコラム「灯台」欄は、日曜版の読者が真っ先に読む辛口批評であった。

……そうだ。晩年の義人は、自身の人生を総括する「自分史」を書いていたはずだ。ワシが初めて知ることも多くて、あの人の頭の抽斗《ひきだし》には、どれほどの体験が仕舞い込まれているのかと舌を巻いたほどなんだ。

宮子が幾重にも畳んだ記憶の束を広げているとき、友川あさひが、不意に言った。

「ここにありますよ」

「何が、あるって?」

奥の作業部屋から声がする。

あさひは四つん這いになって進むと、印刷機の横にあるカラーケースの一番下段に仕舞われた青や赤のファイルの背表紙に人差し指をかけて、

「ミヤコさん! ながしの民報、民報の綴りですよ!」と言った。

宮子の心に明るい火が灯った。

「一番、新しいのは、いつ頃だやぁ?」

「二〇〇〇年~、というの、赤のファイル、あります」

「それ、持ってきてくれんかのう」

「了解で~す!」

二〇〇〇年の坂野義人(当時75)と言えば、町会議員選挙で落選した三津ノ瀬良平(当時57)が町外に引っ越してしまったため、義人は、良平が配達してきた「しんぶん赤旗」日曜版の分も合わせて原付バイクの荷台に括りつけ町内を走り続けていた。金曜日の朝になるとハンドマイクと宣伝用の幟り旗を装着して町のあちこちで街頭宣伝を行ったものだった。

友川あさひが発掘し、老いた坂野宮子の前に広げられた色鮮やかなクリアファイルには、宮子が記憶していた通り、水色のB4方眼紙が収まっている。白の修正液や切り貼りした糊の跡が著しいが、それも含めて神経質な義人らしい、二人が目を瞠《みは》るほど美しい紙面であった。

郵便はがき

料金受取人払郵便

代々木局承認

3526

差出有効期間
2025年9月30日
まで

（切手不要）

151-8790

243

（受取人）

東京都渋谷区千駄ヶ谷4-25-6

新日本出版社

編集部行

ご住所	〒 都道 府県
お電話	
お名前	フリガナ

本のご注文は、このハガキをご利用ください。送料300円

《購入申込書》

書名	定価	円	冊
書名	定価	円	冊

ご記入された個人情報は企画の参考にのみ使用するもので、他の目的には使用いたしません。弊社書籍をご注文の方は、上記に必要情報をご記入ください。

愛読者はがき

ご購読ありがとうございます。出版企画等の参考とさせていただきますので、下記のアンケートにお答えください。ご感想等は広告等で使用させていただく場合がございます。

① お買い求めいただいた本のタイトル。

② 印象に残った一行。

（　　　）ページ

③ 本書をお読みになったご感想、ご意見など。

④ 本書をお求めになった動機は？

1 タイトルにひかれたから　2 内容にひかれたから
3 表紙を見て気になったから　4 著者のファンだから
5 広告を見て（新聞・雑誌名＝　　　　　　）
6 インターネット上の情報から（弊社 HP・SNS・その他＝　　　　　　）
7 その他（　　　　　　）

⑤ 今後、どのようなテーマ・内容の本をお読みになりたいですか？

⑥ 下記、ご記入お願いします。

ご職業	年齢	性別
購読している新聞	購読している雑誌	お好きな作家

ご協力ありがとうございました。　ホームページ www.shinnihon-net.co.jp

「パソコンでつくるのとは、また違った味わい」

あさひが、そう言ってワァッと声をあげる。

ファイルの一枚目に収まる「民報」のコラムは、やはり「灯台」というタイトルだ。

「町議補選裏話」と書かれている。

宮子が、まったく忘却していた出来事であった！

灯台　町議補選裏話　その一
私は一年前まで晴れた朝には必ず三十分ほど散歩していました。

今の時期だと自宅を出て商店街を抜けると野田集落の金色の稲穂が美しい。

散歩の帰り道は、大舞川沿いから阿弥陀くじのような路地を練り歩き、昔の町の賑わいや私と交流した方々の顔を思い出すのが大切な日課だったのです。

さいきん私は「あの家は空き家になったか」「あの店の主人も亡くなった」などと独り言を呟くとき、長谷川主税《ちから》先生も鬼籍に入られてかなり経ったと気づきました。

長谷川先生は、戦後、まちなか商店街の復興に合わせ、通りの端、天徳寺の横に白亜の四角い医院を建てて開業し、いつも白衣の着流し姿のまま門前で煙草を燻《くゆ》らせていたものです。

コラム「灯台」は、坂野義人が、二〇〇〇年頃に書いたものらしい……。

灯台　町議補選裏話　その二

私は昭和三十六年秋、ながしの町議補選に立候補し、初当選しました。

それは定数一を三人で争う、町の人びとから「ほとんど無謀な闘い」と言われた選挙でありながら、なんと次点に八票差をつけて勝ったのでした。

日本共産党の町会議員の誕生は、合併前の村政史、新制の町政史でも初めての出来事だと大いに注目されたことを昨日のことのように覚えています。

私の立候補は、レッドパージののち浮浪者同然と思われていた党員に対する、奥三河地区委員会の要請だったにせよ、当落顧みず「やるしかない！」との心境でした。

ちょうど昭和三十四〜五年の私は、奥三河の仲間たちと泊まり込みで、豊橋市や名古屋市の「安保反対」「岸内閣倒せ」の大規模なデモや集会に参加し、人民の力とか連帯とかいうものを初めて体験したところでした。

さらに昭和三十六年夏の日本共産党第八回党大会の新しい党綱領の採択というエポックメイキングな出来事は、私の党員人生の再出発を励まし、町議補選にのぞむ決意を堅いものにしてくれました。

この党大会では、それまで分裂した党内に疑心暗鬼と不団結を生じさせ、日本のあらゆる国民運動を大混乱に陥れたソ連・中国式の暴力革命方針が完全に破棄され、新綱領の、外国の党からの干渉を許さない「自主独立」の立場と資本主義の枠内での「民主主義革命」という新たな路線は、その後ながく町議として議会運営や条例案の質疑、様々な住民運動に関わる私の認識とピッタリ一致するものでした。

あれほどの犠牲を払った戦争が終わっても、この町には明治から続く家父長的保守主義は生き残りました。それは職場、労働組合、行政と議会、学校、各集落、政党や家族のなかまで浸透し、あらゆる場所で日本国憲法の基本的人権、私たちが個人として尊重されるという考え方と対立することになりました。

日本共産党の「民主主義革命」とは、異常な対米従属と大企業・財界の横暴な支配を打破して、日本の真の独立を確保する政治・経済・社会の民主主義的な改革です。例えば、安保条約を破棄して日本から米軍基地を撤退させること。自衛隊の海外派兵を許さず、軍縮の措置をとる。地方政治では、住民の利益への奉仕を最優先する行政を目指すこと。経済分野では、労働者の長時間労働や一方的解雇を規制する「ルールある経済社会」をつくること。しかし同時に、私は、町民一人ひとりが、お上に物が言える自由と、みんなが平等に権利や制度を行使できること、そして話し合って物事を決めるという民主主義を根付かせることが必要だと考えてきました。

六〇年安保闘争と日本共産党の新綱領の決定という経験は、それまで私の心を支えた日本古典文学の理解をも変えていきました。

例えば『方丈記』『徒然草』にあらわれた無常観――この世界はすべて変化・生滅するものであり、移り変わる歴史や運命の前には人間の命や力など儚いものだという考え方や『源氏物語』『建礼門院右京大夫集』が描く悲劇に見舞われる者たちの孤独や諦念といった感情から、私は、ようやく一歩を踏み出したように思うのです。

私は、他人を信じ、連帯することの大切さを知ったのでした。

灯台　町議補選裏話　その三

ながしの町会議員選挙で当選した翌日、私は、議会事務局の部屋で当選証書と、もう一枚の紙――正確にはメモ紙と出会うことになります。

私は当選証書をくるくる丸め、部屋から出ていこうとして、ふと、白壁に「視察先覚書」なるメモ紙が貼ってあるのを発見するのです。

眼鏡を掛け直して見ると、某県△△市○○楼、◎◎新地などと住所が列記され、それは、私のような無粋の堅物でもピンと勘づく場所だったのです。

果たして「視察先覚書」メモは、日本各地の有名な売春宿と娼館を名指したものでした。しかもメモ一覧には、すでに赤鉛筆の横線がバラバラと入っておりました。メモを凝視する私の表情が、いかに興味津々に見えたのか、やがて長老議員が慌てて入室してくると私の目前にあったメモを引き剝がして、ビリビリと破り捨ててしまったのです。

私は、町予算の「議会費」のうち「食糧費」とは何か、なぜ年々増額されてきたのかを理解しました。その事実を町内の全集落で訴え、自宅を囲う塀に貼った「ながしの民報」で知らせました。すると翌年の三月議会において「議員視察」の名を借りた「売春旅行」に当てる「食糧費」は、大幅に減額されたのであります。

いまも私の耳に、採決後、ある議員が漏らした「ああ、これで◎◎屋の女中とはお別れか」という感嘆が、当時の「庶民」を代表する者の声として響きます。

議員の私の取り柄は、町の辻辻に立ち、メガホンで演説することでした。

私の生声で、町民のみなさんに伝えることが大切だと思うのです。

田んぼの畦道《あぜみち》や商店街の真ん中で「議員の売春旅行を許すな！」とか「いねむり議員をなくそう！」などと訴えますと、みなさんが金色の稲穂の波から顔を出し、店のなかから片身を乗り出して、暖かい声援を送ってくれました。

ある日、天徳寺までの川沿いに自転車を停め、メガホンで訴えておりましたら、長谷川医院の主税先生が「おお、坂野君じゃないか。気楽にやれよ。体壊すな。いいか、長くやってくれんと困るぞ。共産党は、議会に存在するだけで意味があるのだ」と激励してくださいました。

長谷川先生の、ざんばら髪に強面、長身に合わせた白衣の着流し姿は、まるで幕末の素浪人のごときであり、彼の世を拗《す》ねた皮肉は有名でした。軍医の経験を活かした手術の腕前も、ご存知の通りです。その先生が、実は、私の町議補選立候補に大いに関係していることを次回、初めてお話しします。

4

坂野義人（当時36）は昭和三十六年十月十六日の夜、ながしの町の野田集落にある白鳥神社を目指して全力疾走していた。

ハッ、ハッ、ハッ……と息が上がっていく。

この夏、坂野義人が属する日本共産党は、敗戦直後からソ連・中国が押しつけた武力革命方針を完全に否定し、新しい党綱領に「人民のための民主主義革命」という言葉を刻んだのだったが、その興奮が再び蘇ってくる。

町議会議員の補欠選挙の告示まで三週間を切った。

神社の屋根が明るく見え、境内では松明《たいまつ》が燃やされているようだ。空前絶後の緊張で彼の胸は張り裂けそうだった。しかし、新しい時代を生きているという希望と充足感に促されるように、駆ける足は止まらない。

この日の昼、義人は、長谷川医院の診察室のベッドに俯せとなり、黙って尻を露わにし、その臀部に発生した大きな粉瘤二つと痔瘻の経過を診てもらった。

「まあ、酷くなっちゃおらん！」

長谷川主税（当時48）は、真鍮製の大きなタライのなかで手を洗いながら、

「……で、坂野くん。今晩九時、白鳥神社に来てくれんかのう」と言った。

義人には、ピンとくるものがあった。

いま町内の七集落を支配する長老や区長たちは、新城高校の国語教師をクビになって以降ぶらぶらしていた坂野義人が、満を持して十一月四日告示の町議補選に日本共産党公認で出馬するという話を察知し、あちこちで「町の秩序を紊乱《ぶんらん》する一大事」「あいつは不心得者だ」「アカは必ず成敗する」などと言い合っている……、そういう確かな噂を、党ながしの細胞も聞きおよんでい

たのである。

義人も妻の坂野宮子（当時35）も、党奥三河地区委員会からの「完全黙秘」という指示を守ったため、保守派の人びとは苛立ち、その言動は日に日に威嚇的になっていく。

前日十五日の夕餉《ゆうげ》の支度中、野田集落の元区長が、突然、坂野家の木戸を開けると「テメー、いいか、絶対に辞退せろよ」と大声で捨て台詞を吐いたというのだ。

ふだん温厚な彼の目は、真っ赤に充血して焦点が狂っていたという。

すでに坂野家から勘当されている義人であったが、両親が住む奥沢集落の人づてに、元村長だった祖父は昼間の外出を控え、地主の父親は朝から酒を呷《あお》って、

「殿様が乞食に転落よ」などと管を巻いている、と聞くと悲しくなった。

それでも坂野義人は、白鳥神社の鳥居に一礼すると神明造の社殿まで歩を進めた。

満天の星空のもと、さきほど着替えたはずの長袖シャツは汗でびっしょりである。

「坂野です、坂野義人です！　やって参りました！」

神社の鈴と鈴緒、賽銭箱の向こうから「おう」という声が聞こえ、戸が開く。

正面の回廊には十足ばかり、真っ黒でボロボロの草履が散らばっている。

義人が板敷の間に入ると、集落の長老や区長、元区長、若い衆の代表らが肩を寄せ、輪になっていた。彼らは、一斉に義人を睨《にら》むように見る。

彼らの中心に、昼間、義人の痔瘻を診察した長谷川主税があぐらをかいている。

「よく来た、よく来てくれた。この衆ら、お前が来る半刻も前からよ、ああでもない、こうでもないと話し合っとっただぞ」

主税は、白胡麻が混じる不精髭の頰と顎を大きな拳骨で擦りながら笑った。

義人は、彼らの輪から少し離れて正座した。

「で、坂野くん、あんたの気持ちは変わらんのか」

「どうしても、どうしても、お前、出る気か」

主税と長老の問いに、義人の言葉は喉元で詰まる。

坂野義人（当時36）と同じく戦争から復員し、何者からも自由になったはずの集落の若い男たちは、賽の目を占うかのように瞑目している。

義人は、観念の秒針がチクタク動いていくのを耳の奥で聞いた。

彼は昨年十月、日本社会党委員長・浅沼稲次郎（享年61）が右翼青年に刺殺された事件を思い出した。

その次に思い出したのは、町長選のたびに旅館の大広間で繰り広げられる連夜の馬鹿騒ぎである。町の人びとが、今日はカツオだ明日はマグロだと刺し身のネタを言い合って浮足立つ様子を思い浮かべながら、池田勇人内閣の臨時国会では、結局、全国各地で多発している情実と買収の選挙を取り締まる公職選挙法の改正は進まなかった！　と憤り、さらに池田内閣が伊勢神宮の御鏡の所有権をめぐって混乱していると報じる新聞記事などを反芻《はんすう》した義人は、決死の覚悟をすえた心のなかで「主権在民！」と叫んだのであった。

そして義人は、粗末な本殿の、ところどころ板が抜けた床に両手をつくと、

「みなさん、私に立たせてください!」と言って頭を下げたのである。

彼は、朽ちた床板の下に広がる泥土の暗闇を見つめた。

長老や若い衆から漂ってくる汗と土臭い匂いを嗅ぎとった義人は、昭和二十五年九月のレッドパージで教師の口を追われたあと、故郷ながしの町内で従事した野良仕事や町役場の雑務、道路工事で日が暮れた苦しい時間を思い出し、なぜか昭和十八年の第四高等学校の入学試験の口頭試問にまで遡って、砂色の国民服を着た教授から「君の尊敬する人物は誰ですか」と問われたことを思い出していった。

5

昭和十八年二月、坊主頭の坂野義人(当時17)は口頭試問の試験官に、

「鴨長明であります!」と即答した。

しかし一気に後悔の念が湧きあがった。

昭和十八年の時勢におもねる文科志望者ならば、神道による国づくりを説いた国学の祖・本居宣長や近代日本人の生き方を啓蒙した福沢諭吉、あるいは四高の大先輩たる哲学者の西田幾多郎と答えるのが妥当であったろう。

日本の最高峰と呼ばれるインテリゲンチャたちの学問と思想は、義人が読むところ、西田の

「絶対矛盾的自己同一」という哲学用語をはじめ、ほとんど理解がおよばなかった。ただ不思議なことに、目に映る彼らの言説を全体として見るならば、どうやら臣民は国家が操る運命に逆らうな、巨大な歴史に抗うことなど出来ぬという雰囲気を醸し出しているように感じられた。

青白き毬栗《いがぐり》頭の青年は、己の無知を時代の空気や見知らぬ学者の主張にゆだねて入学の切符を得ることに一種のためらいを覚えた……。

国民服の教授は、丸眼鏡の奥にはまった目を大きくすると、

「ほう、それはなぜですか」と改めて問うた。

「彼のように出家して学問をしたいからです」

義人は、そう言い切って、さらに後悔してしまう。

自分の回答は、いまや総力戦の只中にある大東亜戦争時の臣民としてまったくそぐわないものであり、到底、合格点に届かぬだろう。

鴨長明の『方丈記』は「行く川のながれは絶えずして、しかも本の水にあらず。よどみに浮ぶうたかたは、かつ消えかつ結びて久しくとゞまることなし」という冒頭の文章が有名な日本古典三大随筆の一つだ。

東三河の神童が集う豊橋中学校で学んだ記憶はなく、古本屋か図書館で読んだのだろう。有為転変する世界を見つめる鴨長明が、貴族が支配する時代の終わりに「世にしたがへば身くるし。したがはねば狂せるに似たり」と書く心境が、十七歳の青年に重なったのである。

そして旧制高校に進んだ某先輩が、読書する義人の背後から「俺たち文科生には、もはや自由

に学べる未来は永遠にやって来ぬ」と呟いた、あのときの吐息が、試験官と向き合う義人の学生服の裡《うち》に隠した本心をずっと暖めてくれていたのである。

級友たちは「平田篤胤《あつたね》」だの「乃木希典《まれすけ》」だのと答えたと言い、「お前は無謀なやつじゃ」と義人を笑った。晴れて四高生となった彼は、面接した教授が古典の講座を担当することを知り、まぐれの合格ではなかったと信じた。ただ心に刻まれた鴨長明の無欲や諦念は、己の短い将来に対する不貞腐れと相まって抜き差しならない感情を育てていく。

旧制高校の三年間は、昭和十八年四月入学組のみ二年に短縮され、昭和二十年三月卒業と決められた。東京帝国大学国文科に入学願書を出した義人だったが、昭和二十年二月、ながしの町の実家に赤紙が届くのである。

昭和二十年二月、坂野義人（当時19）は、ながしの町の実家に赤紙が届くと、その一週間後には、新兵の一人として枡《ます》で掬《すく》った小豆のごとく輸送船の底に盛られると玄界灘の荒波を越えつつあった。

彼の部隊は、朝鮮半島の釜山港に上陸した。

そして点呼後、軍用列車に乗り換えると半島を北上することになる。

部隊は、満州国とソ連との国境近く小興安嶺のふもとを目指した。

新兵たちは、輸送船や夜行列車の長時間移動による乗り物酔いで苦しんだ。

ただ義人は、彼らを横目にぐっすり眠ることが出来たという。正確な行き先も具体的な任務も知らされなかった。中隊長ら上官も含めた部隊の全員が、この半年後、先発隊が構築した要塞を守る塹壕《ざんごう》や蛸壺《たこつぼ》のなかで国境を侵犯したソ連軍を待ち構え、戦車の大部隊と激しく戦う羽目になるとは夢にも思っていなかった。

「……君、変わったものを読んでだな」

義人は、隣りに座る新兵――京大哲学科の若田と名乗った男の声で目が覚めた。とっさに軍服に忍ばせた冨山房文庫『建礼門院右京大夫集』にふれると若田を睨んだ。彼の目は（おいおい、上官には言わんよ）と合図していた。

義人は「本当か？」と囁く。

大荒れの玄界灘を航行中、義人は、吐瀉物《としゃぶつ》まみれとなった若田に「絶対矛盾的自己同一だぞ！」「肉体と精神の限界点における矛盾を体験的にのべよ！」などと皮肉ったのである。

彼が文庫本を見つけた呟きは、あのときの報復かと疑った。

もしも中隊のなかに「右京大夫」を知る者がいれば、即刻「この女々しい奴！」の一喝のもと、立ちあがることが出来なくなるまで鉄拳制裁を食らわされたろう。

第四高等学校では、義人が尊敬する人物として選んだ鴨長明（一一五五～一二一六年）の言葉が、貴族から武士社会への過渡期――平安末期から鎌倉初期という陰謀・策略・報復など血で血を洗う世界――にあって一種の沈着と礼節を訴えるものという表向きの学びを得たのであったが、大日本帝国末期を生きる四高生の頭脳のなかでは出来損ないのニヒリズムへと煮詰められていく。

軍用列車で見た夢とは、まぎれもなく四高の日々だった。

威風堂々とした赤煉瓦の校舎とは裏腹に、初めて自身の容貌に劣等感を抱えたのである。多くの文化人が、土塀が続き、二つの川の光と清冽な風に包まれた金沢の町並みを愛したことを知った。

繁華街・香林坊のネオンのなかを恐る恐る歩き、喫茶店の明治製菓で密かに見つめた女給さんの美しさ。二年生から動員された富山県笹津町のマグネシウム工場の寄宿舎では、連日、生死をめぐる果てしのない議論を交わしたのだ。そして誰が言い出したのか、大きな白布を「日の丸」に仕立てると、出征する同級生への寄せ書きを我先にとしたためたことなどがめぐり、いま覚醒した義人は、近く失われる小さな個人的記憶と無限大の悲哀を込めた「建礼門院右京大夫」の書を選んでよかった……と思った。

6

友川あさひ（36）は、坂野義人（享年84）が発行してきた「ながしの民報」のバックナンバーのページを繰りながら、一面見出しの勇ましさとユーモアに目を瞠って「義人さん、町政だけでなく国政、県政とも激しく闘ってきたんですね」と言った。

「反対反対の共産党」の桑田議員に答ふ
居眠りせずに、坂野が賛成した議案数を数へよ！

花祭研究の大家・柳田国男は言ふ　ケンカは仲良しになる手段だ
スパイ防止法　国会に再提出の動き
落札業者が事前に漏れる我が町は「スパイ天国」か
山田県議と同伴したママが語る「私じゃないヨ」

突然の県道整備計画　一億五〇〇〇万円の補正計上
建設用地の登記簿に　なぜか暴力団組員と町長兄の名前

「そもそも義人さんって、この村の地主の一人息子で、神童で、学徒動員で戦争に行って……」

「アハハハ。まだ続くなぁ。あの人、なんも言わんかったが、満州に行って帰って」

「……それから東大に復学して、在学中に入党して、卒業後に帰郷して、しかし高校教師になった途端にレッドパージにあっちゃう。で、宮子さんに出会って」

「馬鹿言うな、オレとの結婚は、あの人の思想や入党には無関係じゃ」

「でも、宮子さんと結婚されて、義人さん、初の共産党町議になるわけで……」

「アハハハ。そうだなぁ、不思議だなぁ」

「私、この民報の明るさ、真正面から闘ってるはずなのにクスッと笑っちゃう見出しを読んでると、義人さんという人間を知りたくなっちゃう。どんな戦争体験をお持ちだったのか。共産党に入った理由も。そして私たち日本共産党の最大の悲劇……五〇年問題の前後、大変な時期を生き抜いたことになるんですよねぇ……」

坂野義人は、昭和二十二年八月に復員すると同年九月には東京大学国文科に入学している。

坂野宮子（94）は、彼が「入党は二十三歳のとき」と言ったことと「あの戦争に反対した政治集団が日本にいたことに心から驚き、敬服したんだ。しかし問題は、日本国憲法のいう恒久平和の日本をつくるとき、俺の手は汚れているのではないか、ということだった。教師の口をパージされたとき、後悔などなかったが、校長や同僚も僕と同じ中国帰りの元陸軍だったから、日本の民主化も革命も長くかかると思ったよ」と呟いたことも覚えている。

7

ここで坂野宮子の幾重にも重なり合う記憶は、昭和三十六年十月の町会議員補選の頃へと遡行する。

そして長谷川医院の長谷川主税（当時48）から夜の白鳥神社へ呼び出された若き日の坂野義人（当時36）は、目の前の長谷川から、

「君には、党の仲間はいるのか？」と訊かれ、ちょうど十六年前の昭和二十年二月、旧満州国を北上する軍用列車の様子を思い出している。

坂野義人は、とっさに「数人ですが、よくしてもらっています」と答えた。

当時の日本共産党は、権力のスパイや謀略から組織を守るため、党員や「細胞」の名前、人数を秘匿としていたからである。

「坂野くん、そんな仲間が、この集落にもおるのか」

「ええ。実は、仲間はおるんです。私は、町内の、共産党の同志がいなければ、おそらく絶望して死んでいたかもしれません」

義人は、軍用列車のなかで若田二等兵が「最後の友人は、あんたかもしれんなぁ」と呟いたことを思い出した瞬間、無意識のうちに、

「長谷川先生、どうか私の立候補をお許しください！」

と叫んでしまっていたのである。

彼は、いま自分は政治という汚くて生臭くて多くの人びとを傷つける最低なものに関与しようとしていると思った。そして目を上げたところには、沈黙する男たちの日焼けした顔、太い腕とふくらはぎの茶色の照り、黒ずんだ股ぐら、鍬や工具を握る節くれだった指があった。

時計は、午後十時をまわった。

ちょうどその頃、愛知県委員会からオルグとして派遣された党専従の中田萬之助（当時38）は、天徳寺の門をくぐり、白い顎髭を蓄えた老僧に手をつき、

「どうか、坂野義人君をよろしくお願いします」と頭を垂れていた。

和尚は「あんた、こんな山奥までよう来なさったな。しかも共産党の若者が、仏教一筋に生きたワシに頭を下げるなど……。どうか、その顔をあげなさいな。ちょうどワシも、風景に閉じ込

められた寺家から外に出たくなったところじゃった」と、にっこり微笑んで言った。

「孔子は、十軒そこらの村、この町あの町にも、あんたと同じような誠実な人はおると言うとる。共産党の若者よ、ワシを信じてくれていい」

中田は、不躾な訪問にもかかわらず、対等平等を説く和尚の言葉に涙ぐんだ。

特攻隊の一員として敗戦を迎えた中田は、なおも聖戦完遂・本土決戦の意を固めたまま、昭和二十一年十月の昭和天皇の名古屋巡幸の際、屋根瓦の時計塔を戴く市庁舎前に馳せ参じた一人であった。天皇の「人間宣言」後とはいえ、中田が命を捧げた「現人神」は、我々臣民に、どんな命令を下されるだろうか。

黒い御料車のベンツが現れる。中田の願いも何も、なんと洋装で現れた天皇は、瞬くうちに何千人もの市民にもみくちゃにされると、あっという間に視界から消えてしまったのである。

彼は、震える指に煙草を挟むとマッチを擦る。が、なかなか火がつかない。

特攻帰りで聖戦遂行を乞い願う中田萬之助は、米軍の空襲対策としてタールで真っ黒に塗りたくられた市庁舎の壁にもたれるとそのまま腰から崩れ落ち、自然、土下座する格好となったのである。

和尚の言葉は、あの日、中田が「現人神」に別れを告げたことを気づかせた。

昭和三十六年十月十六日の夜も更けつつあった。

坂野家の角火鉢を、坂野夫妻と中田萬之助（38）、米穀店の安藤六郎（47）、農家の生田次郎

(53)が囲んでおり、坂野宮子(35)は、鉄瓶を脇によけて網を五徳に載せるとメザシとスルメ、そして餅を載せて焼く。
安藤が「義人、よく踏ん張ったなぁ。仁義は切ったぞ」と言い、生田は「俺は、若い衆らに殴られて、半殺しになって帰ってくると思ったよ」と笑った。

中田萬之助は、両手を炙るようにして、

「今日、この町に初めて来たけど、町民と話してみて、坂野夫婦への期待をヒシヒシと感じたなぁ。みんな口を揃えて『飲み食い政治を改めて税金返せ』と言うんだ。ただ一方で、池田内閣の経済政策への期待もあり、アメ帝が軍事的経済的にも日本を従属させる――沖縄・小笠原を奪い、軍事基地を置き、莫大な対日投資で日本を支配している実態は、案の定、まったく伝わってなかった」と言った。

国民的な安保反対運動で岸内閣は退陣したが、新安保条約は、アメリカと日本独占資本が他国を侵略する軍事同盟として成立してしまったのである。

中田は「安保は、必ず対米従属の屈辱条約だって分かるときが来る。いつか、こいつを堂々と破棄して、沖縄・小笠原の返還とアメリカ軍の撤退、すべての基地を一掃してやるんだが、ただ我々の課題は、アメ帝と独占資本による人民支配をば、いかに暴露するか、なんだ。この『二つの敵』とのたたかいが、社会主義革命などでなく日本の民主化を徹底する革命なんだということを、どのように伝えて実践するのか。この町でも、坂野君たちは、その一歩目から始めなくちゃならんということなんだよなぁ」と言い聞かせるように言った。

安藤はスルメを裂きながら「運動会でよう、国旗掲揚の掛け声があがった途端、社会党の石垣さんがビシッと直立不動になったのには驚いたわい!」と言う。

そして最後に坂野宮子は、恐る恐る、この日、自宅ポストに入っていたという差出人不明——「戦友はシベリア送りだっただぞ」と書かれた封筒を見せた。

中田萬之助が封を切ると、そこから数枚の写真——術衣姿の男と、目鼻が切り取られて陰部が血に染まった男性の遺体、さらに片腕が千切れて陰部から腹部へ棒が刺さった女性の遺体——が出てきた。

写真裏に「済南事変」「支那人残虐非道」とある。

義人は、目を覆うようにした同志四人の表情をよそに、満ソ国境守備隊の一員でありながら無事に復員し、戦後すぐ日本共産党員となった自分を厳しく見つめる者がいる、と思った。

昭和二十年二月、坂野義人(当時19)は第四高等学校(石川県金沢市)の二年生時に応召すると関東軍満ソ国境守備隊の見習士官として軍務にあたった。

八月九日のソ連軍の侵攻には果敢に応戦したが九月某日、部隊は解体してしまう。そして彼は、敗戦を知った数名の仲間と軍を脱走し、猛烈な寒気が襲うなか中国黒龍江省チチハル市克山県で中国人の農民たちに救助されたというのだった。

坂野義人(36)は、焼けたメザシを齧《かじ》りながら、

「この写真の送り主は、いまも中国人を残虐非道と詰《なじ》るがよ、凍死寸前の私を助けてくれたのも

中国人なんだ。彼らは、私のボロボロの軍服を見て『侵略者だったのか!』と驚いていたが、『もう戦争は終わった。たくさん食って元気を出せ』と言って肉饅頭を差し出してくれた……」と言った。

彼は、その後、いくつかの開拓団と合流と南下を繰り返し、昭和二十一年三月から吉林省長春市で、中国人が経営する料理店のもと一年ほど働くことになる。

子どものいない老店主は「義人を養子に迎えたい」と言った。

しかし彼は、日本の古典文学を学び直したいという思いが高まり、昭和二十二年八月に帰国する。翌九月には、四高在学時に願書を出していた東京大学国文科に入学することができたというのだった。

「……大学で、あの戦争に命をかけて反対した集団が存在したことを知って腰を抜かしたんだ。日本共産党の存在は眩しかった。すぐに入党を考えたけど、あの戦争に参加した私の手は汚れてはいないかと悩んでしまった……」

党専従の中田萬之助(38)は、角火鉢を囲んだ義人に、

「俺は、航空基地で敗戦を迎えたんだが、本土決戦で天皇に命を捧げて戦うと決めていた。しかし名古屋巡幸のとき、群衆のなかに消えていった洋装の天皇が、俺と同じ人間だったと分かったとき、俺の心身を縛っていた呪いのようなものも消えていったんだ……。個人として生かされた俺は、俺とは真逆の、戦争に反対した日本共産党に近づいていったんだ」と告白した。

義人の目に涙が溜まっていく。

彼は、昭和二十年八月九日、ソ連軍の戦車のキャタピラに飛び込んでいく仲間たちの喚《わめ》き声と、戦場に散らばった血塗れの編上靴を思い浮かべている。

坂野宮子（94）の鼻には、いまもスルメとメザシの香ばしい魚臭さがこびりついている。ただし若き同志・友川あさひ（36）を目の前にするとき、坂野義人（享年84）への追想は変化していくように思われた。

彼が一所懸命につくった「ながしの民報」を今更ながら改めて読むと、宮子が忘却してしまった多くの記憶に小さな光が照らされて、いまこそ、あさひに伝えておくべき大切な歴史が次々に浮かんでくるのだった。

「宮子さん、この細かな字、読むの大変でしょう。私が読みますよ」

友川あさひ（36）は、坂野義人（享年84）が綴ったコラム「灯台」を声に出して読み進める。

私が町会議員の補選に出る決意を、もう揺るがぬものと見た長谷川先生は、「いいか、われわれ野田集落は、今度の町議補選で坂野義人君を支援する！」と、突然、言ったのです。

白鳥神社に集った人びとのうちの誰かが、大声で、

「アカが出ちゃ明治百年の計がひっくり返る」と叫んだことを覚えています。

それほど長谷川先生の一言は、私に対する偏見、私の劣勢を逆転させるものだったのです。

のちに党愛知県委員会副委員長となった中田萬之助君は、一九七〇年から本格化する党議員のいない自治体をなくすためのオルグで来訪するたび、孤独を訴える候補者たちを勇気づけようと孔子の言葉を紹介したものです。

子《し》曰《いわく》、十室《じっしつ》之《の》邑《ゆう》、必有忠信如丘者焉《かならずちゅうしんきゅうのごときものあらん》。

天徳寺の大和尚は亡くなりましたが、中田君は「どんなに小さな村にも信頼できる仲間がいることを教えてもらった」と言います。

長谷川先生も還暦を迎える前に亡くなってしまいました。

町をあげて先生を送るお葬式に参列したとき、先生が、軍医として参加した南方戦線で辛酸を嘗めたという話を伺いました。先生が内科の看板を掲げながら、手術を伴う私の持病から子どもたちの骨折、森林労働者の切断傷まで快く診てくれた理由が分かった気がいたします。

しかし先生は、なぜ、私を応援する決断をしたのでしょう。恥ずかしくて情けないことなのですが、町議になった私は、どうしても先生に訊ねることが出来ませんでした。いまの私は、朝の散歩のたびに白衣姿の長谷川主税先生が、天徳寺の横で煙草を燻らせている姿を思い出しているだけなのです。(完)

あさひの朗読が終わると、坂野宮子(94)が、

「そうじゃった、そうじゃった。チカラ先生のお力添えがなかったら、義人さんは負けとったかもしれんのよ。チカラ先生は早くに亡くなられたが、やはり町の誇りじゃった、宝じゃったんよ」と言って、嬉しそうに目を細めた。

「ああ、私も主税先生に会いたかったなあ」

「あんな人は、もうおらん。それでも、あんたは勝っただぞん」

友川あさひは「へへへ」と舌を出し、他の書類にも目を走らせる。

そして「あッ、ミヤコさん、これ、書きかけの原稿ですよ」と声をあげた。

黄色くなった紙の束は、なるほど義人筆の未定稿に違いなかった。

灯台　私の原点①

私は、実は、東大在学中、先輩から入党を訴えられました。その後、彼は、党の指導部となり、世間では毀誉褒貶《きよほうへん》さまざまなことを言われました。

先輩は、私の目をジッと見て「党とは民主的な考えのもと、一致点を大切にして国民の要求を一つひとつ実現する組織だ」と言った人です。町議となった私も、町民の要求を何としても予算化するため、立場の異なる方々との一致点を模索しながら活動してきました。

私の初めての要求実現は、子育て中の母親の声でした。

戦後十五年、赤ん坊や幼子を抱えて役場に来られる多くの若いお母さんから、窓口で手続きをする間、「子どもの面倒が見られない」「誰か、赤ん坊をあやしてくれませんか」という声が寄せられました。

私が、その声をそのまま役場に伝えますと、赤ん坊を背負った母親が来庁する度、職員が出てきて、男も女も関係なく「子守」をするようになりました。

私は、こんな小さな議員活動の先に「日本革命の展望」を見たのです。

灯台　私の原点②

私は、日本共産党が日本の戦争に命懸けで反対し、絶対主義的天皇制も堂々と批判して、国民主権を訴えたことを知りました。あのような悲惨な戦争を二度と繰り返さないという決意が、私の入党の理由であり、戦後の私は、日本が侵略した国々に対する加害責任と謝罪のあり方について学び続けることになりました。

実は、先の戦争が侵略戦争であったという認識に達するのは、かなりあとなのです。

五〇年問題の当時、レッドパージで教師をクビになった私は、いくつかの山村にて武装蜂起を訴えました。ある県に派遣されたときなどは、農民の姿を見れば「自作にしがみつくな！　有償の農地改革を拒否せよ！」と煽り、国道の設置工事を見れば「それは米軍機の滑走路となるものだ。農地の取り上げを許すな！」などと主張し、当然、農民からは「バカ言うな」と反発されました。手持ちの食料が尽き、ある農家に泊めてもらった夜、鍬さえ持ったこともない自分の言葉の嘘っぱち加減に嫌気がさしたことをよく覚えています。

日本共産党が分裂したとき、民主主義とは何か、組織と個人の関係を考えました。宙ぶらりんの日々と多くの仲間を失うなか、あらゆるところに残る思想差別——勘当や村八分、謀略事件、党員の公職追放などを絶対に許してはならず、この党を離れることは、これら反・民主主義を是とすることだと言い聞かせたのです。

やがて「ながしの民報」の未定稿に混じって、元教育長の青木圭一郎（96）が『ながしの町史』に寄せた一文も出てきた。

坂野義人君は、野田集落の地主の子息で、豊橋中学校・第四高等学校、そして東大へと進んだ神童であります。

昭和二十年二月に学徒出陣、満州国防衛の任にあたり、八月九日のソ連参戦で部隊はチリヂリ、新京までの逃避行では何度も死線をさまよったとのこと。

戦争体験を語らなかった彼ですが、なぜ「シベリア送り」にならなかったのかという大きな謎は残っておるのでございます。

戦後すぐの頃、坂野君が東大でアカに染まったという知らせは、町はじまって以来の驚天動地の一大事となり、さらに公職追放で帰郷することになった彼は、あの屋敷の土蔵のなかで寝起きし、たった一人で古典研究をしておりました。

昭和二十五年頃でしょうか、村長を務めた坂野君の御祖父様の葬儀を手伝ったさい、敷布団の下から「孫アカ我一生ノ痛恨事」とのメモを見つけ、御父上にお渡ししました。

その後、坂野君が勘当されたと聞きました。

やがて坂野君は町議として活躍します。私も議会に出るようになった昭和四十年代から交流が深まりました。ある議案の採決前のこと、坂野君の態度を翻すために御祖父様のメモの一件を「バラすぞ」と言って悪用したことがありました。

しかし彼は笑って取り合いません。私も近く冥土の旅に出るわけで、三途の川で何かあってはいかんと思い、己の悪行をここにしたためておくのであります。

四高・東大の彼の級友には、愛知県知事や大学教授、銀行頭取など錚々《そうそう》たる人物がおり、我々が、どれほど「共産党さえ辞めてくれれば」と願ったことか。

彼なら町長、県議、いや代議士にもなれた。

私は、彼に、再び郷土の星になってほしかった。

彼が、八十過ぎて、なおバイクで赤旗新聞を配っていたことを彼の事故を報じる新聞で知った私は、これが日本共産党員の生き方かと驚きました。いつか県知事が、私に見せてくれた出征の「日の丸」には「武運長久」だの「撃ちてし止まむ」だの威勢のよい墨文字が躍っておりましたが、そこに坂野君の小さな俳句もありました。

あの知事も死んだことですし、ここに書き置きます。

戦友《とも》征《ゆ》くも　寂しからずや　方丈記
木枯らしや　君なきあとの　無声堂

いくさ征く　きみ先知るか　大真理

8

坂野家で過ごした時間は長く、陽は、すっかり暮れた。

友川あさひ（36）は、いよいよ暗く変色した藁半紙の束を見つける。

以下は、そのうちの数十枚に記された文章である。

鴨緑江《おうりよつこう》

目が覚めると長い鉄橋のうえだった。いよいよ本土を離れるのかと思う。己の観念に叩き込まれた大日本帝国の真っ赤な地図は満州国の朱色へと変わっていくが、新兵としての心構えに大きな変化はなかったと思う。

玄界灘を渡った僕たちは、釜山から軍用列車に乗ると夜通し一度も停車することなく車内で朝を迎えた。

半島北部に広がる一面の草原地帯は、祖国とは似て非なる奇妙な異国の印象を感じさせ、僕は、なぜか軍服のポッケにある建礼門院右京大夫集の文庫本にふれていた。

京大哲学科の若田は、まだ眠っている。

「おなじ世となほ思ふこそかなしけれあるがあるにもあらぬこの世に」。

僕らの時代もまた生きることと死んでいくこととが同義なのだ。若田は「大宇宙論的には全てが無意味なり」などと嘯《うそぶ》いていたが、古典好きの僕もまた、これから見るもの為すことは、これすべて幻なりと思うわけで、彼の考えと近いのかと思案したりする。

祖国に残した学友や異国で銃をもつ戦友の顔を思い浮かべても、そこに愛する者はなく、また手紙すら出せないとなれば、たしかに現実は無意味で幻なのだ。

鉄路を叩く音のなかで車両が日の当たる方へと歪んでいく。

私は車窓に額をつける。列車が大地を真っ直ぐ両断していく。

鳥の群れが懸命に羽ばたきながら飛んでいく。

寝ている若田には悪いが、窓を開ける。

大陸の凍えた風が、軍帽を吹き飛ばそうとする。僕は必死で頭を押える。

鳥の行方を見定める。なぜか、入営直前のふるさとを思い出した。

僕は、四高の校友会誌に載せる論文「芭蕉俳諧と四季」を徹夜で書き上げると、薄暗い土間で火を熾《おこ》している母親に向かって「これで思い残すことはありません」と報告したのだった。

すると彼女は「鶏を潰すかの」と言って悠然と裏庭へ出ていった。

彼女のあとを追った。鶏の黄色い足を縛り、逆さまにする。

短刀で頸動脈を削るように切断して放血する。僕は、戦慄した。

母親は、右手に握ったものを熱い湯に浸けると茶色い羽根を黙々と毟《むし》っていく。

なぜ、いま、あの母親の暁闇に染まった灰色の横顔が蘇るのだろう。

戦闘

関東軍の重機関銃中隊に属する新兵から見習士官になったばかりの頃だった。

八月九日未明、突然の轟音とともに始まったソ連軍との戦闘は、アッという間に中隊の編成も兵士一人ひとりの結びつきもバラバラにしてしまったのである。

いつもの太陽が照らし出したはずの陣地は、小興安嶺の東南にあたる針葉樹の林が切れたところにあり、目の前の巨大な座布団のごとく連なった丘陵の継ぎ目から凸型の砲塔が見えたと思った瞬間、あの炎暑の七月、仲間たちと懸命に掘り進めた塹壕のあちこちから巨大な土柱があがったのだ。耳をつんざく「ドドーン」という音。しばしの難聴に陥るなか、今度は大きな鳥の影が頭上を掠《かす》めたかと思いきや我が中隊から遠く離れたコンクリートの要塞まで見晴るかす緑の草原のうえを真っ白な噴煙が蛇行するように跳ねあがっていく。

その果てに黒煙を包んだ橙色の火柱が幾つもあがるのだ。

素早く頭を隠し、蛸壺のなかで震える背中と腰を押しつけるしかなかった僕は「運命のようなもの」――中隊長の命令を待ち望んでいたのだが、あの脳天を突き割るような彼の濁声《だみごえ》は遂に聞こえなかった。

やがて戦車のキャタピラの振動が、あらゆる音を集約するように近づいてくる。

しかしこのとき、敵方より先に硫黄臭を含んだ空気を切り裂いたのは我が中隊の、それぞれの蛸壺や塹壕から飛び出していく新兵たちの叫び声のような気合であった。僕は、一瞬、重機関銃の銃把を握りに後方に下がるかどうか迷ったが、京大哲学科の若田が言うところの「大宇宙論的無意味」という言葉が遮った。

そもそも僕たちは昭和二十年二月末、戦争というものをまったく知らぬまま、満州北端の凍土に放り出されたのである。三月、古参兵と小隊長による鉄拳制裁の毎日が子供っぽかった僕たちの顔を一気に老成させ、新緑が一斉に芽吹く五月には、原因不明の下痢に悩まされながらも口笛を吹きふき、連日、朝から晩まで、戦車の「落とし穴」づくりに精を出していたのであった。

人間の叫び声のような気合のあとに戦車の砲弾が破裂する轟音が続き、僕の耳は、しばらく聞こえなくなったが、キャタピラと「肉攻」のズンズンという鈍い響きは体内に伝わって、そこに土塊を混ぜたような重たいものが、突然、僕の頭上からメリメリと被さってくると……、さっきまで爆撃機の群れを見ていた蛸壺に蓋がされて外界との回路は閉じてしまったのであった。


どれほどの時間がたったのだろうか。

生き埋めとなった僕が、濡れた土砂を掻き分けて頭を出し、ようやく息を吹き返した世界は、戦車が踏み荒らして去ったあと……、一面、朝鮮姫百合が押し花となった柿色の絨毯であった。

ほんの一か月ほど前まで、朝から晩まで壕を掘っては血尿を放っていたはずの、僕たちの背丈を超えて生い茂っていた黄緑色の高粱《コーリヤン》畑はどこにも見当たらなかった。

あれは幻だったのだろうか。

僕たち中隊の生き残りは、結局、大雨のなか戦線を離脱する。

ようやくたどり着いた谷深くの連隊本部は荒れ果てており、ただ一人、テントのなかに瀕死の状態で横たわっていた下士官から「戦争は負けたよ」「降伏するか逃げるか、お前たちで決めよ」と命じられると、僕たち十数人の集団は、一人また一人と脱落者を生みながら五大連池の湖畔のあたりで、文字通り、機関銃の分解搬送のごとく解体してしまったのであった。

僕は、北極星とは逆向きの方向——人間が暖かく暮らしているところを目指して歩き出した。まず朝鮮人開拓村に出会ったのだ。その後、現在の中国黒龍江省チチハル市克山あたりの路傍で力尽きたのである。

本格的な冬が到来する頃であった。

僕は、もう二十歳だった。

たった一人、走ったり歩いたりを繰り返していた夕刻、強烈な酸欠感に襲われると、その場にしゃがみこんでしまった。両の手のひらがふれた地面から真っ白な粉が噴いており、凍土の道が長く遠く暗い闇のなかに消えていくのを見た。いよいよ死への秒読みかと諦めて仰向けになると、戦争のためにやって来たはずの異国の夜空に広がる満天の星が、祖国日本の、故郷ながしの村と同じ、いや、それ以上のスケールで迫って、なんという美しさ！　と初めて息を呑んだ。

やがて怒りと悲しみと、喩えようのない恥ずかしさが胸を熱くした。

瞼《まぶた》に氷の粒が張り始める。

もう何も見えなくなると思った僕は、とっさに凍った口を大きく開き、その星々を飲み込もうとした。と、そのとき、もう一度、強烈な冷気に気管支が襲われて激しい咳き込みが起き、収縮した首をやっとのことで伸ばすと、頭の向こうから中国語が聞こえてくるではないか。女と、男の用心深さが滲む囁き声であった。

僕に古典の朗読を命じた小隊長と京大哲学科の若田はどうなったのか。酒屋の息子も私鉄乗務員の竹山も死んだ……。なぜ、僕なんかが……。

私の上半身は、複数の何者かに摑《つか》まれると凍土のうえを滑っていった。

新京にて

昭和二十一年の早春、ソ連軍のマンドリン銃の音が遠のく代わりに中国共産党の八路軍と国民党軍が激しく機関銃を撃ち合う市街戦が始まろうとしていた。

北満の農民に助けられた僕は、再び歩いて南下し、途中、日本人の開拓団と合流できた。彼らと無蓋列車に乗って新京駅に着いたとき、心から安堵した。何度も死に瀕し、匪賊たちの略奪に遭い、車中では泣き喚く赤ん坊が——繭玉のような赤ん坊が弧を描いて川や草原に投げ捨てられるのを黙って見てきたのだから……。

ズタ袋を頭から被った僕は、駅に転がり落ちるやいなやソ連兵に銃底で殴られて駅舎の外へと放り出された。しかし、またしても中国人が、まだ寒さが残る春の嵐のなかで身を縮める僕を助けてくれたのである。

趙おばさんは、自分の防寒着を僕に掛け直しながら、

「お前は、いい瞳をしてるな」と言った、と思う。

彼女は、たまたま駅までの通りを物色しつつ大豆や石炭を安く手に入れようとしていた。夫を亡くしたばかりで、この若い日本人難民を「人夫」として雇い入れ、家業の料理店を続けようと思いついたらしい。こうして僕は、包子や饅頭、スープづくりに精を出しながら、古本屋で日本古典文学の小冊子を漁る暮らしに落ち着いたのだ。

そして大通りに木枯らしが舞うある日、旧日本人街の吉野町の舗道を中国服を着た日本人が「引き揚げが始まるぞう」と叫びながら走っていくのを見た。

その情報の真偽は、まったく分からなかった。

確か『伊勢物語』に「身をえうなきものに思ひなして……東の方に行きけり」とある。

そして「男」は「三河の国八橋といふ所に至りぬ」。そこは、どこなのか。

四高の教師に問うと「分からん。君の故郷の近くだろう」と笑われたことを思い出し、さらに僕なぞに日本に帰る資格があるのかと自問するようになった。

昭和二十二年の正月、趙おばさんは突然「うちの子にならんか」と言った。

もし、子のない五十代の彼女に、学問をするために帰国の希望を伝えたならば、蒸し饅頭のような丸顔は悲しみの涙で崩れてしまうだろう。

朝鮮人開拓村

その夜、開拓村に侵入したとき、僕は、板の間に二人の日本兵が頭や胸から血を流して倒れているのを見た。鍋やら薬缶《やかん》やら皿や箸、食べかけの麦飯と豚肉などが散乱している。

別の小屋からは人の気配もした。

当時、一等国民の日本人こそが白米を口にでき、二等国民の朝鮮人は粟を、そして三等国民の他の民族は高粱を食べることになっていた。

開拓村の土壁には「光復」「抗日救国」などの文字が大きく書かれていた。

僕は、軍から唯一与えられた武器のうち、唯一、携帯していた拳銃に手を添えると、火が熾されている廃小屋へと接近する。

光を回復するとは？　抗日とはどういう意味だ？

このときの僕は、せいぜい天皇という白金の光が照らし出す日本軍—政界—財界という三角形を歪ませてイメージしたにすぎない。

なんと入口に何人かが倒れているではないか。

朝鮮人と思しき男たち。全員が裸……、しかも胸や腹に熊ん蜂がとまったような弾痕があり、身ぐるみを剝がされたような格好で死んでいたのである。

思うに四高時、藤原定家『明月記』の紅旗征戎吾ガ事ニ非ズという言葉に出会ったとき、戦争なぞ知ったことか！　学問芸術バンザイ！　と膝を叩いた。が、ここは戦場なのだ、日本の敗北を知りながらも忍び足で進まねば殺されてしまう戦場なのだった。

僕は、右肩に顎をしっかり付けると拳銃の照準に片目を合わせる。

突然、焚き火の爆《は》ぜる音がした。耳を澄ますと、数メートル先の廃屋から奇妙な、しかも粗野でガサツな外国語と女性の呻《うめ》き声が漂ってくる。……と、僕は、木戸を蹴破って一気に目のなかに飛び込んでくるものすべてをメチャクチャに撃ち抜いてしまったのである。

上官に唯一褒められたのは視力だった。

外気の冷たさ、硝煙の臭い、そして興奮が覚める。目前の板敷きには、毛皮を着た大男二人の死体が転がっていた。さらに焚き火の奥……、オレンジ色の炎に照らされて、大きなお腹を抱えた女性が震えながら僕を見つめていたのである。

小さな庭に日本兵二人、朝鮮人三人、匪賊二人の遺体の山をつくったとき、僕は、解体途中の黒豚一匹を見つけた。それを抱えると、さきほど蹴破った廃屋に入り、幾つかの木片を焚き火にくべて、再び豚を焼いたのである。

僕は、目の前の女性に、片言の中国語と朝鮮語で何か言ったと思う。

彼女は、おそらく「……赤ん坊、お腹のなかに、おる」と言った、と思う。

棒きれのような体の真ん中に半球状の異常な膨らみを認めた僕は、かつて中隊長から「貴様、女はおるか!」と問われ、「不潔であります!」と叫んだ新兵訓練を思い出し口もとが緩んだ。

廃屋の抜けた天井を見上げると、やがて来る大豪雨で沸き立つ満州の大地と、大泣きする赤ん坊のイメージを思い浮かべた。


なぜ、こんなことを書き記してきたのか。

それは、あの開拓村で起こした事件を誰にも話すことがないからだろう。

女性の出産に立ち会った私は、『新古今和歌集』中の「まだ知らぬ故郷人は今日までに来むと頼めしわれを待つらん」という一首を思い出していたのである。

日本古典文学の不思議な力だと思った。

私は、あと、もう少し、この女性に付き添ってみようか、一緒に歩いてみようかと思った。

飢餓と疲労の極地にあって、私の枯渇してしまった心は、ほとんど何も口にしていなかったというのに、だんだん漲《みなぎ》っていったのである。

新しい人

私の人生は、現在と未来を見つめていても、必ず、過去の記憶へと立ち戻ってしまう。

それは偽満州国——関東軍の野営で手を炙ったペチカの火のごとく、赤子を抱いた女性の目に映る焚き火のごとく消えることがない。

党が分裂した時期、私は、山村集落で「近々革命が起きる」とふれまわった。

もちろん村人は理解しなかった。私は、あのときの私の演説の内容を覚えてはいないが、村人がくれた握り飯を食べ、清々しい匂いを放つ煎餅布団のなかで、悪夢を見ることなく初めて熟睡できたのである。

レッドパージと坂野の家からの勘当は、私をとことん苦しめた。

一九六一年に新しい党綱領が確定したのち、日本共産党に不信を抱いて離れていった同志たち、激しく罵り合った同志たちの名前と顔も忘れることが出来ない。

一九八一年、中国残留孤児訪日調査団のニュースを見たとき、私が別れを告げた趙おばさんの泣き顔を思い出し、思わずテレビに向かって手を合わせた。

私の孤独は、妻と出会い消えていった。

彼女の瞳を見たとき、その真面目な明るさに胸を打たれたのである。

中国の天安門事件があり、ソ連邦の崩壊があった。

三津ノ瀬君は、よくがんばった。しかし町の反共偏見と家父長制的支配は残っている。肝心の日本共産党の議員は、長く不在である。地区委員会からは今日も連絡はなかった。

残念なことだが、私には、もう動く力はない。

私は、新しい人に会いたいのだ。しかし長谷川医師が、私を呼び出したようには会いたくないし、私も、過去に在った私のような人間には会いたくない。

そうではなくて、まったく別の、新しい人たちとめぐり会いたい。

そして彼らは、そこまで来ている気がする……。

第五章　老いも若きも手をつないで

1

町営住宅の平屋十棟は、役場裏の小高い山を切り開いた斜面に建っている。

観光客などは、急勾配の赤い三角屋根の建物を見たときに山峡《やまかい》の避暑地に立つ別荘と勘違いするかもしれぬが、実は、築四十年・家賃月一万四千円のアパートなのである。うち二棟は、数年前の豪雨災害で床下の土壌が削られたまま、未だに使用禁止である。

他の棟は、独居の高齢者、生活保護の利用者、シングル母子で埋まっている。

花踊り研究者の荒木善三郎（80）は二〇二一年一月八日の正午、襟元にボアが付いたミリタリー風ジャンパーを羽織ると町営住宅の玄関ドアを開けた。

そして振り返ると、ドアの上枠に飾った小さな注連《しめ》飾りに柏手を打った。

「どうか、署名が無事に通りますように！」

朝刊をポストから取ると身を縮めて部屋に入る。

六畳の居間に据えたストーブに薬缶《やかん》を載せ、マッチで火をつけた。

彼は、ふと目を落とした新聞の一面大見出し「米国会議事堂に武装襲撃」「トランプ大統領の支持者ら」に衝撃を受ける。

「眼鏡、メガネ。眼鏡はどこだ……。信じられないことが起きただなぁ」

固定電話なし、携帯電話なし。パソコンもインターネットもない。

荒木が情報を獲得する第一の手段は、紙の新聞であった。

その次に、4号室に住むシングルマザーの滝本聖美（35）から譲られた電動の自転車に乗って駆け込む公衆電話である。彼は、そこから友川あさひ町議（36）や「ながしの町民の会」メンバーに電話をかけて、ながしの町の情勢を得る。

彼は、町の透析と入院ベッドが守られた暁には町立図書館建設を提起しようと思っている。

六畳の居間を「研究室」と呼び、その奥の部屋には、町の民俗芸能・花踊りの研究書と半世紀かけて蒐集した資料が積みあがっている。

荒木善三郎は、人生の集大成となる「花踊り私論」の執筆も考えているが、正直、どこにどのような資料を置いたのか、皆目、分からない。彼は、朝刊を読みながら、ふと「資料貧乏」という表現を思いつくと、午後二時半にやってくる笹田武雄（72）と友川あさひに披露して笑わせてやろうと思案した。

笹田は、昨年末に亡くなった父親の「衣類一式を持っていく」と、荒木に宛てた年賀状にしたためていた。

彼は元NTT労働者で、荒木と二人組で直接請求署名の回収に奔走したとき、「そりゃ、日共の連中と喧嘩しながら組合活動しとったわいね」などと言って、いかに自分が日本共産党を毛嫌いしているかを語ったくせに、その彼が、今日の午後、友川あさひの宣伝カーに乗ってやってくるというのである。

年賀状を改めて確認すると、確かに「一月八日午後二時半着予定」とあった。

一方、友川あさひは、荒木の生活保護申請に付き添う段取りである。

昨年末、彼女は荒木宅を訪れ、「ながしの町民の会」の署名提出と記者会見を見届けたあとに「笹田さんとお邪魔しますね」と言ったのだった。

荒木善三郎は、ながしの町の医療を守る直接請求署名を集める「受任者」となり、笹田武雄とコンビを組んで必死に町内を回った年末の二週間を思い出し、

「こっちは民主主義を真っ直ぐに行使する。海の向こうでは、よりによって大統領が煽《あお》った民衆の暴力で民主主義が壊れつつある。大変な時代だ……」と呟《つぶや》いた。

署名は、一か月間という期限いっぱいまで気を抜くことなく集めた。

荒木は、電動自転車で転んで怪我をした十二月十日以降は、笹田の車に同乗し、ラリーカーの補助役のように『住民地図』に落とした署名希望者の家々をめぐったのである。

白髪・長身・痩せ型の荒木と、髪少なめ・小太りの笹田のコンビの懸命さは、瞬く間に全町民

の知るところとなった。

これまで花踊り研究一筋で生きてきた荒木善三郎には「ながしの町の医療を守る町民の会」の署名活動は、縁遠かった社会参加へのリハビリにもなった。

齢八十になる彼も「ながしの町民の会」の例会で自分の意見を表明する。寒さで震える指を伸ばして訪問先のチャイムを押す。署名内容を説明する。相手の表情を見ながら対話する。そして署名を書いてもらう間、ふわふわと漂ってくる他人の家の夕飯の匂いを嗅ぐことまで、これまで味わったことのない刺激に満ちていたのであった。

しかし、あの日、なぜ、転倒なんかしたのだろうか。

荒木は、車のハンドルを握る笹田武雄に「踏んだり蹴ったりだ」とボヤいた。

町立ながしの病院の整形外科医は「折れちゃいないが、骨粗《こつそ》鬆症《しょうしょう》も甚だしい。このままだと歩けなくなる」と言い、一か月間の安静を命じたのである。

そして医療費と湿布代を払ってしまうと彼の所持金はほとんどなくなった。

「原因が分からぬ転倒ほど怖いものはない……」

荒木の国民年金は、月五万三千円である。シルバー人材センターから紹介された業務——町営グラウンドのトイレ掃除や町民宅の草刈り、空き家の管理の報酬額は月四万円。これまで荒木は月十万円で暮らしてきたのだったが、いよいよ新型コロナの急拡大が、ながしの町のような過疎地におよぶとき、施設を使ったイベントが鈍化するのは都会と同様に仕方がないとしても、自分の足一本とはいえ動かなくなると現金収入につながる一切の活動がストップする理不尽は体験して初めて分かることだった。

荒木は、ストーブのうえの焼き餅を昼食としたあと、二度寝してしまったようだ。夢うつつのなかで菅自公政権の悪政がどうの日本共産党がどうの新聞赤旗がどうのという女性アナウンサーの声が聞こえてきたと思ったら、その声はどんどん接近して、荒木が寝そべる町営住宅3号室の直前にて、宣伝カーのサイドブレーキが引っぱられる音と一緒に消えたのである。笹田武雄の「寒い、寒い」という声が聞こえ、友川あさひが「笹田さん、バックドアを開けます。気をつけてくださいね」などと言っている。

荒木は慌てて飛び起きると、元気いっぱい玄関に向かった。


荒木善三郎が外に出ると、笹田武雄が箱を抱えて立っていた。

そのダンボール箱からは、色とりどりの衣類が溢《あふ》れている。

友川あさひは紙袋を提げており、長葱や牛蒡、白菜などが覗く。

荒木は、胸が熱くなった。

とっさに電気とガスが止められている現状を告白するかどうか、迷う。

「まあ、タケちゃん、あさひさん……、入って入って」

笹田は、六畳間に腰をおろすと、

「年末に、都合よく親父が死んでくれたから」

と言い、さっそく段ボール箱のなかの衣類に手をやった。

すると、友川あさひは悲鳴のような声を出して、

「そんなこと言わないで！　お父様、町が救急の受け入れを続けてたら助かったかもしれないのに」と言った。

「まあ、そうだな。あの人、百歳を本気で目指していたし、医療を守る署名にも名前を書いたから、なんとかして、この正月を味わわせてやりたかったなぁ」

笹田は、毛織のセーターやトレーナーを荒木の前で星型になるように広げる。

「タケちゃん、言っておくが、それ、私に買い取る金はないぞ……」

「何を言うだか。これ、ぜんぶ、あんたに、あげるつもりで持ってきただ。あんたが着てくれたら親父も喜ぶんじゃないかって、家内も言ってくれて……。しかし人間ってのは、いくら元気でも、逝くときには呆気なく逝くもんなんだなぁ……」

昨年十二月二十日午後七時頃の出来事だった。

笹田武雄の父親・純生（97）は、夕食を平らげると台所のシンクに自分用の箸・茶碗・湯呑を載せたトレイを持っていき、再び居間でテレビを見ようと踵を返したところで、急に、へなへなと障子の腰板にもたれて座り込んでしまったというのだった。

彼と炬燵《こたつ》を囲んでいた武雄と妻の喜代子（70）は、障子の下桟《しもざん》が外れる音に驚き、すぐに駆け寄って純生の体を抱えたのであったが、父親は目を閉じて口を開けたまま「ほとんど意識がない状態だった」という。

武雄は、119番に通報する。町立ながしの病院にも電話を入れたが、当直の職員は「平日の時間外と、休日と夜間の診療は行っておりません。救急車の指示に従ってください」と杓子定規の内容を答えるばかりであった。

彼は、妻の喜代子に「俺たち、どれだけ長く、どれだけ深く、町立ながしの病院にお世話になってきたのか、あの若い職員はまったく知らんようだった」と言い、初めて経験する「救急治療なし」という無慈悲な現実に耐えられぬというように目を強く閉じて首を振った。

武雄は、灰色のセーターを荒木善三郎の両肩に当てながら言った。

「父親が亡くなってもよ、やれ現場検証だの、やれ火葬場の予約はいっぱいだのと言われて、俺たち夫婦は、年末年始、ほとんど何も手つかずのままよ」

「タケちゃん、大変だっただなあ。でも、あんたと一緒に署名を集めているときよ、そんなこと一言も教えてくれんかったじゃないか。私は、お父さん、てっきり大往生だと思っていたよ」

「いやいや、大往生っちゃ、大往生。まあ、らしくない大往生よ！」

笹田武雄の父親・純生は、六十五歳で引退するまで、町の民俗芸能「花踊り」の伝説的な舞手であった。

笹田武雄（72）は、父親が亡くなる様子を具体的に語った。

「救急車が家に到着するまで十五分かなぁ。それで、俺、父親を抱えて車の後ろから突っ込んだ。ところが救急隊は『搬送先の病院が見つからん』と言うんだわ」

友川あさひ（36）は「新城市民病院に直行できなかったんですよね？」と訊く。

「うん。俺が『新城市民病院に運べばいいだら？』と言うと、救急隊員は『いや受け入れ体制が……』とか答える。そうこうしとると、もう一人の隊員が『酸素吸入、人工呼吸を開始します。お父さん、よろしいですか』なんて言ってくるもんだから、もう俺と家内はパニックよ」

自宅前に停まった救急車の回転灯に誘われて近所の人びとが集まってくる。

「それで救急車が発車したのは、さらに三十分ほど経った午後七時半か。結局、新城に行くことになっただが、もう駄目だと思った」

病院に向かう間、車内では胸部圧迫による人工蘇生術が続けられていた。

「タケちゃん、あんた、そんな経験して、私と署名まわりをしてたのか」

笹田武雄は「ほい兄さん、そんなの脱いで」と言うと、いま荒木善三郎（80）が着ている、傷み切ったジャンパーを脱がしてやり、段ボール箱から黄色のスノーウェアを取り出す。

武雄は、父親を思い出すかのように、

「あの人は大柄だったが、兄さんに合うかなぁ」と言った。

荒木が袖を通したところ、ぴったりであった。

「これは暖かい。何たることか。タケちゃん、ありがとう」

荒木が喜ぶ姿に数週間前の父親を重ねる笹田武雄は、突然、胸に込み上げるものを感じた。

彼は、妻の喜代子（70）と自家用車に乗り込むと、救急車を必死で追ったのである。

奥三河の、山峡の、カーブが左右にうねる国道一五一号線を猛スピードで走る彼らは、新城市旧鳳来町《ほうらいちょう》のコンビニ前の赤信号につかまって救急車との距離が離されたとき、直感のうちに、ああ父親は助からない……と観念したという。

時計は午後八時半を回った。

二人が新城市民病院の駐車場から救急処置室へと息せき切って駆け込むと、医師から促された先には、痩せた胸をはだけた父親が眠っていた。昔から大きな体躯をもった父親だと思ってきたが、ベッドに横たわる彼の体は驚くほど小さく縮んで手足だけが異様に長く見えた。

「ご愁傷様です。ただここでは死因が分かりませんので御遺体を改めて解剖されるか、御自宅に戻られて警察に任されるか決めていただきたいのです」

武雄は、初めて見る医師が、突然、遺体の処置について説明し始めたことに内心ムッとしたが、目もとにハンカチを当てた喜代子が、彼の右手をギュッと握ってくれたのだった。

笹田武雄は、妻の喜代子の手のぬくもりで冷静になる。

そして彼は、ながしの町の民俗芸能「花踊り」を舞う父親の精悍《せいかん》な横顔を思い出したのだった。

笹田純生（享年97）は、実に六十五歳まで花踊りの現役の舞手として大活躍し、長男・武雄を含む息子三人と舞いを披露することを何よりの楽しみにしていた。

武雄は、新城市民病院の救急処置室で横たわる純生の遺体に寄り添うと、

（ああ、この身体のどこに二時間ぶっ続けて踊り続けるエネルギーが秘められていたのか）

と思った。

さらに全国の建設現場の飯場をまわっては花踊りの季節——霜月を過ぎる頃にふらりと帰ってきて家族を安心させた若い頃の父親の笑顔が蘇《よみがえ》るとき、このまま無味乾燥な病院のがらんとした部屋に偉大な父親を置いてなるものか、と思った。

「家に帰ります。解剖せずに家に帰らせます！」

父親の亡骸は、病院が手配した葬儀会社の運搬車で笹田家へ送り届けられた。

しかし帰路、武雄の携帯電話に愛知県警設楽《したら》警察署から「御自宅に帰られたら、私どもが現場検証しますので御了解ください」という連絡が入った。彼は電話を切ると、暗澹たる気持ちになって運転する前方が涙で見えなくなったという。

「そこで俺は、とうとう『ながしの町民の会』の友川議員に電話したんだよ。あさひさんに、俺と一緒に警察の現場検証を見守ってくれんかとお願いしたんだよ」

設楽警察署の検視は、実際、詳細を極めた。

武雄は、警察の指示のもと父親の遺体を台所に改めて寝かすと鑑識二名による写真撮影、周辺との位置関係や遺留物の確認を見守る一方で、私服刑事一名が笹田夫婦を事情聴取し、神田信郎巡査長（59）と制服警官一名が家宅捜索を行った。

刑事は、武雄が箪笥から取り出した父親の預金通帳三通に目を通すと、

「これ、すぐに記帳してください」と命じ、笹田は、翌日、郵便局に駆け込んだ。

妻の喜代子は、刑事から「お義父さん、介護サービスを受けてなかったのですか」「本当に、ボケてなかったの」などと問い詰められ、義父の元気な様子を具体的に答えたのだったが、事件

性を疑ってかかる相手には伝わらず、真実を伝える難しさを感じた。そして彼女は、これまで、すぐ感情的になる夫を何度も諫《いさ》めてきたはずの自分自身が、今度は、同じ質問を繰り返す刑事を前に、怒りをあらわにせざるを得ない事態の奇妙さに気づく。

現場検証は日付が変わる頃まで続き、その物々しさは、近所の人びとの率直な哀悼に介入し、高齢者が自宅で亡くなる恐怖と不安を拡散するテコとなった。

警察官の一団がようやく去ると、新城市民病院の医師が言った「死因不明」は「事件性なし」というお墨付きに変わった。

2

友川あさひ（36）は、町立ながしの病院が「救急告示」を取り下げた重大さを改めて知る。入院患者が減ったり、病院収入が減ったりするだけではなかったのだ。

笹田武雄（72）は、あの夜、あさひに訴えた。

「オヤジは、ながしの病院を『かかりつけ医』にしていたんだ。それなのに、なんで宿舎の医者は駆けつけてくれなかったのか。日曜の夜中で面倒だったかもしれん。もう手遅れだったかもしれん。しかし先生がオヤジの死因を――こんなこと言っちゃいかんかもしれんが――適当に書いてくれさえすれば、死んだオヤジを、もう一回、あの冷たい台所なんかに寝かせるようなことをしなくてすんだだ……」

病院が救急診療を中止してしまうと、土日・平日の時間外の患者たちは、町外の病院に行かざるを得ない。最低一時間かけて向かう。救急車で搬送された場合、帰りの交通手段は？　タクシーのお値段は？　遺体搬送車の料金は？

死因不明で亡くなった笹田の父親のケースでは、警察の物々しい検視を受けることになる。

友川あさひは、笹田武雄の父親が亡くなった翌日、新城市消防本部に出向き、設楽町・東栄町・豊根村・ながしの町の救急搬送にかかる平均時間の電子データを提供してもらった。

北設楽郡四町村からの救急搬送の平均時間は、なんと一時間半であった。

あさひは、いま黄色のスノーウェアを着て小躍りする荒木善三郎（80）が亡くなったら、誰が発見するだろう、すぐに発見されるだろうか、この町には身寄りのない高齢者があまりにもたくさんいるというのに、と悔しく思った。

荒木が、突然、笹田武雄に言った。

「ああ、そう言えば、実は、君のお父さん……、二年前、私のインタビュー取材に『いま町は、第三の危機にある』と語ってたんだ。第三の危機がやってくることを知りながら、この国の政治家も町の連中も、みんな指を咥《くわ》えて見てるだけだと怒ったんだよ。私は、もう、本当にびっくりしちゃって……」

あさひと笹田も驚いて荒木の顔を見つめた。

そして荒木は、自分の花踊り研究が笹田の父親に取材できたお陰で完成しつつある……と告げたのだった。

「私たちは、みんな戦後の花踊りを知っているよね。先達たちの研究で明治・大正の花踊りも、鎌倉時代に成立したという一応の起源も知っている。戦後の民俗学ブームの折りには多くの写真家たちもやってきた。しかし、しかしだね、先の日中戦争、太平洋戦争下の花踊りがどういうものだったのか、そのことを、この町の誰一人として語らない、語ろうとしないのは、一体どういうわけなんだ。そもそも研究した者がないのではないかと気づいた私は、名古屋からの移住後、五年かかって笹田さんのお父さんの信頼を得て、ようやくインタビューに応じてもらったんだ」

そして彼は、なんと「録音テープは大事に取ってある」と言ったのだ。

花踊りとは、民俗学者の早川孝太郎（一八八九〜一九五六年）が昭和五年四月に発表した大著『花祭』で明らかにしたように、愛知県北設楽郡の集落に息づく民俗芸能・花祭と極めて似通ったものなのである。

例えば、柳田国男は、早川の『花祭』の「序」で次のように書く。

学界を驚倒せしむる千六百頁の大著は出現し、苟くも民間芸術を談ずるの士は、之を知らなければ恥といふまでになつた。……花祭のやうに濃厚に、今も演技の呪術価値を認めて居る例はもう沢山には無い。さうして又此一筋の道を通つて行く以外に、所謂凡人大衆の遠い祖先の生活に、近よつて見る道は無いのであつた。……民間伝承の学は之に由つて、改めて大いに興るであらう。

何よりも嬉しい自分たちの希望は、結論が今はまだ下されて居らぬといふことである。

早川と、雪降る長野県阿南町新野峠を越えた折口信夫は、『花祭』「解説」で次のように書く。

早川さんは、当然報いられたのです。唯一人の旅人として、村から村へ、木馬《キンマ》の道や、桟橋《カケハシ》を踏み越え、禰宜《ネギ》からみようど、宿老《トネ》・老女《トジ》の居る屋敷と言へば、新百姓の一軒家までも尋ね入つて、重い鈍い口から、答へをむしりとる様な情熱が、組織を生んだのです。もつとえらい事は、秘し隠しにせられた紙魚のすみかになつた伝法書や記録を、ひき出して来られた事であります。其結果は、我々の知る限りの神楽以外に、ある時代・ある地方から宣布せられた、一種の神楽があつて、其方式や、目的の点に於て、従来学者の定説変改を促す含蓄のあるもの、存して居た事が、見出されたのであります。

実業家の渋沢敬三は昭和三十二年、エッセー「早川さんを偲ぶ」で次のように書いている。

天龍川の中程、交通不便な隠れ里にも、似た山村地方の民俗芸能が、かくもエキゾースティヴな形量で世に紹介されたのは、昭和五年の当時としては正に驚異に値し、わが国の民俗学にも至大の影響を与えたのはもっともな次第であった。

如上の関係から昭和五年この出版慶祝として、小宅改築を機に最も因縁の深かった中在家《なかんぜき》の花祭を東京に招致し、柳田・折口・石黒諸先輩を初め、多くの知友に見て頂き現地へ出難き方々にも真似事乍ら花祭を味って頂いたのであった。出席者の御一人泉鏡花老はその後小説に花祭の光景を扱われた。

錚々《そうそう》たる民俗学者たちが、この三遠南信地域を「民俗学の宝庫」とのべる。長野県阿南町の「雪祭」、愛知県設楽町・東栄町・豊根村の「花祭」、静岡県佐久間町の「花の舞」、水窪町の「霜月神楽」、ながしの町の「花踊り」の祭具、儀式、舞踊や歌謡を一斉に並べてみれば、なるほど「同じ小枝に咲き出たもの」（早川孝太郎著『花祭』）と推察できるだろう。そして研究者や写真家は「笹田さんの舞を見れば、江戸時代や鎌倉時代の日本を感じられる」「彼の舞は、見る者を恍惚とさせる」などと高く評価した。

そんな伝説の舞手たる笹田純生（当時95）が、在野の花踊り研究者・荒木善三郎（当時78）の取材に応じ、研究史の空白となっていた日中戦争、太平洋戦争下の状況と花踊りの将来について自由奔放に語っていたことは、息子の武雄（72）を驚かせた。なぜなら純生は、なぜか、研究者や記者の聞き取りや取材をすべて断ってきたからである。

荒木善三郎（80）は、純生にインタビューした録音テープをカセット再生機に入れるとボタンを押した。

笹田純生の声

……ア〜、アア〜、これからオラが言うこと、お前さんに話すことは、オラが死んだあと、俺がこの世とオサラバしたあとに他人様に言うことが出来る。いいか、これだけは約束せろ、絶対だ、いいな（荒木の声「はい」）。む、それならよし、だ。それで、お前さんの研究書だかメモ書きだか、昨日、おおよそ読んだけどが、まあまあ間違っちゃおらんよ。このあたりの祭りは、阿南町の雪祭、北設楽郡の花祭、佐久間の花の舞、水窪の霜月神楽、みんな似ておる（荒木の声「赤鬼の面や衣装から舞の振付まで……」）。そうじゃ、そうじゃ。

しかし大きな問題の一つは、うちの町の「花踊り」の起源のことなんじゃ。

いまの若い衆らは、祭りの前に行う「神事」を見てとって、明治に遡ると考えておるようじゃが、本当だろうか。ホント、馬鹿なやつらよのう。

俺に言わせりゃ、花踊りの「神事」なぞ、明治政府が振るった「廃仏毀釈」の結果じゃねぇか……、つまり国家神道で頭のなかをいっぱいにした連中が、花踊りの本来の形式を大幅に改変し、乗っ取った結果なんじゃ。

俺はよう、現在の花踊りの姿は、徹頭徹尾、偽物じゃと思うとる。

（荒木の声「そんなこと、言っちゃって、大丈夫ですか」）

だからよ、お前さんには、オラが死んだあとに他人様に言えって命じとる。

そもそも花踊りの起源っつうのは、お前さんも知っているように七〇〇年前の鎌倉末期にある。

ほんで、神通力とか空中浮揚なんかを獲得した修験者が学んだ修験道のなかにこそ、花踊りの心もあると思うんじゃ。

鎌倉時代後期の修験者らは、血で血を洗う武家社会で敗れゆく皇族、武士たちを裏で支えた者たちよ。

で、彼らのうち南朝の皇子・大塔宮護良親王《おおとうのみやもりよししんのう》に仕えた何人かが、この奥三河へと辿り着いたと言われておる。

とにかく紀伊の熊野から信州の諏訪まで、山あり谷ありの道中を重い荷を背負って歩いてくるわけだ。そりゃあ、奥三河の集落に留まって休む者も出てくるだろう。

さらに奥三河の村人たちと苦楽を共にするなかで、修験者の彼らが、オラたちの先祖たる村々に授けていったもの——修験者が村を離れるとき「忘れ形見」として授けたものが「花踊り」なのであろう、と想像するのじゃよ。

オラは、花踊りの舞手を五歳のときから六十年間やった。

三人の息子との「四人ノ舞」は、そのうち三十年ほどやったことになる。

厳冬の晩、二時間三時間と一心不乱に舞ってると頭ん中は無になっていく。

そして夜が明ける頃、いよいよ「鬼ノ舞」とチェンジするわけなんだが……、オラはかねがね花踊りというものは、並大抵の人間が舞えるような代物じゃねえと考えてきたし、形式から言っても、とても凡人が考えつくようなもんじゃねぇと思ってきた。

やっぱり「現人神」になろうと訓練を積んだ人間たち、修験者——「超人」の仕業に違いねぇと思うんだな。

いいか……、お前さんも、よくよく考えよ。

で、この町には、田んぼも畑も、ほとんどねぇもの。あるのは山、山、山よ。

えらい学者は馬鹿の一つ覚えのように「花踊りは五穀豊穣のため」などと吹聴するが、オラに言わせりゃ、狭い川筋で、これっぽっちしか米が取れねぇような小さな村でよ、何を神様に祈るっつーことにならあよ。祈るもんなど、何もありゃせんのよ。

さらに、なぜ、夜明けに現れる「赤鬼」が「まさかり」なんか、担《かつ》いで踊るだか。

鬼の装束は、この腹に白木綿を巻いて五臓六腑《ごぞうろっぷ》の動きをとめ、新縄の帯は肘・腹・首に襷掛《たすきが》けして、これでもかとばかりに緊縛する。

鬼の面には、額と顎に「まくら」を当てて気絶するほどキツく縛る。

そんな格好でよ、一時間も踊ればどうなるか。

いかに頑健な若い衆でもヘトヘトになるし、頭のなかは狂っちまう。なるほど来世で神様とやらと遭遇するに違いねぇ。

（荒木の声「学者の早川さんは『花祭』のなかで「鬼は神または神に近いもの」と書いていますね」）

そうよ、そうよ。

オラの考えでは、鬼っつーもんは「超人」の喩《たと》え、超人とは修験者のことよ。

で、なんで、そんな超人さんが「まさかり」を担ぐのか。

そりゃ、オラたちの先祖が、奥三河の村人たちが、昔から木を伐《き》って暮らしてきたことの証拠じゃねぇか……、断じて田畑を耕して生きてきた訳じゃねぇってことで、オラの昔の家もどこもかしこも「まさかり」で大黒柱や梁を削って家を建ててきたんだから、波のようなギザギザ跡で一目瞭然よ。

荒木善三郎は、父親の生々しい声に感動して涙ぐむ笹田武雄に、

「私、いよいよ花踊りの核心……、修験者たちが、一時でも、この村に住み着いた理由を聞いたんですよ」と言った。


（録音テープの再生続き）

それはだな……、町内で一番多い風間姓の「鳩」の家紋に隠されておる。

あれは、実に奇妙なかたちをしておるだろう。お前、鳩だぞ、鳩……。

ある風間家の土蔵から出てきた古文書によると、落ち武者狩りに追い詰められた修験者たちは、村の集落の納屋に隠れておったのだが、敵に物音を感づかれて絶体絶命というところ、鳩の群れが草むらからバタバタ飛び立った！

で、彼らは一命を取り留めたというわけだな……。

つまりオラたち、活計《たつき》になるもんは山の木しかねぇ、貧しい貧しい寒村にはよ、たった一つ、修験者たちが求めて求めて手に入れられなかった「平和」っつうもんがあっただ。

で、おそらく彼らは、しばし、この奥三河の村々に留まって、平和な暮らしというものを噛《か》みしめる。元気を回復した修験者たちは、林業、道づくり、医術、わずかな田畑が豊かに実る知恵なんかを村人たちに授けていく。

もちろん村の娘と関係を結ぶ者も出てくるだろう。

いずれにしても頭襟《ときん》を脱ぎ、白装束の袈裟や法螺貝を捨てた筋肉隆々の「超人」たちが、一時、村人たちと平和な時間を過ごしたわけなんだ。

しかし……、本来、神様になろうとしている修験者の集団が、村々の平和な生活に溶け込んで、どんどん人間の穏やかな本性を取り戻していく……、この不自然さっつうのは、もう如何ともしがたいのであって、そういう目に見えぬ彼らの心の相克は、ながしの町の有名な民話「風ばあさ」に表れておる。

山道や川端、林や田畑で言い伝えられてきた民話では、この村の集落の貧乏な家――子が死んだ家、子だくさんの家、親が死んだ家、病人が住む家の土間によ、夜な夜な豆や麦の詰まった袋や桶・盆などの道具類がソッと置かれてるってよ。幼子三人を抱えるハメになった寛太爺《かんたじい》の家にゃ、着物四枚も置かれていたというから、すげえことだ。で、その幸いをもたらした者は近所の「風ばあさ」だという噂が立ち、みんなでお礼に行こうとしたら、その婆様は、もう、どこかに消えてしまっていたという話なんだが、俺は、この民話に修験道の「救世思想」を見るんだ。

「風ばあさ」は、まぎれもなく修験者のことよ。

その思想は、江戸時代まで脈々と生きてさ、花踊りの心だと思うわけだ。

ところが明治の国家神道による廃仏毀釈で「第一の危機」を迎える。

思想も形式も壊されて、修験道の口伝形式も「神事」に乗っ取られる。

「第二の危機」たる日中戦争・太平洋戦争では、仏教を連想させる鬼面のツノがもぎ伐《と》られ、「七生《しちしょう》報国の舞」なんぞをでっち上げてまで花踊りを守らにゃならんかった。

村の男たちがほとんど出征しちまって、灯火管制のもと爺さんと小さなオナゴまで動員してよ、あの過酷な舞を踊り切ったんだ。

で、いま「第三の危機」よ。人口減少と少子高齢化という最大の危機よ。伝統と文化を継承する子どもたちが消滅するという空前の危機がやってきただが、国も町も、なんも手を打たんという深刻な事態になっておる……

荒木善三郎(80)は、ここで録音テープを止めると、

「つまり、純生さんは、花踊りを授けた修験者とは、天地あらゆる物事に通暁した、多彩な霊的能力を操る超人だったということ。そして宮家準氏の著書『修験道』には、ズバリ『修験道の山岳修行は宇宙そのもの』とか『宇宙軸としての性格』などと書かれており、花踊りと宇宙という大テーマも……」と持論を展開し始める。

友川あさひ(36)は、

(なんと、これから荒木さん自身の研究発表が始まるのか!)

と驚き慌てると、

「ちょっと待って!」と言って、手のひらを前に出した。

「荒木さん。今日は、荒木さんの生活保護を申請する日なんです。早く支度しなきゃなりません。そのテープも書籍も、向こうの本棚に片付けてください」

笹田武雄も、あさひの真剣な目を見て「そうだ。僕も付いていくから」と同調した。

3

友川あさひ（36）が運転する宣伝カーは、荒木善三郎（80）と笹田武雄（72）を乗せて、設楽町にある愛知県の福祉事務所に向かった。

彼女は、笹田純生（享年97）が「第三の危機」と名付けた深刻な人口減少と少子高齢化に関して、昨年の町の出生数が三人、小学校の新一年生が七人であったことを紹介すると、同乗者二人は「ホント?」と目を丸くして驚いた。

笹田武雄は、町の花踊り保存会が新型コロナの感染拡大を理由に今年の花踊りを全集落で中止すると発表したとき、会長が「ただでさえ花踊りを継承する子どもがいなくなる……、舞の練習さえ出来ない。いよいよ伝統文化を閉じる時期が来たか」と、肩を落としたことを伝えた。

「私ら、七〇〇年の歴史が終わる目撃者なのか……」

「荒木さん、元気を出してくださいよ。そんなの、私たちが、子どもからお年寄りまで安心して暮らせる町づくりをすれば一発で解決する話です！　今日の署名提出と記者会見は、その第一歩じゃないですか！」

あさひが「ねぇ、武雄さん！」と同意を求めると、

武雄は「ああ、今日の署名の提出行動は本当に凄かったなぁ！」と言った。

宣伝カーに乗った三人は、本日二〇二一年一月八日の午前中、「ながしの町民の会」が、町の

透析・入院・救急医療を守る条例改正の直接請求署名を町の選挙管理委員会に提出し、記者会見した様子をようやく共有する。

荒木善三郎は「私は参加できなかったが、どこが凄かったの？」と訊く。

あさひは「てい子さん、ツタさん、澄江さん、久美子さん、順子さん……、みんな『町の医療を守れ』、『私たちは、民主主義とは何かを学んだ』と訴えて、すごく盛り上がったんですよ」と言った。

笹田武雄は「町役場前のスタンディングも凄かったじゃん！」と言った。

この日の午前七時半、記者会見に先だって、町民二十数人が「透析・入院を守れ」「町長は、町民の声を聞け！」「議会は速やかに可決せよ」などと書いたプラカードや横断幕を持って役場前ロータリーに集まったのである。

4

二〇二一年一月八日午前七時半、町民たちは、手に手にプラカードや横断幕を持ち、役場前に集まった。

笹田武雄（72）が少し遅れて駆けつけたとき、小川雄介（40）が一列に並んだ仲間たちに、

「いち、にい、さん、ハイッ」

とタイミングを図る指示の声をあげ、自ら両手を上げたところであった。

すると町民たちが凍える指で摑《つか》んだ二種類のカラー横断幕――「町長は、町民の声を聞け！」と「議会は透析・入院・救急医療を守る改正案可決せよ！」が、町庁舎を背景に鯉のぼりのように大きく翻った。

「オッ、いいです、最高です！」

雄介は、両手で大きなマルをつくる。

そして「休憩で～す」と言ってマルを解くと、町民たちの横断幕とプラカードも降ろされた。

「あ～。やれやれ」

「こりゃ、一大事になった！」

もはやモノを長く持ち続ける握力を失いつつある高齢の仲間たちは口々に言い合い、痺《しび》れる手のひらを揉みほぐすのだった。

井出義徳（75）は「雄介さん、あんたオーケストラの指揮者みてぇだな」とからかうと、舗道の縁石に腰をおろしていた金田たみ（80）が、

「そんなら、そのマイク使って、もうちょっと景気つけておくれんよッ」と大声で注文をつけると、休憩中の二十数人から笑い声があがった。

時計が午前八時に近づくと、どこからか大型の運搬車両が続々と庁舎前の駐車場に集まる。大型のワゴン車には「ＪＢＣ」「愛知テレビ」「テレビ名古屋」などと書かれ、誰もが見覚えのあるロゴマークが貼られている。ドアがスライドして開くと、放送用カメラを肩に載せた男性、さらに「報道」の腕章を巻いてマイクを手にしたスーツ姿の人びとが勢いよく出てきた。

こうして各放送局のクルーは、庁舎前にテレビカメラを設置すると、

「では、みなさん、よろしくお願いしま〜す」と言った。

雄介は、再び両手を広げると、

「みなさ〜ん、再開しま〜す！」と声をあげる。

「さあさあ、ようやくテレビが来たよテレビがよう。これからが本番よぉ」

「あんたら、キレイに撮ってくれんとワシ抗議するでな！」

庁舎前の人びとは、わいわい言いながら立ち上がった。

記録係の友川あさひ（36）は、庁舎前の道路を隔てた駐車場に立ち、携帯電話のカメラ機能をオンにすると、「ながしの町民の会」メンバー、署名にサインした町民、署名を集めた「受任者」たちの行列がどんどん大きくなっていく様子を撮影する。あさひは、夫の小川雄介の心もとない指揮のもと、テレビ局のリクエストにも合わせながら、高齢の仲間たちが横断幕とプラカードを掲げては降ろし、降ろしては掲げる姿に目頭が熱くなっていく。


笹田武雄は、横断幕の上げ降ろしをしながら、

「そう言えば、組合やってた頃、国労・全逓の奴らと、まちなか商店街から病院までの道のりをデモしたことがあったなぁ。いま思い出した。俺も若かったよ。マイクを握って『中曽根内閣は退陣せよーッ、売上税はやめよーッ』なんて叫んだもんだ。今日は、三十数年ぶりのデモになるんじゃないか」と言った。

井出義徳（75）は、生き生きした表情で、

「今日は『デモ』じゃないらしいぞん。『スタンでんぐ』つうだってよ。要は、立ちんぼ、だな。年末の打ち合わせで、誰かが『デモやるか！』と言っただが、ツタさんが『よう歩けんかもしれん』と弱音を吐いたら、みんな『それじゃ可哀想』とか言って、この『スタンでんぐ』つうのになっただわ。俺は大工だったもんで、生まれて初めてこんなの持ってやるだが、今日は、記者は来るわテレビも来るわで、これはこれで賑やかで楽しいもんじゃないか」と捲し立てた。

元県職員の石田和子（75）も、

「こんなの、役場勤めの組合活動も含めて無かったかも」と呟いた。

すると笹田武雄は「それもこれも、あんたら女衆のお陰だいね。てい子さん、ツタさん、澄江さん、透析の順子さん、で、井出さんの奥さんの久美子さん……、女の衆が、俺たちの前に立って進んでくれたから、ここまで来ただ」と言った。

「あれ？　その女の衆ら、どこにおるだか？」

武雄が、そう言って顔を左右に動かしたとき、

「みなさ～ん、中部新聞、毎朝新聞、地元紙の記者さんも到着しましたよ～。さあ、もう一回、上げ下げしますよ～」

と、小川雄介（40）が、何回目かの合図をした。

「やるぞ～」

「オーッ」

こうしてリハーサルは無事に済ませたものの、午前八時半の署名提出時には、庁舎前に集まった人びとのほぼ全員が疲れ果て、道路の縁石に座り込んでしまう有り様だった。

友川あさひ（36）は、ふと（署名を開始するとき、ほとんどのマスコミは無視したというのに、どういう風の吹き回しだろう？）と思った。今朝、すべての新聞社とテレビ局が、名古屋市から静岡県・長野県との県境にある小さな町まで取材にやってきたからである。

あさひは、思わず「署名の数かな……」と呟いた。

この署名は昨年十一月三十日から一か月間、署名を集める「受任者」を増やしながら取り組んだ。各人の家族、親戚、友人、地域、サークル、町内の数少ない事業所にも訴えて署名簿を積みあげていったのだ。

あさひは、金田たみ（80）の一筆を皮切りに五十七筆を集めた。

彼女は、みんなが年末の打ち合わせで持ち寄った署名簿の山を前にして、町民を信じること、真実と正義に立って勇気を持つことの大切さを思い、このことを貫けたことは、日本共産党員である己《おのれ》の自信にしていいことなんだと思った。

町の庁舎前では、プラカードと横断幕を持った三十人を超える仲間たち、新聞記者、テレビ局のクルーが、肝心の署名が届くのを待ち構えている。

「さあ、みなさん、あそこのバス停を御覧ください！」

小川雄介（40）が左手を広げ、まるでスター俳優やスポーツ選手でも紹介するように叫んだ。

ちょうど町営バスが排気ガスを巻きあげて通り過ぎたあとで、向かいのバス停には、

佐藤てい子（88）

風間ツタ（85）

井出久美子（77）

岡村順子（75）

畠山澄江（78）

の「女の会」五人が、晴れやかな表情で立っていたのである。

メンバーの一人である石田和子（75）は、今朝になって、夫から「お前、記者会見には出るなよ」と言われており、それを拒むことが出来なかった。

彼女は、庁舎前で涙を拭いながら「おーい、みんなぁ、署名、頼んだよぉ～」と叫んだ。

「和子さ～ん、大丈夫。大丈夫よ～」

佐藤てい子は、手のひらを上下に振りながら言った。

彼女は、署名の代表者たる風格が漂う真っ赤な道行コートを羽織った着物姿で、和子に向けて「任せろ、任せろ」と唇を尖らせて言った。

風間ツタは、佐藤の出で立ちと合わせた紫色の道中着を羽織っての登場である。

この寒さで膝が痛むのだろうか、右手に杖を持っていた。

元看護師の井出久美子は、ブラウンのツイードジャケットを着こなし、これから提出する署名簿の束の半分を辞書でも持つように胸に抱えている。

彼女は「行ってきま～す！」と大きな声で言った。

もう半分の署名簿の束を抱えているのは、透析患者の岡村順子である。

なんと彼女はサングラスを掛けている！

オレンジ色の登山用パーカーとブルージーンズ姿の順子は、少し舌を出した。

畠山澄江が「さあ、行きましょうか」と先をうながした。

彼女は、前身頃の幅が広く重なったグレイのブレストコートの下に黒のシックなスーツと襟元をフリルが包んだシャツを合わせている。

女性たちはバス停前の道路を渡り、町庁舎のロータリーを登っていく。

報道陣のカメラはシャッター音を響かせ、ビデオカメラは彼女たちの颯爽とした姿を追う。

三十人以上の町民たちが、拍手や声援を大いに送る。

「てい子姉さん、がんばれ～」

「負けないぞう～」

日本共産党の議員が不在だった二十年間、ながしの町では署名運動は皆無であった。

この日この時、透析・入院・救急医療を守りたいという気持ちを一つにした町民が、保守一択の専制政治が支配する「物が言えない町」に大きな風穴を空けた瞬間だった。

5

記者会見は、ながしの町役場二階の会議室で開かれた。

新聞記者五人、テレビ局のカメラ三台、町の総務課職員二人が、前方に並べた長机に座る女性たち五人を見つめる。司会は小川雄介（40）であった。

まず佐藤てい子（88）が、落ち着いた紺色の着物姿で立ちあがると、今回の署名運動の概要を説明した。

すなわち「ながしの町民で医療を守る会」は十八人（うち「女の会」六人）という少人数であったのに、署名の数が増えるに従って署名を集める「受任者」が増えていき、最終的に六十八人にのぼったというのである。

そして昨年十一月三十日〜十二月三十日までの一か月間、死に物狂いで集めた結果、有権者の半数に迫る一〇七九筆もの署名を町の選挙管理委員会に提出する予定だという。

署名簿の提出日は、本来、取集期間の終了後五日以内と法定されていたが、町の選管は、年末年始の公休日に当たる六日間を考慮し、一月八日にすることを認めてくれた。

署名数一〇七九筆と発表した瞬間、静かな衝撃が走った。

てい子は「正直、こんなに集まるとは誰も思わなんだよ。これほど多くの町民が、町の透析・入院・救急医療を守りたいと願っておって、勇気を奮って署名を書いたという明々白々の意思というもんを、町長と議員のみなさんにおかれましては、ホント、しっかり受け止めてもらわんと困ると思っとるだわ」と言った。

元看護師の井出久美子(77)はマイクを受け取ると、

「私……、この町で働き、子育ても親の介護も終えて、やれやれ、ようやく自分の時間が使えるなぁと思ったとき、降って湧いたような透析と救急の中止、入院を廃止する計画を知り、迷いに迷ったけど病院サイドの鈍さも気になって元看護師として黙っていられなかった……」と言い、そこで言葉に詰まってハンカチを目もとに当てて俯《うつむ》いた。

しかし久美子は、再び顔をあげると、

「ふつう、私たち、少なくとも私は、こんなことがあると誰かと文句を言い合って終わり……、のはずなんです。でも今回は違ったんです。透析が中止になると困る患者さん、これから入院にお世話になる私たち高齢者がいて、つまり町民の命を守るかどうかという、とっても大きな問題を前にして、私、どうしても引き下がるわけにいかなかった。じゃあ、どうする? じゃあ、何をすればいいの? と話し合ううちに、いま後ろで写真を撮ってくれてる友川議員のニュースや大道寺弁護士の学習会で、私……、私たちは民主主義という言葉の意味を初めて学んでいった。だからこそ、最後まで立ち続けることができたんです」と語った。

友川あさひ(36)は、小さな携帯電話の画面のピントを女性一人ひとりの顔に当てているうちに涙が溢れてきた。

会見にのぞむ女性たちは、自信に満ちている。

畠山澄江(78)は、マスクを外して尖った唇を震わせた。

「私は長く教鞭を執ってきましたが、恥ずかしながら民主主義の意味なんてまったく理解していませんでした。辞書などで『民主主義』と引くと『人民が権力を所有し、行使する政治原理』などと書いてあるのですが、もうサッパリです。私の人生を丸ごと費やした教育の世界でも、教師たちが権力を行使する機会なんてなかったと思うんです。国会も議会も表向きは民主主義を標榜しながら、私たち国民多数が望んでいる政策を決めてくれたことなど一度もなかったんじゃないか、と気づくと、そこで行われていたのは単なる多数決で……、男性議員の『異議なし』という声で……、単に、私たちの声を押しつぶす光景だったんじゃないかと……」

友川あさひ(36)は、澄江の、白シャツの袖をたくしあげて露わになった細く筋の通った腕を見て、そして彼女の凛《りん》とした声を聞いていると、かつて小学校教師だった頃の畠山澄江先生の姿がありありと目に浮かんでくる。

さらに澄江は、町役場に女性の課長がおらず、町の女性たちが各集落の区長や役員からも長く排除されてきたこと、岸田町長が委嘱する審議会や委員会の委員を男性の元職員や元区長が独占している現状も告発した。

「……女性差別だけではありません。いまようやく性的マイノリティーの権利が議論され、同性パートナーシップ制度を導入する自治体も出てきました。これら諸問題は、おそらく江戸時代にもあったし、近代では積極的に抑圧されてきたものでしょう。女性の参政権だって日本が戦争に負けなかったら付与されたかどうか怪しいものです。ようやくいま、私は、民主主義とは……、多数派による多数決を意味するのではなく、むしろ少数者の声に耳を傾けて政策に反映していくプロセスのことではないか。賛成派と反対派が、じっくり話し合うこと、いくら時間とコストがかかってもいい、そうして結論を見つけていくことが民主主義だと学んだのです」

風間ツタ（85）は、淡い若草色の着物姿である。

彼女は「澄江さん、あんた、上手いこと、言うなあ！」と言ってマイクを握る。

「オレは、この人のように難しいこと、よう分からんし、よう言わんが、ただ、オレも民主主義っちゅうもんが大切だということは言いたいなぁ。そりゃ、いまの町政を見りゃ分かることだが、こんなふうにデタラメになったときにゃ、選挙だ議会だというのとは違う、なんだ、もう一つの直接民主主義っちゅうもんがあるという希望が、今回の大きな発見だったということよ……」

ツタは、そこまで言うと、もう感極まったように胸を叩く。

「……オレもな、今回、初めて民主主義っちゅうもんを知っただ。オレの人生、これまで困ったこととか揉め事はよ、だいたい区長から始まって議員の先生とか偉い人に任せりゃなんとかなると信じて暮らしてきただが、この歳になって、ハッと気づくと大事な入院が無くなろうとしとるじゃないの。ふるさと奥三河の町村に住む人口の半分以上が、ダンナのいねぇオレたちバアさんが、たった一人で暮らすことになろうとしとるのに、町が入院ベッドを無くしてどうならぁね！町外の病院に着くまで救急車に乗って一時間半かかるなんて、あんた、途中で死んじまうわ！そんな、このオレの、どうにもならん怒りをよ、悲しみをよ、いったい誰にぶつけりゃいいかと、ほとほと困り果てていただ。だってオレは自民党の他に投票したことがねぇもの。そりゃ、もう、歯磨きみたいな毎日の習慣みたいなもんでさぁ……」

友川あさひは、思わず二〇一九年七月二十一日投開票の参議院選挙で開票立会人になったときのことが頭に浮かんだ。

あの日の午後八時半、町立体育館の真ん中に置かれた作業台には山となった投票用紙があり、それが巨大な「自筆文字読取機」に取り込まれるやいなや、猛スピートで、投票用紙に書かれた種々様々な筆跡が正確に識別され、あらかじめ町職員が指定しておいた政党と候補者の貯蔵棚《スタッカー》へと落とし込まれる。それぞれの棚が投票用紙で一杯になると、職員たちが手分けして用紙の表記を確認する作業を行う。それが終わると、投票用紙を輪ゴムで五十枚とか百枚の束にまとめて、比例と選挙区の立会人へと手渡す算段になっていた。

あさひの期待は、粉々に打ち砕かれていった。

彼女は、自分の席に寄せられる確認済みの投票用紙五十人分を、それこそ一枚一枚、目を皿のようにして調べていくのだったが、老若男女、実に多彩な書きぶりで記入された「自由民主党」「自民党」の文字を見ると、まるで信じていた世界が歪むような目眩に襲われて、立会人の作業が滞ってしまったのだった。

やがて総務課長の山寺郷士朗（当時58）が、町の選挙管理委員会に開票作業の「結了」結果を報告した。

自由民主党　九四九票
公　明　党　二三八票
日本維新の会　七五票
国民民主党　一一四票
立憲民主党　二五一票
日本共産党　一一八票
社会民主党　二〇票
れいわ新選組　四二票
ＪＢＣを壊す党　一〇票

あさひは、自民党の強さは不正や陰謀によるものではなく、党と候補者たちの必死の活動の「賜物」だと思った。

友川あさひは、いつか「しんぶん赤旗」読者から、

「あんたの党が弱いのは、お祭りや運動会にこまめに顔を見せんからよ。どこに候補が居るのか分かりゃせんで」

「おたくの党がおかしいのは選挙が終わると、すぐに前の候補者が消えることよ」

などと厳しく叱られたことがあった。

地元選出の自民党国会議員は、折々の町の式典、運動会や敬老会まで顔を見せ、冒頭一分間の挨拶で参加者の心を摑む。彼の報告が、どれほど空疎な内容だろうと、その分かり易さと「現在建設中」と強調する大型公共事業の費用の総額や進捗の報告が、人心を安心させる土台になっているような気がする。

あさひ（当時35）と小川雄介（同39）、坂野宮子（同93）は参議院選挙のとき、ポスターを貼り、全戸チラシを配布し、街頭宣伝を行って、

「みなさん、どうか投票に行ってください！」と呼びかけた。

しかし、いま、友川あさひは反省する――私は、心底から町民のみなさんに「比例は共産党」「愛知県選挙区は諏訪かずみ」と訴えただろうか、と。

彼女は、安倍政権の悪政を乗り越える勇気と根気と、自分らしい言葉を心の真ん中に据えることが出来なかったと思う。そんな私たちの自信のない訴えなど有権者に届かない、結果、投票所にさえ足を運んでもらえなかったのではないか、と。

友川あさひは、「女の会」の記者会見の様子を携帯電話で撮影しながら、

（ああ、悔しい。悔しすぎる！）と思った。

そのときである。

風間ツタ（85）が、人差し指を記者会見の会場の後ろに向けると、

「……で、そこで、カメラを撮ってくれておるオレの孫みたいな共産党の議員さんに出会って、オレは、真実を知っただよ」と言った。

「……まあ、それが、どういうことかとしゃべり出すと、長い話になっちまうからよ、ちょっとにしておくが、これも町民の会のメンバーに教えてもらったことだ。このメンバーも、オレと同じ、ずっと自民党に入れてきた町の元職員だがよ、その男と一緒に、町議会の一般質問のテレビを見ただ。そんで、あそこにおる友川あさひ議員が、オレたちが思ってる通りのことを言ってくれて、愉快痛快、あのバカ町長を追及してくれとるっちゅうことをだな、初めて知っただよ」

さらにツタは「最後に、もう一回、民主主義っちゅうもんについて言わせてくれ」と言った。

「オレは、もう八十五よ、もう先のない老いぼれのヨボヨボじゃが、この一年間を振り返ると、オレ、もういっぺん、新しい人生を生き直した気がするだわ。それはな、いままでの暮らしなら絶対に出会えなかった仲間と出会ったことよ、そんで、その新しい人らと何回も会議や学習会を開いて、とにかく話し合ったことよ。オレのような頑固なバアさんの言うことを、みんな、よく聞いてくれてよ、ときには、その娘っ子みたいなのが反論までしてくれるもんで、そんな毎日が、味噌汁をつくるときに剝く白菜のように瑞々しかったんじゃ」

最後の発言者は、岡村順子（75）であった。

彼女は、落ち着いた声で「透析患者の岡村と申します」と頭を下げた。

そして「実は私、ここに今朝の新聞を持ってきました」とのべると、手に持った新聞を広げて、その一面に掲載されている、トランプ米大統領の支持者が国会議事堂に乱入した事件を紹介したのであった。

会見を取材する記者たち、司会の小川雄介、記録係の友川あさひは一様に驚く。

友川あさひは、再び、ながしの町の医療を守る直接請求署名の運動と同時並行で始まったアメリカ大統領選の開票作業から目が離せなかったことを思い出す。

民主党・バイデン候補の初当選か、共和党・トランプ大統領の再選か。

全米五〇州およびコロンビア特別区における選挙人の争奪戦は、まるで赤石と青石の白熱した棋戦のような様相を呈した。その結果、バイデン新大統領が誕生することとなった。

あさひは、トランプ大統領のセクハラ行為、非科学的なコロナ対策、地球温暖化対策を訴える活動家への敵視、嘘とデマにまみれた人種差別発言をＳＮＳに垂れ流してきた姿に憤慨していたから、バイデン候補の勝利に小躍りして喜んだ。

ところが一昨日の六日、アメリカ連邦議会が、大統領選の結果を認定する会議を開いていたところ、トランプ大統領の支持者（その一部は武装した者も）が国会議事堂に乱入し、議員たちは避難して無事だったものの、警察官と支持者の間で銃撃戦が始まり、何人かが亡くなったという前代未聞の事件が起きたのだ。

岡村順子の瞳は、赤く充血していた。

「……私が、なぜ、この記事を紹介しようと思ったのかと申しますと、海を隔てたアメリカという国では、いま、自分たちの思うような結果にならなかったことに怒った人びとが、暴力を振るって議会を壊そうとしている、その恐ろしさと同時に、実は、私の心にも彼らと同じ……、議会や行政を無茶苦茶にしたいという衝動があったことを告白するためなのです。私は、透析患者です。ながしの町が昨年九月、突然、しかも秘密裏に透析中止の決定を行ったあと、この一年間、とくに患者会で集めた署名が議会で否決されたあとなどは、日々、私の体は、少しずつ底なし沼のなかに沈んでいく感じでありました。夜も眠れず、精神科に通うかどうかと悩んだほどです。……しかし、それでも町民学習会を重ねて、昨年の秋頃、大道寺弁護士から『日本には直接請求制度がある』と教えられました。その制度は、町政と私たち有権者の要求が著しく乖離する場合には、私たちの署名の力で政治の方をひっくり返すことが出来るというものであり、その驚きは、希望となって私の足もとの泥沼を一瞬で乾かしてくれたのです」

順子は、ここで咳払いをして、声の調子を整えた。

「ここにいるメンバーのみなさん、それぞれ仰った通り、私たちは、初めて民主主義というものを体感したのだと思います。そして今回、私たちの訴えに一〇七九人もの町民のみなさんが勇気を奮って署名してくださった……、今度は、私たちの町議会が、この結果を、しっかりと受け止める番だと思います」

佐藤てい子は、発言者全員の顔を確認したあと、

「記者のみなさん、つまり署名っつうのは単なる紙の束じゃねぇってこと、ワシら町民の思いが込められた魂ってことなのよ！」と大きな声で言った。

二〇二一年一月八日、アメリカ合衆国から遠く離れた島国・日本の、さらに小さな「ながしの町」で、平和のうちに直接請求署名が提出された。

しかし友川あさひは、アメリカで起こった民主主義を破壊する暴力は、この日本でも起こりう

るのでは……と予感していた。

年末の新聞各紙は、右翼的な言辞で知られる作家や医師、名古屋市長が主導した愛知県知事のリコールを求める直接請求署名において、県の選挙管理委員会が、提出された署名簿に市町村の選挙人名簿に登録されていない人物や同一人物の筆跡と疑われる署名が大量に存在する——偽造署名が含まれる——ことを明らかにした、と報道していた。

政治が、その役割を果たせなくなるとき、暴力と嘘・デマが一気に蔓延《まんえん》する。

友川あさひは、町議会で垣間見る町長や議員たちの表情や言葉のなかにも、そんな兆しを感じ、この署名に付した町の医療を守る一部改正議案が提出される臨時議会に際しては、決然たる態度でのぞまなくては！　と気を引き締めた。

司会の小川雄介が、緊張した面持ちで、

「それでは質疑応答に入ります。挙手のあと指名された方は、所属と氏名をお願いします」

とのべると、

「はい」「ハイッ」と相次いで記者の手があがった。

「毎朝新聞の曽根です。二点ほど伺います。一つは、今日、女性の方だけが並んで発言されたことに何らかの意味があるのかということ。二つ目は、今後の焦点です。今日の署名提出後、選管による二十日間の審査、さらに一週間の縦覧が行われます。そうしますと臨時議会は、おそらく今月末か二月初旬に開催されると思われます。御承知のように県知事のリコール署名は前代未聞の偽造事件と言われておりまして、もしかしたら、みなさんの署名も、審査や縦覧で無効とされる判定や町民からの『異議申出』が出てくるかもしれません。しかし、まあ、有効署名の要件は五十筆ほどなので、署名自体の有効性は覆らないと思いますが、そのあたりの見解と今後の見立て、見通しを伺いたいと思います」

佐藤てい子は、間髪入れず記者に答えた。

「記者さんの一点目の質問だな……、ワシらオナゴが『ひな壇』におるワケは、年末の打ち合わせで話し合った結果なのよ。男も女も公民館に集まって署名の数を調べとるときに『署名の提出と記者会見、どうするよ?』と言い合って、まあ、男たちが『一番がんばったのは町の女たちだ』と言ってくれたの。で、オトコの雄介さんに司会をちょこっとやってもらって、ワシら女の会メンバーがここに出張ったということ。二番目の質問は、何だったたっけな……」

風間ツタの口が、てい子の耳に近づいて何やらゴニョゴニョ囁《ささや》くと、てい子が「あんた、耳ええなぁ！　あんたが答えりんやれ！」

と、マイクをツタに押し付けたため、記者会見場に笑いが起こる。

ツタは、キッパリと言い切った。

「オレたちの署名は、どこかのバカどもと違って無効も偽造も一筆もねぇよ！」

さらに記者が何か言いたそうに立ち上がるのを制し、言い放つ。

「あんた、オレたちが署名を集めるところを見たことがねぇから、そういう質問するんだと思うが、オレたちは、六十八人の受任者は、町内一軒一軒を歩いてまわって、直接、その場で書いてもらうところを見てきた。オレには、町民の覚悟を疑うことは出来ねぇし、選管には一刻も早く『有効』って言ってもらいてぇの！」

ていう子が、間に割って入るように言った。

「町長や議長のアホは、臨時議会を開かずに、三月議会の議案のもろもろと……、味噌もクソも一緒くたにして、ワシらの改正議案も反対多数の多数決で葬るつもりらしいじゃんねぇ。しかしワシらの考えとしては……、この署名一〇七九筆を、今日、提出するとだな、しっかり法律には審査二十日間、縦覧一週間って決められとるもんで、選管の計算が狂わん限り、ワシらの条例案一本で、二月中には臨時議会が開かれると思っとる」

次の質問者は、日刊おくみかわの記者だった。

「地元紙の記者をしている岡倉です。ながしの町の町史を調べますと、今回の、このような直接請求の権利行使は初めての出来事のようです。私は、透析患者の方々も取材しましたので、ぜひ、町長や町議会は歩み寄ってほしいと思っています。しかし現実は、改正議案が可決する見込みは極めて難しい。定数八の議会で清野さんと共産党さん以外が反対して否決でしょう。その場合、否決後の一手、新たな戦略と言いますか、みなさん、次の手は考えておられるでしょうか」

友川あさひ（36）は、岡倉睦彦記者（34）の鋭い質問に感心して思わず動画撮影モードの携帯電話から目を離した。岡倉の後ろ姿を眺めながら、彼の「否決後の一手」「新たな戦略」という言葉を反芻《はんすう》した。

ひな壇の女性五名は、記者の質問にたじろぎ、お互いの顔を見比べて適切な回答を探している。

岡倉記者は、業を煮やしたように質問し直した。

「端的に……。みなさんの議案が否決された場合、町長リコールに進む考えはありますか？」


町長リコール！


記者会見場に緊張感が走った。

だが、この言葉が飛び出したのは、この場が初めてではなかった。

実は、年末の署名数を数える打ち合わせのとき、誰ともなしに「リコール」という言葉が発せられ、メンバーのなかで議論が交わされていたのだった。

誰かが「私らが、あの町長をクビにするの？」と呟き、また誰かが「ええッ！」と驚いたように声をあげて、またまた別の誰かが「そんなの無理、無理！」と言い放ち、みんなで笑い合ったくだりを、あさひは覚えていた。

さらに年末の打ち合わせでは、県会議員・川藤信一郎（70）が、無所属の川田智彦議員（73）宅に入って行ったという目撃情報も寄せられたのである。

川田は、昨年の三月議会で町営ながしの病院の透析室を守る請願に賛成した議員であり、今度の臨時議会でも、医療を守る条例改正案に賛成してもらいたい一人であった。

――川田さんが賛成にまわると、あさひさん、清野さん合わせて三人。私たちが、あと一人を説得すれば賛成多数の可決も夢じゃない。だから町長派は、県議も巻き込んで多数派工作に奔走してるってわけか。

――リコールが成立する要件は、全有権者数の三分の一なんだよ。ハードルはグッと高くなる。署名はこんなに集まったけど、いざリコールとなると……。

――私たち、リコールしないために……、町を二分しないために、この署名に取り組んだんじゃないの?

早くも「私、怖い」という声があがったのだった。

記者会見の司会・小川雄介が、マイクを受け取って言った。

「……町長リコール、いまのところ、私たちは考えておりません。まずは透析・入院・救急医療を義務づける条例の一部改正案を成立させるために全力を尽くします。そもそも町長リコールは、選挙で決まった町のトップを任期途中で否定することなので、軽い気持ちで行使することは出来ません」

町総務課の若い職員二人が、記者会見場の一番後ろに控えて、小型カメラで一部始終を録画していた。

6

友川あさひ(36)がハンドルを握る宣伝カーは、年末に降った雪が溶け残って白く凍りついた山道を走っていく。

目指す先は、設楽町にある愛知県の福祉事務所である。

荒木善三郎（80）は、マスクを顎にかけて言った。

「私は、町長リコールまで突き進みたいですよ」

助手席の笹田武雄（72）が「俺も、ゼンちゃんに賛成だ」と言う。

「だって、俺たちが集めた一〇七九筆の署名を議会が否決するなら議会解散――議会リコールだっていいと思うんだ。あの議員の連中だってさ、改革派を名乗る町長に押さえつけられていることは明らかなわけで、俺は議会解散よりも、やっぱり、あの町長の首をすげ替える方がいい」

あさひは、荒木と笹田が町長リコールに踏み出すべきだと息巻いたことに少なからず驚いた。

そして今日の記者会見で、佐藤てい子（88）を筆頭に五人が自信に満ちたスピーチを行ったことも合わせ、ながしの町内で一〇七九筆もの署名を集めた事実の力が、これほど町の風景を一変させ、人びとの心を明るくさせるのか、と思った。

荒木善三郎は、使い古されて茶色く汚れたマスク越しに、

「あさひさんも町長リコールをやるべきだという立場でしょう?」と訊ねた。

「ええっと……、荒木さん、いや荒木教授、笹田さん、私、実は迷っているんです」

「そ、そんな……、なぜ?」

「私は、日本共産党の議員なんです。共産党の議員は、第一に町民の苦難軽減のために働くわけですけど、これから町長リコールをやるかどうかについては、まだ、私たち党支部で話し合った

こともないですし、『ながしの町民の会』でも本格的に議論していませんよね……、そんな状況で、私が勝手に個人的な意見を言うわけにはいかないのです」

笹田武雄が、あさひの返答に呆れたように、

「まったく。あさひ議員は、いつも慎重すぎるんだよなあ」と言った。

「……あさひさん、俺、ここで言わせてもらうけど、リコールやるかどうかって、今日の、ゼンちゃんの生活保護の申請と同じことだと思うんだよ。いま暮らしが成り立たない人は、福祉事務所の窓口に相談できるでしょ。でも、これから北設楽郡四町村から透析・入院・救急医療が無くなっちゃえば、俺たち、生活保護のように駆け込める相談窓口も制度もないわけで、どうしようもなくなる。町長も議長も『年寄りは早く死ね』『病気持ちは黙って死ぬか、町から出ていけ』と考えてるんだ。そうなると俺たちが、主権者たる町民が、いまの町政をひっくり返して、透析と入院、救急医療のある新しい病院、有床診療所をつくるしかない。高齢者が安心して暮らせる制度を新しくつくりだすしか……」

笹田武雄の決意に合わせるように、荒木が「作らんと！」と言った。


友川あさひは、北設楽郡設楽町へと続く山側斜面に氷の白粉が吹き寄せられた一本道を見つめている。

ながしの町の人口の半数以上が高齢者である。そして町の高齢者の基礎年金は、平均年五十万～六十万円であった。すなわち、少なくない町民が月四万～五万円＋αで生活しているのだった。

あさひが、いつか、ある集落の八十代の夫婦に「ながしの民報」を手渡したとき、大きな鍬をかついだ夫から、

「わしらの綱は、二人合わせて月十万円の国民年金だが、ワシが死んだら、ワシの分は遺族年金として家内に譲れるだか?」という切ない質問を受けた。

「お父さん、それは出来ないんです。厚生年金には遺族年金という制度がありますが、お父さんの国民年金には無いんです」

あさひの即答は、高齢夫婦の痩せた胸を深く抉《えぐ》ったようだった。

「なんと! わしのは厚生年金とやらと違うのか。じゃあ、わしが死んだら、こいつ、どうやって暮らせばよいだか。昔、国は『年金百年安心』とか言っておったじゃないか! 百歩譲って、わしの年金がパーになってもよ、せめて、うちのやつ一人分の年金で入れる介護施設をつくってくれんもんか……」

彼の言葉の勢いは小さくなっていくのだが、やがて政治とは切れたところで、

「わしらのような真面目に働いてきた人間が放っておかれて、生活保護をもらっとる連中が旅行やらパチンコやらで遊んどると言うじゃないか!」と怒気を強めた。

生活苦は、高齢者だけではなかった。ながしの町の平均年所得は、県内最下位だった東栄町に抜かれて、現在一九〇万四〇〇〇円という低水準なのである。

しかしなのか、それゆえになのか、生活保護の活用者への誤解も甚だしいものがあった。

活用できる者は、年金だけで生活できない高齢者、失業した人、派遣やパートなど低賃金の人

びとまで幅広い。それなのに生活保護の保護率たる全国1・64%を、ながしの町の人口に当てはめると四十人の活用者数になるはずなのに、実際の活用者は二人なのだ。

この町で、いったい何が起きているのだろうか。

しかも生活保護の支給額は二〇一三年から段階的に引き下げられてきた。

いま全国の活用者たちは、日本国憲法が保障する「健康で文化的な最低限度の生活」に満たない状況を強いられているとして国や自治体を相手取り裁判をたたかっていた。

荒木善三郎の生活保護申請が通れば、町内三人目になる。

彼は、この間の厳しい生活苦を振り返ると、

「……この夏、クーラーが壊れて往生したし、料金滞納で電気も水道も止められた。食べものも無くなって公衆電話から『あさひさん助けて』とお願いした。生活を立て直そうにも、もう八十なんだ。コロナ禍で収入が四万円も減れば、もう無理だよ。それで私、町民から指を差されるのを覚悟して生活保護の申請を決めたんだ」と言った。

荒木善三郎は、神奈川県秦野市の生まれである。

高卒後は都市銀行に就職し、営業成績トップの「銀行マン賞」を二度も受賞した。しかし二十五歳のとき、過密な労働環境のもと体調を崩して退職を余儀なくされる。それ以降、アルバイトで食いつなぎながら全国を転々とした。平成二十年、若い頃に夢見たという民俗学——奥三河の花祭と花踊りの研究に専念するため、ながしの町に移住したのであった。

「平成に入るとバブルが崩壊してさ、テレビをつければ銀行再編と大リストラのニュースばっかり。私は、幸せな方だったのかもしれないなぁ」

「……それにしても、荒木さん、やはり、パートナーと暮らすとか家族をつくるとか、そういう人生設計もあったのではありませんか」

「いやいや、私なんか、そんなこと、とてもとても」

町営住宅を初めて訪ねた友川あさひに、荒木は優に三時間、身の上話を語ったのである。

あさひの二度目の訪問時には、

「新聞に折り込まれた会のニュースを読んだよ。私、この町の医療を守る住民運動に参加しなきゃ絶対に後悔するって、すぐに確信したね。まさに運命だよ」と言い、「ながしの町民の会」の例会に参加するようになる。

荒木善三郎は、友川あさひの生活相談と「町民の会」との出会いによって、まるで水を得た魚のように活動の場を広げ、シルバー人材センターが委託する雑業務も幅広くこなすようになっていったのだ。

あさひは、荒木と出会ったときから、彼の全収入が「最低生活費」を下回っていることに気づいていた。年金と報酬を合わせて月十万円。荒木は、約半世紀にわたって、これほど僅かな収入額であっても何の疑問を持つことなく生き抜いてきたのだ。

ただ最近は、「会」の仲間たちが、彼の苦境を助けようと食糧や衣類の差し入れを始めるようになっていた。

あさひは五度目の訪問時に恐る恐る、

「荒木さん、私に隠しごとはありませんか」と訊ねた。

「……印鑑、保険証、通帳、年金手帳、介護保険と高齢者医療制度の通知、戸籍謄本すべて用意しました」

「いや、あの、そうじゃなくて。もう借金とか……」

「ああ！　そっちね。実は、また近所の方に借金しちゃいましてねぇ。どうしたって私、蒲郡《がまごおり》の競艇に三か月に一度、通ってしまうんです。でも、それが何か？」

あさひは、屈託なく質問を返してくる荒木の生真面目な表情と、弁護士の手も借りながら借金の整理を重ねた年末の日々を困惑しながら思い比べた。

今日、果たして無事に申請が通るのだろうか。

宣伝カーは、ようやく愛知県の福祉事務所に着く。

あさひが事務所のドアを開けると、窓口カウンターの職員が、

「お待ちしていました」と言った。

「いつもお世話になります。こちら荒木さんです」

荒木は、緊張した面持ちでペコリと頭を下げた。

愛知県の職員は、荒木善三郎（80）を窓口から執務フロアの衝立付テーブルへと案内した。

友川あさひ（36）と笹田武雄（72）もついていく。

職員は、荒木を前にして落ち着いた声で言った。

「では、荒木さん、改めて確認しますね。現在は、ながしの町営住宅に、お一人で、お住まい、ということでよいですか？」

「……は、……はい」

荒木が即座に「はい！」と頷くと思った友川あさひは、

（一瞬の間があったぞ！）と察知して、一気に不安になる。

職員も「荒木さん、大丈夫ですか？」と念を押した。

全国各地の日本共産党の議員のもとには、昔もいまも、実に多くの人たちから多様な生活相談が寄せられているのである。

友川あさひの場合、行政に提出する各種の補助金の申請手続などのサポートについては書類の不備や理解不足で出直しになることは多々ある。しかし最初の簡単な確認からつまずくケースは、町議になって約二年、なかなか思い当たらない。

（いや、荒木教授は、もしかして「いいえ」と言おうとした？）

荒木との事前相談と戸籍謄本で確認した限りでは、彼が独身であることは間違いないし、町営住宅に一人暮らしであることも明々白々だった。

彼が発声する前の迷いのようなものと、職員が念押ししたあとの、この長い沈黙は何だろう。

まさにそういう意味ではないのか。

教授は、いったい誰と世帯をともにしているというのだろう？

そのときである。窓口カウンターから、

「いやだ！　だめ！」

という女性の叫び声があがった。

荒木が慌てて振り返り、すっくと立ち上がった。

執務フロアで働く複数の職員たちも立ち上がる。

「わたし、そんなの嫌！」

声の主は、小柄で痩せた高齢の女性であった。

荒木に正対する職員は「少しお待ち下さい」と言い置くと、衝立テーブルから窓口カウンターへと走っていく。

「康子さん！」

荒木が立ち上がって両手を広げる。

「善三郎さん！」

薄っぺらな灰色のコートをまとった女性は、向かってくる職員の間を擦り抜けて執務フロアに侵入する。……と、両腕を自分の胸の前で交差させ、荒木の胸にワッという感じで飛び込んだのである。彼女の浅黒い首筋から鎖骨が見え、コートの下に温かな衣服を着ていないことが一目で分かった。そして彼女は鼻を啜《すす》って泣き始めたのである。

笹田武雄は、呆れたように「こいつは驚いた」と呟く。

県の職員も、予想外の展開にどうしてよいか分からないという様子で、

「あのう、荒木さん、こちらの方、紹介していただけますか……」と言った。

「内縁の妻……、ということになるんでしょうか?」

荒木善三郎は「たしか三か月前かな、年金が出た十月、気分転換しようと電車を乗り継いで、豊川市のスーパー・サンヨネに行ったんです。買い物です。そのとき、この森本康子さんと出会ってしまったようなんです」と奇妙な表現で言った。

善三郎と康子は、衝立テーブルの横で抱き合ったままである。

職員は「あの、こちらへ座って」と二人の世界からの離脱を促すが、森本康子は子猫のように善三郎の背中をギュッと摑んで離れようとしない。

「……職員さん、まあ、大丈夫、このままで大丈夫ですよ」

友川あさひは、そう職員に声をかけたものの、何が大丈夫なのか自分でもまったく分からず、慌てて「まあ、立ったままでも確認できますよね」と言い添えた。

職員は、困った表情を見せつつも「では、荒木さん、改めてこの方を紹介していただけ……」と言いかけると、

「森本ッ、康子ッ、七十七歳ッ、事務アルバイト！」

と、善三郎の胸に顔を埋めていた女性は半分だけ顔をチラ見せし、まるで咬《か》みつかんばかりの早口で答えた。

「……教授、いや荒木さん、もしかしたら、もう同居したりしてる?」

あさひが訊くと、善三郎は、康子を抱きしめたまま首を激しく横に振った。

職員は、あさひに恨めしそうな目を向ける。

「それでは、ですね……、えーと、事前に聞いていた内容と現況が異なってきてしまいますと……、荒木さんの今日の保護申請は出来なくなる可能性が出てきちゃうので、そのあたり、今日は、まあ、なんとか確認できる範囲で、私どもに教えていただくということにしませんか」

笹田武雄が「ああ、それがいいや」と言った。

あさひもホッとした表情になる。

職員は、仕切り直しとばかりに深呼吸をすると、いつもの事前説明に入った。

「では、基本的なところからお話をさせてくださいね。生活保護は、世帯ごとに給付されるものですから、この方——森本さんですね……、荒木さんの言う内縁の妻として、かつ同一世帯として暮らしている事実があればですね、今日の申請は取りやめていただくか、あるいは同一世帯ではないとして、あくまで荒木さんお一人の申請とされるならば、今日は、森本さんには、ちょっと離れていただきまして……」

「嫌！　そんなの嫌だって言ってます！」

ここでも康子は、間髪入れずにヨレヨレのコートの襟から見える落ち窪んだ喉もとから大声を出した。ほとんど叫び声と言っていい。

「私、この人を愛しているんです！　どうか、お願いですから、私たちを離れ離れにしないでください！」

あさひは、突然の愛の告白――これまでの事前準備を台無しにしてくれた森本康子の愛の告白を目の当たりにして、なぜか、目頭が熱くなってしまったのである。

7

友川あさひ（36）が、愛知県の福祉事務所にて荒木善三郎（80）と森本康子（77）との抱擁を涙ぐみながら見つめている頃、町立ながしの中学校の二年生・高橋桜（14）はゲームパソコンの大型モニターを見つめていた。

高橋桜は、農家を営む高橋裕司（41）と亜由美（40）の長女である。

いま彼女は、従兄の滝本健一郎（15）が暮らす町営住宅の六畳間にて、彼がパソコンのキーボードで巧みに操作するオンラインゲームを、もう二時間ほど眺めているのだった。

健一郎の部屋にかかるカーテンの裏地は特殊加工されており、終日、真っ暗である。

そこではマシンガンの音が大音量で響くため、日の当たる外界とはすべてが隔絶していた。

滝本健一郎が、キーを叩きながら呟く。

「いよいよナチスの国会議事堂か。敵は全員ぶっ殺す！」

彼がゲームで操作するソ連軍兵士が投じられた戦場は、ナチスドイツの巨大な国旗が電柱から翻る一九四五年四月のベルリン市街である。モニター画面いっぱいに、毛皮の耳当て帽を被ったソ連軍の上官が煤《すす》だらけの顔を近づけてくると、

「祖国の死か、ファシストを倒す俺たちの死か！」と怒鳴った。

上官は、兵士の胸に一丁の木製銃を押し当てる。

やがて轟音が轟《とどろ》く。整然としたレンガ造りの街のあちこちで火柱があがった。

健一郎が操作する兵士は身をかがめて前進する。

砲弾が直撃した三階建て住居ビルは、火山の噴火のごとく粉々に吹き飛ぶ。

兵士は石畳の路面に伏せ、ふと見上げた空は黒煙に染まっている。

高橋桜は、まるでこの部屋と同じ真っ暗じゃん、と微笑む。

敵の弾丸が、兵士の頬をヒュッという音とともに掠《かす》めた。

「危ねぇ！　なんだ、俺の銃、自動じゃない。しくった！」

桜は、さきほど健一郎と二人でカップ麺を啜ったとき、町営住宅の外の通りから、

「善三郎さん、似合ってる」「ゼンちゃん、よかった」という大人の声を聞いた。

彼女は「健ちゃん、今年はどうするの？」と訊く。

健一郎は、不登校三年目であった。彼は、今年二月の私立高校入試も三月の公立高校入試も、
三年生十七人が巣立つ卒業式も自分には関係がないと腹を括ってしまえば、いったいどんな選択肢があるのか、と思った。同級生の多くは、設楽町の県立田口高校か新城市の有教館高校へ通うだろう。勉強やスポーツが得意な者は、下宿しながら豊川市や豊橋市の高校へ進学するだろう、やはり自分には関係がない、と諦めにも似た感情が渦巻く。

モニター画面には、パルテノン神殿のごとき六つの石柱に支えられたナチスドイツの連邦議会

議事堂が現れた。

滝本健一郎は、ゲームを操作しながら、

「俺は、トヨタの期間工で働くから」と言った。

彼が操作するソ連軍兵士は、黒煙をあげる連邦議会議事堂に向かって走り出した。

高精細な映像を実現した大型モニターの画面は、ドイツ軍からの激しい銃撃に被弾した証となる真っ赤な血で染まっていく。

「ヤベッ、回復、回復！」

健一郎の分身たる兵士が匍匐《ほふく》前進で呼吸を整えると、瞬く間に鮮血が消えていった。

彼は、議事堂前の高射砲を一つひとつ破壊していく。敵と味方が入り乱れ、兵士たちは悲鳴をあげる間もなくバタバタと倒れ、ある者は爆風に吹き飛ばされる。

兵士は石段を登る。銃弾と砲弾の雨のなか、正門の屋根には赤地の白丸に鉤十字《かぎじゅうじ》の旗がはためき、噴水広場に巨大なビスマルク像が立っている。

高校生になった同級生たちは、午前六時発のＪＲ飯田線に乗らなければ部活の練習に間に合わない。授業は、午前八時半から午後五時まで続くだろう。放課後の練習を終えて、帰りの電車とバスを乗り継ぎ、ながしの町の自宅に着くのは午後八時を過ぎる。バス停から続く道には電灯がないため、この冬場は冷たく真っ暗ななかを一人トボトボ歩くのだ。

「まあ、アイツらには親と車があるで大丈夫か！」

健一郎が、再び怒ったように独り言を放った。

高橋桜は、肩をすくめる。そして熾烈《しれつ》な戦争ゲームに没頭する健一郎の集中力に目を瞠《みは》りながら、彼女自身の将来についても考えざるを得ず、だんだん不安になっていく。

桜は、健一郎の横顔から黒色が支配するモニター画面に視線を戻した。

「この町は、やっぱ、クソ」

「知ってる」

「さくら、お菓子とか晩メシとか、適当に、あるもん食っててていいから」

「どうしよう、これから作文塾なんだけど」

健一郎は、桜の言ったことを無視するように言った。

「俺はさぁ、会社の命令には逆らわず、与えられた仕事をロボットみたいに淡々とこなしてさ、給料は、ぜんぶ貯金する。で、母さんを助けるんだ」

桜は、健一郎の母親の疲れ果てた顔を思い出した。

この、ながしの町で暮らす中学生二人を見るところ、彼らは将来への苛立ちが支配した表情をしており、火傷のように真っ赤に腫れた二つの心を緊張と罪悪感が覆っている。

高橋桜は、昨年亡くなった大祖父だけでなく祖父母と両親が自分を心配してくれていることに安堵しつつも、日常的な没交渉の関係に陥っていることを心苦しく思った。

高橋桜（14）が、昨年九月以降しばしば従兄の滝本健一郎（15）が暮らす町営住宅を訪れるようになったのは、彼が携帯電話を持っておらず、ながしの中学校のSNSコミュニティーと無縁であったからだ。

同級生の大半が携帯電話のスマートフォンを所持するなか、桜は自分だけが持っていないことが恥ずかしかった。彼女の、学校で起こった自分に関する出来事の書き込みを自分以外のクラス全員が読んでいるという認識は、いよいよ不信と疎外感を醸成していく。

健一郎は「携帯なんかよりパソコンのオンラインゲームを優先した」と言った。

中学一年の六月から不登校となった彼は、

「俺には携帯で誰かと連絡を取り合う必要性も相手もないのだよ！」と笑うのだった。

玄関ドアが開く音がして、二人が身を寄せる六畳間に冷たい外気が吹き込んできた。

「ごめん、ごめーん！　遅くなっちゃった！」

健一郎の母親・滝本聖美（35）の声である。

「さくらちゃん、来てたんだ。こんちわ」

聖美が手に提げたコンビニの袋を台所のテーブルのうえに載せ、キッチンで手洗いと嗽《うがい》をするのが分かった。

「もう帰りますけど、お邪魔してま～す」

「私も、すぐに出ちゃうけど、コンビニで、いろいろ買ってきたから食べてって」

桜は、テーブルのうえのコンビニ袋がガサガサ音を立てるのを聞きながら、健一郎がゲーム用パソコンを買ってもらうため、あの優しい叔母さんと「数え切れんほどバトルした」と言ったことを思い出している。

叔母さんは、健一郎に「パソコンなんかやると漢字が書けなくなる、物覚えが悪くなる、昼夜逆転の生活になる、すぐにカッとなって感情的になる……」と言い立てたというが、桜の母親・高橋亜由美(40)が、娘の桜とスマートフォンを買う買わないの大喧嘩になるときの反論と同じであった。亜由美の場合、ダメ押しに「誰が通話料金を払うの！　桜が自分で払うんなら買ってあげてもいいけど」という「脅し」の決め台詞がやってくる。

桜は、子どもの立場って本当に理不尽だ、と思う。

……叔母さんもお母さんも、私たちがインターネットやスマホに近づくことを過度に恐れてる。不登校の私が「さらに学校に行けなくなる」「もっと勉強が出来なくなる」という最悪な結果を招く最強のツールだと思い込んでる。でもさ、よく考えてほしいんだ。いまゲームに興じている健一郎は、私の心を救ってくれる優しさを持ち続けているし、叔母さんの経済負担を軽くしようと中学を卒業したら働くって決めているんだよ。


「健ちゃん、私、帰る」

「おう、無理すんなよ」

台所のテーブルには「日清ラ王醤油5食入パック」、ミニクロワッサンの大袋、塩味と海苔塩のポテトチップスのビッグサイズ、六缶入りのビール、解凍中のシュークリームがある。どれも包装の袋を破れば、すぐに口に入れられるものばかりだ。

高橋桜は、赤いマフラーを巻くとシュークリームの個包装を一つだけ摘んだ。

「これ、一つ、いただきます」

「さくらちゃん、もう帰るの～？」

桜が玄関に向かおうとして台所から出たところ、彼女の目の端が、滝本聖美が四畳半の一間で化粧を終えつつあり、鏡のなかで真っ赤な唇が擦り合わされる瞬間をとらえたのであった。

叔母さん、また働きに出るんだ……。

素直過ぎる滝本健一郎が教えてくれたのは、叔母さんが午前七時半から町役場のフロア清掃を行ったあと、午前九時から午後四時までコンビニのレジ打ちをこなし、いったん帰宅して、化粧と着替えをしたら浜松市内の「お酒を飲むところ」に働きに出るということだった。彼は「いまはコロナで時々になっちゃってるけど」と言った。

あの四畳半の壁には、黒色のケバケバしいコートが吊るされている。

聖美は、栗色に染めた長い髪を強めに梳《と》かしながら、

「私も出るから、さくらちゃん、一緒に乗っていかない？」と誘った。

健一郎がドアの向こうの六畳間から「乗ってけばいいじゃん」と言った。

「外、すっごく寒くなってるし」

聖美は、そう言って立ちあがると小さなバッグを抱える。コートを羽織った。

「さあ、行こっか」

桜は、一瞬、迷ったが、首をすくめて、

「乗ります。ありがとうございます」と答えた。

桜が、聖美のコートに包まれるようにして外に出ると、もう真っ暗だった。

自動車が停めてある駐車場まで駆けていく間、二人が吐く真っ白な息が顔に吹きかかり、聖美がまとった香水の匂いが桜の嗅覚を刺激した。そして車の助手席に乗ったとき、自分のズボンにたくさんの猫の毛が付着しているというのに、叔母さんの派手なコートには一本もついていないという不思議に気がつく。


二人が乗った軽自動車は、真っ暗な夜道を走っていく。

国道一五一号線の対向車は、ほとんどなかった。

滝本聖美は「ありがとね。健一郎、さくらちゃんがいると、機嫌いいみたい」と言った。

高橋桜は、驚いたように瞬きした。

「あの子、いま『こころ』っていう本、読んでる」

「え、そうなんですか」

「読んでるよ、必死に。私、びっくりしたもん」

「知らなかった」

「そっちは、みんな元気してるよね」

「うん、元気。署名がどうとか議会がどうとか、あと学校がどうのとか言ってる」

桜は、父親の裕司と母親の亜由美が昨年末まで署名を必死に集めていた姿を目に浮かべ、それが「透析・入院・救急医療を義務づける直接請求署名」という物々しい名前だったと思い出す。

「私も署名したよ。亜由美さん、看護師だしね。お父さん、署名運動なんかやれたぁ？」

「うん。集まったみたい。でも、いつもお母さんとケンカしてる。私は冷戦状態」

「アハハ。うちと同じだ。健一郎、高校、どうするつもりだろ。何か言ってなかった？」

「うん……、あ、いえ、何も言ってませんでした」

高橋桜は、健一郎の今日の言葉は胸に仕舞っておこうと思った。彼も桜の本音を大切にしてくれていると感じているからだ。そして桜は、ながしの町のコンビニの時給が愛知県の最低賃金ちょうどであること、店は午後九時で閉まること、叔母さんの仕事が浜松市でお客さんとお酒を飲むことなら帰宅時は酒気帯び運転で違法になっちゃうこと、いま聖美さんは三十五歳ぐらいで、中学・高校と一緒だった不良の人との「できちゃった婚」で健一郎を産んだこと、で、すぐ離婚したことなど、いろいろと頭のなかで整理する。

今夜、叔母さんは、いったいどこへ行くのだろう。

「作文塾って、あのポスターが貼ってあるところだよねぇ」

聖美は、友川あさひ宅前の路上で高橋桜を降ろすと笑顔をつくって、

「じゃ、勉強、がんばって！」と声をかけた。

「うん、叔母さん、ありがとう」

車は走り出す。アクセルペダルを思い切り踏む。

ハンドルを握る滝本聖美は、少し前屈みになって、

「ああ、もう死にたい……」

と漏らしたのだった。

ながしの町には耕地が少なく、冬場になると野菜の品数が一気に減る。

地元産は大根、白菜、春菊ぐらいか。蓮根は、茨城県産である。

緑と白の色鮮やかな長ねぎ、かぶ、そしてブロッコリー、ほうれん草、小松菜まで他県の産地から取り寄せたものだ。

一月二十三日、久しぶりに朝から雨が降った。

年が明けてからの連日、氷点下の朝は、高橋亜由美（40）の全身を硬くさせるため、どこかに手足をぶつけないよう慎重になる。一方、急に寒さが緩むと頭の回転が鈍くなってしまうのか、お昼すぎ、金田たみ（80）が「金山寺味噌」を十個ほど農産物直売所に持ち込んでくれたお陰でツーリング客に売ることができたというのに、亜由美は、仕入れと販売の、どちらの計算も電卓を叩きながら、なぜか、大きな間違いを繰り返した。

亜由美は、午後の検品を終えると「やれやれ」と呟いて十五分の休憩に入った。

建物裏で、煙草に火をつける。

長女の桜（14）が不登校になった理由が依然として分からない。このままでは滝本健一郎（15）のような「本格派」になってしまう。率直に言って恥ずかしいし、困ったなという気持ちが湧いてくる。

町内で一校となった中学校の全生徒数は、四十三名。桜の二年生クラスは十五名しかいない。ほぼ全員が小学校からの持ちあがりのため、PTA会長のもと保護者と子どもたちは、一切の隠しごとが許されない親密過ぎる関係を築きあげてきていた。

全校と学年ごとの保護者でつくる二つのSNSコミュニティーには、学校行事の告知、校長のブログ更新のお知らせ、各種の報告、コロナ対応など次々と投稿されていくため、その一方的な「吹き出し」だけを見るならば、一見、町の教育は何の問題もないように思われる。

しかし、いまの亜由美は、桜が登校しなくなった問題を通して、遅まきながらPTA、SNSはおろか、町のホームページにも「いじめ」「不登校」という文字が一言も出てこない不自然さに気づき始めていた。

高橋桜は、中学校で女子唯一の部活たるテニス部を続けていたのだ。夏休みの間、朝の自宅周辺ランニングを欠かさなかったが、不登校が決定的となった九月からは午前十一時起床の毎日である。

ただ不思議なことは、自宅にいる彼女の様子が普段と変わらないことだった。

さらに夫・裕司（41）の妹――滝本聖美（35）の家では、健一郎（15）と楽しく遊んでいるようだし、毎週土曜日になれば、友川あさひ（36）の家で開かれる作文塾に通い、小川雄介（40）の添削もしっかり受けていると聞いている。

高橋桜の不登校は、今年一月で、ほぼ六か月になる。

高橋亜由美は、娘について、担任の岩田博貴（52）と月一回のペースで話し合ってきた。担任との面談では、桜が通わなくなった現在の学校の様子が分かるだけでなく、これまで知ることのなかった発見や認識の更新もあった。

例えば、いわゆる少人数学級の善し悪しである。教師が生徒一人ひとりと接する時間を確保でき、クラスの全体状況を把握しやすいと言われてきた。文部科学省は昨年末、新型コロナによる学校内での感染を防止する――密閉・密集・密接を避けるためにも、一学級あたり三十五人としていく方針を決めた。実に四十年ぶりに学級編制の標準を引き下げることになるという。

しかし岩田先生は、実感を込めて言ったのである。

「我が校のように極端な少子化による『十数人学級』『数人学級』を強いられた場合は、子どもたちの学力や多彩なスポーツに接する機会の格差は避けようがないわけで……」

亜由美は、どの教師も学年一クラスのなかで生徒の足並みを揃えることに苦慮し、結局、一人ひとりの意欲に応え切れていないこと、今春の小学一年生は四人とのことで、町教育委員会が、今後五年以内に全部活（テニスと野球）を廃止する検討に入ったことなどを初めて知った。

亜由美は、このような面談を娘の入学直後から続けていたら、と後悔したりする。

岩田は「私は、新城市から通勤しているので感じることなのですが、この町の生徒は、学力やスポーツだけでなく文化やボランティアなど諸活動に接する点においても、都市部の生徒たちと比べて、大変な我慢を強いられていると思うんですよ」と言った。

桜がルンルン気分で参加したと思っていたテニスの北設楽郡トーナメントは、生徒数の少なさから昨年と今年と連続して団体戦が中止になっていたという。さらにコロナ対策として「休部」申請する保護者と「コロナを教育や部活動に持ち込むな」と通常の対応を求める保護者との間で対立が起きていることも知った。

亜由美は、愛知県の公立高校入試が、令和五年度からマークシート方式に変わることも知り、子どもと教育をめぐる情勢の変化と複雑さに驚くばかりだった。

岩田は、昨年八月の話し合いで桜を褒めていた。

「町内に塾もないのに、桜さん、勉強は三番をキープしていますし、夏休みの間は、ランニングもされているようですから、二学期には体力をつけて登校されると思います。お母さんの気にし過ぎかもしれませんよ」

いま振り返ると、岩田の見立ては、かなり楽観的だったと思う。

中学二年の担任教師・岩田博貴（52）は、昨年九月の面談で、一転、顔を曇らせた。

あの日は、友川あさひ町議（36）が、九月議会の一般質問にて小中学校の「いじめ」と「不登校」の件数を照会したあと——九月中旬を過ぎたあたりだったと思う。

岩田は教室に入ってくるなり、開口一番、高橋亜由美（40）に問うたのである。

「高橋さん、もしかして共産党の議員さんに、桜さんの相談とか、されました？」

亜由美は、慌てて手のひらを振って、

「いいえ、何かありましたか？」と、逆に訊ねた。

「いや、失礼しました。何だか、町の議会の方で、共産党の議員さんが、うちの『いじめ』や『不登校』について質問したっていうんです。もちろん我々には隠すことなんか一つもありませんので、別にいいんですが、ただ校長が言うには、その議員さんには子どもがいないし、保護者とのつながりもないはずなのに、なぜ、質問するんだろう、と。で、高橋さんに確認するように言われまして……。申し訳ないです」

亜由美は、岩田の奇妙な弁解を聞き、一気に気分が悪くなった。

これではまるで、学校のことを議会で質問する者はおかしい、と言っているようなものだ。

しかも、担任と面談を重ねた亜由美が、議員に「ネタ」を垂れ込んだと疑っている。

彼女は、まさか、お義父さんか、夫の裕司が相談した？　と勘ぐりつつも、

「私には議員の知り合いなんていません。『いじめ』も何も、あの子、私には何も話してくれていないので、不登校の理由だって分からないんです」と言った。

亜由美は、いつもイヤホンで耳を塞いでいる桜を思い浮かべると、思わず、

「でも、先生。私、仲のいい保護者とも話し合ったんですが、うちの桜が、不登校になる理由というか、その原因が、本当に思い当たらないんです。例えば他の学年とかで、桜のような学校に通えなくなった生徒っているんでしょうか？」と訊いた。

彼女は、とっさに、

(そうだ、いま私が、その議員さんと同じことを訊けばいい！)と思いつく。

岩田は、虚を突かれたように目と口を開いた。

「あ……、ええ、まさにその件を、今日、高橋さんにお伝えするようにと、校長から言われておって、ええっと、不登校になった原因は別として三年生二人、二年生二人、一年生は三人……。実は、うちのクラスには桜さんの他に、もう一人おるんです」

「ええ？　もう一人？　……そんなことって」

亜由美の心の隅で、枯れ葉の縁から自然発火するように怒りの炎が揺らめいた。

彼女には、教師の態度が、九月議会を境にして悪くなったように感じる。

……本校は、まあ、少人数学級の本家本元みたいなところですから、教師の目は、十分に行き届いています。教育長が議会で答弁した『いじめ』の件数も、バカとかコイツといったちょっとした言葉のやりとりも含めた事案が大半です。逆に言いますと、本校ほど丁寧に生徒たちの様子を摑んで報告をあげている学校はないとも言えるわけで……

農産物直売所の外で煙草を燻《くゆ》らせる亜由美は、昨年九月の面談日に、上の空で聞いた岩田博貴の弁明を反芻している。そして彼女は、ああ、なぜ、外国の子のことを考えることをしなかったのか！　と心に疼《うず》くものを感じたのであった。

担任教師との面談で、中学校の二年生十五名のうち不登校二名という新事実を知った亜由美は、アーキルという名前の生徒の親が保護者でつくるＳＮＳから排除されていることにも気づいたのである。そして亜由美以外のママたちが、桜が学校にほとんど行けなくなった昨年七月から九月までの間、それぞれ知ってか知らずか、誰一人として、アーキル君の不登校のことを教えてはくれなかったということも。さらに亜由美もまた、彼女たちと同じように昨年十月から今年一月に入ってもアーキル君と彼の両親のことについて考えないようにしてきたのだった。

亜由美は、暗澹たる気持ちになって煙草を灰皿に押し潰す。

午後五時半、農産物直売所のシャッターを閉めると鍵をかけた。

手が凍るように冷たい。

彼女は、夫・裕司（42）の携帯電話にメッセージを送った。

あゆみ　さくら、迎えに行くよ。ちょっと早いけど。

ゆうじ　すまん。大工仕事を回してもらえた。四月までなんとかなりそう。

夕飯はつくっておく。

桜をめぐる全体状況は、客観的には、ほとんど変わっていない。

ただ裕司が言ったように、桜が作文教室を続けていることが「救い」なのかもしれない。

よくよく考えると、彼女の表情だって少しずつ明るくなっている気もする。

亜由美が、老人ホームのパート看護師の仕事から帰宅するときなど、桜は、自然に「おかえり」と言ってくれるし、弟の源（8）の面倒もよく見てくれている。

この間の大きな変化としては、桜が、一人で、ＪＲ飯田線に乗って豊橋市内まで出かけていることだ。初めて美容室に入って髪を切ったとか古着や流行りの靴を買ったとか、従兄の健一郎（15）に報告していると義妹の滝本聖美（35）が教えてくれたのである。

あのとき、亜由美が、同じ不登校の子どもを抱える聖美に電話して、

「学校の対応とか、もう信じられないよ。どう思う？」と相談すると、

聖美は「うちなんか、面談なんかやってくれなかった。義姉《ね》《え》さんなんて良い方だよ」と言い、

「やっぱ、私が気になるのは、そのアーキル君のことだよ」と口を尖らせた。

「だって、お義姉さん、うちらには相談できる相手がいるけど、その子と家族には、おそらく誰一人いないはずだよ。なぜ、外国の子が、こんな小さな町で暮らしているのかも含めて、うちらも分かんないことだらけだもんね。私なんか、アーキル君一家が、こんなところまで来るのに、どれだけ大変だったかって思っちゃう。誰か相談に乗ってあげればいいと思うんだけど、町の人たちって、いつも外から来た人には『郷に入れば郷に従え』の一点張りだもん」

高橋亜由美は、聖美の意見を聞いているうちに、なぜか、そりゃ戦争や内戦、テロなんて無ければない方がいいに決まってるじゃん、でも無理なんだもん、と自棄《や》《け》っぱちのように思った。

そして娘の桜や息子の源に対して「戦争反対」と言うのは簡単だよ、とも思った。でも世界と歴史を見渡せば、いつまでたっても戦争は無くなってないし、むしろ、戦争の規模はひどくなっていくばっかじゃん、などと言い聞かせる。

亜由美は、自分は、いつも夫の裕司に反論してばっかりだ、と思った。

最近の裕司は、源に対して「お父さん、お母さんは絶対に戦争を無くすからな。お前は、心配いらないぞ」なんて言い出した。そんなの、率直に「偽善者！」と罵ってやりたいし、大風呂敷なんて広げなくていい、ただ桜を学校に復帰させることだけを考えてよ、と訴えたい。

それでも裕司の態度は、桜の不登校が長引くにつれて変わってきたようにも思う。

いや、分からない。

あさひさんと初めて会うときも、彼は直前まで「うちの学校に限っていじめなんかあるはずがないよ」と言い張っていたのだ。ところが九月議会の教育長の答弁で、それは覆った。

いま私は「いじめの影響はある」と言っているが、裕司は、同じ不登校でも「うちの桜は、外国の子とは全然違う」なんて言う。

「だって、そのアーキルって子は、日本語がしゃべれないんだろう？」

亜由美は「なぜ、そんなひどいことが言えるの？　根拠は？」と言い返した。

「ウワサでは、アーキルって子、難民だとか不法就労外国人だって……」

「そんなこと！　学校もママたちも、私に隠してたことの方が問題なんだよ！」

彼ら二人が、アーキル君の不登校を知ったのは昨年九月だったが、町の医療を守る署名集めや高橋家の経済問題――家業の農業をどうするかについて、すべての知恵とエネルギーを投じていたため、桜をめぐる問題に蓋をしてきたと言っていい。

桜を迎えに行く車のなかで亜由美は、滝本聖美の言葉を思い出している。

「お義姉さん、私、昨日、たまたま難民ボートのテレビを見たの。絶望的な内戦状態になってるシリアからトルコへ、そしてギリシャへ向かった決死のボートのドキュメンタリー。でもボートは転覆しちゃって、すし詰めだったシリアの人たちは全員亡くなっちゃう……」

亜由美は、後日、聖美がスマホに送ってくれたテレビ局の「見逃し配信」のリンク先を踏んで、そのドキュメンタリー動画を見ることになった。

彼女の心が凍りついたのは、トルコの浜辺に打ち上げられて、うつ伏せになった子どもたちの場面だった。

8

亜由美は、娘の桜（14）のお迎えのため、駐車場にて、友川あさひ（36）の宣伝カーの隣りに横付けした車のなかで腕組みしていると、夫の裕司（41）が「深刻に考えるのはよそうよ。桜もさ、俺と同じでケセラセラでいいじゃないの」と言ったことや、教育長が九月議会で「子どもの貧困の原因は、親の離婚であると愚考するものであります」などと答弁した議事録を読んだときの怒りが、今更のように押し寄せてくる。

この町も世界も、実は、とっくの昔から狂い始めているのではないか……。

桜は、いくら待っても出てこない。もう午後六時をまわっている。

亜由美が、友川あさひの携帯電話に「さくら、大丈夫ですか」とメッセージを送ったところ、

「作文、まだ時間かかりそう」

「コーヒー飲んで一緒に待ちませんか」という返信が届いた。

友川あさひは、昨年の九月議会の一般質問では、いじめや不登校の現状だけでなく「子どもの貧困」対策も質問していた。

そして驚くべきことに教育長は「教育勅語の父母ニ孝ニ兄弟ニ友ニ夫婦相和シ――に尽きると思う」と答弁したのであった。

亜由美は、あさひの隣りでコーヒー豆を手挽きしながら、

「私、お借りした議事録を読んでたら『教育勅語』という言葉のあとに『子どもの貧困は、離婚している親の責任』っていう答弁が出てきて、私、二度びっくりしたんです」と言った。

あさひは、塾生三人分の紅茶の用意をしている。

「あの教育勅語って、戦前戦中、天皇に対する忠誠を誓わせ、いったん戦争になったら国民は命を投げ出せって説く道徳なんですよ」

「それが、なんで貧困問題と結びつくわけ？　てか、離婚しちゃいけないの？」

亜由美は、あさひと大笑いした。

「あさひさん、教育長にメチャクチャ抗議してましたよね」

「だって戦後の民主化で『教育勅語』は廃止されたのに、あの教育長、堂々と引用するんだもん、私、ヤバいと思って。町長だってビックリしたと思うよ」

「不穏当発言だ！　撤回だ！　と。あさひさん、強いなぁって」

あさひは「そんな！」と言いつつ、初当選後の議会で極度の緊張から失神して、町立ながしの

病院に搬送された失態を伝えると、亜由美も「ウソんッ！」と声をあげた。

友川あさひ（36）と小川雄介（40）が借りる古民家は、江戸時代末に建てられた。黒光りする梁や大黒柱には、まさかりや釿《ちような》で伐られた波状の跡がしっかり見てとれる。

高橋亜由美（40）は、英国産クッキーの箱を開けながら、さきほど玄関から入ると、鰻の寝床のような三和土の左側に二十畳の「教室」があり、そこで塾生の谷本流星（11）、山田恵（8）、高橋桜（14）が、一心不乱に机にかじりついていた姿を思い出した。

あの桜が、教室の結晶ガラスの戸に額を付けて覗く母親の存在に気づかなかった。

亜由美は、あさひに「私、打ちのめされました」と言った。

「……うちの娘の背中と肩幅が、あんなに大きかっただなんて。いつも、こんな感じで三時間も勉強やるんですか？」

「ええ。みんな、最初は苦しいみたい。でも、だんだん書くことが苦にならなくなっていく……」

「桜が、あんなに集中しているの、初めて見たかもしれない……」

亜由美は、この人たち――あさひと雄介は、町の医療だけでなく教育まで根本からつくり直そうとしているのか、と思った。この二人は、町長をはじめ役場関係者と議員たち、一部の町民、さらに学校側からも嫌われている。それでも彼らは、誰に対しても率直に意見をのべる。おかしいと思うことは忖度なしで訴える。その一方、町民の要求や弱い人びとには徹底的に寄り添い、何とかして明るい方向へと一緒に歩き出すため、懸命に模索しているように見える。亜由美は、あさひさんと雄介さんは、お金があるようにも見えないのに、なぜ、堂々と……と思ったところで、率直な驚きと恐怖の波が心に押し寄せてきた。

あれは、忘れもしない。昨年六月十五日の朝のことであった。

二階の部屋から高橋桜が、突然、「休むから！」と叫ぶように言うと、実際、登校時間を過ぎても部屋から出てこなかったのである。

看護師の仕事がある亜由美は困惑しつつ、桜の対応を裕司に任せざるを得なかった。

この日以来、たびたび起こる桜のストライキ宣言の際には、二人は、とにかく彼女をなだめすかして学校へ連れていくことになる。亜由美は、午前中のシフトを午後に変更し、車での送迎を決める。彼らにとって、子どもの通学こそ大切だと考えたからだった。

さらに七月に入ると運転する亜由美に、桜が「スマートフォンを買ってほしい」と言い出し、車内での唯一の会話が「買って」「買わない」の繰り返しになる。この学校の行き帰りに発生する口喧嘩は、家庭のなかでは裕司（41）も義理の両親も巻き込んで激化し、桜の沈黙と本格的な不登校へと落着してしまったのだ。

友川・小川家の台所には、高橋家と異なり暖房がなかった。

来客用ルームシューズを履いても足の爪先から痺れるような冷気が襲ってくる。

亜由美は、ふと頬に広がった涙に気づき、手の甲で拭った。

「あさひさん、桜のこと青天の霹靂《へきれき》で……。どうぞ、よろしくお願いします」

そのとき、ちょうど薬缶の水が沸騰し、口から熱湯が溢れ出てくる。

友川あさひは、高橋亜由美に、

「雄介さん、学生時代に予備校で教えていたから少しは力になると思います」と言った。

そして「さあ、お茶の時間ですよ～」と声をあげると「教室」の広間へと出ていった。

神棚を祀った土壁には大きな黒板が掛かっていて、そこには、次のように書かれていた。

ふるたたるひ『おしいれのぼうけん』
ミヒャエル・エンデ『モモ』
夏目漱石『こころ』
山本周五郎『赤ひげ診療譚』
日記、作文の提出をお願いします。

高橋桜は、お盆を持った亜由美の姿を認めると、露骨に眉根に皺《しわ》を寄せて目を逸らし、すぐに机のうえの作文用紙を鞄のなかにグシャリと突っ込んで、

「雄介さん、絶対に内緒だでね！」と言った。

小川雄介は、しっかり首を縦に振った。

桜は、一転、両頬に笑窪をつくった。そして亜由美を一瞥《いちべつ》したのである。

彼女は、そのまま目を伏せ、小皿に盛られたクッキーに手を伸ばした。

遠視眼鏡の谷本流星が「あの人、サクラさんの母ちゃん?」と訊き、桜は戸惑った表情で「う、うん」と答える。

雄介は、亜由美に「お疲れさまです」と頭を下げると、

「この塾では、子どもに読むことと書くことが好きになってもらいたいんです」と言った。

おかっぱ頭の山田恵が、

「わたし、本、読むの、大好きだよ～」と声をあげる。

雄介は「めぐみさん、この前、家の押入れに入ったまま、お母さんが『出てきて』と言っても出てこなかったんだよねぇ」と言って笑った。

「……言葉は不思議なものです。自分を行動に駆り立てたり、気持ちを表現できたりする。僕は、就職活動では何十社も落ちたんですけど、その悔しくて苦しい気持ちを日記に書くことで乗り越えられた気もするんです。この塾では、読書と作文に慣れてもらいます。慣れないと苦行になっちゃうので。そして作文の基礎は、何と言っても日記です。こんなこと、学校では教えてくれません。でも学校に行かなくても、卒業していても大丈夫です。読むことと書くことは、いつでもどこでも挑戦できることです。もちろん大人でも……」

雄介さん、かなり無理してる……。

友川あさひは、保護者と塾生を前に雄弁を振るう彼を痛々しく思った。

小川雄介は、毎週土曜日の午後四時から七時まで、作文塾に投じるエネルギーを補充するため、朝から開始ギリギリまで寝ている……、いや寝込んでいると言った方が正しいかもしれない。

それでも、この日のお昼には、日本共産党ながしの支部の支部会議があったのだ。

友川あさひと坂野宮子（94）、長谷川篤史（68）が「しんぶん赤旗」日曜版を読み合わせるのを、体調の優れない雄介は、三人の傍らに張った登山用テントのなかに横たわって聞いていると いう奇妙な運営がとられた。

二〇二一年の新年号には、東日本大震災から十年という節目に、大津波で母親を亡くした岩手県陸前高田市の家族を再取材した記事が掲載されている。

長谷川篤史は、無精髭に手のひらをあて、漢字の読み方を何回も間違えつつも一文字ずつ慈しむように朗読していった。

「俺は、あんとき、東京駅の居酒屋の仕込みやってて、ぐ〜らぐ〜ら体が揺れるもんで、こりゃ何だ、いよいよ卒中かと思った。で、店先にビールケースを置いて、高層ビルを見上げたらさ、エンピツみたいな真っ直ぐなビルが、ぐにゃぐにゃ揺れてんだ、ああ、地震じゃねぇか、と」

さらに彼は「しっかし三陸海岸の市町でさ、こんな悲惨なことが起きてたなんて、そんときは、まったく思いもしなかったよね」と付け加えた。

坂野宮子は、湯呑を両手で包んで呟く。

「東北の苦労はよ、津波だけじゃあなかっただよ」

「そうだった、ゲンパツ、ゲンパツがあっただな！」

長谷川が、日曜版の紙面をバリバリ音を立てて広げる。

東京電力福島第一原子力発電所の爆発事故十年を伝える記事には、当時、福島県富岡町で美容室を営んでいた女性が、事故で発生した放射能に追い立てられるように避難を余儀なくされたため、自宅も仕事も仲間も失い、いま「生業《なりわい》訴訟」と呼ぶ裁判の原告に名を連ねて国と東京電力に「あの日の私を返して！」と訴えている姿があった。

小川雄介は、あの日あのとき、たまたま宮城県石巻市の魚介グルメを紹介する取材の最中で、突然、激烈な横揺れに襲われた。寿司屋の店内が滅茶苦茶に攪乱《かくらん》されるなか、主人と女将さんと三人で屋外に脱出したのであった。やがて密集した家々と入り組んだ路地の向こうの、石巻湾の堤防の曇った空を映した黒い海が横一線に広がっていったことも……。


友川あさひは、東日本大震災の発生から三か月余りたった二〇一一年六月末、ボランティアとして宮城県石巻市の避難所に入ったことを思い出した。

当時、彼女が抱えていた苦しみと悲しみが蘇る。

美大中退後に父親の紹介で入った会計事務所を往復する退屈な暮らし、東京都目黒区自由が丘の邸宅で同居する両親との諍い、根無し草のようにフラフラしている自分と都内のメガバンクで働く弟とを見比べる他人の目、そういうもの全部が浮かんでは消えていく。

あさひは、新宿発ＪＲ仙台駅着の高速バスに乗り込むと、夜の車窓に映るもう一人の自分に向かって、こんな私が、被災地に通っていいのか。こんなの、単なる現実逃避だよ、と問いかける。だって、いまの私には、被災した方々の力になりたいとか、被災地の復興に尽くしたいという一途な思いなんてない。とにかく東京から脱出したいだけなんだ。

しかし彼女は、たまたま日本共産党の石巻市議団と党東部地区委員会の活動にふれることとなり、「国民の苦難軽減」を立党の精神とする党活動のやり甲斐に気づく。

一方、仮設住宅のバザー会場で出会った小川雄介は、ライターとして書かねば食っていけない対象と本当に書きたい対象との板ばさみに苦しんでいたのである。

雄介は、いま作文を教えている塾生たちには、地震・津波・原発という未曽有の大被害を記録と映像でしか理解してもらえないのだ、と思った。また子どもたちの口を覆う大きな白いマスクを思い出し、教室での「黙食」を強いられる不自由さも想像しなければならなかった。

日本国民の悲劇は、いつまで続くのだろうか。

二〇二一年一月現在、日本のコロナ感染者は全国で累計三十四万人を数え、二十三日の東京都では一〇七〇名の感染が確認され、十一日連続の一〇〇〇人超えである。

NHKの調べでは、感染経路の半数は、「濃厚接触者」――感染した人と近距離で接触したり、長時間接触したりして、感染している可能性がある人からだという。

濃厚接触者は「家庭内」が最も多く、「施設内」「職場内」「会食」と続く。そのうち「施設内」では二十二の医療機関で患者と職員合わせて六十七人が感染し、また二十五の高齢者施設で利用者・入所者と職員合わせて六十八人が感染したと報じている。

ながしの町の感染者は五名にとどまる。ほぼ抑え込んでいるように見えるが、実は人口十万人当たりに換算すると、愛知県北東部の北設楽郡三町一村の地図は「最警戒地域」のレッドゾーンである。

日本共産党は、医療崩壊を防ぐため、国がすべての医療従事者に特別手当を直接支給すること、自粛要請に応じた事業者への補償強化を政府に要請していた。

古民家の作文教室には、谷本流星と山田恵の母親も迎えに来た。

こうして総勢八人が、飲み物とクッキーで雑談を交わすこととなった。

高橋亜由美は、娘の桜が年下二人の世話を焼く姿を見ると、胸に安堵が広がる。

そして流星の母親が「この子、学校に行けんくても、日記をつけるようになって、生活の隅々まで観察するようになった」と喜び、恵の母親が「土曜日が待ち遠しい。私の心の支えです」と笑うのを目の当たりにするとき、亜由美は、不登校を嘆く心が「表」なら、彼らの喜びや笑顔は「裏バージョン」だと思った。

いや、私たちの喜びと笑顔を本当の表にしたい！

亜由美は、自身の認識を確かめるように家の天井を見上げながら、一部の町民から「子なし・家なし・墓なし」「そのうち町から出ていく」などと陰口を叩かれる友川あさひと小川雄介が、なぜ、このような不思議な教育空間をつくろうとしているのかと考えた。

ながしの町会議員の報酬は月十八万円。雄介の僅かな原稿料と塾収入を加えても生活は大変だろう。高橋家は、義理の両親の年金、亜由美の看護師の賃金、裕司の農業収入＋大工の賃金で、何とか二人の子どもを養っている。

人間が生きていくうえで、お金は一番大切なものだろう。

しかし、あさひと雄介の場合、どうやら、もっと優先すべき何かがあると思われた。

亜由美は、そんな生き方をしてきた雄介が教える作文のスキルが、娘の桜が抱えている困難を乗り越えさせてくれるといいと願った。彼女自身が看護師国家試験に挑んだ二十年前の学びは、いまや雲散霧消してしまっているからだ……。

一方、桜は、流星と恵が繰り出すクイズに窮しながら、さきほど鞄に押し込んだ原稿用紙の、書きかけの読書感想文の続きについて思案している。

いま彼女は、山本周五郎『赤ひげ診療譚』を読んでいた。

昨年九月に夏目漱石『こころ』を、十一月に宮沢賢治『銀河鉄道の夜』を読み終え、年末から「赤ひげ」に着手した。桜は、初めて読書の面白さに目覚めたのであった。その興奮が昂《こう》じて、昨年のクリスマスに、滝本健一郎に『こころ』の文庫本をプレゼントしてしまったほどだった。

しかし、なぜ、いま「赤ひげ」なのだろう。

あさひと雄介が、その秘密を胸に仕舞っている。

その一幕を明かせば、高橋桜が、昨年末の作文塾にて、

「私、全然、勉強できないけど医者になりたい。町民の命を救う医師になりたい！」

と叫んだからであった。

9

昨年末――二〇二〇年十二月二十六日の小川雄介（40）は、作文塾の小学生二人が持ち込んだ一週間分の日記に赤ペンを入れている。

山田恵（8）の日記は、クリスマス・イブに食べたホールケーキが美味しかったこと、静岡県浜松市のケーキ専門店で予約してくれた母親への感謝をつづっている。

谷本流星（11）の日記は、中部新聞の奥三河ページの見出し「町民の会の署名一〇〇〇名超か新年一月八日提出へ」「問われる町長と議会の決断」を引用し、「ぼくは、ながしの町の入院を守るしょ名をした方々は、すごいと思います。町長さん、しょ名をうけとって入院を守ってください」などと書いている。

署名の、おおよその数と提出日を新聞記者に伝えたのは、昨日十二月二十五日の夜であった。

午後七時半、友川あさひ（36）と雄介も参加する「ながしの町民で医療を守る会」が呼びかけ、署名の受任者六十八人は公民館に署名簿を持ち寄り、総数の計算と重複する署名のチェック作業を行ったのである。

署名を集められる最終期日は十二月三十日で、まだ六日あったが、佐藤てい子（88）の「年末年始は忙しいし、署名を提出する日に、大きな間違いがあっちゃいかん」という一言で、全員が集合したのであった。

署名を集計する元県職員の石田和子（75）が叩く電卓音が止まり、

「単純計算ですが、一〇三五筆です！」と言った。

その瞬間、参加者一同、驚きと喜びの声をあげた。

「一〇〇〇筆、超えた！」

地方自治法第七十四条によれば、条例改廃を求める署名は、町の選挙管理委員会の審査と縦覧期間をへて全有権者の五〇分の一以上の有効が認められると、首長は意見をつけて、署名簿に付された条例改廃案を議会に提出しなければならない。

「焦点は、いよいよ来年二月の臨時議会だなぁ」

「議員たちに賛成してもらうように説得に回ろう！」

「これを提出して記者会見すれば、町の内外に圧倒的多数の民意を示せるなぁ」

仲間たちは口々に言い合うと、一月八日午前八時半の署名提出と記者会見という日程を決めたのである。

雄介は、昨日の今日の出来事を思い出しながら、

「……流星くんの気持ち、僕は嬉しいなあ」と言った。

そして彼は、流星が使った「すごい」という言葉に赤ペンで波線をつけると「何がすごい？　時間？　勇気？　しょ名を思いついたこと？」と書き込んだ。

机の傍らで添削の様子を見つめていた流星は、遠視眼鏡で大きく見える目を向けると、

「じょうねつ、です」と言い切った。

「じょうねつ……、情熱かぁ。なるほどなぁ！」

第二次安倍政権の七年八か月で国家の私物化は猖獗《しょうけつ》を極めた。国家のデタラメは地方自治体にもおよんでいると、常々、感じてきた雄介は、流星の言う要求実現への情熱こそ悪政を変える原動力なのかもしれない、と教えられた気がした。

雄介は、日記を恵と流星に返しつつ、（桜さん、今日は遅いなぁ）と思った。


十二月二十六日の土曜日、高橋桜（14）は作文塾に行く準備に余念がない。

彼女は、手鏡に映った自分の前髪を両の眉毛が隠れるあたりまで文具鋏で切り揃えると、机の引き出しに仕舞った。

「よしッ」

さらに櫛《くし》で梳かした彼女の髪は艶を帯び、まるでマッシュルームのようになる。

そして玄関で靴を履こうとした桜は、ふと先日、オンラインゲームに没頭していた従兄の滝本健一郎（15）が、

「……さくら、俺は、生きていけるのかな」と乾いた声で呟いたことを思い出した。

桜は、びっくりして「な、何？　突然」と言って、健一郎の顔を見た。

――俺、突然、ワケ分かんない不安がワーッと襲ってくるんだ。そういうの、お前ない？

――う、うん。そう言われたら、私も、ちょっと、あるかも。

――俺さ、中卒で、働くことだけは決めてる。けどさ、俺が、いつも見てるゲーム実況の主が、

この前、会社でセクハラに遭ったらしくて……。彼女、そのことを上司に言っても国の労働なんたらに告発しても、全然、改善されなくて、逆にチクったことで、会社からどんどんひどいことをされるばっかりらしくて、今度、実況主の彼女さ、別の会社の派遣に登録して、いまの会社を辞めるらしいんだ。けど、今度は、もう金が残ってないって言うんだよ。で、「みんなー、投げ銭、お願い」「私、もう死んだほうがマシなのかなぁ」ってさ、泣き始めちゃったんだよ。で、俺ら、もう、どんな選択したって、みんな詰んでんじゃないかって思っちゃって。そうしたら心臓がドキドキしてきて、息も苦しくなっちゃって、それが止まらなくなっちゃった。

——それって、働いても、高校に行っても、結局、ダメってこと？

——いや、俺みたいな存在が、そもそも詰んでるってこと。さくらは大丈夫さ。

——なんでよ、私だって、全然、大丈夫じゃないもん！

このとき桜の憂鬱な心の堰《せき》は切れてしまったのだった。

彼女は、二〇二〇年春に亡くなった大祖父の看取りの際、豊橋市民病院で働く女性医師に魅せられたことを健一郎に伝えた。

さらに現在の自分の学力では国立大学の医学部に入れないこと、医学部の入試は難しいだけでなく女性差別もあること、そして高橋家の家計では私立の医大は受けられないことを打ち明けたのである。

「……さくら、お前、そんなことで悩んでたのか。超ヤベェじゃん」

健一郎は、モニターから目を離すことなく言った。

桜は、大祖父の死後、町で唯一のスーパーマーケットの掲示板に貼られた作文教室のチラシの「夢は叶う」というコピーに目を奪われたことも伝えた。自宅のパソコンで、作文教室の講師・小川雄介（40）のツイッターを発見し、彼の書き込みを遡ると、彼の弟が四浪の末に国立大学の医学部に合格し、現在、外科医であることも分かったというのだった。

――ケンちゃんその、ヤベェって、どういう意味？

――ヤベェは、ヤベェってことだよ。まあ、さくらは、凄いってことさ。

――え……、なんで？　私、頑張れるってこと……？　どういうこと？

――バカ、俺なんかに訊いたってダメさ。その先生に聞かないと。でもさ、桜は、俺なんかと違って、いま、ちゃんと夢を持ってるってことが、やっぱ、凄い。

自宅の玄関に立ち尽くす桜は、滝本健一郎の「やっぱ、凄い」という言葉を思い出し、母親の高橋亜由美（40）の「まだ、塾、行かないのッ？」という声で我に返った。

「行くよ！　もう、お母さん、うるさいなぁ」

小川雄介は、塾生二人が帰る後ろ姿を見送ると、ながしの町の将来と子どもたちの未来に思いを馳せずにはいられなかった。

そして町長が進めようとしている入院ベッドの全廃は、町長の個人的な志向などではなく、国・厚生労働省が全都道府県に大幅な病床削減計画＝「地域医療構想」をつくらせ、その実行を迫っている結果なのだと、改めて自分の胸に言い聞かせた。

この間の「しんぶん赤旗」は、全国各地で起きている医療の切り捨ての現場を報じている。大阪府住吉市民病院の廃止問題、徳島県吉野川市の徳島病院を移転・統合する問題、北海道で唯一の筋ジストロフィーや重症心身障害児・者の専門病院として知られる国立病院機構八雲病院の移転強行問題などを取りあげて、日本共産党の国会議員団が患者や地域の声を代弁して反対のキャンペーンを張っていたのである。

奥村伸世衆院議員が昨年一月二十八日の国会で、町立ながしの病院の透析室を守るための財源を明らかにした質問も、大きなキャンペーンの一つであったろう。

友川あさひと雄介は、党の議員が涙ながらに質疑するネット動画を視聴するとき、

「私たちも、絶対に諦めない！」

と、思わず声が出るほどの力を得るのだった。

雄介は、岸田町長が十二月議会で開陳した「闘わない」「反発せずに受け入れる」という異様な哲学が、まさに現代日本の支配イデオロギーなのだ、と思った。

歴代の自民党政権は、グローバル資本主義をになう大企業の利潤を最大限にするため、医療・介護・教育の公的サービスをことごとく縮小してきたのである。

このコロナ・パンデミックは、一九八〇年代以降の医師・看護師数の抑制、公的病院の統廃合、保健所の半減が加速させたものでもあった。その一方、聞こえてくる掛け声は「病気は、あなたの食生活が原因」とか「大学に行けないのは、あなたの努力不足だ」とか、果ては「長生きすることは、あなたの家族に迷惑をかけること」という自己責任論であった。

この年末に支部会議で読み合わせた「しんぶん赤旗」日曜版新年号で、日本共産党の志野明夫委員長は次のように指摘している。

歴史を見れば、パンデミックは時として人類史を変える契機となった。ウイルスや細菌自体に社会を変える力があるわけではありませんが、社会の矛盾を激化させ、変化を加速させることがある。例えば、十四世紀に欧州を席巻したペストです。これは中世の農奴制の没落の一つの契機になったといわれています。

この数十年、「利潤第一」の資本主義が自然環境を壊し、感染症のパンデミックが多発しています。資本主義による自然破壊という点では気候変動と同根です。コロナ・パンデミックは、「利潤第一」という資本主義のシステムそのものを問うていると思います。

小川雄介（40）は、支部の仲間たちと「しんぶん赤旗」日曜版を読み合わせながら、
「僕らは、資本主義を乗り越える社会主義・共産主義を展望しているけど、町長の『新自由主義万歳』なんかを聞かされると何年かかるのかな……」と弱音を吐いたのだった。

坂野宮子（94）は、虫眼鏡を紙面に当てながら、
「志野委員長は、大きな危機が社会を前向きに変えるきっかけになるって言っとる」
と前置きすると、
「だがワシ、ソ連と中国がチラついて、未来のことは考えんことにしてきたわ」

と言ってカラカラ笑った。

この支部会議は、寿司職人の長谷川篤史(68)の元店舗で開かれた。

カウンター奥でコーヒーを淹《い》れる彼は「俺も難しいこと、よう言わんが」と言う。

長谷川は、高卒後に調理師免許を取った。三十歳のとき、ながしの町で寿司店を開くものの、人口減少とバブル崩壊による不況が響き、二十年余りで店を閉じることになる。

東日本大震災のとき、JR東京駅前の居酒屋で身を粉にして働いていた長谷川夫妻が帰郷するきっかけは、両親の介護と妻の持病の悪化に対応するためだったという。

「……でよう、相次いで親を看取ってさ、家内も専門の病院に入ることになってホッとした頃、降って湧いたように始まった町議選だよ。それが急に身近に感じたんだ」

友川あさひは「私が、河原から川に向かって演説の練習してたら、篤史さん、『よう、ネェちゃん、下手くそだなあ!』って声をかけてくれた」と言った。

「いやいや、申し訳なかった! あのときの俺はさ、ぼんやりと『夫婦で働いた、あのエネルギーと時間はどこへ消えちまったのか』って考えてたの。それで、俺自身の老後、これからどうしようと思ってたら『国民年金で入れるホームを作りましょう!』なんていう演説が聞こえてきてさ、そりゃいいやと思ったら、目の前の大舞川に向かって、あさひさんが演説してたの。つまり……、俺が言いたいことはさ、俺たちみたいな働いた人たちが報われるような未来の社会ってもんが、きっとあるはずで……」

雄介は、突然、アルベール・カミュ『ペスト』の物語を思い出した。

「タルー」という登場人物は、市中感染したペストを克服する最前線で、自分たちの危険を顧みず、患者の発見から遺体の埋葬まで黙々と行うボランティア団体を起ちあげるのだったが、そんな彼が言う「想像力」こそ、このコロナ禍に必要なものだと思いついたのだ。

「……国民年金で入れる老人ホームの創設か……。なるほど想像力ってのは、困難な現実を乗り越えるときに出てくる観念なのかもしれない……」

長谷川篤史が「また雄介さんの難しい話が出た。全然、分からねぇの！」と言うと、支部全体が笑いに包まれた。

小川雄介は十二月二十六日の作文教室にて、あの笑いあふれる支部会議の議論を思い出し、(このコロナ禍で日本の医療は崩壊するだろう。僕らは、こんな糞みたいな資本主義を乗り越えて、どんな世界を想像／創造していくのだろう？）と自身に問いかける。

そのとき、古民家の引き戸がガラガラと音を立てて、

「こんばんは〜。よろしくお願いしま〜す」

と、ようやく高橋桜がやって来たのであった。

彼女は、二人の塾生が帰宅したことを確認すると、

「雄介さん、今日は、相談したいことがあります」と言った。

このとき、桜の胸の裡《うち》は、宮沢賢治『銀河鉄道の夜』読了後の、言葉にならない自分なりの解釈で溢れており、それが彼女を真面目にさせているのだった。

……あのう、雄介さん。私、うまく感想を伝えられるか分からないんだけど、ジョバンニが、親友のカンパネルラと一緒に銀河鉄道に乗って「ほんとうの天上」へと旅する前、級友のザネリが「らっこの上着が来るよ」と囃《はや》し立てる場面があるよね。あのう、雄介さん。これって、私、北洋の蟹工船に乗って仕事してるジョバンニのお父さんをネタにした「いじめ」だと思うんだ。そして、それは私のクラスの子たちが、アーキルと私にしたのと同じものなんだ。私のお父さんが、私にコッソリ教えてくれた、雄介さん夫婦に対する町長派の悪口と同じものだと思うんです。そういうジョバンニは、カンパネルラが、川に落ちたザネリを助けたあとに溺れ死んだことを知るんだけど、なぜ死んだのか。私、ずっと考えていたんだけど、あのカンパネルラにも罪があったからだと思うんです。その罪はとっても小さくて、消極的なもの。でも、あのカンパネルラでさえも、当時の大勢の「ジョバンニいじめ」に加担したからなんだと思うんです。

私の考え、間違っているかなあ。

カムパネルラは気の毒そうに、だまって少しわらって、怒らないだろうかというようにジョバンニの方を見ていました。

（四、ケンタウル祭の夜）

雄介さん。私は、この表情を知ってるんです。

こんなふうに、みんながみんな、カンパネルラになってしまうとき、私たちを取り巻く世界の土台は壊れてしまうと思うんです。私は、この一文が本当に怖い。それでも作者は、あれほど

「らっこの上着が来るよ」と囃し立てられたジョバンニのお父さんが帰ってくるというラストを用意していますよね。彼のお父さんが悪いことをした筈がないって、カンパネルラのお父さんがジョバンニに教えてくれるんです。

このとき、私、なぜか、早くお医者さんになりたいと思ったんです。川から引き揚げられたばかりのカンパネルラに人工呼吸と心臓マッサージをしてあげたいと思ったんです。だって彼が、あんな後悔を抱えたまま、この世界から消えてほしくないと思ったんです。

お医者さんは、人びとの後悔をも治療できると思ったんです……

高橋桜(14)の頭のなかでは、宮沢賢治『銀河鉄道の夜』の読み解きと医師になりたいという将来の夢が、凛々《りり》しい若侍がたばさむ大小の刀のごとく輝いている。

そんなことを知らぬ小川雄介は面食らったように、

「……桜さん、相談って何かな」とおどおど答えた。

桜は、意を決したように面を上げて言った。

「雄介さん。私、ずっとカンパネルラを助ける方法を考えてて……。それから銀河鉄道のなかでジョバンニが言う『みんなのほんとうのさいわい』って何だろうっていうことも。そしたら私……、それは、私が医師になることだって、医師になって、ながしの町の、おじいちゃん、おばあちゃんの命を守ることだって分かったんです!」

雄介は、読書感想文の課題図書として安易に選んだはずの一冊の本が、中学二年生の高橋桜に想像以上の影響を与えてしまっていることに戸惑い、かなり慌ててしまう。

「いやいや、桜さん、ちょっと待て、ちょっと落ち着こう。あの小説から医師になりたいなんて感想を引き出すなんて初めて聞いた。ちょっと落ち着こうよ」

彼は、高橋桜の前で、両の手のひらを下に下にと抑えるような格好をした。

桜は「雄介さん、了解、了解。でも私、十分、落ち着いてるし、大丈夫」と言った。

「……私、どうしても医師になりたいって分かったの。大じいちゃんが、豊橋市民病院で亡くなるとき、女性のお医者さんが、私を病棟の廊下に呼んでくれて、ガラス越しに最後のお別れができたんだ。そしたらスーパーマンと呼ばれた大じいちゃんが、私を山に連れ出してくれて、何度も、お前はやれば出来るって励ましてくれたことをバァーッと思い出して、そんなこともあって、私は、勇気を出して雄介さんの塾に来たんだって気づいた。あと、だいたい同じ頃に、なぜか、お祖父ちゃん、お祖母ちゃん、お父さん、お母さんが、町の透析・入院を守る署名を必死に集め出したり、突然、ケンカしたり、また仲良くなったり、政治の話し合いも始まったりして、なんだか家のなかは明るくなってくるし、署名も集まっていったんだよね。私、ずっと家に引きこもってたからさ、町の誰々さんが亡くなったとか救急車で新城まで運ばれたとか、途中で亡くなったとか、これまでお世話になった町立ながしの病院の先生は町民を見殺しにする気かとか、いや公務員だからナントカとか、そういうの全部聴いてたし……、それで従兄の健一郎に相談したりしてたら、やっと今日、雄介さんに、私は、私は、本当は勉強が出来るようになりたいんだって、いつか医師になりたいんだって……、こんな私でも医師になれますか！」

高橋桜は一気に捲し立てた。と同時に、ワッと声をあげて両手で顔を覆ってしまうと机のうえに突っ伏して泣き始めたのであった。


小川雄介（40）は、手のひらを額に当てつつ、

「大丈夫さ。桜さん、必ず医師になれるよ」と言った。

さらに「そんなの、泣くようなことじゃない」などと声をかけようとして、中学生が苦しい胸の裡を第三者に明かす行為の重大性に気づき、なんとか言葉を飲み込んだ。

彼の目には、高橋桜（14）の将来などバラ色にしか見えなかったのだが、桜の告白には途轍もないほどの悲壮感が漂っている。

友川あさひ（36）は引き戸の結晶ガラスの向こうで聞き耳を立て、ハラハラしている。

それを認めた彼は、

「あさひさんも、ここに来て、いいかな？」

と桜に許しを請うと、あさひを教室に呼び入れた。

あさひと雄介は、桜のような子が、親でもない二人に向けて大きなエネルギーとともに自身の希望を訴えてくることに圧倒されていた。

それゆえに高橋桜の秘密＝将来の夢を絶対に守り、実現させねばならないと思った。

雄介は、改めて「あなたの学力は、どんどんあがる。絶対に大丈夫！」と太鼓判を押す。

桜は、真っ赤な目で「本当に？」と訊く。

「うん、でも、そのためには諦めないことが肝心だ。学費も大丈夫。町の人たち、桜さんが医師を目指すって知ったら飛び上がるほど喜んで、署名みたいに千円、一万円と集めるよ」

桜は、涙が残る顔に満面の笑みを浮かべた。

あさひは「桜さん、あなたが悩んで悩んで、自分で決めたところが凄い」と言った。

そして雄介は、本棚から一冊の文庫本を持ってくる。

「これ、江戸時代のお医者さんの話だけど、きっと、桜さんの思いに応えてくれると思う。それだけじゃない。僕らが暮らす医療過疎の町の現状や国の政治にも重なるところもたくさんあって、全然、古くない」

桜が手にした文庫には『赤ひげ診療譚』とある。

あさひが「それ、黒澤明監督が映画化してて、とっても感動する。読み終えたら一緒に観よう」と言った。

桜は「ありがとうございます」と頭を下げる。

作者の山本周五郎は大正十五年、『文藝春秋』の懸賞小説で当選し、文壇デビューする。

彼と同年生まれの作家・小林多喜二は選外佳作であったため、日記に「山本周五郎氏のことを考えて、下らない、チェッ！」と書き付けている。

多喜二は、よっぽど悔しかったのだろう。

あの大戦争を生き抜いて、戦後に歴史小説家として大成する山本周五郎の『赤ひげ診療譚』（昭和三十三年）は、政治を嫌った彼が、もっとも政治に接近した傑作だと考えている小川雄介は、昭和八年に虐殺された多喜二の無念を、山本もまた胸に刻んでいない訳はないと思うのだった。

第六章　コップの中の嵐は竜巻へ

1

二〇二一年一月八日、ながしの町民の署名一〇七九筆が、町の選挙管理委員会に提出されたという情報はアッという間に町内外に広がった。

ある者は「ながしの町民の会」の口コミやSNSで知り、ある者は、その日の夕方に放送されたテレビニュースや翌日の朝刊各紙で詳しく知ることとなった。

しかし町で、唯一人、行政の力を借りて記者会見の内容をすべて知ろうとした人物がいた。

それは、岸田潤之輔町長（64）であった。

一月八日の正午、総務課長の山寺郷士朗（60）が町長室のドアを開けたとき、イヤホンを片耳に詰めた岸田が、机のうえに置いた小型モニターを視聴しながら、傍らに立たせた総務課職員に対してあれこれと質問攻めにする様子を目の当たりにしたのである。

山寺は（これは困ったぞ、引き返すか）と思ったが、それでも「町長、あの件で……」と小声で話しかけたのは、ＪＲ豊橋駅で痴漢行為を起こした幹部職員に対する懲戒処分の決裁印を一刻も早くもらう必要があったからだった。

岸田は、手のひらを押し広げて山寺の言を押し止めると、人差し指で唇を押さえ、

「……記者会見の動画は、これだけか？」と言った。

総務課の若い職員は、緊張した面持ちで「は、はい」と答えた。

岸田潤之輔が動画を停止する直前、友川あさひ（36）の顔がアップで映し出されて、

「総務課が、町民の会見を勝手に撮影していいの？　許可を得るべきでしょう」

などと猛抗議する姿が流れ始める。

職員は俯《うつむ》いたまま「このあと、記者さんが一斉に振り向いたので……」と言った。

「お前ら、バカか！　肝心の質疑応答のところが分かんないじゃ意味がねぇだろ」

山寺課長は、町長が、町の選挙管理委員会を差し置き、自分の部下に「ながしの町民の会」の記者会見を「盗撮」させていたことに、腰が抜けるほど震撼《しんかん》した。

岸田は、ぶっきら棒に質疑応答の内容を訊く。

「で、あいつら、二月の臨時議会を予定してたのか？」

「は、はい。そのように言った女性の名前は失念しましたが、法定通りの審査と縦覧が行われれば、二月の臨時議会の開催は確実だと発言していました」

「一〇〇〇名超える署名は、信用できるのか？」

「ええ。記者が、県知事リコールを求める署名の偽造事件と重ねて質問しますと、町民の会は、今回の署名に自信をもっている、『偽造など一筆たりとてない』と即答しておられました」

「……そうか。で、うちの選管は、今日から二十日以内の署名審査に入るわけだよな。そのあと一週間の縦覧か。なるほど確かに二月初旬には臨時会を開かにゃならんという訳か……。あと、あいつら、気になることは言ってなかったか」

「は、はあ。記者が、町長リコールは、とか……」

「な、何？」

岸田潤之輔は、総務課の職員がわたわたと退室するのを見送ると、

「まったく……、だから公務員は使えねぇんだ！」と吐き捨てた。

彼は、傍らで直立する総務課長の山寺郷士朗を睨《にら》むと「で、何だっけ？」と訊いた。

山寺は、苦虫を嚙《か》み潰したような顔を一瞬で崩すと頭を下げた。

「この不祥事も申し訳ありません！　痴漢した病院事務長の懲戒処分が未だでして……」

「懲戒？　そりゃダメだ。懲戒だと、俺が記者会見しなきゃならん。しかも、あいつらの会見の直後は絶対にダメだ。幸い、うちの町には処分の基準がねぇから訓告にしとけ！　で、謹慎中のバカには弁護士を付けて示談に持ち込むように。訓告に書き直し！」

総務課長の山寺は「ハッ」と答えて、再び一礼した。

「訓告」は、地方公務員法第二十九条一項が定める懲戒処分（戒告、減給、停職、免職）とは異

なり、単なる「口頭注意」のレベルである。痴漢行為では、ありえない。

「しかし町長、お言葉ですが、現行犯逮捕の事案で訓告というのは、ちょっと……」

「バカ、俺が訓告と言ったら訓告だ。いいか、決裁日は二か月後に延ばしておけよ。いま、友川らに情報公開請求でもされたら、さらに大事になる」

山寺郷士朗の冷や汗は、高校を卒業して始まった四十二年間の公務員人生のなかで、いま一、二を争うほど大量に噴き出している。

岸田町長は、さきほど「町長リコール」という言葉を聞いた途端に激昂《げっこう》すると、小型モニターをケーブルごと引きちぎり、若い職員めがけて投げつけたのであった。本来、総務課長の山寺は、町長の暴力行為を戒め、部下を守るべきだった。しかし彼は、当該職員の目を見つめると自分の首を横に震わせて（帰れ！　早く退室せよ！）とのメッセージを送るしかなかった。

山寺が背を丸めて退室しようとしたとき、岸田の声がかかる。

「ああ、山寺君。総務課の諸君には、あいつら……、町民の会の連中の、署名にかかる選管事務を一括してもらうことにする。今回の署名の扱いについては、かなり無理と苦労をかけることになるが、あらかじめ了解しておいてくれ。いいな？」

山寺課長は、ドアノブを握ったまま恐る恐る、

「あの……町長、それは、どういう意味でしょうか」と言った。

彼は、自分の顔を半分ほど町長の方へ振り向けようとする、その途中、
岸田は「心配するな！　君が、われわれの会合に出れば分かる」と言って遮った。

「いいか、山寺君……。国政選挙の投開票作業なら職員総出で仲良くやればよかった。だが今回の署名は、君も分かっているように極めて政治的なものだ。あいつらがつくった議案を、町長の俺が議会に提出しなきゃならん。つまり俺の意に反する議案を、俺自身の手で出さなきゃならんという意味では、まったくもって屈辱的なんだ。ところが、そういう俺の苦々しい思いを選管委員長の浅川は分からん。堅物の彼のこと、やれ公平公正だ、独立した機関だとかワガママを言い出しかねん。そこで、今回は、それは絶対に許さんということだ」

総務課長の山寺郷士朗(60)は、今年三月末で定年を迎える。

同僚から、どれほど慰留されようとも再任用制度は活用するつもりはない。きっぱりと職場を去り、すべてを忘れたい。退職金と貯金を崩して日本一周でもしようか。

山寺は、年金が出る六十五歳まで、とにかく自由気ままに暮らすという意思を固めていた。

しかし町長の岸田潤之輔(64)が、直接請求署名の審査を選挙管理委員会に任せずに、総務課に担当させるという意向を知った山寺は、きたる臨時会と三月の定例会が終わるまで何事もなく全町民に奉仕する公務員の諸任務をまっとう出来るか不安になっていく。

岸田は、町長室が「禁煙」にもかかわらずソーセージのような葉巻に火をつけた。

「山寺……、いいか。今回の署名審査は、選挙管理委員会とは完全に切り離して、すべて総務課の諸君全員でやってもらう。そして、君らの手で、あいつらの署名簿から徹底して無効の署名を弾き出してほしい」

「無効署名を弾き出す、と？」

山寺は、ハンカチを取り出し額に当てる。

「そうだ」

「町長、お言葉ですが、私どもがいくら無効署名を排除したとしても……、例えば、氏名が重複した署名や代理の人間が書いた署名、あるいは万が一、偽造された署名も含まれていたとして、それを私どもが全て『無効』と判定し、一〇〇〇名の署名簿から除外しても、全有権者の五十分の一、五十名以下まで削ることは、到底、難しい。今回の署名全体の有効性は揺るがないため、署名審査に二十日もかける必要はない……。ですから私は、選管を補佐する総務課の職員二人、一週間ほど有権者台帳との突合わせをして完了と見込んでおったのです。ですから……、いま町長が、総務課あげての任務というお話になるとちょっと想像が……」

岸田は「そうそう、そうだよなぁ」と独り合点して微笑した。

「山寺……、そういう純粋な君にこそ、今回の難局の陣頭指揮をとってもらう。だから俺たちの会合に参加してもらわないと困るんだ」

岸田潤之輔は、おもむろに吸いさしの葉巻をコーヒーカップの受け皿に置き、冬の日差しが射し込むガラス窓に近づいていった。

庁舎二階の町長室から眺め下ろしたところに、一階のロータリーから舗道にまで溢《あふ》れた町民の長蛇の列があった。

「何だ、あれは……。まだ、町民の会の連中の馬鹿騒ぎが続いているのか？」

「……町長、彼らは違います。本日午後一時半から、町が発行する商品券との引き換えが始まりますもので、今回はプレミアム率が四割とあって、きっと、みなさん、今かいまかと勇んで並んでおられるのでは、と思われます」

「商品券？　国のコロナ対策費を充てたやつか。そうかそうか、君も見てみろ。これが変わらぬ人間の本性ってやつだよ……。医療を守るなんて騒いでいるのは町の極一部の人間で、大多数はそんなキレイごとよりカネなんだよ、カネ。ハハハハ、微笑ましい光景じゃないか。これでようやく俺はホッと出来るよ」

2

一月末の夕方、山寺郷士朗（60）がJR名古屋駅前でひろったタクシーは、市内の高速道路を何度か乗り換え、しばらく走る。そして繁華街の喧騒が遠ざかったところで、不意に停まった。

運転手が「お客さん、ここで降りて、あそこから入ってください」と言い、山寺は怪訝な顔で手にもったメモ紙に改めて目を落とした。

「あそこからって……、暗くて見えやしないじゃないか」

タクシーが停まった場所は、どうやら年季の入った土塀の途中である。

「お客さん、大丈夫です。このまま真っ直ぐ歩いていってください」

「お勘定は……」

「ああ、それも大丈夫です。あのお店とは、業務提携しておりますから」

陽はとっぷりと暮れている。

山寺が塀に沿って歩くと、彼の前途に小さなネオンが灯った。

そして彼は、突然、「富士」「大正十三年創業」と染め抜かれた暖簾《のれん》に額を煽《あお》られた。

「よく来たな、座れ、座れ」

濁声《だみごえ》の主は、北設楽《したら》郡選出の県会議員・川藤信一郎（70）である。

初めて本人と出会った山寺は、ながしの町内にベタベタ貼られた国会議員との連名ポスターの若々しい顔写真を重ね合わせて、かろうじて川藤だと分かった。

時計は午後六時をまわった。

山寺が通された二階奥の座敷には、川藤の他に、

岸田潤之輔町長（64）
甘利祐一議長（67）
町議の前原権造（75）
ながしの町の公共事業を仕切ってきた、
飛田組の前社長（80）と二代目社長（50）
愛知県職員の牧野豊課長補佐（45）

が集まり、やがて八人の男たちの会食が始まったのである。

和服姿の仲居が、色鮮やかな料理を次々に運んでくる。

山寺郷士朗は、一皿に詰め込まれた食材の名前や、焼きだの蒸しだのという調理方法を説明されても、皆目、分からなかった。食べる傍《そば》から新しく差し出される一品料理の一口の味わいに圧倒されて、やがて彼の箸は動かなくなってしまう。

――いや……、俺は、いま談笑している町長、県会議員、議長、飛田組の親方らが、これから一体、何を話し合い、何を決めるのかを考えると不安が昂じて食欲が失せてしまったのだ。

煖房が利き過ぎるのか、著しい発汗を感じた山寺は上着を脱ぐ。

彼は、目を瞑《つむ》ってグラスに残ったビールを飲み干した。

「……豪華過ぎて、なかなか食べ切れないですよね」

右隣りに座っていた若い男が言うと、山寺は「ああ、ご苦労様です」と言って頭を下げた。

――ああ、この牧野豊という男。県の管理職だという。「一番若い」という理由から、七人の男たちにビールと日本酒を注ぎ、その都度、一気に飲んでは返盃した人物だ。

山寺は、すでに茹で蛸になって荒い息を繰り返している男が哀れに思われて、改めて直視することが出来なかった。


出揃った豪勢な料理の会食が半分ほど進んだ頃、

「じゃ、飛田社長、そろそろ配ってくれるかな」という声がかかった。

口火を切ったのは、甘利祐一議長である。

「いよいよやりますか」

「なにぶん、初めてですので、驚かんでくださいよ」

老舗料亭二階の奥座敷であぐらをかく八人の男たちの手前に配布されたＡ４二枚の紙には、「指示文書」と「チラシ案」と記されていた。

公務員たる山寺郷士朗と牧野豊にとって、その内容は衝撃的であった。

「指示文書」の内容は、おおよそ左記の通りである。

一、町選管は、法定二十日間の署名審査を三十日以上延期し、二月九日まで有効・無効を告示しないこと。
長期にわたる延期を実現するために、代理署名や偽造と思しき署名は、徹底的に摘発する。

代理署名や偽造署名を集めた「受任者」と、署名した町民には「聞き取り調査」を行う。


署名した者の大半は、高齢者である。

聞き取り調査では、署名を自発的に取り下げるか否かの意思も確認する。

町選管は、代理署名を行った者を総務課に出頭させ、障害者手帳の有無を確認する。

障害者手帳の不所持者による代理署名は、無効とする。

二、町選管は、署名簿の縦覧期間を二月十日～十六日に設定する。
署名した町民は誰かを徹底的にチェックする。

飛田組の従業員、町長後援会のメンバーを動員する（要日当）。

縦覧で「おかしいな」と思われる署名を見つけた場合、一人ずつ暗記し、当該署名を記入した町民宅へ押しかけて「異議申出書」（現在、職員作成中）に書かせ、押印し、提出させる。

三、町長後援会は、二月十日の縦覧開始に合わせ、全世帯に十日着のチラシ（案は二枚目）を「配達地域指定郵便」で送付する。
チラシの全世帯分一四〇〇枚の印刷は、二月七日深夜、町役場内の印刷機を使う。

翌二月八日、町の郵便局本局にチラシを持ち込む。


山寺郷士朗は、震える指で二枚目の紙をめくった。

「チラシ案」には、二つの鋭い目のイラストが描かれており、

今日から縦覧　あなたが誰か分かっているゾ
あなたは自筆で署名しましたか？
偽造署名は、罰金五十万円、懲役三年の重罪です

などと、読み手に恐怖を与える見出しが、オカルト・ホラーフォントで黒ぐろと書かれていたのである。

地元の県会議員・川藤信一郎（70）は、

「おいおい、もうシナリオも武器も揃ってるじゃないか！」と言った。

飛田組の若社長（50）はニヤニヤしながら、

「俺がつくったんじゃないスよ」と言う。

山寺郷士朗は一月八日夜、新城市内の料亭で行われた町長の私的な会合を思い出した。

あのとき、町長の岸田潤之輔は、山寺と総務課の全職員十名を前にして檄を飛ばしたのだ。

「いいか、選管を実質的に支えるのは君たちなんだ。これから二十日間、公正に署名の審査をしてくれ」

山寺は、いま「チラシ案」に目を落としながら、

（ところがどうだ……、結局、十日で終わった審査結果の告示は町長に止められ、法定の二十日間も過ぎてしまった。「ながしの町民の会」からは二回目の要望書「選管は、速やかに審査結果を告示せよ」が提出され、町の選挙管理委員会の浅川委員長は、連日「どのような回答を示せばいいのか」と催促してくる始末だ）と苦々しく思った。

しかも今夜の会合で示された「指示文書」には、「三十日以上延期」とか「町民には『聞き取り調査』」、さらには「役場内の印刷機を使う」など驚くべき言葉が並んでいる。

――こんなの、違法行為だろう。町長は、俺たち公僕を表向きには公正・公平に働かせながら、最後の最後で、こんな無法な策略を押し付ける気なのか……。

そのときである。

町長の岸田潤之輔（64）が、酔いがまわったくぐもった声で、

「おい、山寺！　なんだ、不満でもあるのか！」

と、文書に目を落としている総務課長を呼び捨てた。

「あ、……いえ。ただ縦覧開始日という選管の専権事項を、私たちが、あらかじめ決定し、その日を記した当該チラシを配布することになりますと、当然、住民団体からは『町長の後援会は、いつ、知ったのか』という疑念の声があがると思うんです。しかも当該チラシを役場の印刷機で刷るというのは、あまりにもリスクが高いと言わざるを得ません」

山寺は、とっさに当然の懸念を口にした。

岸田は「イヨッ、山寺、次期、副町長！」と嬉しそうに声をあげる。

「……なるほど、さすが課長だ。我々は、このチラシを郵便局に持ち込んで、十日の午前中には全戸に配布してもらう算段だったのだが……、そうか、確かに二月十日の縦覧初日の告示が出てもいない七日に印刷していることがバレたらとんでもないことになるワイな」

町議の前原権造（75）が、二枚の紙を重ね、その真ん中を太い人差し指で叩く。

甘利祐一議長（67）は、銀歯を見せて、

「これが策士策に溺れるってことか。いや確認してもらってよかった」と笑った。

愛知県の牧野豊課長補佐は、大量に飲んだアルコールで頭が混乱している。

今更ながら手もとに配られたチラシ案――二つの目玉のイラストが、自分を睨んでいるように感じられて、思わず「うわッ」と声をあげてしまった。

「なんだ、牧野くん、いま頃、ビビったのか」

県会議員の川藤信一郎は、銀色ライターを音を鳴らして開けると、

「こりゃ、かなり効果ありってことだ」と言い、眉間に皺《しわ》を寄せて煙草に火をつけた。

「ガハハハハ」

「俺らに楯突く奴ら、このチラシで、みんな震えあがるだろうよ」

「あいつら、ただの町民の分際で、共産党に焚きつけられたら急に生意気になりやがって」

「前の案には、目玉の下に手錠の絵もあったと思うが……」

「ああ、あの手錠のイラストは、いくら何でもやり過ぎだと言われましてね」

「ところで俺たちのボスは、まだか？」

宴席の参加者から次々と陽気な声があがる。

ながしの町総務課長の山寺郷士朗は、思う。

――このチラシが全戸配布されたら、署名を書いた町民のみなさんはどう思うだろうか。

彼の心は、少しずつ震えだし、ドロドロと溶けてしまいそうだ。

今年一月の山寺は、総務課の全員が傾注した十日間の審査作業を指揮して、一〇七九筆の署名

すべてに目を通したのである。そして彼は、署名に記された町民のバラエティーに富んだ筆跡と朱色に滲む印影に、町民のみなさんの、透析・入院・救急医療を守ってほしいという切なる願い――ほとんど怨念のようなものが宿っていることに胸を打たれた。さらに町の有権者台帳と署名事項とを突合わせる作業を進めていくと、昭和三年とか昭和五年とか昭和九年とかに生まれた高齢者たちが、震える手指を片方の手で抑制しながら名前、生年月日、住所を必死に書き込んでいく風景が、何度も目に浮かんだのである。

山寺は、静岡県浜松市旧引佐町《いなさちよう》の特別養護老人ホームに入所する父親（90）を思った。先々、ながしの町から入院ベッドがなくなることを見越していた彼は、認知症が進んだ父親の入所を急いだのである。

「……山寺、お前、まだ言いたいことがあるなら言っとけよ」

町長の岸田潤之輔は、山寺を睨みながら唇を尖らせた。

「……企業が組合を切り崩していく手法と同じで、少しでも迷いがあるといかん」

「いいえ、町長、私に異存はありません」

一方、牧野豊は、酩酊する思考の渦のなかで（……畜生。俺様は県行政をつかさどる男だぞ。なぜ、こんなチッポケな町の醜い争いに付き合わねばならないのか）と捨て台詞を吐く。やり場のない怒りの言葉は、一文字ずつ、酔っ払った頭に描かれたグルグルの真ん中へと飲み込まれていくようで、しかし、その中心に刺さった「情報公開請求」という一本の槍のところで彼が吐き捨てたはずの言葉の短冊はことごとく引っかかってドブ川のごみ溜めのごとき様相を見せる。

3

牧野豊課長補佐（45）は、なるほど愛知県下五十五自治体の医療体制に責任をもつ県の医療局医務課の若き管理職《エリート》であった。

この課は、文字通り、医師や看護師など医療スタッフの確保・養成・配置から在宅医療、地域医療、臓器移植にいたるまで県民の命と健康を守る制度や体制整備を任務とする。

しかし第二次安倍政権のもと二〇一四年に成立した「医療介護総合確保推進法」を受けて、全都道府県に「地域医療構想」の策定が義務化されると、牧野たち医務課の最重要任務は、将来の人口推計をもとに二〇二五年に必要となる県下の病床数を調べたうえで「過剰ベッド」なるものを全面的に廃止することであった。

そのためには、県下の十二医療圏を構成する自治体代表、医師会、公立病院の院長、保健所の所長などと定期的な協議を重ねて、全体の合意を図らなければならない。

日本共産党は、安倍政権下で深まる医療切り捨て政策のもと、早速「しんぶん赤旗」で「公的医療さらに遠く」「病床削減ありき」と告発し、厚生労働省が二〇一九年九月二十六日の会合で統合再編の対象として名指しした４２４病院について「地域の実情や住民の切実な声を踏まえない」公的医療体制の縮小だと批判のキャンペーンを張った。

今回、統合再編議論の対象とされた424病院は、「○○市民病院」「○○町立病院」など地域医療を懸命に守ってきた中小病院が多数を占めます。対象数の割合が一番高い新潟県は全体の半数を超える22病院にのぼります。同県をはじめ、上位県の多くが「医師少数県」（厚労省推計）とされ、医師不足に苦しんでいるにもかかわらず、施設まで減らせという〝住民不在〟の考えです。

現在を見ても、厚労省の18年度全国調査（25日発表）では、産婦人科や産科のある一般病院の施設数は28年連続の減少。統計を取り始めた1972年以降で最小の1307施設でした。小児科のある一般病院は2567施設で、25年連続減でした。安倍首相は「子どもたちを産み、育てやすい日本へ」などと豪語してきましたが、実態は真逆です。（九月二十八日付）

牧野は、愛知県医療局でも購読する「しんぶん赤旗」の物言いに、（人口が激減する地域に、もはや医師と入院ベッドを与える余裕など国にも県にもないのにな……）と苦笑しつつ、「可哀想だけど『地域医療の切り捨て』は仕方ないんだ……、新城市《しんしろ》、設楽町、東栄町、豊根村、ながしの町を含む東三河北部医療圏は廃止しなきゃならない」と呟《つぶや》いた。

昨年末の牧野は、秋に開催した県下十二医療圏の各協議会で合意を得た医療提供体制を「○○医療圏保健医療計画」にまとめる仕事で忙殺された。

いわゆる医療計画は、各地域の概況（地勢、交通、人口）から書き起こし、各医療圏が求める目標——がん、脳卒中、心筋梗塞、糖尿病、精神病、歯科の克服すべき数値目標を明らかにし、さらに救急医療、周産期医療、小児医療、精神科医療、へき地医療、災害医療の具体策も講じて克服するべき課題を記した膨大な文書であった。

このような県下十二医療圏のうち、医療局医務課の職員たちが、医療計画の起案を一番しぶる医療圏が、他でもない東三河北部医療圏であった。

牧野は、三年前に課長補佐に大抜擢されてから、若い主査とともに、新城保健所で開催される同医療圏の協議会に顔を出すことで同僚がしぶる理由がようやく分かった。なぜなら愛知県は、四市町村長、新城市医師会、北設楽郡医師会、新城市民病院、町立ながしの病院らの結束した「東三河北部医療圏の存続を！」という態度を突き崩せずにいたからである。

しかし昨年度、ながしの町長の岸田潤之輔（当時62）と県議会議員の川藤信一郎（同68）を、東三河北部医療圏協議会委員に任命したことで、今年の協議会こそ、町立ながしの病院が擁する入院四十床の廃止にとどまらず、東三河北部と南部医療圏（豊橋市、豊川市、蒲郡市、田原市）との再編統合を成し遂げる千載一遇のチャンスだと目論んでいたのである。

牧野豊は、医療局が角部屋を占める愛知県庁三階フロアから名古屋城のライトアップされた甍《いらか》を眺めながら、（しかし……、これほどの『ないない尽くし』の田舎では、うちの知事がぶちあげる『田舎へＧＯ！』とか『移住・定住・大促進！』どころの話じゃねえよ）と、自分の立場を忘れて呆れ果ててしまう。

牧野は、馬がたてがみを靡かせ西に向かって走る後ろ姿のシルエットを愛知県の白地図に重ねると、馬具の項革《うなじがわ》や喉革にあたる名古屋・尾張から、手綱が当たる刈谷・岡崎、そして後ろ足の豊橋にいたるまで大小の医療機関が集中する一方、馬のお尻にあたる新城・北設楽郡の、荒野にポツンと置かれたガソリンスタンドのような町立ながしの病院と新城市民病院を認めて、哀れに思った。

彼は、昨秋の協議会に提出する資料をつくったとき、

○地域がん診療連携拠点病院、緩和ケア病棟なし
○脳血管疾患の死亡率は、県平均の２・５倍
○心筋梗塞等の専門病院なし、リハビリ施設なし
○周産期医療の分娩施設なし、小児救急は制限中
○精神科の入院施設なし、三次救急病院なし

などとポイントをまとめる一方、

「東三河北部医療圏の今後のあり方について」と題したレジュメには「急速な人口減少のもと他の医療圏への流出患者が最も多い東三河北部医療圏の見直し」という一文を明記した。

牧野は、東三河北部医療圏が南部のそれと統合すれば一つの医療圏のあれやこれやが消えるわけで「これで面倒な仕事が減る。あいつら、俺に感謝しろよ」と呟いたことを覚えている。

ながしの町を含む東三河北部医療圏の住民は、人口減少が進むなか、周産期・小児医療の拠点なし、精神科病床なし、脳卒中・心筋梗塞等に対処する第三次救急病院なし、という「ないない尽くし」に耐えてきた。

牧野豊は、そうした現実が何をもたらすかを、友川あさひの一般質問を傍聴したことで、重々、承知している。

しかし彼は、政府が掲げる入院ベッド大幅削減という方針を愛知県内で貫徹するため、さらなる資料を加えなくてはならなかった。

資料名は「削減病床数の決定について」。

彼は、愛知県庁の自席パソコンに次のように打ち込んだ。

――愛知県は、国がつくった全国一律の算定式に基づき、東三河北部医療圏で必要とされる二〇二五年に持つべき「基準病床数」＝267床を確定した。

一方、当医療圏における二〇二〇年度の公立・民間病院の病床数は351床である。

すでに高度急性期の病床はゼロであるため、今後五年間で廃止する対象は……

◎新城市民病院の急性期と回復期病床　計20床

◎町立ながしの病院の回復期と慢性期病床　計40床

◎堀田医院の慢性期病床　計8床

◎本宮山厚生病院の慢性期病床　計5床

――病床維持の必要性が乏しいと判断した場合、国の通知に基づき病床削減の命令を行う。
――正当な理由なく措置を怠った場合、県は、医療機関名の公表と勧告を行う。

いま老舗料亭二階の宴席で酩酊している牧野は、満を持してのぞんだはずの東三河北部医療圏協議会が紛糾し、収拾がつかなくなった様子を思い浮かべている。新城市民病院院長、堀田医院の院長、そして新城市と北設楽郡の二つの医師会会長の激しい批判と反発を思い出しながら、

「ああ、県の仕事には合意も糞もねぇな」と呟く。

協議会の会場となった新城保健所の会議室は、開始前から緊張感が張り詰めていた。

牧野は、自分がつくった医療計画の原案を保健所次長に説明させたあと、参加者の自由意見を寄せてもらう「次第」であった。

しかし次長が説明している途中から、新城市民病院の院長が、

「一律の計算式でベッド数を決めるのは現場を無視しちゃいないか。インフルエンザによる入院数が冬場に圧倒的に多いことは、君も知っているだろう」と介入すると、

北設楽郡医師会会長が「広大な面積を擁する奥三河から入院ベッドを無くせば、どうなるか。町立ながしの病院に入院させて点滴をすれば治る誤嚥《ごえん》性肺炎の高齢者を救急車のなかで殺すことになる」と言い、

さらに民間の堀田病院院長が「あんた、いまのコロナ禍で入院制限を強いられとる医療機関の現状を理解しているのか」などと訴えはじめて、次長は立ち往生するハメになったのだ。

ながしの町長の岸田潤之輔も県会議員の川藤信一郎も専門外のことゆえ唇を噛むしかない。

あのときの牧野は、保健所所長の口から「県は、基準病床数を超える病床は、原則、認めない」「県の考えは、あくまで病床の地域的偏在の解消だ。この医療圏で人口増が望めない以上、このまま医療資源を投下することは、認められません！」と強引に言わせて、場をおさめるしかなかったのであった。

あの協議会には、やはり三十代の女性が、ただ一人、真剣な眼差しで傍聴していた。

4

友川あさひ（36）は、この二年間、様々な会議や協議会を傍聴することで、町民たちが享受する「へき地医療」を取り巻く政治的背景と諸制度を学んできた。

例えば、次のような基本的な事項から、である。

- 自公政権は、とにかく社会保障費を削減したいと考えていること
- 「へき地医療」の担当は、厚労省と総務省である
- 愛知県の財政力は、全国二位である
- 愛知県は、町立ながしの病院に常勤医師一名を派遣している
- 各医療圏で協議した議事録は、県のサイトに掲載されている

・ながしの町と新城保健所は、適宜、医療体制について協議している

夫の小川雄介（40）は、古民家の居間に張ったテントのなかで休みながら、妻の友川あさひという人間は、いつも彼女が頑張れる「限界」を探して活動しているように見える……、このままでは、自分のように燃え尽きて病気になるのではないか、と心配する。

そして彼は、頭のなかで（しかし）と接続詞を打ち、あさひだけではないと思った。深刻な高齢化に見舞われる小さな町で、岸田町長派の攻撃と正面から闘う「ながしの町民の会」の人びとの心身も相当なダメージを被っているはずなのだ。彼らにも「無理しないで！」と声をかけたいが、その言葉は上滑りして消えていくだけだろう。

雄介は、みんな走りながら考え、考えながら喧嘩し、仲直りしながら走っていると思った。

仲間たちは、いま現在も町の透析・入院・救急医療を守るために自分に何ができるかと目を皿にして探している。これまで学習会、チラシづくりと配布、町議会の傍聴、ＳＮＳ……と、やれることを全力でやってきた。彼らの探求心は、いよいよ「なぜ、国と愛知県は、北設楽郡の医療体制の異常な窮状を放置し、さらに破壊するのか？」という問いへと発展し、「なぜ」の答えに当たる真実を摑むまで騙されない、簡単に納得しないという地平へと突き進む。

あさひは、そのために東三河北部医療圏の協議会に足を運び、傍聴者に手渡される資料を仲間と共有する。さらに情報公開制度にもとづき、新城保健所が作成した報告書、総務省や厚労省の「へき地医療」に関する内容を入手し、かつ膨大な量の書類を分析し、再び仲間たちと読み合わ

せて共有する。

大道寺隆之弁護士（60）は、町民学習会で「情報は力なんです」と強調した。

彼は「行政文書を一枚ずつ吟味していくと、思いもよらなかった真実にたどりつくのです」と言って、参加者を励ましたのであった。

友川あさひが、傍聴と情報公開で摑んだ真実の一つは、政治家と県、町との癒着である。

そして二つ目は、医師たちが行政の医療破壊を批判し、全力で闘っている姿であった。

5

愛知県の医療局課長補佐・牧野豊（45）は、町長、県会議員、町会議員、地元有力者らが揃った宴会場で、昨年十二月の出来事――友川あさひ（36）が請求した情報公開文書の問題で、局長から難詰された一件を苦々しく思い出している。

酩酊する彼の目には、猪口の底に描かれた刷毛模様が自分の苛立ちを投影したかたちに思われ、それは猪口のサイズを超えた大きな渦巻のように見えてくる。そして、あのときの局長の叱責も、自分の言い訳も、漏洩《ろうえい》が許されない部分を「黒塗り」した部下たちの生真面目さも、すべてがすべて、この荒々しい思考の暴風雨に巻き込まれて消えてしまえばいいと願った。

しかし現実は都合よくはいかない。愛知県の県民文化局が、友川あさひに「一部公開決定」とした一連の文書の重大性は、牧野の心から消え去ることがない。

牧野豊は「な、ぜ、だ……?」と呟く。

なるほど県行政は、法律や条例にもとづき、県民が求める行政文書を速やかに開示する義務がある。我々は、これからもその義務を公正に果たすだろう。

しかし公開するべき膨大な文書のうち、その内容が大きなハレーションを惹起しかねないものについては「完全非公開」とする鉄則は、絶対に忘れてはならないのではないか。

牧野は(ああ、友川議員は、部下たちが必死に「黒塗り」した文書のうち「黒塗りし忘れた」部分を見逃すはずがない。その重大性を知っているのだ!)と憎らしく思った。

……それなのに彼女は、その重大な事実を昨年十二月議会で明らかにしなかった。

なぜだ、なぜなのか。

ながしの町議会の一般質問を傍聴した牧野豊は、友川あさひ議員の一般質問を聴き終えたとき、過疎と高齢化が極限まで進んだ小さな自治体で暮らす住民たちの苦境を我ごととして——かつて切迫流産で救急車に運ばれた妻のことを思い出すほど真剣に受け止めてしまい、思わず激しく胸が掻き乱されたことを振り返った。

……俺は、県の人間として、ながしの町の医療を壊したいのか守りたいのか、どっちだ?

牧野が、このように思い詰める、そのときだった。

岸田潤之輔(64)が「やあ、お待ちかね」と言って柏手のような拍手を二度三度と鳴らした。

「いやいや。遅れに遅れた。すまん、すまん」

宴席に入ってきた老人は、頭を掻きながら言う。

岸田は立ち上がると老人とガッチリ握手を交わし、県会議員の川藤信一郎（70）は空になった銚子を振って「お酒、持ってきてぇ！」と大声をあげる。
老人の風貌を見た者——牧野、山寺郷士朗（60）、飛田建設の親子は、思わず目を開いて息を飲んだ。

その老人は、岸田潤之輔と川藤信一郎の間にあぐらをかくと、周囲を見回して、「もう、大事な話は終わったかな？」と穏やかな声で訊いた。

飛田組の親子が、身を縮こませて「ええ……」と首を縦に振った。

ながしの町総務課長・山寺郷士朗は、

（この人、いつもテレビ討論会に出てくる国会議員だ……、名前が出てこないが、いま自民党との連立話が出ている国民党の大幹部じゃないか）と思い、一気に心が凍りつく。

牧野豊は（厚労省の族議員のドン・横島議員じゃないか！）と心のなかで叫ぶ。

仲居が、お盆の縁いっぱいまで銚子を並べてやってくる。

老人は「ささ、やろう」と言った。

しかし彼は、近寄ってくる町長や県会議員、議長、町議のお酌を断り、手酌酒を啜《すす》りながら、

「みなさん、お疲れ様でございます。僕は、今夜、秘書を置いて、東京からここまで馳せ参じたわけだが、それはひとえに、君らが、あの町で起こっておることの重大性を理解しちゃおらんと思っていたからだ。いま国会じゃ、菅君がワクチン確保だの、オリンピックをやるやらんのと、

くだらんことで野党から責めたてられておるが……」と笑った。

「まあ、しかし、いま君らの顔を見ると、なんとか山は越えられるみたいで良かった！」

老人は、銚子からガラスコップに日本酒を注ぐ。

「単刀直入に言わせてもらうと、君らが、今回の署名の扱いを間違えるとだな、まずは岸田君の首に手がかかる。最悪、町政はひっくり返る……」

彼は、水でも飲むように喉を鳴らして酒を干すと、

「……で、愛知県も対応を誤れば、川藤君や地元の国会議員の首も飛ぶだろう」と言った。

「そんな、大げさなぁ！」

老人は、とっさに声をあげた飛田組の若社長を睨むと、

「いま、あんた、大げさ……と言ったか？」と確認した。

「いいか、君ら、小さな村の政治っつうもんは世界政治の縮図ということを忘れてくれるなよ。あのマルクスは商品の本質と一つ一つの関係を分析することで資本主義の法則を解明したのだし、素粒子物理学者は物質を極限まで分解してビッグバンから宇宙の終わりまで説明しようとする。なあ、大げさと言ったあんた、村の政治に現代日本が抱える問題の本質があるとして、そのとき、あんたの町の共産党を馬鹿にしちゃいけない。彼らは、村の問題を利用して日本全体にその勢力を拡大しようとする輩よ。一点突破されると燎原の火のごとく……だ」

宴席につどった八人は、老人に射竦《いすく》められたように黙る。

「いまコロナでよ、ちょうど都市部でも入院ベッドが足りなくなって患者のみなさんがゴロゴロ

死んでおる状況よ。菅君も、なかなか手が打てんだろうから、今度の総選挙では大物やベテランが落選するだろうよ。もし野党がまとまろうもんなら……、つまり小さな町の共産党が信頼力をつけて、彼らと一緒にやる奴が次々出てくるようになると僕らの政権は一気に潰れる……」

国民党代議士の横島忠春（80）は諄々と語るのであった。

「……いいか、君ら、自民党が、なぜ、強いのか、分かっておるか？　それは、君らがいる地方の小選挙区で勝利しているからなんだ。君らの田舎が、自民党を支えておる。いつも薄氷を踏むような小選挙区は、反共の宗教団体に頼ればいい。そうやって自民党は、あの戦争に負けたあとも地方の保守的土壌に利益誘導の水を撒いて当選の花を咲かせてきたワケだ。ところが、だよ。いよいよ半世紀が経って、その基盤——中小企業、農林漁業、地域医療が音を立てて壊れておる。二〇一七年の総選挙で自民比例の絶対得票率は、たった17・5%だ。それなのに比例の議席占有率は5割……、僕だって笑ってしまうよ」

さらに横島は、自分も菅首相と同じく東北地方の寒村出身だと言い、ながしの町の高齢者らが十分な医療を求める気持ちは痛いほど分かっている、と繰り返した。

「だが、しかしだ！　ここは鬼になったつもりでやり遂げにゃならん。昔、中央の労働力不足を地方の『金の卵』が補ったように、日本の国力が低下するいま、やはり地方の、とくに高齢者のみなさんに犠牲になってもらわないと日本の防衛や大企業が回っていかない……」

横島は、ここまで言って人差し指で目頭を拭った。

総務課長の山寺郷士朗にとって人口三〇〇〇人の町の署名運動は、せいぜい「コップの中の嵐」程度の認識であった。しかし横島の訴えが熱を帯びていくと、だんだん「菅政権をも揺るがしかねないもの」という非常事態の地平へと高まっていく。

彼は、ふと隣りに座っている県職員の牧野豊を見た。

牧野の顔は真っ青であった。

そしてビールが残ったコップを摑もうとする彼の指先が、微かに震えている。

山寺は、改めて背筋が寒くなる思いがした。

町民が命懸けで集めた署名の審査期間を延ばして、署名した町民の意思を「聞き取り調査」で叩き潰す……。町長後援会は、署名の縦覧開始日に合わせてイラスト付き「チラシ」を全戸配布し、二度と署名をしないように脅す……。

高卒入庁の山寺は、実に四十二年間、ながしの町の公務員として公正公平を心がけてきた。

彼がこれまで支えた町長は、実に六人におよぶ。

小さな町らしく、職員たちは全課を回ってジェネラリストとしての経験を積んでいった。

山寺が教育課にいたとき、町の子どもの学びを一律に保障しようと企画した町営無償学習塾は、平成二十六年度に始まった。貧困家庭の親から歓迎されただけでなく、講師となった退職教員たちの生きがいにもつながった。福祉課のときは、透析患者や先天的な病気を抱える子どもなど障害者と七十五歳以上の町民を対象にタクシー助成制度をつくって喜ばれてきた。

しかし、この二つの事業は、岸田町政三年目の令和三年度予算案から廃止される。

山寺が、先輩から受け継いできたはずの「公務とは、全体に奉仕する事業である」という原則は、アッという間に消え失せようとしていた。

山寺の大きな頭は震え、こめかみが熱くなっていく。

彼は、誰にも察知されないように、脱いだ背広で包んだ右拳を力いっぱい握りしめている。

第七章　カルテには書けないこと

1

友川あさひ（36）は二〇二一年二月に入り、ようやく毎週一回の朝宣伝を再開する。朝宣伝のスポットは、元町議の坂野義人（享年84）を受け継ぐ町内四か所で行ってきたのだが、昨年十一月末に署名がスタートした途端、心と時間の余裕がつくれずに休んでいた。

ながしの支部は、年四回発行する「ながしの民報」づくりに着手している。あさひは、寒風に逆らうように宣伝カーを走らせ、町唯一の信号の角を曲がると、最初の宣伝場所である、まちなか商店街を少し入った空き店舗の前に停めた。

彼女は、かじかんだ手でマイクと車内アンプをつなげる。

いま頃、小川雄介（40）は、古民家のパソコン部屋で「ながしの民報」最新号のレイアウトに苦戦していることだろう。彼は「なにせ、町民のみなさんに知らせる真実が、たくさんあり過ぎて、Ｂ４一枚の裏表では収まらないよ。こりゃ号外が必要かもね」と言った。

長谷川篤史（68）は、アルバイトで働く新城市内の回転寿司店に向かっている頃だろう。あさひは、党支部の仲間が、あと一人、二人いたらなあ……と思った。

そして朝八時の澄んだ空気を胸いっぱいに吸い込むと、マイクを目の前にしっかり掲げて、

「みなさん、おはようございま〜す！　日本共産党の町議、友川あさひでございます。いつも、お世話になります。みなさまのお陰で、私は、元気に議会活動をしています。今日は、朝早くから大きな音を出して失礼いたします。先月の初旬、私たちの署名は無事に提出されました。日本共産党の朝宣伝、今日から再開いたします。御迷惑をおかけしますが、どうぞ、しばらくの間、御容赦くださいませ……」と「前口上」を伝えたのであった。

朝宣伝でも「ながしの民報」でも、いま町民に訴えるべき内容は、昨年十二月議会の報告と町の医療を守る直接請求署名の行方であった。

「……町民のみなさんが、勇気を奮って名前を書いた署名は、一か月も前、一月八日に提出されました。それなのに町の選挙管理委員会は、この二月に入っても、私たちの大切な署名の有効性を告示せずにダンマリを決め込んでいます。本当におかしいと思いませんか？　直接請求制度を定めた地方自治法は、署名の審査期間を二十日以内と定めています。いったい、何が、起きているのでしょうか」

友川あさひの演説は、少しずつ上手くなっているのだろうか。

お腹に力を込めた声が、まちなか商店街を響き渡っていくと、畳屋の入口から女性が小さな顔

を出してペコッと挨拶し、酒屋の主人は突然のように玄関の掃き掃除を始めるのであった。

やがて坂野宮子（94）が「真打ち登場」とばかりに手押し車をガラガラ鳴らしてやってくる。

「あらあら、宮子さん！　今日は病院ですか」

「そうよそうよ。オレ、眠り薬が足りんくなったで、朝一番で、行ってくるの」

宮子は、町立ながしの病院の尖塔を指差して言った。


坂野宮子が病院の玄関に着いたとき、一番乗りではなかった。

午前八時半の受付窓口には、すでに数人の高齢者が並んでいる。診察券の確認を終えた宮子が「つ」の字に曲がった体を前へ前へと押し出して院内フロアを進んでいくと、精神科の待合室には、なんと佐藤てい子（88）が身を縮めて一人ぽつねんと座っていたのである。

「あら困った！　あんた、どうしただんやれ」

宮子の声かけに、てい子は振り向いて目を大きくした。

「ああ、宮姉！　よかった。姉さんも、この脳病院にかかっておるだか。ワシは嫌で怖くて」

「何、言っとるの。ここは『脳病院』と呼ぶじゃないだよ、精神科よ、精、神、科！」

「ほいだ、ほいだ。ワシの若い頃は『脳病院』『脳病院』なんて言って、そこへ行ったら最後、もう人間の終わりみたいに言われて……。しかしワシがかかるとは思いもせんかった」

「オレも人間の終わりの時期、ここに来とる。眠れなくなって、もう五十年になろうか」

「はあ？　五十年！」

宮子の場合、夫と結婚してすぐ眠れなくなったのである。

坂野義人（享年84）が亡くなったあとも、生前の彼が悪夢にうなされる様子が、宮子の頭から離れることがない。仏壇に三度のごはんを供えて拝んでも、宮子はかえって夫が抱えていた多くの悩みの種を十分に癒せなかった自分を責める気持ちが募るばかりである。

ようやく最近、深夜ラジオを聴きながら外が明るくなる頃、眠りに落ちるようになった。

「不眠症、ちゅうだ。ここの先生は、よく話を聞いてくれるで、いまは割合、よくなったが」

「……姉さん、ワシはよぉ、恥ずかしいことじゃが、あの署名を出してしまったらよ、不思議と何にも手がつかんようになったの。朝昼晩、いま全部、ダンナにやってもらっとる。そのくせ、その全部がぜんぶ、とにかく気に入らん。特によ、あの人が、ワシのことを名前で呼ばんこと……、いつも『おい』とか『おまえ』とか言ってきたことに気づいてしもうてから、もうダメ。朝からメソメソ涙が止まらんくなって、ずっと寝ておるだ……」

「あらあら、てい子さん、そんなことがあっただかん。大変だったよう、あんた」

佐藤てい子は、小さな目を真っ赤に充血させて、

「まだ、ワシ、煩《わずら》いごとがあるだぃね。今度二人目の孫が――歳も三十を越えて結婚するだがよ、うちは二人ともオンナだもんでな、いよいよワシらが守ってきた佐藤のイエが絶える。だもんで、ダンナは孫の結婚を祝うどころか、毎日、朝から嫁の悪口を言い出す始末よ。挙げ句に、ワシの育て方が悪かった、もう一人男を産みゃよかったとか無理難題を言っちゃ怒り出して……」

2

町立ながしの病院長の塚越房治（65）は、もともと精神科医であった。

しかし奥三河の内科医不足が指摘されるようになると、塚越は「地域医療を守りたい！」との思いが募り、一念発起して「総合内科医」の研修を受けたのであった。

そして彼は、六十二歳から精神科と内科の二診療科を担当するようになっている。

さらに居住する浜松市天竜区から車で通い、週五日の外来と月十日の宿直医もこなす。

塚越房治は、名古屋大学医学部を卒業すると大学院の精神医学教室に入った。そしてドイツに留学し、統合失調症の臨床と研究を積んだのである。留学後、そのまま古巣の名大に戻って研究職に就く予定であったが、愛知県からの「東三河北部医療圏の精神科医療を支えてほしい」という要請を受諾し、四十歳のとき、町立ながしの病院に新設された精神科に赴任したのだ。

彼は「病院だより」の新任挨拶に「私は父を早くに亡くし、働く母の背中を見て育ちました。みなさんの力で医学を学ばせてもらった御恩に報い、県下一の自殺率を返上するため、当医療圏の精神医療に尽くします」と書いた。

なるほど病院特別会計の令和元年度決算を読むと、北設楽《したら》郡四町村の精神科患者は、年間のべ六〇〇人にのぼる。二〇二〇年、愛知県の自殺者数は一一七二人で、七年ぶりの増加となった。人口十万人当たりの自殺死亡率は一五・五人で、人口が極端に少ない北設楽郡では自殺者が二人以上でれば、確かに「県下一」と喧伝されてしまう。

コロナ禍が深まっていくと、県下の自殺者数は、さらに増えると予想されていた。

塚越は、初診の佐藤てい子（88）のカウンセリングに一時間ほど費やし、カルテに要点を書き込んでいった。

「センセ、こんなに時間とらせて悪かったわいね！」

てい子は、そう言いながらも新鮮な驚きと感謝の気持ちで胸がいっぱいになっている。

診療器具が一つもない不思議な診療室にて、塚越院長と話し合う、ただそれだけなのに肩の荷が軽くなっていったのだ。

塚越は「大丈夫！　初診は、誰でも一時間は必要なんです」と言った。

「てい子さん、実はね……、この前の、署名の提出と記者会見を報じる新聞を読んでいた僕は、いよいよ、あの女傑の方が、人工透析の中止や入院問題で黙っている院長の僕を叱りに乗り込んで来るのかと身構えていたんですよ。でも今日は、僕ら二人、もう泣いたり笑ったりして、最後は、てい子さんの民謡まで聴かせてもらって……、ああ、僕もホッとしましたよ」

「いやいや、まったくもって恥ずかしかったやぁ！」

「あの民謡……、もう一度、タイトルを教えてください。僕、メモします」

「そんなの、どうでもいいわいね！　ワシ、もう、恥ずかしくて不眠になっちまう！」

「いやいや、どうか、教えてください」

「……仕方ねぇな、あれは、よされ節っちゅうだ。よ、さ、れ、節だ。たしか……、こんな世の中なんか去っちまえと、もう無くなっちまえと、女たちが嘆く歌よ」

てい子は、涙で濡れたハンカチを再び目に当てると、

「アハハハ、ワシ、もう一生分、笑って泣いたわ」と言った。

彼女は、待合室で出会った坂野宮子（94）に告白した佐藤家の継承問題を、この診察室にて、洗いざらい語ったところ、塚越医師は冒頭から優しい声で、

「……てい子さん、旦那さんの反対を押し切って、よく診察に来られました。てい子さんの意思で精神科を受診されたことで、実は、心の不調の半分は治っておられると思います」と言われ、安心するやら驚くやらであったのだ。

佐藤てい子は、塚越院長との率直な対話を通して、いままで見たことも聞いたこともないような新しい場所へと一歩踏み出していくような爽快感まで獲得しつつあった。


塚越房治は、佐藤てい子が診察室から出ていったのを確認すると、ながしの町のお隣りに位置する新城市民病院の精神科部長だった生田孝氏の論文「家の継承を主題とする女性うつ病者について──奥三河地方における考察」（一九九九年）を思い出していた。

その論文は、次のようにのべている。


……当地方では父系家族制における長子相続が、伝統的規範となっている。このため男子の後継者がいない場合、家督の相続が問題となる。当地方では旧来の家意識が、父母や祖父母の

ようないわゆる旧世代のみならず、嫁にも、さらには家継承の役割を担うと期待されている新しい世代の長男や、兄弟がいない姉妹たちにもいまだ強く認められる。……若い世代は、旧来の家意識と新しい核家族理念の間で葛藤状況におかれて、場合によっては前者により強く呪縛されて、若い世代ほど逆に守旧的である場合もある。

（1）奥三河地方では、多世代同居世帯を背景として旧来の家父長制に新しい核家族の意識が浸透してきたことで、社会心理的葛藤が引き起こされている。

（2）この価値観の変換過程が状況因となって、女性に特異的に気分障害を引き起こしていた。

……

（9）精神科に通院を続けることそれ自体が、外部世界に通路を開き、そして周囲に対する意思表現となり、自己を支える手段となっていた。

塚越は、禁じ手と思ったものの、カウンセリング中、てい子に、

「……さきほど来からお話ししている、てい子さんが敬愛する天皇家に関連して言うとですね、皇后の雅子さんと、てい子さんの心の様子は同じものなのかもしれません」と言ったのだ。

てい子は、鳩が豆鉄砲を食ったような表情になる。

塚越院長の言う「雅子さん」とは、現在の皇后――元外務省外交官で、旧名・小和田雅子氏のことである。

てい子は、なぜ、愛知県北設楽郡の山村にへばりつく平民たる自分のような者と東京二重橋の

天上人の心とが重なるのかと訝《いぶか》しんだが、ふと「適応障害」なる心の病の診断名を思い浮かべた。

さらに平成十六年から治療に当たる東宮職医師団が「雅子妃」の不調を「複数の明らかなストレス要因」による「適応障害」と発表していることに気づくとき、てい子の不審は氷解したのであった。嫁ぎ先での並ならぬ苦労、子がないこと、女子しか産めなかった苦しみと、お腹を痛めて産んだ我が娘がどこの家に嫁ごうと、親の一番の幸せは子どもたちが古い呪縛から逃れて笑顔で暮らすことなのだったと思い直そうとするのであった。

午前中の診察を終えた塚越房治は、売店に併設された休憩室でコーヒーを飲んだ。弁当を持ってきたが、どうしても食べる気が起こらなかった。

愛知県は、これまで東三河北部医療圏の「医療保健計画」をまとめるさい、精神科医療の現状と課題の項目で、生田医師が指摘する「女性うつ病」に言及することなく、また塚越が注目する高齢者の不眠についても取りあげることはなかった。

「依存症」は、「アルコール専門相談」を有効活用し、「切れ目のない相談体制を構築」と書くだけで、薬物依存やギャンブルやインターネット依存などにはふれていない。

一方、過疎化するこの医療圏でも都市部と同じく、愛知県は「統合失調症やうつ病をはじめ、認知症や児童・思春期精神疾患、発達障害等の多様な精神疾患等に対応できる医療機関が求められる」との記述を当てはめているというのに、精神科医を増やそうともしない。

東三河北部医療圏の精神科病床はゼロのまま、精神科救急に対応する病院も皆無という異常な状況が何十年と続いているのである。

塚越は、売店に集う質素な客たちを眺め、窓ガラスの前に立った。

大舞川に沿って商店街、町役場、田んぼ、僅かな住宅群がある。

黒斧山を囲んでいる二つの山峡《やまかい》の筋には赤や青のトタン屋根が点々とへばりついていた。

最近、子どものひきこもり事例に対する訪問支援を始めた町職員と保健師の報告を受けたが、両親の不和や暴力、また親が子どもに従属するという状況が支援を困難にさせているという。

塚越を驚かせたのは、両親との対話がスマホとネットの投稿のみという「思春期ひきこもり」事例だ。こんな小さな町にも都市部で耳にする状況があることを初めて知った。

医師たちの働き方も都会並みに忙しい、と言っていい。

町立ながしの病院の整形外科と循環器科は、町外の非常勤医師が支えている。

しかし常勤医師四名でまわしてきた総合内科と入院病棟は、いつ瓦解《がかい》するか分からなくなってきた。愛知県の派遣医師が三月末で退職するというのに、まだ代替の医師が決まっていない。

このままでは宿直当番を、岡崎蒼太先生（42）と吉永友里先生（55）が月五回ずつやるとして、院長の塚越が月十五日以上こなさなくてはならない。到底、入院患者を診ることが出来ない。

昨秋の東三河北部医療圏協議会では、入院ベッドの大幅削減を押しつける県側と、それに反対する地元の医療関係者との間で激しい議論が交わされた。

北設楽郡医師会長の北野元幸（80）は机を叩き、

「なぜ、愛知県は、医師を派遣してくれんのか！」

「僕が廃業すると設楽町では民間クリニックは一軒しか残らん。そのうえ、ながしの病院の入院ベッドまで全廃するなんて、君たちは何を考えているのか！」

と、小さな老体を大きく揺さぶって抗議した。

新城市民病院の院長も「これでは地域医療は崩壊する」と発言した。

しかし町立ながしの病院の塚越院長は、黙っていたのである。

塚越房治が沈黙していた理由は、友川あさひ町議が傍聴に来ていたという点と、この協議会に先立つ愛知県と新城保健所との「面談調査」において、彼の思いを十二分に語っていたからであった。面談調査でぶつけた思いを、もう一度、協議会の場で――友川あさひが見聞しているところで吐き出したとしたら、彼女ら日本共産党が発行する「ながしの民報」で、全町民が知ることとなる。それが良いことなのか、実は、判断がつかなかったのである。

塚越院長と愛知県との「面談調査」なるウラの会議は、急遽、設定された。

岸田潤之輔町長（64）と県会議員の川藤信一郎（70）も同席することとなった。

そこで愛知県の職員が、単刀直入に切り出したのである。

「……院長、なぜ、こちらにおられる岸田町長との話し合いが出来なくなったのですか。私ども、先日、病院事務長から内々の報告を受けなかったら、まったく分かりませんでしたよ。しかも、この深刻なコミュニケーション不全に目を瞑《つむ》ったまま、本番の協議会に入るところでした。そうなれば医療圏の体制整備にあたって合意をつくるという大原則の前提を、私たち県行政が壊すことになりかねませんでした。本当にびっくりしました」

塚越は、四十代と思しき課長補佐がペラペラ繰り出す言葉の軽さに閉口しつつ、しかし誠実に、かつ端的に答えなければならないと思った。

「……院長の塚越です。この間、みなさんにご心配をおかけしたこと、この場を借りて、お詫び申しあげます。この奥三河の医療は、国・県・町それぞれの行政と私たち医療現場の人間が、しっかり協力しなければ成り立ちません。とりわけ院長の私と、そこにおられる岸田町長との連携は決定的であります。しかしながら現状は、あなたが……牧野課長補佐が仰った通りでありまして、本当に申し訳ありませんでした」

塚越は、深く一礼する。

「そのうえで、御質問にお答えさせていただきますと、いまから一年ほど前、町長との信頼関係がなくなったという一点に尽きると思います。私たち医療スタッフの意に反して、町長が透析の中止を強行したからです。これは深い亀裂を生みました」

愛知県職員の表情は、みるみる青くなっていく。

岸田潤之輔町長が、手をあげて「僕も、一言、いいかな」と言った。

「まあ、僕の認識としても、いま院長が言った通りでね。しかし、だいたい、こういう末期的な状況が、よくぞ、患者や町民、共産党の議員なんかに知られずにきたということに、僕は、感謝したいんだ。まったく奇跡と言っていい。僕は、職員の連中、そして塚越院長にさえ、よくぞ耐えに耐えて口を噤《つぐ》んでいただいたと感謝している。で、今日は、県、保健所長、川藤先生もおられることだし、僕も腹のなかにあるものを曝け出そうと思うんだ。経営も行政も本気でやるなら、奥歯に物が挟まった物言いをするようなトップが一番いけないからさ」

岸田は、県会議員の川藤と目を合わせると、

「まあ、院長が機嫌を損ねたのは、実は、僕の当選直後からですよ。だって最初の顔合わせで、僕が『先生、この四年間で入院をゼロにします』なんて喧嘩を売っちゃったから」と言った。

塚越は、目の前の岸田潤之輔に一瞬で胸ぐらを摑まれた気がした。

3

町立ながしの病院長の塚越房治（65）は、

（あの町長は、本気で入院四〇床をすべて無くす気だ……）

と思い詰めた表情である。

午後に回診する患者は、二人だった。昨夜遅く、立て続けに病院に駆け込んできたアルコール依存症の高齢者と喘息の発作を起こした中学三年生である。

二人とも、かなり重症度が高かったが、点滴を何度も行い、朝方には落ち着いた。

塚越は、彼らの苦悶の表情を思い出し、思わず「（入院がなきゃ）死んでたんだぞ！」と、売店のフロアに向けて言い捨てる。

この一年間、岸田町長とは口も利きたくないという、まるで駄々っ子のような態度をとってき

た塚越だったが、その一方で、奥三河の医療の将来を明るい色で描くことが出来ないという憾《うら》みがあった。人口減少で緩やかに滅びていく町であろうと、高齢の患者さんが一人になるまで適切な治療と入院ベッドを残しておきたい。しかし愛知県の医療行政は真逆を突き進んでいる。

塚越にとって、せめて自分が宿直のときだけは時間外診療を断らないという決意が、県と町政が強いてくる「諦め」に抵抗する心の拠点となっていた。

「ああ、先生、ここにおられましたか！」

総合内科医の岡崎蒼太（42）の声がして、塚越は、ようやく我に返った。

「岡崎先生、どうしました？　いまから病棟に駆けつけるつもりでした」

「いや、喘息の健一郎くん、もう退院されました。それで、事務処理は、入院治療の扱いではなく処置室で、とお願いしておきました」

「ああ、ありがとう。母親とは連絡とれたかね」

「いえ、結局、ダメで。医療費も後日の請求でお願いしておきました」

「ああ、そうですか。申し訳なかったね。あの健一郎くんの喘息発作だけれど、大いにストレスが関係していると思うんだ。お母さんが夜遅くまで家を空けているのは良くない……」

「あと、……三田さんの方、いま御家族が面会に来られて、まあ、コロナ禍ではありますけど、息子さん夫婦とお孫さんの三人の面会を許可しました」

「三田さん、意識は戻ったかな」

「ええ。もうケロッとしています」

「岡崎先生、何から何まですまなかった。じゃあ、回診は中止だな」

塚越は、コーヒーの紙コップをゴミ箱に捨てると売店を出た。

そして白衣に両手を突っ込むと、おもむろに「岡崎先生、午後、時間ある、かな」と訊く。

「ええ。午後は、これで外来も往診もありませんし」

「じゃあ、フリーなんだね。突然で悪いんだが、名古屋の病院まで付き合ってくれないかな」

「え？　先生、どこか、お悪いんですか？」

「……いや違う、違う。君と私で診ていた透析患者の高田健作さん、どうしても彼の病状を見ておきたくて……、今夜にでも、私一人で見舞いに行こうと思っていたから」

「ああ、高田さん。確かコロナで重体だとか……」

「うん。昨年の夏だったか、高熱に見舞われて病院に電話がかかってきたんだが、咳と呼吸困難もあって、私が救急車を呼んだ。で、私も一緒に乗って、そのまま透析も出来る国立名古屋循環器外科センターまで押しかけてしまったわけだ……」

「えーッ、そうだったんですか！」

「あと、まだ、この奥三河では医療崩壊にはなっちゃいないが、今年は分からないしね。町内の慢性患者のためにも一度、人工肺や最新の処置を確認しておきたいという目的もある」

「先生、そういうことでしたら、僕、しっかりお供いたします」

医師の塚越房治と岡崎蒼太は、案内者の指示のもと名古屋市中区の国立名古屋循環器外科センターの感染病棟を歩いている。

大きなヘアキャップを被った二人は、高機能マスクのうえに不織布マスクを重ねて、両耳には透明なフェイスシールド、さらに薄青色のビニール製の手袋と防護服を着装し、まるで宇宙服を着ているような物々しさである。

案内役の腎臓内科医が「暑いでしょう。しかし感染対策はやってもらいますよ」と言った。

「もう一年前のことになるでしょうか……、うちに救急搬送されてきた患者が、実は、コロナを併発していたんです。それが判明したのが入院して五日後のこと、その間、人工呼吸器も使って懸命に治療にあたったのですが、残念ながら亡くなられて……、で……」

塚越は「そのニュース、覚えていますよ。その五日間で院内感染が広がった」と言った。

「ええ。医師二人、看護師と職員あわせて十三人、患者十九人がコロナに感染する重大な事故を起こしました。手洗い、消毒、防護服の着用など徹底していたので想定外でした」

岡崎が、シールドを少し曇らせながら、

「患者さんの搬送時、PCR検査はされなかったのですか」と訊くと、

案内役の医師は「先生、呼気が漏れてますよ。マスク、しっかり着けて」と笑いつつ、

「当時、うちのような病院が保健所に検査をお願いしても拒否されたんです」と答えた。

「え？　そうでしたっけ？」

「ええ。もともとコロナの疑いが薄い患者……うちに搬送された患者さんは前の病院で肺炎球菌と診断されていたのでPCR検査はダメだったんです。あと保健所の聞き取りで『重症じゃな

い』と判断されても検査はダメ。安倍さんは国会で『検査体制を拡充する』と言っていましたが、厚労省の有識者会議では、もう十年前から新型インフルなどの感染症の拡大に備える検査体制の強化を提言してたわけで、現場の人間からすると『国は何をしてきたの？』という怒りしかありません。まったく大変な局面に入ったものですよ。どうぞ、この部屋です……」

病棟の突き当たりの二重ドアを過ぎた集中治療室に、コロナ患者は隔離されていた。ガラス越しの治療室には、患者十二人がベッドのうえに横たわっている。

その一方、塚越らと同じ防護服姿の看護師たちが、複数のモニター、点滴、透析、人工呼吸器の確認からオムツ交換まで慌ただしく仕事に追われていた。そのうち看護師三人に体位を変えてもらっている患者が、高田謙作（66）であった。

彼の口から人工呼吸器のチューブが伸び、人工透析は、ほぼ毎日六〜八時間ほど続けてきたという。

案内する腎臓内科医は、疲労が滲んだ声で言った。

「あの高田さん……、入院された直後は酸素を増やしても効果がなくて、十五日目も酸素飽和度93％だったので、思い切って人工呼吸器につなぎ、鎮静状態で管理しました。透析は二十四時間に切り替えて。あと、コロナの増殖を抑える急性膵炎の改善薬と全身ステロイドを投与し、年明けまで回復傾向にあったのですが、二次性の細菌性肺炎を起こしてしまって……」

塚越房治は、薄目を開けて朦朧とした高田の表情を真っ直ぐ見つめる。

「先生。透析患者の死亡リスクは、通常のコロナ患者の八倍と言われているでしょう。高田さんは、ここに五か月もいるわけで、この先の見通し、率直にどうなんでしょう」

「うちでは透析の重症患者の七割が亡くなっておりまして、高田さんも予断を許しません。ただ私たちに出来ることは全力でやらせてもらいますし、高田さんも、この半年、本当に頑張ってこられました。いまだって私たちの予想を超える精神力で治療に耐えておられるんです」

塚越は、心のなかで目を瞑った。

そして院長として町長の透析廃止を止められなかったことを高田謙作に深く詫びた。

彼が一命を取り留めれば、町内で体力回復のリハビリに励むことになる。そんな高田のために、なんとしても一床でも二床でも入院機能を残さねばならない。

塚越の決意は、再び強く固まった。

名古屋市から北設楽郡ながしの町までの帰路、塚越は、新東名高速道路を走るアウディーのなかで、前院長の高崎由紀夫（享年81）が何度も語ってくれた苦労話——無医地区だった頃の郡内の様子を思い出すこととなった。

高崎いわく「僕が医師になって五年目、ようやく町立ながしの病院の新館が建てられ診察科も増えた。それ以前は、設楽町も東栄町も豊根村も、多くの無医地区が残されていた。医療器具は、聴診器と血圧計しかなかった。それでも僕たち医師と看護師は、戦争帰りの職員さんが運転するジープやオートバイに乗せられて山から山へと奔走し、患者さんを往診した。あのときの大変さに比べれば、いまの苦労なんて苦労の一つにも数えられないさ……」。

塚越は、心のなかで高崎院長の言葉に反発し、恨み言を繰り出す。

先生……、お言葉ですが、いよいよ病院の入院ベッドが無くなり、再び無医地区に戻ろうとしているんですよ。公務員である私たちが、医療を守れと訴える住民運動に肩入れすることなんて許されない。先生、私たちに出来ることって何なんですか……？

そして彼は、助手席の岡崎蒼太にも、思わず、

「岡崎先生、いま病院の仕事をされていて、この先の将来というか希望なんかあるかい？」

と訊いてしまったのである。

高級外車のハンドルを握る塚越房治は、

「岡崎先生……、私は、もう疲れ果ててしまったのかもしれません」と言った。

高崎由紀夫は、町立ながしの病院に人工透析十床を創設した医師である。

彼は退任するとき、後任の院長に指名した塚越に対して「我々は透析患者が最後の一人になるまで診るんだよ」と念を押したのだったが、塚越は、高崎との約束が守れなかったのである。

岡崎蒼太は、しかし平然とした言いぶりで、

「そりゃ、誰だって疲弊しますよ。先生……、あ、いや塚越院長。院長は、外来と病棟、月十五日も宿直されているんです。さらに政治問題まで抱えているんですから！」と答える。

岡崎は、助手席のヘッド部分に両手を置き、胸を反らせて、

「あーあ。僕だって考えちゃいますよ。新しい町長さんは、院長の話をまったく聞かない人だっ

たし、町民のみなさんは、あれよあれよという間に、一千名も越える署名を集めちゃうし。僕の外来のおばあちゃん、おじいちゃん、いつも『あとは先生たちが応援してくれれば議会も町政も変わる』と言って、もう話が止まらないんですから」と言い、「アハハ」と笑った。

塚越は、診察中の小川雄介、坂野宮子、佐藤てい子の顔を思い浮かべた。

「ああ、そうだね。病院の中と外にいるのとでは、まるで時間の流れが違うようだ。岡崎先生、先日、署名代表の佐藤さんが、私の外来に来たんだがね、署名を提出したあと、町の偉い人たちの圧力が相当あるみたいなんだ。旦那さんからも厳しく言われる毎日で、彼女、夜、眠れないと言って苦しんでいた……」

「……大変でしょうね。僕のところにも、実は、この前、膝で整形にかかっていた風間ツタさんがまわされてきたんで、とりあえず採血とCTを撮ったら、どうやら大腸に何かあるみたいで。早速、浜松医大に精密検査を頼んだところです。CTで視えるものと言うと……」

塚越は、追い越していく大型トラックを右車線のうちに確かめて車を加速していった。

「……年齢的にガンかな。ああ、地域医療にかかわる私たちに希望なんてあるんだろうか」

フロントガラスに映るのは、町立ながしの病院に赴任して二十五年、公私にわたって見飽きるほど付き合ってきた高齢者の顔、顔、顔であった。

塚越の頬を、一筋二筋と涙が伝っていく。

岡崎蒼太は、そ知らぬふりをして「……先生、ただ、この間、僕なりに考えて、希望かどうか分かりませんけど、この前も吉永先生とも話し合ったことなんですが……、うちには、大学病院や都市部の専門病院にある最新機器も天才的な医師もいないじゃないですか」と言った。

「でも、ながしの町の医師たちは、七つの集落に住んでいる誰々さん——患者の顔と名前と人生をすべて知って一緒に歳をとっていく。つまり『病を通して人間を診る』医師になれる。僕は、今度、てい子さんやツタさんの学習会に一町民として参加するつもりです」

第八章　燎原の火

1

二〇二一年二月十日の午前中の出来事である。

宛名なき奇妙な茶封筒が、突然、ながしの町内の全一四〇〇世帯のポストに届いた。

郵便配達員は、十日午後五時までに全戸に届けるように厳命されており、町のあちこちで赤のスクーターが疾走する姿が目撃された。配達員は、茶封筒の表書きにある「ながしの町にお住まいの皆様へ」という文字を確認しては、各戸のポストのなかに落としていく。

この町では、この種の茶封筒が届くのは四年に一度の四月——町長選挙を控えた春の日と決まっていた。町長候補といえども、広大な山間にある七集落の一軒一軒に政策ビラや公約チラシを投ずる人力も時間もないという訳で、彼らは、日本郵政の「地域内指定配達郵便制度」を活用し、町の全戸配布を完了させてきたという経緯があった。

町民たちは、封筒の「表書き」を見るたび、いまや笑い話となった逸話を思い出す。

それは今は昔、郵便配達のアルバイト青年が、本局の正職員に、

「これが『地域内指定配達郵便』の形式ですか。初めて見ました。中身は何ですか？」

と訊いたところ、ベテラン配達員が「一万円札！」と答えたという話である。

今回、町民宅のポストに茶封筒が配達されたとき、みんな「今年は選挙はねぇのにな」と怪訝《けげん》な表情で封を切った。そして、そのなかに入っている一枚のチラシを取り出して……、チラシの見出しに躍るホラー文字と歌舞伎の一本隈のような目玉のイラストを目にした途端、まるで蛇やネズミに出くわしたときのように、そのチラシから指を離して後ずさった。

「うわっ、なに、これ！」

日ノ場集落の金田たみ（80）、神楽集落の松井珠子（80）、野田集落の坂野宮子（94）など高齢の女性たちは腰を抜かし、三和土《たたき》に手をつき、深呼吸までしたという。

佐藤てい子（88）は、虫眼鏡をチラシに当てて仰々しい見出しを一文字ずつ読んでいった。

あなたの署名　誰かに偽造されてるかも！
署名の偽造や水増しは、懲役・禁錮・罰金です
あなた自身の目で　縦覧で確認を！

大きな目玉のイラストは、チラシを手にとった者たちを睨《にら》み、脅し、恐怖を煽《あお》ってくる。

「誰が、こんなおそがいモンつくっただ？　ワシらの署名を犯罪者みたいに疑ってよう！」

彼女の丸いレンズは、チラシの一番下に並ぶ「岸田潤之輔後援会」という文字をとらえた。

「目玉チラシ」は、署名簿の縦覧初日にあたる二月十日に全町民宅に届く仕掛けであった。

町民の多くは、このチラシを見て「ああ、私ら家族が書いた署名か！」と思い当たる。

こうして昨年の十二月中に町民が署名し、今年一月八日に町の選管に提出された一〇七九筆もの署名をめぐる情勢は一か月ぶりに動き出したのであるが、その第一の力は、町長後援会のチラシが、全町民に向けて「あなたの名前を偽造した署名が、きっとある。みんなこぞって縦覧に行き、不正な署名を摘発しよう」と呼びかけたことであった。


佐藤てい子は、テーブルに「目玉チラシ」を放ると、腕組みをしたり、顎や頬や口を撫でたり、意味もなく部屋中を眺めたり、テレビを無闇に点滅させたりしたあと、やっと署名の代表者たる自分が、町長派のチラシを前にして手も足も出ない心境なのだと気づく。

本日朝一番の診察で、医師の塚越房治（65）は、

「よく睡眠薬なしで乗り切っていますね」

と笑顔で褒め、てい子は小躍りしたところだった。

しかし帰宅後、こんな卑劣なチラシを読まされたら、診察室での安寧は破壊されてしまう。

てい子は、この先、住民運動を先導する役割と佐藤家の暮らしを両立していけるだろうかと、一瞬のうちに暗い気持ちになった。

空耳ならよいが、もう胸の奥から乱れた心音が聴こえるような気がする。

彼女は、ああ、この音はテーブルのうえの携帯電話の振動ではないか……と安堵した。

携帯電話の画面を開くと、誰かが「ながしの町民の会」のＳＮＳに連続投稿している。

うつ病　縦覧会場なう。町長派五名　来てる
うつ病　署名してない後援会長がいます。僕が「何の目的で来たの？」と訊くと、
　　彼は「俺の名前が、あんたらに偽造されて署名に載ってるかもしれん。
　　だから確認に来ただ」と言い張る。汚い手口。

投稿者は「うつ病」、すなわち小川雄介(40)であった。

彼は、いま縦覧会場となった町役場の会議室で、

「後援会長！　それは『目的外縦覧』という脱法行為、署名した町民のプライバシーを侵害する行為ですよ！」

と指摘し、町の選挙管理委員会に対して、町長派の人びとの退室を求めているのだ。

佐藤てい子は、小川雄介の怒りの書き込みを読んで、（いま仲間たちが、こういう事態を予想して「目的外縦覧者」を監視するために交代して役場に詰めている！）と思い出して、少しだけ心が明るくなった。

「オレも負けてはおれんぞ。ババ友に電話して、みんなを安心させてやらんと！」

2

住民の願いを託す署名は、主に二種類ある。

一つは、気楽にとりくめる「請願署名」だろう。

請願署名とは、住民が国や地方の行政に対して要望する事項と、その事項に賛同する人びとの氏名・住所が書き込まれたもので、国会や地方議会に提出する。

この署名は、提出する議会がある市町に不在の人びとでも賛同できるし、集められる。

さらに代筆の規定もない。偽造した場合の罰則もない。最大のメリットは、誰が署名したのかを第三者が詮索したり、確認したりする機会＝縦覧制度がないことだろう。

ただし、署名を議会に提出してくれる議員の賛同（紹介議員）を得なくてはならない。

二つ目は、「直接請求署名」である。

この署名は、請願署名と異なって、住民の覚悟と勇気が試される。

まず署名の「代表者」と署名を集める「受任者」を決め、署名を提出する市町の選挙管理委員会に届け出しなくてはならない。

次に署名の欄には、氏名・住所・生年月日まで自筆で正しく記入しなければならない。誤記は、のちの審査で「無効」になってしまう。押印も必要である。そして署名の偽造や不正に対しては、懲役や罰金が科せられる。

さらに「直接請求署名」には、偽造署名を防ぐために、全有権者が参加できる「縦覧制度」が義務づけられている。実際、いま、ながしの町長の後援会長が「俺の名前が勝手に使われて署名簿に載っとるかも」と疑ってかかり、町役場に押しかけて署名簿を確認している。

なぜ、これほどの厳格性が求められるのであろうか。

直接請求署名の一筆一筆には、自治体の条例を変えたり、首長をクビにしたり出来る大きな力があるからだ。

例えば、条例を改廃する場合、全有権者の五十分の一以上の署名が集まれば、新しい条例案が議会に提出され、審議され、採決される。もし可決されれば、住民が求める改正条例案が、そのまま自治体の条例となるのである。

首長リコールは、三分の一以上を集めなくてはならないが、ひとたび有効が確定すれば、首長解職の是非を問う「住民投票」へと突き進む。きたるべき住民投票で、首長の解職に賛成する票が半数を上回れば、首長は即日、辞任しなくてはならない。

ながしの町民の有志は、止むに止まれぬ思いで「直接請求署名」を選んだのである。

彼らは、町立ながしの病院の透析・入院・救急医療を町長に義務づける条例改正案を添付した署名一〇七九筆を集め、一月八日に町の選挙管理委員会に提出した。

署名した者も集めた者も、あとは臨時議会を待つだけだった。彼らは、ただただ条例改正案の提出、審議、採決を見届けようと、速やかな議会の開会を心待ちにしていたのである。

ところが町の選挙管理委員会は、地方自治法に定められた二十日以内の審査期間を十三日間も延長しただけでなく、代筆署名をお願いせざるを得なかった高齢者や障害者を狙い撃ちにした「聞き取り調査」も行い、署名の撤回を迫り、出来うる限りの「無効」署名を積みあげた。

さらに町長一派は、縦覧制度を悪用し、新たな無効署名を摘発しようと息巻いている。

「ながしの町民の会」の仲間は、「目玉チラシ」と「うつ病」＝小川雄介（40）の投稿を読み比べると、まるで朝寝から揺り起こされたような覚醒ぶりとなり、町長後援会に対する怒りの声をSNSに投稿していった。

広じい　このチラシ、これが「怪文書」というやつか！

くみこ　町長ともあろう人が、私たちの署名を水増しとか偽造とか疑ってかかるなんて

和子　許せない！　ひどすぎる！

じゅん　チラシ、まだウチには届いてません

ゆうじ　これ、チラシの写メです。ご確認ください。目玉は町民をにらんでる

農家の高橋裕司（42）が、携帯電話のカメラ機能で撮影した「目玉チラシ」の画像をSNSにアップする。見出し、目玉のイラスト、「岸田潤之輔後援会」のクレジットの三枚である。

その頃、役場の縦覧会場では、小川雄介（40）が、町長派五人と町の選挙管理委員三人を相手

に激しく口論中だった。雄介は「ちょっとごめん」と断りを入れると、通知音が鳴り止まぬ自分の携帯電話のロックを解除したところ、「目玉チラシ」の画像が飛び込んできた。

じゅん　わわわ、なに、この目玉、歌舞伎？
スミエ　この目玉の意味？
　　町長らは、町内の誰が署名したのか、ぜんぶ分かってるぞ、と脅してるの！

雄介は、畠山澄江（78）の投稿を読んで我が意を得たりと思った。

なるほど「目玉チラシ」は、町長が、後援会を拡声器として、町民有志が集めた一〇〇〇人超の署名を偽造署名ではないかと疑ってかかり、いますぐ全町民が縦覧して「自分が書いた署名を取り下げよ！」と呼びかけるものであった。

そして彼は、すでに町の選挙管理委員会の卑劣な審査が終わり、暫定の有効署名数は九七六筆と公表されていることを念頭に、この期におよんで、いくら署名の取り下げが積み上げられようと全有権者の五十分の一以下になることはありえないと考えた。

「目玉チラシ」の本当の意味は、どこにあるのか。

雄介の目の前でうごめく町長派五人は、彼の怒りなど何処吹く風とばかりに集落ごとに分けられている署名簿の山を無造作に崩しては、親指を舐め舐め一枚一枚めくり、目を皿のようにして署名した者の氏名を確認している。彼らは、畠山澄江がいみじくも指摘したように「町内の誰が署名したのか」という最大のプライバシーについて、町長一派が縦覧することで「ぜんぶ分かっているぞ」というメッセージを送っているのだと確信したのである。

署名がバレた自営業者は、町の入札からの排除や町長派の不買運動を被るかもしれない。

雄介は、SNSに「大道寺弁護士に相談します！」と投稿した。

一方、友川あさひ（36）は「しんぶん赤旗」日曜版を新城市まで取りに行く途中であった。佐藤てい子（88）からの電話で「目玉チラシ」によるパニックを知った。

あさひが、改めてSNS上のチラシ画像を確認し、澄江の投稿の意味を理解したとき、署名簿に向き合って署名した新聞店の店主、クリーニング屋さん、パン屋さん、床屋さんなどの身の上を心配しなければならなかった。彼らは、あさひに「僕ら、名前が分かっても大丈夫だよ」と言ってはくれたのだが、店主たちの氏名と住所をことごとく把握した町長と後援会の人びとは闇にまぎれて店の看板や車を傷つける、町の入札から排除するなど陰湿な妨害をしかねない……。

彼女は、ああ、恐ろしい事態になったと不安が募る。

ただ、このような異常な事態を予見していた人物が唯一人おり、それは、十日の開庁直後から町役場の前で張り込んでいる地元紙・日刊おくみかわ記者の岡倉睦彦（34）であった。

3

二〇二一年二月十六日午後七時、署名簿の縦覧期間を終えて、ながしの町の野田公民館では、緊急の「打ち合わせ」集会が開かれた。

主催は「ながしの町民の会」。メンバー以外の新参者も大歓迎ということであった。

話し合うテーマは、町長後援会の「目玉チラシ」について。

透析患者の岡村順子（75）は、スケジュール帳にメモした「ながしの町民で医療を守る会」と「町の透析・入院・救急医療を守る女の会」の打ち合わせ回数を人差し指で数える。

昨年四月の発足後、今夜で、ちょうど四十回目になる。

順子は、（よくぞ、私たち、ここまで……。今夜は、何人、参加してくれるかしら）と思いながら、フロアの真ん中に置いた灯油ストーブに火を灯した。

畠山澄江（78）と井出久美子（77）は、パイプ椅子を両手に抱え、一脚ずつ並べていく。

佐藤てい子（88）は、二十足ほどのスリッパを玄関の上がり框《かまち》に揃えた。

久美子の夫・義徳（75）、てい子の夫・信五（89）は、給湯室にて二十人分の茶碗を集めると、大きな薬缶《やかん》に水を入れ、焙《ほう》じ茶のティーバッグを二つほど投じた。

「こんなの、これまで女の仕事だと高を括っておったが、毎日やるとなると大変なことだと身に沁みて分かった。てい子が、疲れ果てて何にも手につかなくなって、いま僕が家事をしておるが、お茶、ご飯、目玉焼き、キャベツの千切り、簡単な具材のお味噌汁ぐらいしかできん。でも意外に楽しいし、僕の好きな味に出来る。あいつに、ソースだ、醬油だと文句を言わんで済む。このまま僕は、コックにでもなるかいの！」

「俺は、この水玉の茶碗と金色の薬缶を見ると、若い頃を思い出すよ。大工の親方と奥さんが、俺を躾《しつ》けてくれただが、奥さんは『施主に茶菓子を出すのは女の仕事、夫の後ろ三歩下がって頭を下げる』なんて言ってた。しかも男の茶碗は大きく、女は一回り小さいんだ。でも、いまは、どうだい。男女平等！　時代は変われば変わるもんよ、アッハッハ」

男たちの会話に聞き耳を立てている佐藤てい子は、井出久美子に「男ども、バカを言ってら」と囁き、久美子は「うちのお父さん、あんなこと言ったって、電子レンジで御飯を温められるようになったの、最近よ」と言って「ハハハ」と笑い合った。

石田和子（75）と夫・博司（77）は、ダンボール箱を抱えて会場に現れた。

二人は、二つの箱を事務机に載せると、

「みなさ～ん、私たちの会の新しいニュースが出来あがってきましたよ～。会議の前の三十分、チャチャッと二つ折りと封入の作業をお願いしま～す！」と言った。

「うわあ、楽しみ。ちょっと読ませて～」

「打ち合わせは、七時半に変更しま～す」

梱包のビニールを破ると、刷りあがった印刷物のインクの匂いが公民館に広がった。

ニュースの見出しには、大きなゴチック活字が躍っている。

町民の署名する自由を守ろう！

署名を疑い、監視する町長は失格です！

ニュースの二つ折りと封入作業を終える頃、参加者は会場から溢《あふ》れんばかりとなった。
主な参加者は、次の通りである。

佐藤てい子（88）主婦、元結核患者
畠山澄江（78）元小学校教師
岡村順子（75）主婦、透析患者
井出久美子（77）元看護師
井出義徳（75）大工
石田和子（75）元県職員
石田博司（77）元県職員
荒木善三郎（80）無職、花踊り研究者
森本康子（77）事務アルバイト
笹田武雄（72）元電電公社の労働者
笹田喜代子（70）元電電公社の労働者
伊藤紀之（80）元町職員
鎌田広（82）元建設労働者
高橋裕司（42）農家
高橋亜由美（40）農家、パート看護師

高橋古志郎（70）　農家
高橋節子（67）　農家
坂野宮子（94）　元町役場経済課職員
友川あさひ（36）　町会議員（日本共産党）
小川雄介（40）　ルポライター
長谷川篤史（68）　元寿司店の主、現在アルバイト
金田たみ（80）　無職、ときどき農業
松井珠子（80）　金山寺味噌づくりのプロ
清野　修（70）　町会議員（保守系無所属）
山田加奈子（32）　作文塾に通う恵（8）の母親
谷本明日美（35）　同右の流星（11）の母親

彼ら彼女らは、灯油ストーブを見つめ、二重三重の円陣を組むようなスタイルでパイプ椅子に座った。唯一人、体調の優れない小川雄介は、座布団を四つ並べたところに涅槃《ねはん》に入る御釈迦様のように頬杖をついて横になる。そして全員が「目玉チラシ」と先ごろ日本共産党ながしの支部が発行し、現在、全戸配布中の「ながしの民報」第十号を持っている。

そこに今夜、ながしの町民の会がつくった「守るニュース」が加わった。

司会の畠山澄江が、開会の挨拶をした。

「お忙しいところ、こんなに集まっていただき感謝いたします。ただ残念なのは、ツタさんが、ながしの病院に入院していること。彼女の分もしっかり話し合いましょう」

「ながしの民報」の最新号は、これまでにない反響を町内で巻き起こしつつあった。

第一面の見出しは、次の通りである。

町長、塚越院長と対話できないまま透析廃止か

愛知県・新城保健所との面接記録で明らかに

「民報」は、友川あさひが昨年の情報公開請求で入手した愛知県医療局と新城保健所の「面接記録」「報告書」を丸ごと掲載し、記事は、二つの文書の意味を解説している。

日本共産党ながしの支部が情報公開請求で得た愛知県医療局と新城保健所の膨大な文書のうち、塚越房治・町立ながしの病院長との「面接記録」「報告書」から重大な事実が判明しました。

第一の事実は、岸田町長が初当選直後の二〇一九年六月から、塚越院長と「話ができない状況」に陥り、愛知県が「記録」を作成した二〇二〇年九月の時点でも「改善の兆しは見られない」「コミュニケーションがとれなくなった原因は、町長が病院側の意向を無視して透析中止を決めたためと推察される」などと記述していることです。

第二の事実は、二〇二〇年十月三十日の県作成の「面接記録」で、「塚越院長は『町長と話が出来なくなったのは、透析を一方的に廃止したこと』とのべた」とか「町長は、院長と対話不全となったのは、当選後の顔合わせで『私の任期で入院を全廃する』と話したこと」などと書かれていることです。

さらに「院長は『透析と入院ベッドの廃止には反対』と訴えた」とも記され、塚越院長は、この間、町長との話し合いを拒否することで病院側の意思を表明してきたと考えられます。

また副町長らが、透析中止の理由を県・新城保健所に報告していたことも判明。町は「五年〜十年後の医師等のスタッフの確保」とか「透析機器の更新」などとのべ、早急に廃止する理由は見つかりませんでした。

「ながしの民報」二面に載せられた「面接記録」「報告書」の一部は、同寸大でスキャンされており、町長、院長、県職員の会話がしっかりと読める。彼らの発言の重大部分には赤線が引かれ、町民たちは、塚越院長の抵抗ぶりに度肝を抜かれたのであった。

この夜の「ながしの町民の会」の打ち合わせは、署名簿の縦覧終了と「ながしの民報」の反響を受けるかたちで招集されたのであった。

元看護師の井出久美子が、「会」のＳＮＳに「みなさん、早く集まって今後の対策を考えませんか。こんな異常な町政を変えるために！」と投じたのである。

彼女は、これまで病院スタッフの声がまったく聞こえてこなかったことに苛立ちを募らせていたのだったが、塚越房治院長（65）が、愛知県と町長を向こうにまわして「病院の入院を守れ」「透析中止に反対する」と主張していた事実に深い感銘を受けた。

さらに塚越が、町長の透析中止に抗議するかのように、この一年以上、町長と話し合っていないという事実にも驚き、同じ病院で働いていた者として喝采を送りたくなった。

ふだん黙々と患者を治療している医師と看護師は、実は、誰よりも患者の命を守るために闘いうる人たち——相手が誰であろうと「患者の命を守れ」と主張しうる人たちなのだ。

久美子は「まだ闘える、まだ闘える……」と呟《つぶや》く。

司会の畠山澄江が、男たちがつくった焙じ茶を両手で包んでキッパリと言った。

「さあ、自由に話し合いましょう。私たちの町長が、どうやら民主主義や国民主権の意味をまったくご存じないことがわかったいま、私たちが次に何をなすべきかを……」

「じゃ、久美子さん！」

「え、わ、わ、わたし？　あ、はい！」

久美子は「みなさん、こんなに集まっていただき、私からもお礼を申し上げます」と頭を下げた。そして鞄から本日付の中日新聞を取りだして言った。

「みなさん、あのう……、今日の新聞、ご覧になりましたか。私、ビックリしたんですよ。この一面、県知事さんを辞めさせる……、大量に見つかった偽造署名の件なんですが、実は、アルバイトの人たちを使って遠く佐賀市内の会議室で書かせてたって……」

そして彼女は、町長後援会が二月十日の縦覧に合わせて配った「目玉チラシ」を取りあげる。

「このチラシ……、私たちの署名と県知事リコールの署名をごっちゃにして『署名の8割が無効。ながしの町も同じ?』なんて書いているでしょう? あの人たちは、あたかも私たちが不正して集めたと疑ってた。でも今日の新聞で、どうやって偽造するのか、よく分かったんです」

記事によると、愛知県知事リコールの運動団体は、多数のアルバイトを雇い入れ、佐賀市内の貸し会議室に集めると、県民らの名前や住所が書かれた出所不明の名簿を県知事リコール署名の記入欄に大量に書き写させていたという。


「いゃあ、県知事リコールの偽造署名の記事、ワシも腰を抜かしたなぁ」

町職員OBの伊藤紀之が胸を反らし、

「町長派の連中は、簡単に偽造、偽造と言うけどが、そう簡単に出来るもんじゃない。ワシは、町の医療を守る署名を実際に集めて確信したよ。しかし県知事リコールの団体は、バイトの子に大量に書き写させた元の署名簿をどこから入手したのか。恐ろしい奴らだ」と言った。

井出久美子は、チラシを震わせて言う。

「私、私たちを信じて署名してくれた町民のみなさんと、闇にまぎれてこんな不正を行う人たちの署名とを一緒にする町長が許せないんです。ホント、町長の資格なし、ですよ」

「私も、町長失格と思います!」

透析患者の岡村順子も賛同した。そして彼女は、一週間の縦覧中、町役場に何度も足を運んで目の当たりにした興味深い出来事を紹介したのであった。

町長派の人びとは、大人数でやってきて「目的外縦覧」を行い、

「あいつ、調子こきやがって、ちゃんと署名してやがる」

「こんなに多くちゃ、名前が覚えきれん!」

などと嘆いては、入退出を繰り返していたという。

「ながしの町民の会」は、このような人物の特徴と名前を特定するため、メンバー総がかりで、かつリレー方式で「目的外縦覧者」の監視を強めることになる。

順子は「それと……、私、町の選挙管理委員会が、私の署名簿に署名してくれた三人の方に『無効』の印鑑を押した理由を、会場の選管職員に問い合わせたんです」と言った。

「あの目玉チラシを読まれた高齢者のみなさんは『私の署名はどうなっとるか見てきて』『勝手に無効にされとりゃせんか』と心配されてて。しかも選管は、彼女たちの家を勝手に訪問して署名の取り下げを提案していたらしいんです」

会場から「酷いなあ!」「あいつら、何と言ったのか」という声があがった。

友川あさひも縦覧会場で確認したのだったが、自分が集めた署名五十七筆のうち、町の選管が「無効」としたのは、九十歳の高齢者をはじめ、家族に代筆を頼んだ四人すべてであった。

「酷いですよねぇ。筆跡が分かる代筆署名は、すべてアウトだった……」

岡村順子は、受任者としての悔しさを滲ませ「そうそう。町の選管は、障害者手帳をもってる方だけ有効にした……なんて言い訳したんですよ」と答えた。

彼女は、思わず人差し指で睫毛を拭い、

「私、縦覧会場で、自分が集めた署名を一枚一枚めくっているうちに、なぜか、涙が止まらなくなっちゃったんですよ。お一人お一人の癖のある文字と、様々な印章の、押し方も異なる朱色の取り合わせ……。とくに昭和一桁生まれの方々が記入してくれた五人連記の署名用紙は、なぜか、愛おしさと芸術性まで感じさせて、この署名簿の山すべて、町の選管なんかに渡したくない！と思ってしまったほど……」と言うと、手のひらで口を覆った。

4

友川あさひ（36）は、透析患者の岡村順子（75）の心から湧き出るように発せられた「署名用紙の芸術性」という表現に目を開かされた。そして大きな驚きをもって受け止め、分かる、分かる……などと頷いているうちに、実は、あさひの内臓をくり抜いていくほど大きな言葉の衝撃波が放たれたことを思い知るのであった。

あさひは、かつて美術大学で「美しさとは何か」を必死で学んだのであったが、結局のところ、各人各様の感じ方や定義が存在するという一般論を乗り越えることが出来なかった。

さらに哲学者カント（一七二四〜一八〇四年）が主著『判断力批判』でのべた、美とは「目的なき合目的性である」という言葉に出会ったとき、里芋畑が雨に打たれて風景全体が白く烟《けぶ》る様子や人工池を泳ぐ錦鯉の色鮮やかな鱗模様、夕暮れの橙色が燃え広がる一瞬に魅了される自身の美的感覚は、なるほど政治的なもの、社会的なもの、自身の欲求といったエゴイズムとは無縁だと知ったのである。この世界には、人それぞれの感じ方や受けとめ方があるにせよ、混雑物なき純粋美というものがある、と。そうして、あさひは、それ以上の探究を止めてしまったのだ。

しかし、今夜の順子が放った「署名用紙の芸術性」という言葉は、明確な目的と社会性を備えた人間集団の運動によって、たまたま恩寵のようにもたらされたものであった。その美は、額縁に飾られた瞬間に滅び去っていくような儚いものであり、ある者たちにとっては酷く忌み嫌われる対象となるものであった。

順子の言葉は、友川あさひが大学から去る日、たまたま図書館で閲覧した画家ギュスターヴ・クールベ（一八一九―一八七七年）の「石割人夫」「オルナンの埋葬」「浴女たち」から受けた美のあり方を思い出させ、哲学者カントの定義から大きく外れる気がする……という自身の違和感と直感に、もっとこだわるべきだったという悔恨まで引き摺り出していく。

あさひは、署名の美しさが、いま岡村順子の目にのみとらえられたのだ、と思った。

画家クールベを評して「現実をあるがままに直視して描写する画家」と言うのは正しい。ただし、彼が美しいと信じて描いた対象は、彼が選びとった人生と思想の波乱が支える視覚によってこそ、初めてつかみとられたものではないのか……と、今更ながら気づくのだ。

あさひは、打ち合わせに集った人びとの円陣を改めて見渡した。

灯油ストーブの炎が燃えている。公民館のフロア全体が輝いて見える。

パイプ椅子に座った人びとは、この小さな町で人生の大半を過ごしてきた。彼らの面構えの美しさは、ふるさとの医療を守りたいという一心で闘いに立ちあがった者のそれであろう。

友川あさひは、まるで昭和の名優たちが勢揃いしているかのような錯覚に陥った。

そして、いま私の手もとにクールベの絵筆があれば、この美をカンバスに封じ込めるのに！と願わずにはいられなかった。

そのとき、高橋裕司（42）が会場全体に漂う沈黙を破るように言った。

「結局さぁ、町の選管は、俺たちが集めた約一割の署名――一〇五筆を無効にしやがったんだよ。俺らが異議申出をしなければ、署名は九七四筆以下で確定してしまう……」

参加者から次々と溜息が漏れた。

そのうち、荒木善三郎（80）が怒りを露わにして、

「本来、たった五十筆で有効と判断できるはずの署名なのに、町は、縦覧後も、未だに確定有効数を明らかにしない。これで町長派の異議申出を受け付けたら、いつになったら臨時議会が開かれるのか。町は、いったい何を考えてるのか！」と言った。

「ながしの町民の会」は、いつものように侃々諤々《かんかんがくがく》の話し合いへと突入することになる。

高橋亜由美（40）が、こわごわと手を挙げて発言した。

「夫の裕司さんが言ったように、無効の署名を除いても、私たちが集めた署名は九七四筆もあって、全体として有効だとハッキリ分かりました。あと、順子さんの意見を聞くと、こちらも代筆で切り捨てられた無効の署名の異議を申し立てたくなります。しかし、それをしていると、どん

どん時間がかかって、肝心の臨時議会が開催されなくなる危険性が出てきませんか」

「そうなんだよ。あいつらが審査後の異議申立をしても却下されるだろうし」

「こちらが異議申出を連発すれば裁判までもつれて、町長の術中にはまっちゃう……」

司会の畠山澄江（78）は、ぐらぐらと沸騰する薬缶をストーブのうえから取りあげると、

「じゃあ、私たちの会としては、異議申出は行わずに、町長派の異議申出と町選管の審査結果を待つ、ということにしますか」と言い、仲間の手のうちにある茶碗に熱々の焙じ茶を注ぐ。

澄江は「他に、意見はありませんか」と言った。

すると荒木善三郎（80）が「目玉チラシ」を掲げて、再び立ちあがった。

「みなさんねぇ、私は、今夜の会合、すぐ町長リコールの話になると思ってたんだよ。ところが、なんだか、紳士淑女の集まりになってやしませんか。みなさん、本当に、このチラシを見たんですか。あの町長、立派な経営者かもしれないが、行政のトップとしては完全に失格ですよ。我々の署名をバカにし、かつ信頼していない。こんな町長を許していいんですか！」

人びとは、みんな、来るものが来た！　と思う。

高橋古志郎（70）が「俺は、町長リコールに賛成だな」と呟く。

笹田武雄（72）と井出義徳（75）も「僕も」「俺も賛成だ」と続いた。

このとき、いままで沈黙を守ってきた清野修町議（70）が初めて口を開いたのである。

保守系無所属のベテラン町議である彼は、岸田町政が、これまで各集落が受け継いできた高齢

者への敬意や弱者への優しさを甚だしく欠いていること、彼の入院ベッド全廃方針が深刻な少子高齢化で四苦八苦する地域コミュニティーを消滅させると批判しつつ、町長リコールの危険性を指摘したのだった。

「みなさんの思いや熱意に水をさすようでいかんがよ、ワシも八期三十年ほど議員をやっとると、何度も修羅場を経験してきたわけで……、どうもワシは臆病なのかもしれんが、引き際ということを真っ先に考えるわけよ。つまり、この問題が大きくなればなるほど町のなかは二分してよ、取り返しのつかないミゾが出来ちまやせんか、と。ワシは、それを一番に恐れるのよ」

清野修町議は、町議会の現情勢も伝える。

きたるべき町議会では、直接請求署名の改正議案を採決することになる。そのさい、甘利議長を除く全七議員の賛否は、いまのところ賛成三・反対四と拮抗しているというのだ。

「みなさん、昨年の十二月議会を傍聴してお分かりかと思うけどが、議会も二分しておる。ワシと友川議員は、不思議なもんでよ、政治的立場は真逆なのに故郷を守るには入院を無くしちゃいかんという一点で共同しとる。あと川田議員は、昨年三月の透析を守る請願に賛成しとる。今度も県議の脅しには屈せずに賛成すると思うだ。ところがよ、町長が『右向け右!』『前へ進め!』と言ったら目の前が壁だろうと崖だろうと突進する前原、横内、後藤の三人はともかく、問題は円堂議員なんだ。彼は、この前『賛成か反対か、もう飯も喉を通らん』と憔悴し切っておった……。ワシは、彼の苦しい気持ち、ちょっと分かるだよ」

元町職員の伊藤紀之(80)が、

「そりゃ、アイツの演技だよ。あの風見鶏、これまで、どれだけ僅差の可決の片棒を担いで町長に恩を売ってきたか分からん。アイツは、議会制民主主義を歪める存在だし、あんなに肥えとる者がメシ食えんなんて、よう言うわ」と言い、一同大笑いする。

しかし清野は「いや、ワシが言いたいのは署名の広がりと町議会の拮抗ぶりなんだ。円堂君の困り具合を見るとだな、このまま町長リコールまで進めば、言葉は悪いけどが、これまで『なあなあ』で各集落の和を保ってきた区長らも、ワシらに襲いかかってくるだろうし、もう仁義なき闘い、つまり将来に禍根を残すことになりゃせんかと……」と続ける。

このとき、佐藤てい子（88）が曲がった背中から首をもたげて、

「じゃ、清野さん、あんた、このまんまでいいってことか？」と睨んだ。

てい子は「オレも、あんたと同じ、この町で生まれ育って、結核までもらってよ、何とか縁のあるところに嫁がせてもらって子も産んだ。まあ、あんたの言う、『なあなあ』の微温湯《ぬるまゆ》に浸かって平和に暮らしてきたわいね……。でもなぁ、いま仲間のツタさんは入院しとるだ。あの元気だったツタさんが……。もし、あの病院から入院ベッドがなくなりゃ、一人暮らしのツタさんは、どこへ行きゃいいだか。清野さん、あんた、ワシに教えておくれんよ。いまの町は、平和だかん？　安寧だかん？　議員のバカどもが『町長リコールは将来に禍根を残す』とか言ったってよ、そんなもん、オレたちの民主主義を押さえる言い分に過ぎんだら。清野さん、あんたも、いま町のあちこちで悲しい災いが起きとるの、知っとるだら？」と言った。

小川雄介（40）は、佐藤てい子の発言に胸が熱くなる。

彼は、座布団のうえで横になりながら風間ツタ（85）を見舞ったときのことを思い出した。

5

風間ツタ（85）は、大腸がん手術を終えて、全身麻酔の目覚めの際《きわ》で奇妙な夢を見た……。

夢のなかのツタは、一人で、ながしの町の黒斧山の林道を歩いている。日が暮れていく。あたりは鬱蒼《うっそう》とした森である。行く手が見えなくなる。ツタは、自宅のある集落へと引き返さなくては……と強く思うのに、体が言うことをきいてくれない。

（あれあれ、これは困った……）

ツタは、林道から獣道へと入り込む。

彼女は、真っ暗闇のなか、土と小石で泥濘《ぬかる》んだ道を一時間ほど歩いたところ、突然、天から雷鳴が轟き、真っ白な閃光が辺り全体に放たれたと思って、一瞬、強く閉じた瞼《まぶた》を恐る恐る開けると、なんと不思議なことだろう……、目前の風景は、遠く地平線まで輝かんばかりの花々で彩られていたのであった。

（これは素晴らしいところに出たもんだ……）

赤や黄や紫の大きな花びらに指を這わせ、明るい気持ちになるツタは、夫の風間廣介と旅行した夏の北海道を思い出した。彼女は、軽く飛び跳ねながら先へ進む。やがて大きな川が現れる。そこに橋は架かっておらず、渡し船もない。ツタは、岸辺に膝をついて手を水に浸し、澄み切った流れのなかに生息する小魚や海老に心躍らせたあと、自分の顔と身体が、夫と出会った二十二歳の頃の若人へと変貌していることに気づく。

そのときである。

大きな川の向こうから、

「おーい、ツタやぁ」という聞き慣れた声が届く。

この声の主は、最愛の廣介の呼び声ではないか。

「ああ、廣介さん！　ワシ、ワシはここだぞん！」

ツタは、思わず顔をあげて夫の姿を必死で探した。

しかし、いくら目を細めても廣介の姿はおろか、川の向こう岸も見えない。

やがて穏やかだった大川は、慌ただしく白波を立てて渦を巻き始めていく。

鈍色の空から口裂け鬼たちが叩く太鼓の音がドンドンと迫ってくる。

「何がなんだか、さっぱり分からん。いったい全体、ここは何処だ」

やがてツタが廣介の声だと思い込んだ呼び声は、佐藤てい子（88）、畠山澄江（78）、岡村順子（75）、井出久美子（77）らの声だったと分かってくるのであった。

「おーい、ツタさんやぁ」

「ツタさん、がんばれー」

ツタが瞼を開けて声が聞こえる方向に首を傾けると、集中治療室のガラス窓に大勢の仲間たちが張りつき、大きな口を開けているのが見えた。

6

「ながしの町民の会」の議論は、首長リコールの是非をめぐって活発に続いている。

石田和子(75)が、何かを怖がるふうに言った。

「私……、清野議員が言っていること、よく分かります」

すかさず和子の夫・博司(77)が割って入ると、

「僕も家内も県職員だったからか、住民が行政に楯突いても、結局のところ、良いことはないって考えちゃうんだな。家内が、この運動に参加して深く関わるようになったお陰でさ、僕ら夫婦は集落から完全に排除されたままなんですよ。ここに参加している方々も同じ目にあってるんじゃないですか。このまま『町長リコールやります』なんていう闘争宣言なんかしたら、もうあとには戻れませんよ。ここで潔く鞘《さや》に収めませんか」と呼びかけたのである。

高橋亜由美(40)が、心のモヤモヤを一掃するように自分の膝を叩いて言った。

「私も、もう署名はイヤかな。だってリコールは有権者の三分の一を集めるんでしょ?」

「うん。もう一度、一〇〇〇筆を確実に集めなきゃならないし、もし失敗したら……」

「失敗すれば、町民は『ほら、やっても意味がなかった』と言うだろうなぁ」

笹田武雄(72)と伊藤紀之(80)は、亜由美の発言を受け止める。

元県職員の石田博司は、さらに強気に言う。

「町の選管の実態は総務課だし、山寺課長も議会事務局長も悪い人じゃない。あの町長を守るためにイヤイヤ審査を延長し、臨時議会を開かずに無理やり三月議会に引っ張ろうとしているだけなんだ。町議会では、私たちの改正条例案に反対する議員が過半数を占めているし、これ以上やっても、何も変わらない。みんなが疲れるだけで意味はありませんよ」

この発言で、さきほどまでの明るい雰囲気は雲散し、ストーブが燃え盛る音だけが場を支配してしまう。

やがて司会の畠山澄江（78）が口を開く。

「博司さん……、町を二分させたのは町長でしょう？　こんなチラシを全戸に撒いて、署名した町民の気持ちを疑うなんて前代未聞ですよ。本来、このチラシ一枚で町長辞職に値するんじゃないんですか？　しかし、私たちの町では、このままお咎めなしなんて……。みなさん、ここまで町の医療を守るために頑張ってきて、これで終わり、で、本当にいいんですか？」

澄江は、毅然と「私は、嫌です」と言った。

透析患者の岡村順子（75）は、立ち上がった。

「私、結果より署名を始めた気持ちを優先したいな。一部の町民はソッポ向くと思うけど、協力してくれる人は必ずいるって、私には分かる。こんなこと言ったら、私、清野さんや石田さんに怒られちゃうかもしれないけど、私、私たちのリコール署名で、この町が二分するなら二分したって構わないし、集落から排除されたっていい。だって、これまでの『なあなあ』の、微温湯の平和って偽物の平和だったと思うから。みなさん、このまま黙っていたら十三億円の無床診療所が建てられちゃうんですよ。私、そんなの絶対に嫌だ。私たちの民主主義って、いまは少数かもしれないけど……、だからこそ、その声に耳を傾けてくれる仲間を増やしていくことだし、この愛する町の歴史に、中途半端に終わらせない住民運動の姿も残したいの」

議論は夜十時過ぎまで続き、「ながしの町民の会」は二月二十八日にリコール準備集会を開催することを決定した。

7

日刊「おくみかわ」は、新城市・北設楽《したら》郡内の政治経済・社会・文化・スポーツを報じる地元紙である。

創刊は、昭和二十年九月。日本が戦争に破れたあと、復員した教師たちが、ふるさと奥三河の人びとを励ますために書いた「街ネタ」が始まりだという。

現在の編集体制は、社主、編集長、記者二人、紙面担当一人、営業二人、総務一人の八人で、一万部を発行している。

ながしの町の庁舎前で、署名簿が縦覧される様子とその周辺取材を行った岡倉睦彦記者（34）は二月十八日夜、鶴見周一編集長（58）と、

「どうか載せてください」

「ダメだ」

「なぜですか」
「どうしてもだ」との口論を続けている。
応接室のガラステーブルのうえには、岡倉が書いた一本の記事があった。

大見出し「町長、署名した民意を疑う」
サブ見出し「後援会、目的外縦覧を繰り返す」

ながしの町の住民団体は、さる一月、町立ながしの病院の透析・入院・救急医療を町長に義務づける署名一〇七九筆を町選挙管理委員会に提出したが、町長後援会が二月十日の縦覧に合わせ、署名した者の意思を疑うチラシを全戸配布したことがわかった。

チラシは、愛知県知事リコール偽造署名事件を報じる中日新聞の記事を無断で掲載したうえで、目玉のイラストも添えて「あなたの署名　誰かに偽造されてるかも!」などと書き、署名の正当性を縦覧で確認するよう町民に呼びかけていた。

住民団体の佐藤てい子代表(88)は「ワシらは偽造などしとらん。署名した人たちも町の医療を守りたいという一心で名前を書いた。町長のやり方は失敬千万よ」と批判する。

縦覧期間には、町長を支持する町民が多数参加し、「誰が署名したか見にきただけだ」「メモ禁止だもんで覚え切れん」「こんなことはしたかないが、後援会の会長に命令されりゃ仕方がないだぞん」などと本紙記者に語った。……

鶴見編集長は、改めて記事の半分まで目を通すと、それをテーブルに投げ捨てる。

「こんなの載せたら、役場の出禁くらうわ、スポンサー失うわで、うち倒産するぞ！」

岡倉記者は、懸命に食い下がる。

「……編集長、僕らは、いつまでグルメやイベント、社長インタビューを続けるんですか。僕は、奥三河の自由と民主主義を守る報道機関の記者として、この事実を知らせたいんです。編集長、どうか、どうか、お願いします！」

編集長は、しばらく黙り込む。

「……岡倉、お前、いくつになった？」

「今年で三十四です。入社十二年、独身です。この間、編集長の交代が三回ありました」

「バカ、そんなことまで訊いてないよ。……クソッ、なんで、こんな青臭いやつが生き残ってるんだよ。……わかった、わかった。じゃあ、町長のコメントと、もう一つ、町長らが否定できないスクープもってこい。そしたら俺、辞める覚悟で社会面ぜんぶ使って載せてやらぁ！」

鶴見周一編集長は、日刊おくみかわ社屋の外付階段に出ると煙草を吸った。

過疎化が進む北設楽郡の夜の生活圏は、漆黒である。

鶴見は、岡倉睦彦が「ありがとうございます！　町長のコメントとスクープですね！」と念を押し、カメラを肩に掛け直して応接室から出ていった後ろ姿を思い出した。

「あとは、俺が社主と闘うだけか……」

彼は満天の星々を見上げながら呟いた。

こうして日刊おくみかわ二〇二一年二月二十四日付は一面と社会面で、ながしの町で進行している異常な事態を報じると、大手紙の中部新聞、毎朝新聞、読伝新聞と在名テレビ局が地元紙の記事を後追いするため、ながしの町へ続々と記者を送った。

岡倉睦彦記者は、鶴見編集長と喧嘩別れをした三日後にスクープを二つも摑んできた。

一つ目は、これまで町の医療問題に口を閉ざしてきた町立ながしの病院長・塚越房治（65）の独占インタビューである。

塚越は、町長の岸田潤之輔（64）が初当選した直後から透析・入院を廃止する方針だったこと、そして院長である自分が透析廃止に反対を表明したため、町長とは一年以上も話し合っていないという深刻な事態を赤裸々に語った。昨年、県民の情報公開請求を担当する愛知県の県民文化局から「氏名の黒塗りを求めますか」と訊かれた塚越は「黒塗りしなくても結構です」と答えていたのであったが、そのときからこのような劇的な展開を覚悟していたと言っていい。

岡倉は、このスクープにつながる情報を、日本共産党の町議・友川あさひ（36）、小川雄介（40）、長谷川篤史（68）が町民宅のポストに投函している「ながしの民報」最新号を独自に入手して得たのであった。

社会面には、町長後援会が配布した「目玉チラシ」と、愛知県医療局と新城保健所が開示した「面接記録」「報告書」がデカデカと掲載されている。岸田潤之輔町長の「俺の説明を聞いていれば、署名なんか書くはずがねぇだろ。町民が一〇〇〇人も署名するなんて信じられるか」というコメントも載っている。

二つ目のスクープは、「ながしの町の総務課長、自殺未遂か？」という小さな見出しのもと、岡倉記者が「本紙の調べで、山寺郷士朗さん（60）が入院中であることが分かった。関係者によると山寺さんは二十日午後二時頃、新城市稲平の雑木林で意識を失って倒れているのが見つかった。農薬を飲んだと見られるが、救急搬送された病院の治療が功を奏して現在、快方に向かっている」と書いたベタ記事であった。

地元紙の報道によって、ながしの町は、蜂の巣を突いたような大騒ぎとなっていく。

第九章　百年目

1

二〇二一年二月二十四日、日本共産党ながしの支部は、週一回の支部会議にて、町長リコール問題を俎上に載せた。住民団体「ながしの町民で医療を守る会」が侃々諤々《かんかんがくがく》と議論をたたかわせていることを、党の会議で話し合うことは、おそらく初めてであった。

これまで四人の党員は、住民団体の決定に従い、それぞれの考えとやり方で住民運動にかかわってきたのである。「町民の会」のニュースづくりや諸々の事務作業を担う小川雄介（40）もいれば、長谷川篤史（68）のように署名の「受任者」になったものの「会」の打ち合わせには参加せず、さまざまな理由で二筆しか集められなかった党員もいる。

しかしいま、ながしの町の住民運動は、町長リコールへと発展しようとしているのだ。

村の政治とはいえ、それが権力をめぐる闘争という性質を帯びるとき、日本共産党員として何をなすべきか、どのように住民運動を守るのか、そんな統一した態度が必要になってくる。

支部長の友川あさひ（36）は、近況を紹介する三分間スピーチで、きたる三月議会の情勢を報告すると、次のように言った。

「みなさん、ご承知の通り、町民の会は、いよいよ町長リコールの是非を問う住民投票を求める署名に立ちあがります。これまで私たち、日本共産党としてつくった方針を住民団体に押しつけたり、しんぶん赤旗や党員を拡大する場所に利用したりすることはしませんでした。私たち町民が求める医療の充実という要求一つで共同の輪を広げてきたわけですが、実は、いま、この住民運動の足を止める卑劣な反共攻撃が始まっていることが明らかになりました……」

長谷川篤史が「エッ、それって目玉チラシのことでしょ？」と訊く。

坂野宮子（94）が「違うわよ、これよ、これ！」と言い、テーブルのうえにある八ページ立てのタブロイド紙「日本国報」の一面を突いてみせた。

その見出しは、全国各地の選挙のときによく見る反共攻撃のフレーズである。

> 騙されるな、暴力革命の独裁目指す共産党に
> 踊らされるな、住民運動に口出しする共産党に
> 注意しよう　甘い言葉と共産党

長谷川が「うわぁ、酷いねぇ。こんなの、どこにあったの？」と訊くと、

宮子は「昨日と今日、国道沿いの家々と商店街の店のポストに刺さっていたの。この人たち、よっぽどワシらの署名運動が、あちこちで話題になるのが困るみたいだね」と答えた。

「……あの目玉チラシが出て、ワシらが住民運動を止めるかと思いきや、逆に、しっかりと団結する結果になってしまっただろう。今度は、いよいよ町長リコールに進もうとしとるだ。全国紙やテレビ局の人らも町にきて、ワシらの不安と怒りを報じてくれたし、あの国営放送の記者が二週間も町に張りついて三十分番組をつくった。小さな町の透析・入院を守る大きな闘いは全国に広がっている。そのことに心底から恐怖する人たちは、こんなデマを書きちらす右翼新聞を東京から買って、闇夜にまぎれて投函するしかなくなった。昔と一緒よ、アハハハハ」

しかし、友川あさひは憮然とした表情になる。

「ミヤコさん、笑ってる場合じゃないですよ。このタブロイド、発行責任者が書かれていない、共産党のデマと悪口の反共攻撃なんです。しっかり反論しなきゃ」と言った。

小川雄介が、小さなテントから這い出してくる。

長谷川、宮子、あさひが声を揃えて「大丈夫？」と訊く。

この間、雄介は、激しく変化する町の政治情勢に圧される心を落ち着けるため、一人用の山岳テントを居間に張ると、そこで寝起きしているのだ。

「うん、うん。僕、反共攻撃には黙っていられない。これは党の地区委員会と愛知県委員会にも報告しておこう。全党で対応しないと、町民や全国の住民運動が破壊されかねない。大道寺さんも『目玉チラシ』には怒り心頭で、近々、記者会見を開いて反論しようと言っている」

弁護士の大道寺隆之（60）は、雄介がメールで届けた町長後援会チラシの画像を見ると、「こんなチラシは前代未聞だ。町長の資質を疑う大問題だよ」という返事を送ってきた。

小川雄介は、日本共産党の支部会議で話し合われる町政の問題が、日本の大きな政治につながっていると思った。この小さな町で起きているすべてが、実は、全国津々浦々で共有しうることなのだ……と。この町で反共攻撃に打ち勝たないと、その悪影響は全国におよぶという責任感も湧きあがってくる。

彼は、原稿を書く技術を動員し、「怪文書」＝反共新聞への反論を脳内で組み立てていった。

みなさん、いま私たちは、透析・入院・救急医療を求める直接請求署名の行方を見守っているところです。ところが岸田町長の後援会が「目玉チラシ」を配布し、署名に賛同した町民の意思を疑い、無効署名の摘発に乗り出しました。

さらに何者かが闇夜にまぎれて日本共産党のデマと悪口を書いた新聞をバラまく事件が発生しています。

みなさん、この「日本国報」なる新聞は、発行責任者が分からない「怪文書」です。

彼らは、記事で「町営ながしの病院は3億円の赤字だ」「人工透析の中止や無床診療を住民は受け入れろ！」と書き、日本共産党は「暴力革命と独裁政権を目指す政党」で「騙されるな」と主張しています。

みなさん、どうか、友川あさひ議員の議会活動（「ながしの民報」）を御覧ください。

友川議員は昨年九月議会で、令和元年度の町立ながしの病院の決算質疑を行いました。

町立ながしの病院の「赤字」＝一般会計からの繰出額は、一億五三二〇万円でした。

友川議員は、この赤字に、国の『地域社会再生事業費』（算定額七〇〇〇万円）など地方交付税を充てれば、町の負担はさらに減ることを明らかにしました。

そのうえで「小規模な有床診療所なら維持できる」と訴えたのです。

友川議員は、事実と道理に基づき議会活動をしており、暴力や独裁とは無縁です。

日本共産党が掲げる綱領には「議会制民主主義」「反対党を含む複数政党制」「政権交代制」を「当然堅持する」と明記し、自由と民主主義を大切にする政党です。

みなさん、「共産党は暴力革命の党」「独裁政権を目指す党」との主張はデマなのです。


雄介が頭のなかで紡ぎ出す言葉は、機械式時計を構成する歯車のように正確で小気味よい文章を構成していく。時計の動力が「ぜんまい」にあるならば、彼の言葉が生まれる力は、二年前に党に迎えた長谷川篤史とともに週一回の支部会議にて三十分ずつ読み合わせてきた日本共産党の綱領と規約にあった。ながしの支部の四人は、住民要求を束ねていく実践のなかで綱領と規約を読み直し、自民党の悪政を根本から変えていく道筋への理解を深めてきたのである。

長谷川篤史は、二年前の町会議員選挙の直後に入党したのであった。

当時、彼は、長く自宅で介護してきた両親を相次いで見送り、さらに慢性病を抱えた妻を専門病院で入院治療してもらう算段をつけた。彼の心身は一気に軽くなったものの、かつて寿司屋だった戸締めの店舗で一人暮らす寂しさと先行きの見通せなさに苦しめられることとなった。

そんな彼は、町議選を懸命にたたかう友川あさひに出会ったことから、トントン拍子で、日本共産党の綱領と規約を読み合わせ、その内容につき「まったく問題ありません」と言って頷き、「入党申込書」に氏名を書いて提出したのだった。しかし、その実、週一回の支部会議に参加するたび、〈ホントは、こんな小難しいこと——党中央委員会の声明とか選挙政策——を読んだり議論したり、いくら酷いとはいえ国政や町政を変える活動を一途にやるために入党したわけじゃねぇ……、ただ俺は、寂しい心を癒やしてもらう「茶飲み相手」がほしかっただけかもしれない……〉という後悔と違和感が拭えなかった。

長谷川の三分間スピーチは、十五分におよぶ。

「ただ俺の場合は、一年ぐらい経ってさ、俺の寂しい心のなかに未だ正義ってやつが残ってたって気づいたんだ。この目玉チラシに怒る、デマをふりまく攻撃には、党支部として反論しなきゃと思う、もちろん町に透析と入院を残してほしいと訴え続ける……、これまで一町民としては、そんなこと絶対に出来なかったよ。親や妻の介護や看護のときも、いろいろ行政に言いたくても出来なかったんだ。すべて言いなりだった。だけど、俺、共産党に入ってさ、自由に意見を言うことって大切だなあって思ったよ。支部会議で話し合ってると、いろんなことが分かってくる。分かってくると怒りが湧いてくる。俺さ、オヤジやお袋、家内までいなくなって寂しく思う心に、まだ正義という熱いヤツがいるってことに気づいて生きる勇気が出てきたんだ」

友川あさひが「篤史さん、よく笑うようになった気もする」と言うと、坂野宮子が、

「いやいや、あさひさん、それは違う。長谷川さんだけじゃねぇ、ワシらみんな、あなたが当選して再開した支部会議のなかで、よく笑い、よく泣くようになったの！」と言い、

「アハハハ」と笑った。

小川雄介は、テントから上半身を出すと頰杖をついて言った。

「この前の『町民の会』のとき……、僕たち党支部として一致した意見をもってなかったから、僕自身、みんながそれぞれ参加して議論するのを心配したんだけど、澄江さんが、自分の言葉で、町長リコールの正当性を訴えたでしょ。議論の最後には、透析してる順子さんが、この町に本当の平和と民主主義を根付かせたいって言ったでしょ。あのとき『僕も賛成！』と思った。あの夜は、たくさんの意見が出てきてさ、ちょっとした論争も起きた……。僕、これって、まるで党の支部会議と似てる、この支部会議が大きくなったヤツじゃないかって思ったんだよ……」

友川あさひは、思わず「私も！」と声をあげる。

「私も、白熱する議論を聴いていて、ああ、澄江さん、順子さん、そして久美子さん、いつか、私たちの仲間になってほしいなあと願ってしまったんです！」

「ワシは、昔の支部会議を見てるようだったなあ！　だって二十人の党員がいたんだ！」

坂野宮子は、戦争中と戦後日本の歩みに思いを馳せながら、

「……こんなに自由に意見が言えて、お互いの気持ちが通い合う支部会議や住民運動の打ち合わせなんて、ワシは、おそらく初めてだと思うんだな」と言った。

長谷川篤史は「へぇえ、そうなの」と口を尖らせる。

宮子は「長く生きてるワシが感じるんだで、そういうもんだぞ」と言って笑った。

「……ワシは、共産党員の義人さんと結婚しちゃってさ、あの人のやってることは素晴らしい、一緒に活動したいと、すぐ党員になりたいと望んだだがよ、なぜか、義人さんに『早まるな！』『ちょっと待て！』と言われてな……、ようやく入党できたのは四十過ぎてからだった。まあ、あれは厳しい反動の時代の、夫なりの配慮というか、ワシへの優しさだったと思うだがよ、いま振り返ると、やっぱりオカシイと思うだよ」

宮子は、四十年ほど前の支部会議の様子を目の前に蘇《よみがえ》らせると、当時の支部会議で彼女自身が繰り返すようになった口癖を思い出した。

――こんな発言したら、ワシ、義人さんに怒られるかもしれんが……

――ワシは学のない馬鹿だもんで、よう分からんが……

夫の坂野義人（享年84）は、宮子の入党と党活動を喜びながら、いつの頃からか、支部会議の前に「お前は勝手なことをしゃべるじゃないぞ」と命じるようになったのである。

いま坂野宮子は、あさひ、雄介、長谷川の顔を見ながら、

「日本共産党の支部会議のよいところは、集団で……、みんなで思いやることよ」と諭《さと》した。

かつて夫への遠慮やコンプレックスを内面化させていた宮子の心を救い出したのは、米穀店の

安藤同志と農家の生田同志であった。当時、彼らは炬燵《こたつ》に身を寄せながら、

「……ミヤちゃん、あんた、よう打ち明けてくれたな。今夜は、ダンナの義人はおらんもんで、自由に言ってくれていいでな。何を言ってもいい、今夜の支部会議は大丈夫だでな」

「ミヤコさん、あんた、夫婦は別人格だでのん。言いたいことは好きに言えばいいだよ。日本国憲法は男女平等、人権尊重を定めとる。俺たちの党が憲法に反することをやってどうする」

「俺、支部会議に行くたびに、うちのやつに『カネにならんことばっかり』と叱られとる」

「まあ、夫婦っちゃ、そういうもんよ。だで、それとなく義人を叱っておかにゃならん」

「ああ、安藤さん、生田さん、ありがとね、ありがとね、ありがとね……」

坂野宮子は、遠い記憶のなかの安藤六郎（享年70）と生田次郎（享年63）が煙草を燻らせて、ニコッと笑って励ましてくれた言葉を、まるで昨日のことのように想起するとき、あの彼らは、もはやこの世に居らずとも、いまも現世にへばりつき足掻きながら生きている私たちの体の一部をかたちづくり、あるべき未来を示してくれているのか……と考えた。

宮子は、ああ、日本共産党とは不思議なもんじゃ、偉いもんじゃと思い、少し首を捻った。

そして彼女は、しげしげと友川あさひの顔を見たのであった。

……この娘は、演説は下手だし、ワシを宣伝カーで病院に送ってやると言いながら道を間違えて黒斧山の一本道に入っちゃうし、チラシ一枚つくるのに何日かかるか分からんドン臭い子だ。しかも、そこで寝たきりの夫はホームランか三振かしかねぇ不安定なヤツときてる。ああ、完全無欠の天才だった義人さんよ、しかし喜んでおくれ。あんたの時代は、新しい人が、しっかりと

受け継いでくれておる。どうか、喜んでおくれ！

2

友川あさひ（36）は、自分の鼻の頭に人差し指を当てると、日本共産党ながしの支部の仲間を見回しながら、頭のなかで一、二、三と員数をカウントしていった。

坂野宮子（94）の顔には、無数の皺《しわ》が刻まれている。

長谷川篤史（68）の顔は、真っ黒に日焼けしている。

夫の小川雄介（40）は、テントを背中に載せたカタツムリになって天井を見上げている。

彼は、いったい何を考えているのだろう。

あさひは、この町に移住しても政治にかかわらなかった「平和」な三年間と町会議員となった怒濤の二年間を比べるとき、自身の人生が健康的に成長しているように思われた。そのヘルシーさとは、かつて日常的に抱えていた嘆き、未練、不和や苛立ちから少しずつ解放されつつあるという実感である。

宮子、長谷川、雄介の背後から、亡くなった愛する弟の笑顔が立ちのぼった。

都会で暮らしたあれこれや、東京都目黒区自由が丘の庭のある邸宅でゴルフの練習に余念のない父親と、友人との茶話会で派手に笑い合う母親の姿も浮かびあがった。

両親は、ようやく仕送りを止めてくれた。

あさひと雄介には子はないが、高橋桜(14)や谷本流星(11)や山田恵(8)の未来がある。煩悩あれば菩提あり。

あさひの心は、政治や社会への関心を高め、仲間たちと要求実現に奔走するたびに強くなる。雄介のうつ病も寛解しつつある気がする……。

二年前、右も左も分からぬ友川あさひが挑んだ町会議員選挙と、町の透析・入院・救急医療を守る住民運動の広がりは、あさひの無茶振りや政治と文学との相克に困惑と怒りを募らせてモヤモヤする夫の雄介まで本格的に巻き込んでいったのだった。

うつ病を抱えた小川雄介は、住民団体の学習会や町との交渉のさい、ドタキャンを繰り返して仲間たちを落胆させる一方、学生運動で鍛えた政治的なセンスと雄弁さ、何より出版社で獲得したニュースづくりのスキルを活かすことで彼らの期待に応えていった。

友川あさひは、東日本大震災のあと宮城県石巻市の仮設住宅のバザーで出会った雄介と東京都新宿区高田馬場のマクドナルトで彼女の入党の訴えに熱を込める雄介を思い出した。

あの夜の入党の訴えは、三回目というのに二時間ほどかかった。

二人は、コーヒーをお代わりした回数を忘れてしまった。

そして、あさひが、投了した将棋の棋士のように「分かりました。どうぞ、お願いします」と頭を下げて「入党申込書」に記名していく傍から、雄介は、いきなり「あの、僕ら、まったく付き合ってもいませんけど、あの、友川あさひさん! どうか、僕と結婚してくれませんか!」と切り出したのであった。

あさひは、あのときの雄介の真面目な勇敢さとユニークさが、ながしの町でパワーアップして、ようやく、この支部会議へと呼び戻されている気がした。

「ハア？　私たち、付き合ってもいないじゃん。で、結婚？」

あの夜、「入党申込書」から頭をあげた友川あさひ（当時27）は目を丸くして、そう問うた。

その瞬間、小川雄介（当時31）は「アッ！」と唇に指を当てると黙ってしまったのだ。

あさひは、とっさに（この人、入党の勧誘を利用して結婚相手を探してる最低な人？）と思い直し、

「無理無理無理無理無理！」

と口を尖らせ、激しく首と手のひらを振った。

雄介は、頼んだばかりのハンバーガーを見つめながら、

「ああ……、本当に、すいません。僕は何をやってんだ……、あさひさんが入党を決意した崇高な場所で……、僕は、何をやってんだか。本当に失礼しました」と呟《つぶや》いた。

そして彼は、友川あさひに改めて向き合うと、

「友川あさひ同志、入党、おめでとうございます。悩みに悩んだ末の、あなたの勇気ある決意に立ち会った僕は、自分の初心を何度も思い出しました。ありがとうございます」

と言って頭を下げる。と、彼は、右手を差し出した。

ああ、小川さんの目が充血している！

小川雄介の恋愛経験は、学生運動で知り合った大学の後輩と三年ほど付き合った、その一度きりであった。しかも大学を卒業後、彼女の浮気による手痛い別れがトラウマとなってしまうと、それ以降、勤め先はもちろんのこと出版業界でつながった女性から食事や映画・演劇の鑑賞などに誘われても、彼は気軽に応じることも出来ないまま三十路を越えようとしていた。

雄介は「あ、握手、です」と恥ずかしそうに呟く。

友川あさひは、自分の手のひらをシャツの裾で拭うと、その白くて細い指を……紙やペンの他の物質には触れたことがないような指を恐る恐る彼の前に差し出した。

二人は、大勢の若者たちで賑わうマクドナルドの二階席の隅でガッチリと握手を交わした。

このときの雄介は、友川あさひの並々ならぬ前途を思ったのである。

三度にわたった入党の訴えは、あさひの父親が、世界的なコンピュータ・ソフトウェア会社の元エンジニアから関連会社の重役に登りつめた人であること、元航空会社の客室乗務員の母親は専業主婦として夫の留守宅を守ってきたこと、そして弟の晃敏（当時23）は慶応大学を卒業してメガバンクで働いていることなどを教え、家族が娘の入党を知れば猛反対するはずだった。

一方、あさひは、内心で、自身の入党に反対するであろう両親もいつかは理解してくれるはずだという根拠なき楽観にあぐらをかき、そんなことより、あれほどエネルギッシュに入党を勧めてくれた小川雄介が、さきほどの彼女自身の拒絶がきっかけなのか、一気に萎えてしまった感がいなめず、この人は、この先、果たして大丈夫だろうかと逆に心配していたのであった。

ただ雄介が「では、あさひさん、推薦人は石巻市党の鈴田さんにお願いしましょうか」と言って立ちあがったとき、もう、この人と会うことはないのかな……と疑った友川あさひの心のなかを一瞬の痛みと寂しさが駆け抜けていったことは確かであった。

3

日本共産党ながしの支部の支部会議は、三分間スピーチを続けている。

小川雄介(40)は、支部の三人に「ああ、ごめん。いろいろ思い出しちゃって、ウツだな」と呟くと、そのままヤドカリのように半身をテントに引っ込め、顔まで隠してしまった。

彼は、ドーム型フライシートを内側から眺める。

すると突然、温かくて湿ったものが目尻から頬骨へ移っていくのが感じられて、慌てて指先で拭った。そして雄介は、さきほどから彼の心をざわつかせているものが、これまでの鈍色の空から吹いてくる重たい風ではないと確信したのだった。

すなわち雄介は、照れ隠しで「ウツだ」と言ってしまった。本当は、これまで彼の心身を何度も滅ぼしかねなかった爆弾低気圧の季節は去ったのではないかと思った。この町で党支部を再建して二年、胸の棲家から見上げる空にかかっていた白雲から薄明かりが射しつつあると思った。

彼は、このとき、なぜか、ながしの町で出会った人びとの表情を思い浮かべながら、この世界に生きているすべての人びとに掛け替えのない人生があり、それらを比較したり優劣をつけたりバカにしたりすることは出来ない、としみじみ思った。

……僕たち日本共産党員だって、一人ひとり、人生は異なっているんだ。生まれや育ち、思想も違う人びとが、ある日、党の綱領と規約に出会い、同意する。そして厳しくも楽しい党活動へと踏み出していく。そんな僕たちと共同する町民にも深くて重たい人生があり、僕たちを毛嫌いして「村九分にしてやる！」と息巻く町長派の人たちにもそれぞれの人生と思想がある。

……そして様々な人びとがピン留めされた町の地図上には「町の医療を守るのか壊すのか」という対立線が引かれていく。日々深まっていく、この亀裂は、ながしの町で生きる人びとの全人生を懸けた闘争の証なのだ。

支部会議を重ねてきた僕は、ようやく他者を尊重して闘う本当の意味を学びつつある。

雄介は、大学生のときに国会で「学費を下げよ」と訴える日本共産党に出会った。

すぐに入党したのは、親しい後輩が「大学にいてもつまらない。地元の企業か郵便局に勤めるよ」と言って中退した、その本当の理由が「学費の未納」にあったことへの驚きと、世界に蔓延《まんえん》する理不尽な格差への気づき、その是正への強い意思からである。そしてマルクスやエンゲルスなどの著書を学び、街頭や国会質疑などで日本共産党の党員や国会議員の姿を見るにつけ、格差是正の先頭に立つ日本共産党という政党に魅力を感じていったのである。

しかし親友が、雄介に本心を伝えることなく学園を去ったという出来事は、彼の心に奇妙な「負い目」を刻印した。学費が払えずに大学を辞める友人と、親に学費を払ってもらえる雄介とを隔てるものは、いったい何なのか。党員となった雄介が、学園であげる「学費値上げ反対！」の声は、若者の素朴な正義感からだけでなく彼の心に宿った「負債」のようなものを返済したいという必死さの表現でもあったろう。

卒業後の多忙な仕事は、彼の繊細な内省する心と党活動する時間まで奪っていく。

そんな雄介が日本共産党の綱領と規約の重大性に気づくのは、二〇〇八年暮れの「年越し派遣村」の光景に出会うまで待たなければならなかった。

いま雄介は、日本共産党の支部会議を続けるなかで、ようやく「地元に帰った学友よ」と心に呼びかけ、君は元気でいますか、と胸の深いところに訊ねることが出来た。

4

「俺のウツ、少しずつ良くなってるのか……?」

テントのなかで人生を振り返った小川雄介（40）は、「年越し派遣村」に遭遇して以降の党員人生と、東日本大震災と福島第一原子力発電所の爆発事故後に出会った友川あさひ（36）という人物の魅力についての考察を深めていく。

本来なら擦れ違うことなど叶わなかった二人は、偶然と必然の力によってめぐり会う。

二〇一一年の夏、小川雄介（当時31）は、宮城県石巻市内の仮設住宅のバザー会場で、主催者の日本共産党東部地区委員会、石巻市議団や党員、支援者たちに混じって食糧や衣類を被災者に手渡していく友川あさひ（当時27）の姿に釘付けになってしまったのである。

彼女の身振りと言葉かけだけが、なぜか、被災した人びとを元気にしていると思われた。

彼は、バザー会場となった運動場内を奔走する友川あさひを目で追いながら、彼女のすべてが一般の党員の言葉使いや対応から大きく逸れた「規格外」にあるというのに被災者の命と生活を守りたいという一途さと政治変革への気概、そして一般党員に対する信頼も備えている点に驚かされた。

友川あさひの存在は、当時、全国各地の党組織が若い世代をいかに迎えるかという課題に頭を悩ませているとき、地震と津波と原発事故という三重苦を背負った日本で活動する日本共産党の隊列に「斜め上」の角度から飛び込んできた「新しい人」のように思われた。

そして雄介は、バザー後、石巻市を管轄する東部地区委員会の副委員長・鈴田悟（当時51）に誘われて、友川あさひに入党を訴えることとなったのである。

いま、ながしの町の支部会議中、山岳テントのなかに引っ込んでいる雄介の脳裏に、あの夜、あさひが自由奔放に語った言葉の数々が蘇ってくる。

鈴田も雄介も、あさひの質問に翻弄されながらも真剣に向き合って入党を訴えたのである。

鈴田悟が、党の綱領と規約の主な内容を説明したあと、

「あさひさん……、我が党のビジョンには、ほぼ賛同してくれているわけだから、そろそろ党員になって一緒に活動していきませんか」と締めくくると、

友川あさひは「それは構いませんけど……、ただ、なんで共産党は正しいこと言ってるのに、いつまでも小さいままなんですか？」と訊ねてきたのである。

そして彼女は、鈴田が「それは、この日本という国には、未だに反共偏見や反共攻撃というも

のが……」と答えるのを「ちょっと待って、ちょっと待って」と言って遮り、

「私には、なかったです！　私、石巻に来て、共産党の活動にふれたら、私が抱えていた様々な問題が、すべて政治的イシューにつながってることに気づいた……。こんな私でも、生きる意味があるっていうことにも……。そういう私みたいな若者って、実は、たくさん日本中におられると思うんですよ」と語ったのだった。

　友川あさひは「公安調査庁が……」と言う。

「日本共産党は暴力革命の党だとか必死にふれまわろうと、私は、実際に共産党の活動を見て、ふれて、それがデマだって分かってる。ただ入党をためらうのは、しっかりと党の綱領と規約を学んでいないからなんです……」

　小川雄介は「うん。確かにそうだ。でも、綱領と規約は読んだわけだし……」と言うと、あさひは「小川さん、まだ私、話している最中です」と遮り、

「……言いづらいことですが、綱領と規約を学んだとしても、モヤモヤするだろう問題として、党の思想を体現するはずの美しさ、文化が、ハッキリ言ってダサい……」と呟いた。

　鈴田悟は、あさひの顔をまじまじと見つめて、

「あさひさん！　あなた、大学で美学だか美術だか学んだのかもしれないが、失礼じゃないか。何をもって日本共産党がダサい、と言われるのか。思想の美しさ？　それは専従の僕が着てる服のこと？　ハハハ、確かにセンスはないかもしれない……、でも、そのダサさをもって党の思想

……、綱領や規約もダサい、終わってると関連づけるような言い方は……」と言った。

「違いますって！　私、綱領、ちゃんと学んでませんし……、私の主観、感性の話です！」

雄介は「じゃあ、あさひさんの言う美しさ、文化って何ですか」と訊ねる。

あさひは唇を嚙《か》んで、しばし「うーん」と唸ったあと、真っ直ぐに答えた。

「例えば、チラシ一枚の美しさ。どんなフォントを使うのか、余白をどう取るか。そうなると、どこまで党の主張を書くか、どの部分を捨てるか。さらに、どのように表現するかとかギリギリまで問われると思うんです。どんなカットを選ぶか、イラストレーターの誰に依頼するかも……。一見、とっても地味な作業だと思うんですが、実は私、メチャクチャ重要だと思ってて、そここそ党の思想……、科学的社会主義の生命力や党の綱領が持つ多様性や寛容の精神が現れるんじゃないかって思っているんです」

そして彼女は、一九三〇年代の日本プロレタリア美術家たちが手掛けたポスターやビラ、本の装丁の美しさと彼らの情熱を強調し、

「なぜ、いま日本共産党独自の文化が見えないのでしょうか」と問いかけたのである。

ただ、あさひの答えを先取りすれば、政治的な目的をもった「美」などありえないのだ。

小川雄介は、あさひの反論に驚愕してしまい、しばらく沈黙を強いられる。

「……あの、その、つまり……、あさひさんの問題意識って、僕らの言葉が、党中央や委員長の受け売り、赤旗の記事と同じ、金太郎飴だという批判と重なる気もする。思想と美との関係は、インターネットの役割が大きくなるいま、しっかり考えておく必要があると……」と呟く。

宮城県東部地区委員会の事務所は、津波の浸水によって近所の空き店舗へと移転した。

玄関には、石巻市の地図や党のポスターが貼られ、「しんぶん赤旗」も積まれている。

鈴田悟は、手のひらを重ね合わせると、その太い指を見つめながら言った。

「ただね……、僕から、若い二人に訊きたいことは、そんな金太郎飴とか糞ダサいとか言われる日本共産党が、東日本大震災という未曽有の非常事態に正対し、政党として、たぶん唯一、歴史の評価に耐える原発批判と救援活動を展開できたという、その理由なんだ。津波が襲ったとき、党員みんな、それぞれ別々の持ち場にいた。それなのに、なぜ、正しい決断と救援活動が出来たのか、その理由は何なのかってこと。もちろん僕も考えてきたことだけど……」

党地区委員会の専従者・鈴田悟の目に、党の石巻市議三人の救援活動が浮かぶ。

福島第一原発が爆発する瞬間と原発の危険性を訴えてきた党議員の国会質問が再現される。

「あの震災で、この地区では十二人もの同志が犠牲になった。僕らはショックと悲しみを抱えながら……、それでも真っ直ぐ被災者の救援活動に取り組んだ。ただちに『国民の苦難軽減』という立党の精神を実践できたんだよ。このことは、君たちに言っておかないと……」

鈴田の目は、友川あさひと小川雄介に転じた。

彼らは、まぎれもなく党の将来を担う若い世代である。

そこに、ふわりと一人のベテラン党員の姿が浮かびあがり、あさひと雄介の横に加わった。

――ていいっつぁん！

5

鈴田悟（51）が、思わず「ていいっつぁん！」とニックネームで呼んだ人は、二〇一一年三月十一日、鈴田と一緒に地区委員会の事務所で執務していた斉田貞一（享年68）である。

斉田貞一は、帝国製紙石巻工場の元労働者であった。

彼は震災当日、党地区委員の一人として、たまたま地区役員が持ちまわりで務める事務所番に当たったため、大地震による攪拌《かくはん》の嵐が去ったあとは、鈴田と二人で、倒れた本棚を戻したり床に散乱した書籍や重要文書を片付けたりするなど後始末に追われたのであった。

鈴田は、あのとき斉田と「こりゃ半壊でッしょ」「こんなに酷くちゃ、どうにもなんねぇべさ」などと交わした他愛のない会話を思い出した。そして、いまこそ、あさひと雄介に「斉田貞一」という一党員の生き方を紹介しなければ、と思ったのである。

「君たちに反論しようと、僕の思いのたけを語ろうと思ったら、なぜか、また、あの津波で亡くなった斉田さんが出てきちゃったな……。お二人に紹介させてください、この方が、斉田貞一さんです。製紙工場で働いてきた労働者。自動車整備士を辞めて専従者になった僕が、公私ともどもお世話になった人で、とにかく真面目で優しくて、原則的……というより、原則しか頭に無い頑固な労働者かな。彼は、工場の賃金格差や思想差別の是正にも全力を尽くしてこられた人だから、結局、真面目・優しさ・原則的という三要素しか残らなかった人なのかもしれない。それで、斉田さんが亡くなったあと、彼の写真がまったく残っていないことが分かってね……。津波って、大切な思い出まで、ぜんぶ、沖にもっていっちゃうんです」

鈴田は、そんな不思議な言い方で亡き人を紹介すると「ところが幸いなことに……」と呟き、自分の机に置かれたパソコンの電源を入れる。

「……斉田さんを写した奇跡の一枚が、僕のパソコンから出てきた。お二人さん、見ます？」

「見ます、見ます！」

鈴田が、画面のフォルダを開くと、震災とは無縁な賑やかな演説会の写真が現れた。

6

二〇一一年二月十九日、宮城県牡鹿《おしか》郡女川《おながわ》町立生涯教育センターの大ホールで開催した、日本共産党の女川町会議員候補の高畑広（当時68）と岡部いつ子（当時55）を激励する演説会は、実に一五〇人もの参加で大成功を収めている。

会場には、古橋ちえ子衆院議員（当時51）も駆けつけて、高畑・岡部・古橋の三人は満面に笑みを浮かべ、手をつなぎ、聴衆の前に高く掲げている。

斉田貞一（当時68）は、会場右側の暗くなった通路に佇《たたず》んでいた。

灰色のジャンパー。小柄。短髪は雪を被ったように白く、細い目を舞台に向けている。

女川町会議員選挙は四月の告示であったが、三月十一日の地震と津波は、この教育センターも女川町庁舎も破壊し、かつ飲み込んでしまうのである。

地区委員会の事務所番だった斉田は、専従の鈴田悟（51）と地震後の後片付けを簡単に行ったあと、石巻湾に面する南浜町の自宅に向かったのである。

「鈴田くん、おら、カミさんと猫が心配なんで、ちょっと家《うぢ》、見でくっからしゃ……」

震災から九日後、弁護士の庄野正彦（当時68）が斉田の遺体を確認することになった。

庄野は三月二十日の午前、幼馴染の斉田貞一が自宅前で被災したという知らせを聞き、石巻市泉町の石巻市総合体育館へと出向いたのである。

体育館は、避難所から遺体安置所へと変わっていた。

庄野と斉田は、小中学校からのガキ大将仲間であった。大人になると、奇遇にも国民救援会の宮城県本部会長と石巻支部事務局長という間柄となった。

庄野が中央大学を卒業して司法試験に挑戦している間、斉田は帝国製紙工場の労働者となり、大変な三交代勤務に耐えながら労働組合運動の意義とやり甲斐に目覚めていった。

庄野弁護士は、体育館入口の名簿に「斉田貞一」の名前を見つける。館内に入ると、棺が五十ほど並べてあり、さらに泥のついた毛布に包まれた遺体が五、六十もあった。その傍らで遺族と思しき人びとが、これから庄野も行う目視による確認作業を繰り返していた。

体育館では泣く者は一人もおらず、静かだった。

実は、震災前の三月四日、庄野正彦は、仙台市内で行われた国民救援会の常任役員会を終えると斉田貞一と一緒に帰ったのである。庄野が運転する車のなかで、斉田と二人、東京・青山霊園の「解放運動無名戦士の墓」に入る今年度の活動家の名前や慰霊祭の参加者について確認したのだ。この無名戦士の墓は、戦前のルポルタージュの金字塔『女工哀史』の著者・細井和喜蔵の遺志会によって建てられた。

庄野は、ある毛布の前で立ち止まる。そして親しかった「友」の顔を二度三度と見つめ直すと「無名戦士」とは何者なのかを初めて悟ったのであった。

鈴田悟(51)は、斉田貞一の人柄を、あさひと雄介を前にして語る。

……石巻市に隣接する登米市、ここは僕の実家ですが、いつか登米市会議員選挙があったとき、帝国製紙の石巻工場で働く斉田貞一さんが選挙応援にきて、僕たちと一緒に党の候補者の告示前ビラを全戸配布したことがありました。

登米市は、古くから米の生産地として知られる農村地帯で、ずっと田んぼが続く。農家さんの一軒一軒の門口の間がとても長いわけなんだ。

つまり農家さんにビラを届けようとすると、ポストに入れるまで十メートル、二十メートル、とにかく歩かなきゃいけない。お屋敷のような家も結構あるから、たとえ目の前に家が見えても立派な生垣に沿って、ぐるりとまわってから裏手のポストにたどり着く場合もある。

登米市の全戸配布は、かなり大変なんだ。

それでも地区党は、市議選に勝つために全戸配布を行うと決めたんです。

それで実家が登米市で、農村地帯の土地勘もある僕が、斉田さんに「じゃあ、あの家から真っ直ぐビラをまいて行ってください」とお願いした。

すると彼は「分がった」と答えた。

ただ登米の地形は、石巻の人間には慣れない……、なかなか理解できないはずなんだ。

それでも斉田さんは「分がった、真っ直ぐだな！」と元気に言って、僕が指定した地域の戸数分のビラを抱えて歩き出した。

あの日は、午前中、二時間ほど配布したのかなぁ。

ところが終了予定の正午を過ぎても、斉田さんだけが戻らない。いくら待っても一向に帰ってくる気配がない。しかも斉田さんに連絡しようにも、彼は、携帯電話を持っていなかったから、みんなで「これは、困った」「どうしようか」と言い合った……。

それで集合地点の「ビラまき隊」――僕を含めた三人が、直接、斉田さんを探すハメになったんだけど、不思議なことに、僕が、斉田さんにお願いしたはずのビラ配布地域をいくら探しても斉田さんの姿が見えないんだ。

それで僕たちは、田んぼで農作業している高齢女性に「さっき、共産党のビラを持った男性がおいでだったと思うんですが、どちらに行ったですかね？」とか訊きながら探すことになった。

でも、女性たちが「あっちじゃないかい？」「こっちかしらね」と指さすたび、僕らは広大な農村地帯を見晴かして困惑するばかり。ビラを抱えた小柄な斉田さんは、どこへ消えてしまったのか。僕らは、彼が歩いたであろう道を想像しながら追っかけていくしかなかった。

僕たちは、斉田さんの捜索で、あっちに行ったりこっちに来たりで疲れ果ててしまう。

ビラ配布のスタート地点など、もう見えません。

そして仲間たちと「斉田さん、不穏な事故に巻き込まれたんじゃないか」とか「いくら何でも逆方向に行くわけがないよな」などと言い合っていたとき、突然、僕たちが集まって相談している後ろの方、遠くの方から、小柄で白髪、ジャンパー姿の男性が、

「君だち、何やってんだぁ。サボってねぇで、ビラまがなきゃダメだろう！」なんて叫びながら現れた。まったくビックリしたよ。

「あ、斉田さん。見つけた！」

「なんで、あんなところに？」

僕たちは、斉田さんのもとに駆け寄りました。

そして僕は、大先輩の同志をツメるように、

「もう、どこ、行ってたんですか！」と怒っちゃった。

すると斉田さんは「何を言うんだ。俺は……、あんだがら、とにかく『真っ直ぐまげばいいがら』と言われだがら、どこまでも真っ直ぐ、道なりに道なりに、その通りビラまいで来ただげだ！」とおっしゃった。

よくよく聞くと、斉田さんは、農家さんの屋敷を囲む「生け垣」に沿って歩いていった。

本当なら生け垣が切れたところの、その角からぐるりと曲がって裏手にある玄関ポストにビラ

を入れなくちゃいけない。それなのに斉田さんは、そのまま一度も曲がることなく一直線に農道を歩いて行っちゃった。

斉田さんの「どこまでも真っ直ぐ」という言い方は本当に彼らしくて、僕たちは大いに笑い合いました。

さらに驚いたのは、このあとなんだよ。

「……そうなっと、俺は、ここまで大量に……、ビラ、まぎ残してきたってワケだな」

彼は、ビラを抱え直し、スタート地点に向かってスタスタと戻って行ったんだ。

今夜、あさひさんの入党を訴えるなかで、日本共産党の思想と美しさとの関係が問われたわけだけど、僕は、なぜか、斉田さんについて語ってしまってる……。なぜかな……。

宮城県登米市でのビラまきの一件は、党が決めたことを真っ直ぐ実行する僕ら党員の姿を象徴していると思う。同時に、僕らの不器用さ、格好悪さも表している。さらにトラブルや誤りが起きたときには、集団でカバーする「選挙を闘う志」も息づいている気もする。

つまり、そういうものすべてが、今回の震災対応の準備とか助走だったと思うんだ。

あさひさん、雄介くん、どう思う？

7

小川雄介（40）は、いま日本共産党ながしの支部の支部会議に参加しながら、被災地の石巻市で考えたことが、十年かかって血肉になっている気もする。

雄介は、支部会議がスタートして冒頭の三分間スピーチで自由に意見を交わし合う友川あさひ(36)、長谷川篤史(68)、坂野宮子(94)の存在を心強く思った。

この小さな支部にも、育った環境や世代の違いを克服した連帯と自由が生まれている。

そのことは、学費未納で中退した後輩に対する雄介の「負い目」や素朴な正義感だけでたたかい続けることの「限界」を改めて知らしめる。「年越し派遣村」の光景に遭遇したときの、人生上の岐路に立たされたときの率直な感情も、その瞬間、取り戻して終わりにしてもよかった。

しかし雄介は、日本共産党の綱領や科学的社会主義の学習を改めて積みながら、この町の医療を守る住民運動で発揮された高齢女性たちのエネルギーと出会ったのである。そして彼らとよりよい協力関係を築こうと四苦八苦する友川あさひの姿にふれて、本当の連帯とは何かを再考することとなったのだ。

さらに言葉を紡ぐ書き手として、大半の作家が躓《つまず》くことのないポイントで悩んできた雄介の前に一筋の光も見えてきた。

すなわち日本共産党とルポライターである雄介との、集団と個人との間で生じる葛藤――倫理や表現行為の自由をめぐる苦悩も、より長い時間と大きな視野と、それに相応《ふさわ》しい実力を備えることで乗り越えるという、極めて困難だが、誰もがなし得るわけではない新しいアプローチについて理解を深めることが出来たのだった。

彼は「ああ、みんなで闘う志か……」と呟いた。

8

鈴田悟（当時51）の言葉が、再び木霊《こだま》する。

——あさひさん、雄介くん。震災前……、率直に言わせてもらうと、僕自身の党活動は惰性に陥っていた気がする。前例踏襲主義とかパターン化とか事なかれ主義というか、なあ。

鈴田の目には、震災前の地区委員会事務所が、党員たちが党費を納入するさいに立ち寄るだけの無機的な建物に見え、党組織全体の高齢化や専従者の多忙さのなかで地区党全体の活力が失われていることを自覚しながら、党員一人ひとりに寄り添う綱領学習の援助や新たな入党の働きかけも後回しになっていたというのである。

「……この事務所にいる僕は、各支部の党員の様子をつぶさにつかんでいなきゃいけなかったんだ。被災者の救援に奔走する同志たちは、まさに一人ひとりに寄り添って一緒に立ち上がっていったんだから、ね。そんな僕を含め、日本共産党が、だんだんハーモニーのように大震災と津波に真っ直ぐ向き合っていけたのは、まさに斉田さんのような党員労働者、党石巻市議団の三輪さん、水野さん、庄田さんといった先輩たちがいたからだ。ダサいとか高齢化とか揶揄《やゆ》される我が党だけど、実直な活動の積み重ねこそ、政党には大事なことだと思うんだ」

そして鈴田は、専従者としての活動を顧みるために日記をつけ始めたこと、さらに医師の診療録をまねて担当する支部ごとの「支部カルテ」をつくるようになったんだよ、と教えてくれたのだった。

鈴田悟は、宮城県の東部地区委員会の専従者である。

彼は、友川あさひ（当時27）を一瞥《いちべつ》すると、

「ところで雄介くん。君、あさひさんに新しいものを感じるって言ったよなぁ！」と言った。

小川雄介（当時31）は、慌てて首と両手を横に振る。

「うわッ、最低。そんなこと、バラさないでくださいよ！」

あさひは、思わず顔を赤くして俯《うつむ》いてしまった。

鈴田は「すまん、すまん！　でもさ、君が入党した大学生のとき、君を迎え入れた先輩たちも、当時の君のなかに新しい何かを感じたはずなんだよ。僕らが日本共産党に入ってほしいと相手に伝えるとき、日々、新しい時代の情勢を反映して、その相手の人びとは、新しい何かを、僕たちがまったく知らない新しいものを、党に加えてくれると思うんだ」と言った。

「……まあ、つまり、僕も君も、入党して何年も歳をとってきたということかな。いつの間にか自分の頭で考えることを忘れて、党員としての新陳代謝が進んでいないのかもしれない……」

鈴田は「ハハハハ」と笑ったかと思うと、急に真面目な顔をつくり、若い二人に言った。

「実は……、僕ら東部地区委員会は、今度の宮城県会議員選挙をたたかう。定数5の石巻・牡鹿選挙区……。これまで何度も挑戦しては破れてきたけれど、今回こそ、絶対に勝ちにいく！」

友川あさひは「エッ、県議選？」と声をあげる。

鈴田は「候補者は、おそらく三輪さん。市議の職をなげうってたたかう……」と呟いた。

「そんな！　これまでみたいに負けちゃったら、党の石巻市議は三人から二人に減っちゃうし、三輪さんも無職になっちゃうじゃないですか。そんな賭け事みたいなこと！」

彼女の悲鳴は、事務所周辺の騒音まで掻き消してしまうほど響く。

鈴田悟は「いやいや、あさひさんの意見、もっともだよね」と言って立ち上がる。

そして彼は、玄関ドアにマジックで書かれた「津波はここまで来ました」という文字と自身の腰の辺りを示している浸水高の矢印を指差した。

「石巻市の犠牲者は三〇〇〇人をこえて、被災地のうちで突出してるんだ。僕は、毎日、救援物資を仮設住宅や半壊家屋に届けながら……、全国から駆けつけてくれる救援ボランティアを案内しながら……、遅々として進まない復興の現実に苛立ちながら……、ふと、この悲しみと怒りも、我が党が闘い続けなくては、いつか忘れ去られる、風化するんじゃないかって思うんだ」

鈴田は「安保条約と沖縄と同じように」と言った。

9

鈴田悟（当時51）は、日本共産党の綱領について語る。

「……僕らが暮らしている日本は、日米安保条約のもと異常なアメリカ言いなりの状態にある。こうやって一言でまとめるのは簡単だ。でも、この異常さって、国民一人ひとり、在日米軍基地の多さ、具体的な部隊や任務、沖縄などで頻発する米軍の傍若無人な治外法権ぶりを学ばないと分からないことなんだ。だから僕らは言い続けなくちゃならない」

鈴田は、米兵による少女暴行事件や殺人事件、米軍ヘリの墜落事故などを挙げながら、

「こんな野蛮な連中が起こす戦争を『正義の戦争』と言い募るのが日本政府さ！」と怒った。

「あさひさん、雄介くん。なぜ、僕たちは、戦後日本の対米従属関係の異常さ、屈辱、悲しみ、怒りを、国民的に共有できずにきたんだろうか。その理由の一つは、長く政権を担ってきた自民党の議員たちが二世三世と交代するなかで、現行の日米関係を『日常化』『風景化』し、アメリカの奴隷となっている日本社会の痛みを感じないという感覚麻痺《まひ》に陥っているからじゃないのかなぁ。日米安保条約を『不磨の大典』のようにあつかう一部の野党議員、マスコミ、知識人も同じ状況だと思う」

小川雄介（当時31）は、星条旗をまとった巨大石が日本の空をすっぽり覆うとそのままビルも家屋も押しつぶしていくイメージを思い浮かべた。しかも日本の人びとは自分の顔に巨大石の影がかかっているのもそのままに日々を安穏と暮らしているというイメージも合わせて……。

友川あさひ（当時27）は、一九九五年十月の沖縄県宜野湾市で開かれた、米兵の女児暴行事件に抗議する八万五〇〇〇人が集まった沖縄県民総決起集会の写真を思い出しながら言う。

「私たちが怒りの異議を申立てることを諦めたら……、無関心になってしまったら……、被災地の悲しみも苦しみも原発事故の悲惨さも『風景』のなかに溶けてしまっちゃう」

そして彼女は、アメリカ政府と日本の大企業が歴代自民党政権を支配して、雇用の不安定化・賃金の引き下げ・サービス残業を拡大させて空前の儲けをあげている事実と重ねつつ、

……でも私は、通勤の地下鉄で遭う痴漢や最悪な職場環境に声をあげずにいる、と唇を噛んだ。

鈴田は「安保条約の廃棄や『ルールある経済社会』を党綱領で掲げている僕らは、悪政を根本から変えようとたたかう。そんな政党に為政者からの弾圧や妨害があるのは当然だ。でも、それに負けずに、みんなで連帯してたたかうことが大切なんだ」と言った。

あさひと雄介は「希望は闘うこと！」と声を合わせた。

10

日本共産党員の希望は、闘うなかで生まれる。

小川雄介（40）は、東日本大震災で亡くなった斉田貞一（享年68）が、労働者の権利を守るために会社とたたかい、党の議員候補の当選のために奮闘し、愛する妻と猫を守ろうとして津波に立ち向かったことを思った。

彼の希望もまた闘うことのなかにあったはずだ。

しかし、あれから十年……、何が変わったのだろう。

日本共産党の国政選挙の得票は、左の通りである。

二〇一二年の衆院選　三六八万票
二〇一三年の参院選　五一五万票

二〇一四年の衆院選　六〇六万票
二〇一六年の参院選　六〇一万票
二〇一七年の衆院選　四四〇万票
二〇一九年の参院選　四四八万票

雄介は、石巻市で友川あさひ（当時27）に日本共産党への入党を訴えたとき、彼女が、
「共産党は正しいこと言ってるのに、なぜ、いつまでも小さいままなんですか？」
と真剣に問いかけてきたことを思い出す。

日本共産党は、前進と後退を繰り返してきた。

一九九六年の総選挙では、史上最高の七二六万票を獲得し、十五議席から二十六議席へ躍進したこともある。二〇一七年の総選挙では、野党候補を一本化するため、全国67小選挙区の候補者を一方的に降ろし、二十一議席から十二議席へと大幅に後退したのだった。

雄介は（……歴史的に多くの人びとが夢見た革命ってやつは簡単なことじゃねぇんだ。しかも選挙という、国民一人ひとりの自由意志にもとづく政権交代という名の革命……、日本共産党が参加する政権の是非が問われる選挙になれば、そりゃ激しい攻撃や妨害もやってくる）と思う。

そして彼は、いまこそ、次の選挙での躍進を目指して、なんとしても日本共産党の自力を――ながしの支部の党員と「しんぶん赤旗」の読者を増やし、友川あさひ（36）の議会活動を支える「後援会づくり」を急がなくては……、そうなると後援会の旅行先はどこにしようか、と具体的

な計画について思いをめぐらせた。

ただし自民党が追い詰められ、日本共産党に期待がかかるとき、なぜか、中国の天安門事件や北朝鮮のミサイル、さらに非自民・反共産の第三極構想も出てくる。雄介は、このような外部のあれこれに負けない町民との信頼関係を築きたいと決意するのだった。


小川雄介は、さらに黙って考える。

……日本共産党の前進が一直線に行かないのは、アメリカ言いなりと大企業優先を第一とする自民党政治を根本から変えようとしているからだ！

……日本共産党の国会議員が増えれば、国政は劇的に変わる。軍事費や法人税減税に使われる莫大な税金を、医療や福祉・教育の充実、農林漁業・中小零細企業の応援策にまわすことが出来る。しかしアメリカ政府や日本の大企業、自民党は、そんな日本共産党をぶっ潰そうと躍起になる。ながしの町で闇夜に配布された反共新聞のように、やれ暴力革命だ、やれ独裁政権だ、旧ソ連や中国・北朝鮮と同じ政党だという使い古された反共攻撃を繰り返してくるだろう。

……「政党助成金」という名の国民の税金を、自民・公明・国民・立憲・維新など、共産党を除く各党が山分けしている。自民一七二億円、公明三十億円、国民四十六億円、立憲四十三億円、維新十八億円……。なんというひどい制度だろう。

自民党には、さらに大企業からの献金が加わるのだ。

……しんぶん赤旗は昨年九月、自民党が二〇〇〇年から一八年までに大手広告代理店・電通と電通グループに宣伝広報などの名目で一〇〇億円以上も支出していることを暴いたが、不偏不党をうたう新聞やテレビも、結局、広告費を通じて自民党や大企業とつながっている。

果たして僕らは、汚いカネと無縁な清き一票を日本共産党に投じてもらえるだろうか。

いま振り返れば、自民党の新たな補完勢力が、野党共闘に突然の分断を持ちこんだ二〇一七年の総選挙のとき、ながしの町に移住して一年目の雄介と友川あさひは政党ビラの一枚もまけなかったのだ。

二人は、転地療養の田舎暮らしで封印せざるを得なかった党派性を、当時、末期がんで闘病中のラッパー・ECDが歌う曲「Ｌｕｃｋｙ Ｍａｎ」を聴くことで維持していた。

選挙後に亡くなってしまうECDは、いまも「プライムミニスター（総理）目前に抗議叩きつける！」と歌い、インターネット動画では「言うこと聞かせる番だ俺たちが！」と叫ぶ。

雄介は、ECDが繰り出す言葉の連射砲が二十一世紀の新しい文化の先駆けだと思った。

そして彼の歌詞は、少数者の権利を守るという民主主義のもと、為政者の政治が民意と甚だしく乖離したとき、有権者は「私たちの声を聞け！」と抵抗できる権利の大切さを伝えて、それはすなわち、いま、ながしの町民が取り組む直接請求署名そのものだ……と気づく。

小川雄介（40）は、再びテントから出てくる。

「……みなさん、ご心配をおかけしました。どうやら、僕のウツは、この支部会議や住民運動のお陰で良くなってる気がします。僕は、たくさん学び、考え、歩きまわり、自由に意見を交わし合うことで、なんだか、新しく生まれ変わっている段階なのかもしれません」

坂野宮子（94）は「ワシもだよ！　年をとった分、新しい発見があるだ」と言って笑う。

そして雄介は「……で、みなさん、いまテントのなかで大事なことを思いついたので、発表させてください。それは……、それは……、僕ら日本共産党員は、どんなに分断や逆流の嵐が襲っても、この身を挺して自由と民主主義、連帯を守るってことなんです！」と言った。

友川あさひ（36）と長谷川篤史（68）は（雄介さん、突然どうしたの）という不審顔である。

「そして、みなさん。僕たち日本共産党と住民運動は、汚いカネとは無縁という共通項があるってこと。だから、医療を守れという要求を真っ直ぐ議会に届けられる。町長は、自由も民主主義も知らない。カネのことしか頭にないから、目玉チラシで脅すしかなかった。町長リコールの直接請求署名の運動は、まさに日本の革命なんです！」

宮子は「そうじゃな。町長リコールは、町民が権力を摑む一歩だで、あの町長、もっと攻撃を仕掛けてくる。でも、ワシらは仲間を増やして乗り越える。長谷川さんが加わってくれたように……」と言う。

長谷川篤史は「そんな！　俺、党員らしいことなんて何一つやっちゃいないよ。ただ今日、俺からの提案は、俺が新城市《しんしろ》へ働きに行った帰り、しんぶん赤旗の日刊紙と日曜版を受け取ってきてもいいかってこと。一日遅れの日刊紙の配達になっちゃうけど……」と言ったのである。

あさひは「うわぁ、嬉しい！　なんだか革命的な支部会議になってる！」と手を叩く。

雄介は、支部会議の明るさに目を細めながら、ふと、この小さな世界で営まれる人間関係が、未来社会の基礎となるのではないか、と思った。住民運動の組織や選挙をたたかう党支部こそ、資本主義社会で疲弊する人びとの心身を蘇らせ、次代を担う新しい人をつくりうると思った。

「もう一つ……、俺の提案は、仲間を増やす支部会議に文化を持ち寄ろうってこと」

長谷川は「俺は、やっぱり落語かな！」と言って笑うと、党の創立一〇〇年に重ねるように、落語家の三遊亭圓生《えんしよう》と古今亭志ん朝の大ネタ「百年目」について語り出したのである。

「……このネタを聴いてると、江戸時代の番頭が大旦那に隠さなければならなかった粋な着物、稽古事、浄瑠璃《じようるり》の類なんかを、俺たちは、いまこそスパークさせる時代だと思うのさ」

彼は「三分間スピーチどころじゃないけど」と言って、落語「百年目」を解説した。


……江戸時代の商人ってのは、十歳頃から御店《おたな》に入って年季奉公十年、御礼奉公一年、厳しいタダ働きの末、いまでいう新卒と同じ二十二歳頃で賃金がもらえる手代になる。そのあとも真面目に働けば三十歳前後にはカミさんをもらって店に通う「通い番頭」になっていく。

一方、裸一貫から身代《しんだい》を築いた「大旦那」に認められた「大番頭」ってのは、手代の役目が終わって四十歳を過ぎても、ずっと御店の二階かどこかに住み込んで丁稚《でつち》たちの躾《しつけ》から帳簿の管理まで店全体を仕切っていく。やがて二代目の風格を備えるほどになる。ただ、やっぱり店で失敗や間違いがあっちゃいけないから、大番頭ってのは、自然、小言ばかりになっちゃうんだ。

この落語……、この他人に厳しい大番頭が、ある麗《うら》らかな春の日、「あたしゃ、外回りに出かけます。あとは頼みますよ」なんて言って店の者にウソをつき、太鼓持ちや芸者も呼んだ川べりの花見でどんちゃん騒ぎをやっちゃうの。よっぽどストレスが溜まってたんだろうな。ところが、その日、どんちゃん騒ぎする彼は、よりによって大旦那と鉢合わせしちゃってね、地味で堅物と思われていた大番頭の粋な着物や見事な踊りなんかをぜんぶ見られちゃう。さあ、困った困った。日頃から丁稚や手代を叱ってばっかりの大番頭が、自分がウソをつき、自分だけが派手に遊んでいるところを大旦那にバレちゃったもんだから、彼は、いよいよクビになるのか大目玉を食らうのかと心配で夜も眠れない。

で、翌日、大旦那に呼ばれた大番頭は、思わぬ優しくも含蓄ある言葉かけに涙する。

長谷川は「圓生と志ん朝では演じ方が異なるんだけど、大旦那が、大番頭の真面目な働きぶりを認めて『リラックスしてください』と慰労する展開は同じなんだ」と言う。

「……俺の好きな志ん朝は、大番頭に『遊びや芸事を隠さずね、身の肥やしにすれば自然と笑顔になる、ニコニコ笑顔の店にはお客が必ずやって来る』と言うんだ。このくだりを聴くと、大店《おおだな》と同じ一〇〇年目を迎える日本共産党にも文化と笑いが必要なんだと思うんだよね」

すると坂野宮子(94)は、突然「文化と笑いが必要って言うなら、ワシのも聴いておくれ」と言い放つと、長らく習ってきたという日本民謡を歌い出し、みんなの喝采に包まれた。

宮子は目尻の涙を拭いて「たしかに党活動での文化と笑いなんて、ずっと忘れていたことよ。ああ、笑いは必要だよ。新参者の長谷川さんにまた教えられたなぁ」と言った。

11

高橋桜（14）は、山本周五郎『赤ひげ診療譚』の読書感想文を原稿にしたためていく。

貧困と無知とたたかうこと

ながしの中学二年　高橋　桜

この小説は、江戸幕府の御目見医《おめみえい》となるために長崎での遊学を終えた青年医師・保本登が、「赤髯」と呼ばれる新出去定《にいできよじよう》を医長とする「小石川養生所」の見習い医として成長していく姿を描いています。

私は、この登になったつもりで読み進めました。彼は、「ごみ溜」「牢屋」などと言われる粗末な養生所で、狂女おゆみ、膵臓がんの六助、労咳《ろうがい》の佐八、長屋に暮らす娼婦のうち十三歳のとよ(彼女の口尻には、現代の梅毒の現れである「瘡毒《そうどく》」の腫物がある)、一家心中に巻き込まれてしまう長次の、想像を絶する辛く悲しい人生と困難極まる治療にぶつかっていきます。

そして「赤髯」は、青年医師・保本登に、次のように繰り返し訴えるのでした。

「現在われわれにできることで、まずやらなければならないことは、貧困と無知に対するたたかいだ、貧困と無知とに勝ってゆくことで、医術の不足を補うほかはない、わかるか」

私自身も、この言葉の意味を考えることになりました。

養生所の患者は、治療費や薬代が払えない貧しい人たち。私と歳が大差ない十三歳のとよは、子沢山の舟八百屋が一家離散した末に娼家の女主に引き取られたといい、「赤髯」が「おまえは悪い病気にかかっている、このままこんなところにいたら、その病気のために片輪か気違いになってしまうぞ」と注意しても、「いやだ」「あたいこのうちにいる」と泣くのです。

一方、登は「赤髯」の訴えに対して「それは政治の問題ではないか」と反発します。医師とは、ただただ患者の病気を治すことに専念するべきであり、患者の暮らしや彼らを取り巻く政治的・社会的な背景に頓着すべきでない、と言いたそうなのです。

「赤髯」は、将軍家の御慶事に諸費用が嵩《かさ》むという理由で、与力から養生所の通い療治の廃止と経費節減を命じられる状況もあって、登に「江戸開府このかたでさえ幾千百となく法令が出た、しかしその中に、人間を貧困のままにして置いてはならない、という箇条が一度でも示された例があるか」と激昂《げっこう》するのです。

私は、このくだりを読んだとき、日本国憲法の第二十五条と、お父さん、お母さん、お祖父ちゃん、お祖母ちゃんが取り組む署名運動を思い出しました。

将来、医師になりたいと考えている私は、………

高橋桜が、読書感想文を執筆しているとき、その興奮と集中力の過剰をなだめるかのように、自宅一階にある電話の呼び出し音が長く鳴り続けていた。

彼女が原稿に向かっている二月二十七日の夕方は、「ながしの町長をリコールする会」の結成集会を明日に控え、高橋家の大人たち――古志郎（70）、節子（67）、裕司（42）、亜由美（40）は、会場となる町立文化ホールにて、垂れ幕づくり、マイクやアンプなど音響機器の調整、コロナ対策を施した受付や座席づくりまで諸々の準備に励んでいたのであった。

弟の源（8）は遊びにいったのか、電話をとる者がいない。

桜は、仕方なく一階に降りていく。そして誰もいない居間で鳴り続ける電話のディスプレイに表示された「滝本聖美」の文字を認めると慌てて受話器をとった。

「……、健ちゃん……？」

「……………ふうふう、…………（ガチャン）」

電話が切られるまで、たったの数秒である。

しかし、桜が念頭に思い浮かべたのは、従兄・健一郎（15）の暗く沈んだ顔であった。

先日、彼の様子を見るために町営住宅に寄ったとき、長く引きこもっている健一郎の髪は伸びに伸び、寝る間も惜しんでネットゲームを丸一日半続けていたと笑った彼は、桜の存在など頓着することなくシャワーを浴びに立ちあがった。そして「さっぱりしたなぁ」なんて言いながら、バスタオルでしっかり拭かないまま髪も上半身も水滴だらけで再び部屋に入ってきたのである。

そんな彼の髪を見て、桜は「このゲームのラスボス、メデューサみたい」と笑い、健一郎は「それなら、このまま俺の首を切り落としてくれよ」と言い、「そんなの、冗談」「俺はマジだよ」と言い合ったのだったが、あれは、いつのことだったろう。

いま受話器を握っている桜の脳裏に浮かぶ健一郎の、細かく波打つ雫に濡れた黒髪を掻き分けた表情は犬歯を露わに笑っているように見えて、その実、困っていたようにも感じられる。政治や社会、もちろん異性とのかかわりまで我関せずという独立系たる彼の純粋さと正直さは、いつも自虐に満ちたユニークさに転化してきたから、周囲にいる母親の聖美（35）や桜は、都合よく安心して笑っていられたのではなかったか。

私立高校の入試は終わり、公立高校の前期・後期の受験は三月五日、十日に迫っている。

胸騒ぎを覚える桜は、受話器を持ち直すと母親の亜由美の携帯電話にかけ直した。

着信音が切れると、瞬く間に、人びとの声や重たい物が移動する音が文化ホールのなかで反響する様子が伝わって、亜由美がぶっきら棒に「ああ、桜？　どうした？」と訊いてきた。

高橋亜由美は、携帯電話を耳に当て、文化ホールの半円形の座席を見上げながら、

「ごめん、お母さん、まだかかりそうなの」と言った。

「ながしの町民の会」の二十人が、明日の午後一時半に開く「ながしの町長をリコールする会」結成集会の準備に追われて、忙しく立ち働いている。

友川あさひ（36）は、透析患者の岡村順子（75）と一緒に「×」と印刷されたA４紙を観客席の一席飛びごとにテープで貼り、密にならない工夫を施している。

元看護師の井出久美子（77）は、いくつかのマイクに息を吹きかけていた。

そして亜由美の目に、元小学校教師の畠山澄江（78）が結成集会に掲げる大きな看板に文字を書き入れようとする姿が入ったのである。

彼女は「桜、ごめん、ちょっと待って！」と断ると、携帯電話を耳から離した。

澄江は、大きな筆を手に執り、その穂先を墨汁が入った缶のなかでたっぷりと染め、照明が当てられて金色に輝くフロアに置かれた幅一メートル・横七メートルの真っ白な模造紙に覆われた看板に向き合う。……と、彼女は、その左端から一気に、ためらうことなく、細い腕と小さな体をまるで円でも描くように大らかに移動させ、一文字ずつしたためていった。

「透析」「入院」「救急」「を」「守れ」「！」

「署名を疑う町長なんていらない！」

目が覚めるような達筆ぶりに、看板を見守る仲間から溜息が漏れる。

亜由美は、思わず携帯電話を首と肩で挟むとパチパチパチパチと激しく拍手を送った。

「……桜、ごめん、ごめん。続けて」

高橋桜は「もう！」と受話器に叫ぶと、早口で「お母さん、お願い、ちゃんと聞いて。さっき、聖美さん家《ち》から電話がかかってきて、私、とったんだけど、それが無言電話ですぐ切れちゃったの！　私、たぶん健ちゃんだと思う、健ちゃんがかけてきたんだと思う……」と言った。

「健一郎くんが電話かけてきたこと、あった？　ないよね。確かに無言電話なんて変だ」

「もう！　お母さん、早く、聖美おばさんとこに電話してくれないかな」

「……何で、そんなに慌てるの。まあ、いいや。それで、桜は安心するんだね？」

高橋桜は「うん」と言って頷くと、なぜか、涙ぐんだ。

いつか健一郎の部屋で眠り込んでしまったことがあった。彼に揺り起こされた桜は目を擦りながら「ありがと」と礼を言ったのだが、彼の目が恐ろしく充血していた。

いま彼の真っ赤な目を思い出している桜の胸に、あのときの健一郎は（もしかして、私のこと、殺そうとしてた？）という恐ろしい疑惑が浮上している。

彼女の不安は、強情で我がまま、不器用ゆえにすべてのことで困り果てている健一郎が、夏目漱石『こころ』のなかで自殺してしまう「Ｋ」という人物に重なったからであった。


やがて高橋桜は、母親の亜由美が滝本聖美にかけてくれた電話から重大な事実を知った。町営住宅の部屋に、従兄の健一郎は不在らしい、というのだ。

亜由美も慌てた口ぶりで、

「いま聖美さん、浜松で仕事してる最中なんだけど、早退して帰るって。聖美さん、さっきから何度も自宅に電話してるんだけど、健一郎くん、出てくれないいんだって……」

「やっぱり。もう午後六時……。ケンちゃん、お母さんの電話に出ないほどゲームに熱中してるとは思えない。お母さん、私、いまから作文塾に行かなきゃなんないし、どうしよう」

「大丈夫、お母さんと聖美おばさんで何とかする！」

居間から眺める庭を囲んだ森林の影は真っ黒で、空は濃紺に染まりつつあった。

玄関に向かう桜は、母親の亜由美が見せた堂々たる態度に感じ入っている。

そして今年に入ってからのこと、叔母の滝本聖美から、

「いくら親戚でも、やっぱ二人きりはいけないいかなあ」と注意されたことを思い出した。

大人は、やはり立派なのだ。

そういえば、夏目漱石『こころ』に出てくる「奥さん」も、大学生の下宿人である「先生」と友人「K」の密接な関係を、人生経験を積んだ女性ならではの目で見つめていたと気づく。「奥さん」は、経営する下宿の四畳間で、突然、頸動脈を切って死んだ「K」を見たって怖気《おじけ》づかなかったし、そもそも「先生」が「K」を引っ張り込んで同居を強行したとき「あなたのために悪いから止せ」と強く警戒した人でもあったのだ……。

桜は、筆記用具と原稿用紙が入ったトートバッグを自転車の前籠に放るとペダルを踏んだ。

……でも「奥さん」の洞察力をしても「K」が自殺した理由は分からなかった……、そのことは「先生」が、「奥さん」の娘である「お嬢さんを私に下さい」「急に貰いたいのだ」と言わねばならなかった本当の理由も分からなかったということ……、こうして「K」が自殺した理由を延々と考えるという特権は「先生」だけに与えられたのだった。

桜は、全速力で夜道を駆け抜けながら、「先生」の「遺書」の一節を思い出している。

私はKの死因を繰り返し繰り返し考えたのです。(中略) Kは正《まさ》しく失恋のために死んだものとすぐ極《き》めてしまったのです。(中略) 私はしまいにKが私のようにたった一人で淋しくって仕方がなくなった結果、急に所決したのではなかろうかと疑い出しました。

(下　先生と遺書　五十三)

12

滝本健一郎(15)は、高橋家にかけた電話の受話器を収める。

そして彼は、不登校だった中学時代、ほとんど使わなかったノートの一ページを破りとると、その罫線にそって「母さん、ありがとう。ごめん」と記した。

健一郎は、そのメモ書きを台所のテーブルに置く。

「うおおおおおおッ」

彼は、両手を頭に当てると髪を掻きむしって恐竜のごとき雄叫《おたけ》びをあげる。

その瞬間、ゲーム部屋の巨大ディスプレイに電源が入る音が弾けて、画面に広がった二次元の世界から、毎晩のように健一郎が視聴しているゲーム実況主の背中が隆起してくると、その女性は足の踏み場もない床に赤ん坊のように落ち、今度はそのまま彼女の全身が空中に浮かびあがって、ドアの開いたところから台所へと擦り抜けてくるさいに一回転して体勢をととのえ、健一郎の前にふわりと現れ出たのである。

半信半疑の彼が口を開けて見上げている女性は、ぶかぶかの灰色トレーナーをスカートのように着ており、彼女の足を膝まで覆うストッキングから健一郎の鼻先へと突き出された親指は、彼を先へ先へと誘うように動くのだった。

「ケンイチロウ、新しい世界に出かけようよ!」

彼女の真っ赤な髪は、謎めくようにさらさらと揺れている。

健一郎は、かつて従妹の高橋桜（14）に「俺、卒業したらトヨタの組立ラインで働く」と胸を張ったが、毎夜、熱心に視聴してきたネットゲームの実況主――この彼女が「ああ詰んだ」とか「もう一歩も外に出たくね～～」と嘆く度に激しく頷いていたら、働くことなく自宅にいながらネットで注文すれば、どこかの優しい誰かが代金を支払って町営住宅まで届けてくれる、そんな新しい世界が到来しないかなあ、と切望するようになっていた。

……桜は、きっと医者になる。でも、俺は。

彼女から贈られた小説『こころ』は、健一郎が読むところ、とても難しいものだった。

そもそも、なぜ「先生」が「お嬢さん」を好きになったのか分からない。

彼女に一目惚れ？　それにしても「先生」に結婚する決意を促したのは友人「K」なのだ。

さらに夫の軍人恩給で暮らす「奥さん」「お嬢さん」、亡くなった父親の遺産だけで生活する「先生」と「K」。登場人物全員が働いていないという設定も、本当に摩訶不思議だった。

しかし『こころ』の物語は、「モナ・リザ」の微笑のように健一郎の心を離さなくなる。

それは、平然とウソがつける「先生」とは異なり、友人「K」の不器用な孤独が痛いほど伝わってきたからだった。「K」亡きあと、腕組みばかりして世界を眺めて生きてきた「先生」も、自殺を考え始める。「先生」が本当に生きたと言えたのは「奥さん」を看病するときだけだった。

健一郎は（俺も同じ運命なのか……）と思う。

彼の懸念は、昨日の未明に芽生えたのであった。

母親の滝本聖美（35）と誰かが、健一郎のゲーム部屋と壁一枚へだてた道端で「ありがとう、飛田さん」「あんたに浜松で会うとは思わんかったわ。今日の役場掃除は休めよ」「そんな」「ワシが町長に言っておくから」などと言い合っていたのを聞いてからなのだ。

飛田って？　同級生の飛田准一のジジイか？

なぜ、母さんは、あいつのジジイの車に乗って帰って来たんだ？

滝本健一郎は、昨日から今夕にかけて一生分のエネルギーを費やして想像し、かつ考えた。

……母さん、夜、どんな仕事をしてたのか？

……飛田のジジイとの関係は？

そして健一郎が、一刻も早く町営住宅のゲーム部屋から脱出しなければならないと結論づけた最大の理由は、飛田のジジイが、彼の同級生の祖父だというほぼ確実な見込みから今日明日にもインターネット上に拡散される噂にまつわる屈辱感に耐えられそうにないと思ったからだ。

小学六年生のときの同級生・飛田准一（当時12）が、毎日のようにクラスに持ってくる最新のカードゲームやエッチな写真、そして彼を中心とする仲間の輪に入れない健一郎に投げられる、あの冷酷な眼差しが蘇ると、行き場のない怒りは緊張と焦燥の脂汗へと変わってしまう。

……俺は、母さんのために組立工になるって決意したのに、愛する母さんは……畜生！

彼は二月二十七日午後六時、家を飛び出した。

その頃、高橋桜が立ち漕ぎする自転車は、黒斧山の裾の下り坂をひた走る。

大舞川の支流の荒々しい波音が響く。

ハンドルに装着したハイパワーライトは、未舗装の狭窄した道の起伏と小石を照らし出す。

彼女は、目前の一本道に自分の心を重ねている。

夏目漱石『こころ』の「Ｋ」は、自分の頸動脈を切るという自殺を選んだ。

なぜか。

真面目で我がまま、不器用な健一郎の行く末を考えると「Ｋ」の孤独が浮かびあがる。

そのとき、桜を取り巻く自然の響きは一瞬のうちに消え失せると、

私を忘れないで、忘れないで、忘れないで……


という諦めと未練とが入り混じった、まるで懇願するような健一郎の声が、両耳の奥で響いているることに気づく。

「ダメ！　このままじゃ駄目！　先生、ごめん」

桜は、ようやく商店街や町役場へと続くアスファルト道に出たにもかかわらず、自転車の後輪に急ブレーキをかけると、小川雄介（40）が作文教室を開いて待っている日ノ場集落からの方向転換を図った。

すでに健一郎は、町営住宅を出ているだろう。

彼、自転車は持ってない。

友だち、いないし。

お金は、いくら持ってるんだろう。

桜はハンドルを強く握って目を瞑《つむ》った……。

13

滝本健一郎（15）は、インターネットの仮想空間から現実の世界へと出現したゲーム実況主の美しい女性に導かれるようにして町営住宅のゲーム部屋から脱出したのであった。

午後六時、彼は、町営住宅のドアを開ける。

坂道を降り、町役場の前に出ると商店街へと向かった。

街頭は灯っているが、酒屋も畳屋も閉まっている。

赤い髪の女性は、ふわりふわりと中空を自由に舞いながら、

「ケンイチロウ！　キミは、もう自由だ。さあ、どうする？　どこへ行く？」と言う。

「………うう、………うう、」

「そうか、了解！　じゃあ、真っ直ぐ行こうじゃない！」

健一郎の斜め上に浮かぶ女性がそう叫ぶと、クルリと背中を向けて先導する。

彼は駆け足で、彼女の後を追う。

ちょうどその頃、文化ホールでは明日の午後一時半開会の「ながしの町長をリコールする会」結成集会の準備が完了しつつあり、町民たちは緊張感に包まれていた。

会場の準備作業から早めに抜け出した荒木善三郎（80）は、婚約者の森本康子（77）を電動自転車の後ろに乗せて走り出し、康子は、善三郎の腰を抱きしめている。

善三郎は、幸せを嚙みしめるように言った。

「康子さん、この町にもいよいよ春がやってきますねぇ。町の民主主義も、この冬、麦のように一段と強くなった気がいたしますし、なんだか心がウキウキしてきます！」

「……私は、ウキウキなんかしませんけど！」

「ええっ？　康子さん、そんなことないでしょう？　私たち二人、町民の会に参加したではないですか。みんなの意見も聴いて、あなた、気持ちが軽くなった、自分も意見が言いたかった、と感想を寄せてくれたではないですか」

「……確かに言いましたけど、でも、よくよく考えたら、あんな会議に出たところで生活が楽になるわけでなし、明日の集会も、その時間にアルバイトでもした方がよい気もします」

「そうですねぇ、私たちの暮らしは苦しいままですからねぇ……」

善三郎と康子が二人乗りする電動自転車が、ながしの町で唯一、信号機がある交差点で停車したところ、まちなか商店街入口のトンネルのような暗がりから一人の少年――それは中学生ぐらいに見える男の子――が駆けてくる。

しかし、交差点の角を曲がっていった少年は、異様な雰囲気に包まれていたのでもあった。

少年の手足は、まるで中空から伸びたワイヤに操られた人形のようにぎこちなく、前のめりと後ろに引っ張られるような動作を繰り返しながら進んでいく。

善三郎の老眼は、この瞬間、大切な事実をとらえていた。それは少年が、たった一人であったことと、まるで夢遊病者のように虚ろな目をしていたということであった。

高橋桜（14）は、あちこち見渡したあと自転車を傾けて足を地面につける。

ああ、滝本健一郎（15）は、いったい何処へ向かったのか。

黒斧山の一本道か、それとも駅からJR飯田線に乗って豊橋方面か。

春を待つ二月末の夜風は、まだ冷たい。

「……お嬢さん、どうかしたのかい？」

不意に商店街の暗がりから優しい声が響く。

寒さで肩をすくめていた桜が、とっさに振り返ると、自転車を引く二人の高齢者が現れた。

街灯に照らされて浮かびあがった貧相な顔つきの彼らのうち、一人はボロボロのミリタリージャンパーを着た男性で、もう一人は黄色のダウンジャケットを羽織った女性であった。

桜は、少し怖くなった。しかし、母親の亜由美（40）から「この町のお年寄りには悪い人はいない」と言われてきたことを思い出すと、背筋を伸ばして彼らに向き合った。

荒木善三郎は、中学生と思しき少女の緊張した表情を一瞬のうちに見抜くと、

「あなた……、誰かを、探してるんじゃあないですか？」と単刀直入に訊いた。

彼の念頭には、さきほど交差点で目撃した少年、その不自然な走り方がある。

「は、はい！」

桜は、思わぬ「助け舟」が出されたことに元気づくと大きな声で返事をした。

しかし彼女は「あの、私、いとこのケンちゃんを探してて……」と言い出した傍から、目もとが熱くなって言葉に詰まってしまう。

森本康子は、善三郎の背中に隠れるように桜を見つめていたのだが、少女が泣き出すのを目の当たりにすると思わず駆け寄った。そして桜の皺ひとつない輝かんばかりの額と、長くて後尾が上がった凜々《りり》しい眉と、その二つの眉のすぐ下に深く嵌《はま》った黒目勝ちの瞳の縁から涙の粒が一つ二つと膨れていくのを確認したとき、

「善三郎さん、これは大変なことになります！」

と大声を出してしまった。

「な、何が、大変だって？」

「そんなの、さっきの少年に決まっています！」

康子は、まごつく善三郎を射すくめるように、

「……いいですか？　私、今から、商店街の駐在さんと御住職に伝えてきます。善三郎さんは、この娘さんと、すぐに、あの少年を探してください」と言った。

「そ、そんな……、私、どうやって探せばいい？」

「この自転車に乗って、この娘さんと一緒に、町中をまわるんですよ！」

14

二月二十七日の午後八時をまわった。

高橋亜由美（40）は、義妹の滝本聖美（35）が待つ町営住宅に駆けつけると、健一郎（15）が書き置きしたメモ「母さん、ありがとう。ごめん」を読んだ。

亜由美は「マジか……」と言って唇を噛んだ。

「聖美さん、実は、うちの桜も、さっき作文塾に行くと言って、行ってないことが分かったの。あの子、おそらく塾に行く途中、健一郎くんを探さなきゃって思ったんじゃないかと思う」

「……巻き込んじゃったのかな。お義姉《ねえ》さん、ごめんなさい」

「そんな、謝らないで。きっと二人でいる。でも携帯電話、買ってやればよかったなぁ……」

その頃、まちなか商店街の警察官駐在所では、森本康子（77）が町の交差点で目撃した不思議な少年のこと、商店街で出会ってすぐに別れた真剣な目をした少女のこと、そして少女とともに少年の捜索に出ていった婚約者の荒木善三郎（80）のことを何度も訴えているのだが、
神田信郎巡査長（59）は、いよいよ机を叩き、

「だ、か、らぁ！　あなたの言ってることを疑ってるワケじゃないんだッて。ただ、ヤスコさんは、その男の子と女の子の名前も年齢も、誰のお子さんかも分からないってワケなんでしょう？　さっき設楽《したら》警察署に電話して確認したけど、うちの町民からは捜索願いは出されていないって

……、あなたも傍で聴いてたでしょう?」

それでも康子は、奮然として抗議する。

「善三郎さんは、いま、あの娘と一緒に、あの少年を探しているんです! 巡査さん、あなた、ここで悠長に座っている場合ではありませんよ! いますぐ私を乗せて、あのカナブンみたいなパトカーを走らせなさい!」

康子の猛烈な怒りに気圧された神田巡査長が、再び設楽警察署に問い合わせしようかと迷っている頃、ながしの町から遠く国立名古屋循環器外科センターに入院している透析患者の高田謙作(65)は一般病棟の公衆電話から、ながしの病院長・塚越房治(65)の携帯電話に連絡して、

「明日、介護タクシーに乗って、半年ぶりに町に帰ります」と伝えていた。

塚越は、宿直室の畳のうえで「ああ、ビックリした。本当に高田さん?」と声をあげる。

「……ええ。突然、すいません。先生、お見舞いに来てくださったそうで、本当に恐縮いたします。いま車椅子に乗って電話をしています。これからリハビリに励まなきゃいけないみたいだし、ウワサだと町長を辞めさせる署名も始まるみたいで……」

塚越は、自然とあぐらから正座になると、

「高田さん、コロナを克服しても休めませんねぇ」と言い、目尻の涙を人差し指で拭いた。

15

友川あさひ（36）は二月二十七日の午後九時、「ながしの町長をリコールする会」結成集会の準備を終えて宣伝カーを自宅近くの駐車場に停めたとき、町立ながしの病院に入院中の風間ツタ（85）から電話が入ったのである。

ツタは「ああ、あさひさん。ワシ、もう寝る時間だで、手短に」と言った。

「……あさひさんよ、ワシ、明日の集会には出られそうもないもんで、みんなに謝ってほしいだ。で、ワシの代わりに、岡崎蒼太先生が参加してくれるって伝えてほしいだよ」

「エッ、蒼太先生が？　すごいじゃないですか！」

「で、先生にはよ、ワシがいっぱい書き散らかしたメモ紙を、明日、あんたに渡してもらう算段になっとる。ワシの思いを、絶対に、みんなの前で読みあげてほしいだ」

「わかりました！　必ず受けとります！」

「あと……、それからな、ワシ、本当は、あんたの顔を見て謝らにゃならんだが、このコロナと入院では叶わん。だでいま、あのときは、ごめんよぉ、と言っておきたくて……」

「エッ、ごめん？　あのとき？　どういうこと……」

「ワシの自己満足だ、あんたが分からにゃそれでいいだいね、あと、あんたの党のことよ」

「エッ、……ツタさん、あ、あの……」

「ワシな、この町で長いこと生きてきただでよう、本当は、前の町議も、前の前の坂野義人さんのこともよく知っとるだいね。あんたと同じ、いっぱい悪口言われて、いじめられて、それでも、ワシらのような貧しくて弱いもんのために尽くしてくれたこと……、ワシ、ぜんぶ知っとっただよ。なんせ、夫の廣介が博打《ばくち》で借金つくって、トラックごと取られそうになったとき、坂野さんと三津ノ瀬さんが、豊橋市の弁護士さんを紹介してくれて助けてくれただもんでな……」

「……ツタさん、そんなことがあったんですか？　初耳ですよ」

「そんなの内緒だわいね。共産党の、あんたにだけ言う内緒の話だわいね」

「ええ、大丈夫です。私、誰にも言いませんよぉ」

「……そんで、ああ、……そんでなあ、ワシ、今回の大病で、三途の川を見ただがよ、そんで、既《すんで》のところ、渡るところで帰ってきた。ビックリしただが、入院ベッドがあったお陰で帰ってこられたと思っとる。で、ワシ、毎日、ベッドで寝とると生前の業というもんを考えるようになって、この次は、口裂け鬼に地獄へ連れていかれるやもしれんと思うようになっただ」

ツタの一人語りの内容は、だんだん理解できなくなっていくが、あさひには、電話を切ることは出来ない。

「そんで、ワシ、もう一回、生き直すためによ、あんたの党に入れてもらいたいんだ」

16

高橋亜由美（40）は二月二十七日午後九時半、滝本聖美（35）とあらゆる可能性を考え合わせて「ながしの町民の会」のSNSに、滝本健一郎（15）と高橋桜（14）の行方が「分からなくなっています……」と初めて書き込んだ。

亜由美と聖美は、なぜか、町行政や集落、PTAに優先して住民運動のメンバーに報告したことになる。

きよみ　二人は町内のどこかで、一緒に居るかもしれません。母親、失格と、思ってます。

滝本聖美は、震える指先で一文字ずつ携帯の画面に打ち込む。

「母親、」「失格」の文字のくだりで涙が溢《あふ》れてきたため、手のひらで何度も頬を拭う。

一方、高橋家の古志郎（70）と裕司（42）は、自宅から軽トラックに乗り込むと町内の捜索に出掛けて行く。古志郎の妻・節子（67）が、孫の源（8）を寝かせて家を守る。

町営住宅にいる亜由美は、聖美に「いいよね?」「大丈夫だよね?」と確認しながら、さらにSNSに二つの書き込みを投稿した。

あゆみ　聖美さんと相談した結果、これから設楽警察署に相談したいと思います。
きよみ　お気づきの点があれば、どんなに小さなことでも、お知らせ下さい。

午後十時、夜の運転が可能な「ながしの町民の会」の仲間たちは、自家用車のヘッドライトを灯して、愛知県北設楽郡の広大な山々のなかに入っていく。

風間ツタ（85）との電話を終えた友川あさひ（36）は、宣伝カーのエンジンを切った。

そして、さきほどツタから告げられた突然の入党希望に嬉しい悲鳴をあげてしまった車内から降りると、一刻も早く、この革命的な出来事を夫の小川雄介（40）に知らせようと古民家を見上げたところ、その明るい玄関口から、当の雄介が何やら喚《わめ》きながら飛び出してくるではないか。

「あさひさ〜ん、大変なことが起きた。携帯、早く見て、誘拐ッ、誘拐かもしれん！」

「雄介さん、あなた、裸足じゃない。待て待て、どうしたっていうの？」

「どうしたもこうしたも……、俺、こんな大変な状況に心身がついていけないって！」

17

ながしの町に二月二十八日の朝がやってきた。

少年少女の捜索のため、昨夜、宣伝カーで真っ暗な町内を走りまわった友川あさひ（36）は、車内で一夜を明かすことになった。

登山用の寝袋のなかで目覚めた彼女は、朝霧に包まれて視界が利かない真っ白な世界に驚く。

携帯電話の画面には、小川雄介（40）のメッセージが二十三通も届いていたが、どれも短文で「大丈夫か？」「見つかったか？」の類ばかりで、そのまま放り投げてしまった。

一方、「ながしの町民の会」のSNSには、設楽警察署に捜索願を出した高橋亜由美（40）と滝本聖美（35）から「受理されました」「JR東海の協力で監視カメラの調査。豊川駅や豊橋駅の構内には二人の姿は確認されていない様子」と、午前三時まで報告があったのだ。

午前六時の気温は、二度である。

友川あさひは車から降りて深呼吸すると、宣伝カーの天井に貼られた「日本共産党」「生活相談」「北設楽郡唯一の透析・入院・救急医療を守れ！」という文言を見上げた。

昨夜、みんな、必死に捜索したけど、健一郎くんと桜さんを見つけられなかった。

このままでは、今日のリコール集会は開けないだろうな……。

あさひは、深夜の運転中、健一郎と桜が、なぜ、行方をくらませたのかを考えた。

夫の小川雄介は、いつもの心配性が昂じて「誘拐」などと口走ったが、亜由美と聖美のSNSへの投稿を読む限り、少年たちの自主的・一時的な現実逃避のようにも思われる。

「まあ、どちらにしても絶対に見つけ出す。その後のケアも大切だし！」

そう呟いて伸びをした友川あさひの脳裏に、かつて東京・高田馬場のマクドナルドにて熱心に入党を訴えた雄介の表情と「入党申込書」を渡して別れる間際に交わした会話が蘇ってくる。

――お、小川さん！　ま、待ってください！　待ってくださいませんか！

——ごめん、ごめん。ハンバーガー、まだ、食べてたよね……。

——ち、違うんです。さっきの結婚のこと。

——え？　え？　あ、いや、あれは終わり、なし、無しってことで……。

——あの、私、掃除できませんけど、いいですか！　全然、出来ませんけど！

——そうじ？　掃除なんかしなくても死にゃしませんよ。

——いわゆる洗濯というやつも、私、絶対ムリなんです。

——お、俺、一週間、パンツも洗っちゃいませんから！

——ご飯なんかも、私、全然つくれないんですよ？

私、実は、もう、仕事やめて、自宅に引きこもる予定で……。

あのとき、雄介は「そんなの全然、オッケーだよ。引きこもっても幸せになれる道を探すのも日本共産党員の生き方なんだもん」と言って、白い歯を見せたのだった。


朝の陽が、少しずつ霧を吹き払っていく。

友川あさひ（36）は、奥三河の暗く沈んだ針葉樹の林に射し込む光を受けながら、瞬きを二度三度とするうちに日本共産党に入党して以降の十年間を振り返った。

他人との交際が苦手だった自分が、いま、なぜ、町会議員なんかをしているのか。

あれほど憧れていた美術の世界からは遠く離れてしまった。

会計事務所で働いていたとき、満員電車のなかで熱心に妄想していた地震や洪水、惑星の衝突による人類の破局、喜怒哀楽の感情を失ったロボットばかりの異世界は、どうなったのか。ツマラナイ、サビシイ、ツマラナイ、サビシイ。

彼女の一回きりの人生への期待は、この二つの言葉で彩られた花占いのごときものだった。

なぜ、自分のような人間が、この厳しい世の中を生き抜いてこられたのか、と自問するとき、あさひは、大袈裟でなく日本共産党に出会ったからだ、との思いで胸に手を当てた。

実際のところ、東日本大震災の被災者を救おうと奔走する党員たちの姿にふれて、あさひの花占いには「でも、ハゲマシアウ」「でも、シンジアウ」「でも、マナビアウ」という花びらも煌《きら》めいていることに気づかされたのだった。

しかし人生とは、なんと思い描いていたものとは違うものなのか。

小川雄介との結婚に反対する両親との不和があったし、それゆえ結婚式もせず、さらに自分の姓を変えない事実婚を選ぶことにもなったのだ。

雄介は、出版社から依頼される取材と自分が描きたい対象との間で折り合いがつかず、心身を病んで部屋から出られなくなってしまう。そんな雄介を看病しつつ、勤務する会計事務所のボスに、あの手この手で労働条件の改善策を理解してもらうことに喜びを見出していく友川あさひは、その延長で、税理士試験の受験資格を得るために簿記検定一級に挑戦することにもなる。

……しかし、会計補助のキャリアも簿記検定二級も、結局、ものにはならなかった。それでも雄介が朝ごはんをつくり、掃除と洗濯を引き受けてくれ、私がハンドルを握る車で全国各地を旅した日々は、想像もしなかった最高の思い出だ。私にとって入党と結婚は、資本主義社会のなかで悩み、傷ついた自分を治癒する力があったのかもしれない。

それでも二〇一七年、最大の悲劇が襲った。

あさひと雄介の結婚を、家族でただ一人応援してくれた弟・晃敏（享年29）が、通勤途中の駅のホームで、朝鮮の民族衣装チマチョゴリを着た女学生に刃物を向けた男と格闘した末に亡くなってしまったのである。

友川あさひは、最愛の弟を失った悲しみのなかで、日本で広がる民族差別にまったく気づけなかった自分を反省し、あらゆる差別とヘイトスピーチを許さないという新たな闘いにも目覚めていくことになった。

さらに、この二年間の起伏に富んだ住民運動と党活動は、父親から刷り込まれた「お前は何者かにならねばならない」という呪縛をも解いてくれた気がする。

あさひは、ながしの町の子どもたちには、自分が経験したような青春や人生は送ってほしくない、もし自分と同じような生きづらさを抱えている子どもたちには、日本共産党や住民運動など集団のなかで助け合いながら自尊心や主体性を回復してほしい、と訴えたくなった。

昨夜、滝本健一郎と高橋桜の行方が分からないと知るやいなや、友川あさひは、宣伝カーへと引き返したのだったが、国道へ続く坂道の途中で夫の小川雄介を振り返ると、彼は、玄関口に膝をつき、「ああ、もうダメだ。もうダメだよ」と嘆くように言うと、

「あさひさん、俺は、ここまで。俺はここまでなんだよ。ああ、悔しいなぁ！」

と叫んだことも思い出した。

18

二月二十八日の午前七時を過ぎた。

町の防災行政無線の屋外スピーカーの不気味な機械音声が、行方不明となった少年少女の年齢・性別・身長や服装などの身なり、失踪状況などを淡々と読みあげる。

この屋外スピーカーは、町長の岸田潤之輔（64）が鳴り物入りで整備したのだが、たった三十基では町の広大な面積と山峡《やまかい》の地形をカバーし切れず、集落それぞれの隅々まで聞こえない代物であった。それでもスピーカーから響く「子ども」「行方不明」という切れ切れの主たる情報は、町民たちの電話とSNSで共有・補正され、町長派も町長リコール派も、

「共産党が、一年前の議会で口酸っぱく求めた戸別受信機っつうのを全戸に貸与するべきだったわいね。町長は、どこまでケチるだや」と言い合う、町をあげての大捜索が始まった。

朝のコーヒーを淹《い》れながらスピーカーに耳を澄ます小川雄介（40）は、思う。

（……不登校だった健一郎くんは、書き置きして家を出た。桜さんは、退《の》っ引《ぴ》きならないものを彼に感じて追いかけていった。夜の冷気に震える彼らを駆り立てた要因を考えている俺は、それだけで身動き出来なくなり、捜索の足を踏み出せずにいる……、畜生！）

一方、友川あさひ（36）は、いよいよ宣伝カーをJR飯田線が走る駅へと向かわせる。

午前十時、透析患者の高田謙作（65）は、愛知県北設楽郡ながしの町まで幾重にも折りたたまれた山の稜線を越えた介護タクシーの窓から、小さなジオラマ模型のごとき町の中心地――庁舎、病院、川、田んぼ、商店街――から駅に向かって、人びとが何やら騒いでいる様子に目を瞠《みは》った。

「いったい、あれは、何の騒ぎだろう……」

早朝から町の人びとが右往左往する風景に目を凝らしたところ、彼らの、蟻の行列のような連なりが、どうやらJR飯田線沿いの竹藪《たけやぶ》から続いている、と分かった。

友川あさひ町議の宣伝カーも見えるではないか！

商店街の方角から走ってくるのは、パトカーである。

彼は昨秋、新型コロナウイルスに感染し、意識不明の重体となった。救急搬送された名古屋市内の病院では、人工呼吸器と透析装置に常時つなぐ特別な処置を受けたのであった。この半年間、ほとんど意識を失っていたのだったが、医師や看護師ら医療スタッフの献身的な治療が功を奏して、奇跡的に回復したのである。

ただし右手には、痩せた体を支える杖があった。

――これから大変なリハビリが待っている……。でも、まあ、あいつらと、楽しくやるだ！

タクシーの窓から目を細める高田は、なぜか、眼下に広がる騒動を微笑ましく思った。

同時に、半年ぶりに訪れる故郷・ながしの町の透析・入院・救急医療を守る住民運動がどうなっているのかについても、気が気でない。

ただ、なんだか半年前とは異なる印象がある……。

高田には、町民たちの活気とか強靭な精神力といったオーラのようなものが、朝の光のなかで輝いているように感じられたのである。

「運転手さん、行き先、あの宣伝カーが停まってるところに変更してくれないかな」

「あの人だかりの、あの、派手な看板の車のあたりですか?」

「そうそう。透析、入院を守れって書いてる小さな車のところ」

「了解。もうメーター、切っておきますね」

料金は、七万五四三〇円となっていた。

19

ＪＲ飯田線のトンネルから少し離れた線路を渡った竹藪の穴から、滝本健一郎(15)と高橋桜(14)が救助されている。二人は、急ごしらえに掘られた穴のなかにうずくまり、ジャンパーとダウンジャケットをそれぞれの体に巻き付けて寒さをしのいだと思われる。

穴から出てきた健一郎と桜は、先導する第一発見者の荒木善三郎(80)の後ろをしっかりした足どりで付いてくる。しかし途中、善三郎が座り込んでしまう。

「ああ、教授!　大丈夫ですかぁ?　救急車、呼びますかぁ!」

踏切で待機する友川あさひ(36)の大声が響く。

「あさひさん、頼む!　僕も穴のなかにいたけど、もう限界だ」

そして踏切を渡った健一郎と桜もまた、宣伝カーのバックドアを開けたところの、後部座席を畳んでフラットになった部分を見るやいなや、ドドッと倒れ込んでしまった。

愛知県は奥三河と呼ばれる山峡の小さな町で、実は、町民たちが二〇二一年四月一日から五月一日までの一か月間、町長リコール（解職）の直接請求署名に命がけで取り組むことになるのだったが、いま町の子ども二名が無事に救助された二月二十八日の時点では、ほんの先の未来でさえ、誰にも分からないのであった。

「桜さん、健一郎くん、これから病院に直行するからね！　しっかりするんだよ！」

このように叫んでハンドルを握る友川あさひには、このときから一か月後にスタートする町長リコール署名で、十七筆しか収集できない結果になることなど予想もつかない。

町長派の「目玉チラシ」の恐怖と根強く残る反共偏見が合わせ技となり、あさひの署名収集は苦戦を強いられるのだった。

一方、小川雄介（40）もまた、古民家の居間に張った山岳テントのなかで、現代音楽の作曲家サミュエル・バーバー「弦楽のためのアダージョ」を聴きながら、少年たちの無事を必死で祈るものの、きたる町長リコール署名の最終盤にあたる四月二十八日の夜、佐藤てい子（88）から、「あなた、本気で取り組みなさい！」と厳しく叱責されることを知らない。

さらに透析患者の岡村順子（75）から、

「私、雄介さんの地元、日ノ場集落を一緒にまわってあげる」と提案されて嬉し涙を流すことも知らないのである。

リコール署名は、条例改廃の署名よりも何十倍も町民からの信頼を必要とし、日頃から町民と深く結びついていない雄介には歯が立たないのであった。

そしてリコール署名は不成立と見込んでいた町長、議長、県会議員らも、二月二十八日の現在、ほぼ二か月後の五月六日午前九時、町民たち三十数名が、町長リコールの直接請求署名を、町の全有権者の三分の一以上にあたる九七四筆も携えて町役場に現れることを知らない。

五月六日の空は青く澄み、ながしの町を南北に流れる大舞川の両岸には畦《あぜ》に囲われた田んぼが数珠のように連なり、豊かな用水の光が注ぎ込んでいることだろう。

田植えを終えた高橋古志郎（70）と裕司（42）は、町役場に向かう人びとが大舞橋をシュプレヒコールをあげながら渡っていく姿に手を振っているはずだし、

「町長は、町民の声を聞けぇ！」

「透析・入院・救急を守れぇ！」

と声を張りあげる町民は、エメラルドグリーンに染まった大舞川に黄金の鮎の群れがチラチラと白い腹を見せるのを微笑ましく眺めているはずだ。

デモ隊を先導するのは、あさひの宣伝カーである。

五月六日の町民デモを宣伝カーで先導する予定の友川あさひ（36）はハンドルを握りながら、日本共産党に入党して二週間後に亡くなった風間ツタ（85）の最期の言葉を反芻《はんすう》するはずなのだが、二月二十八日の現在、彼女には未来のことなど何一つ分からないのである。

＊＊＊＊＊

あさひさん、あんたに会えて本当によかった……
で、のんほい、ワシら、踏ん張れるだかん？
最後まで、ワシら、手を離さんでおれるだかん？
毎日、飽きもせず、ひでぇ政治が続いとるけどよ、
ワシら、この悪政をやっつけられるだかん？
う～ん。ワシはよォ、やっつけられると思うだ。
だってワシら、あんたと民主主義やったもんで。
あんたと頑張って、自由っての、知っただもんで。
署名を通してバカどもを青くさせるってこともよ。
ワシら、政治っちゅうもんに初めてかかわってよ、
署名するかしないか、単に、それだけのことでよ、
ワシが、みんな善良だと信じ込んでおった町民たちが、
署名を前にして明らかにした態度や表情の百面相、
てい子姉さんとワシも、あんたに酷いことを言った。
悲しんで、喧嘩して、でも最後に笑い合ったワシら、

たくさんの難しいことを乗り越えて強くなっただ。
ワシは、あんたの党の「綱領」を読むことになった。
歴史は、いっつも激しく動いておっただねぇ。
けどよ、党が目指す社会主義、共産主義を前に、
たくさんの先輩方が、志半ばで去っていっただよ。
あさひさん、そんなに泣くこたァねぇって……。
あんたの党、いっつも少数派だったけどがよォ、
ワシが学んだ民主主義からすりゃ、あんたらの闘い、
すべての人びとの平和と幸せを願った闘いだった。
あんたの党は眩しすぎる光だったもんで、弾圧、いじめ、
偏見がふりまかれるだよ。でも、それも、じき終わりよォ。
どんなに苦しくても悲しくても、明日は来るもんだ。
一日、何もやらんくても明日は来るんだでねぇ。
で、あんたの党は、その明日の多数派なんだわ。
でも闘わんと本当の明日が来んこと知っとるな?
あさひさん、根気強く闘い続けるだぞ、いいか?
あんた、泣いとるヒマなんかないだでね!
いい? 約束だでね。闘い続けるだぞん!

この作品は、「しんぶん赤旗」に連載（二〇二二年九月二日～二〇二三年六月二十三日）したものに加筆訂正しました。

浅尾大輔（あさお　だいすけ）

1970年愛知県生まれ。作家。「家畜の朝」で第35回新潮新人賞受賞。著書に『ブルーシート』（2009年、朝日新聞出版）、『新解　マルクスの言葉』（2013年、バジリコ）。辻井喬『心をつなぐ左翼の言葉』（かもがわ出版、2009年）に聞き手として参加。

立春大吉《りっしゅんだいきち》

2023年12月20日　初　版

著　者　浅　尾　大　輔
発行者　角　田　真　己

郵便番号　151-0051 東京都渋谷区千駄ヶ谷4-25-6
発行所　株式会社　新日本出版社
電話　03（3423）8402（営業）
03（3423）9323（編集）
振替番号 00130-0-13681
印刷　亨有堂印刷所　　製本　小泉製本

落丁・乱丁がありましたらおとりかえいたします。

ISBN978-4-406-06771-3 C0093　Printed in Japan